HEYNE BÜCHER

D1932836

HEYNE-Rubin

JO CALLOWAY

Im Spiegel der Liebe

Roman

Deutsche Erstveröffentlichung

WILHELM HEYNE VERLAG
MÜNCHEN

HEYNE-BUCH Nr. 13/12
im Wilhelm Heyne Verlag, München

Titel der amerikanischen Originalausgabe
MIRRORS OF LOVE
Deutsche Übersetzung von Arja Wilms

Printed in Germany 1984
Umschlagfoto: Bildagentur Mauritius/E. Bach, Mittenwald
Umschlaggestaltung: Atelier Ingrid Schütz, München
Gesamtherstellung: Ebner Ulm

ISBN 3-453-45055-8

1

Die Kälte des vereisten Gehsteigs drang wie ein schmerzhafter Biß durch die Sohlen ihrer modischen Schuhe, als sie eilig die sieben Blocks vom Büro zu ihrer Wohnung in Manhattan zurücklegte. Es war der Tag vor Frühlingsanfang, aber die bedrohliche Kälte ließ dieses Datum scheinbar in weite Ferne rücken. Was nutzte es zu wissen, daß der Frühling unmittelbar bevorstand, wenn der Winter noch so gegenwärtig und stark war? Sie atmete tief aus und beobachtete wie der Atem vor ihrem Gesicht gefror. »Verdammt«, murmelte sie.

Barrie Cook war eine auffallend attraktive, dunkeläugige Frau mit heller Haut und angenehmen Gesichtszügen. Sie schien ungefähr 30 Jahre alt zu sein. Sie war das Idealbild einer Karrierefrau. Ihr glänzendes, dunkles Haar war kurz und umrahmte mit sanftem Schwung ihr perfekt proportioniertes Gesicht. Ihre feinen und makellosen Gesichtszüge ließen ihre großen Augen und ihr dunkles Haar voll zur Geltung kommen. Unter ihrem leichten Mantel trug sie einen karierten Rock und eine dunkelblaue Bluse, die zu ihrer Arbeitsgarderobe gehörten. Der Wind blies ihr unter den Rock, ließ ihr die Beine kalt werden und zwang sie, sich schneller zu bewegen.

Sie hatte sich erst spät auf den Heimweg gemacht. In der Tat war sie die letzte Angestellte gewesen, die das Büro verlassen hatte. Als Journalistin des *Incredible-Feat*-Magazins hatte sie am Spätnachmittag an einer Besprechung mit dem Chefredakteur des Magazins, Horace Weale, teilgenommen, um ihren nächsten Auftrag entgegenzunehmen. Griechenland! Ein Lächeln umspielte ihre Lippen. Endlich, Gott sei Dank! Seit fünf Jahren arbeitete sie für das Magazin, und endlich hatte sie eine Aufgabe erhalten, die sie wirklich herausforderte. Nach all diesen Jahren des Ringens um die besseren Aufträge war sie mit dem Leitartikel für die Novemberausgabe beauftragt worden. Sie war völlig überrascht gewesen, als Weale ihr diese Neuigkeit mitgeteilt hatte. Gerade als sie sich selbst fast dazu überredet hatte einzusehen, daß sie, um beruflich voranzukommen, eine Veränderung in ihrer Karriere herbeiführen müßte, hatte ihr Horace ganz beiläufig den begehrtesten Auftrag des Jahres in den Schoß gelegt. Ihre Karriere hatte fraglos einen deutlichen Aufschwung erfahren; die Dinge nahmen, soviel war sicher, eine glückliche Wendung.

Bei ihrem Wohnhaus angekommen, bog sie in den Fußweg ein, öffnete die Eingangstür und ging schnell zum Lift. Ein letzter Kälteschauer ließ sie am ganzen Körper erzittern, bevor sie den Knopf drückte. Die Wärme im Aufzug traf sie an den Knien und wärmte ihre kalten Beine, während sie zum vierten Stockwerk hinauffuhr. Trotz des Fröstelns war ihr nach Feiern zumute. Sie lächelte vor sich hin, als sie auf ihrem Stockwerk ausstieg und auf das Apartment zueilte, das sie seit 18 Monaten mit Hampton Rich teilte. Der nette, kluge Hamp. Er stand ihr so nahe und war ihr gleichzeitig so fremd. Sie hatten sich in Buffalo, im Staat New York, kennengelernt, genauer gesagt in Niagara Falls. Es war während seines ersten selbständigen Auftrages für das Magazin gewesen, und er hatte mit den Fotos eine gute Arbeit geleistet. Völlig auf seine Arbeit konzentriert, hatte er auf eine bestimmte Art Distanz zum Rest der Gruppe gewahrt, die ihre Neugier erregt hatte. Als Perfektionist hatte er anscheinend für nichts und niemanden Zeit, außer für seine Kamera. Sie war sich sicher, daß er keinen einzigen Pfennig an diesem Auftrag verdient haben konnte; er mußte in nur drei Tagen tausend Bilder aufgenommen haben. Die Kamera hatte wie ein dauernder Bestandteil seines Gesichtes gewirkt. Erst am zweiten Tag hatte sie sein ganzes Gesicht gesehen, und was sie gesehen hatte, hatte ihr gefallen. Sie standen nebeneinander und blickten auf die Wasserfälle, als er sich ihr zuwandte und sie anlächelte.

»Hi«, sagte er und sah sie zum erstenmal wirklich an.

»Hallo«, gab sie lachelnd zurück. Er wirkte nett, und sein Lächeln war ansprechend und jungenhaft.

»Sie arbeiten beim Magazin, nicht wahr?« fragte er und errötete wegen der Blödsinnigkeit der Frage. Natürlich wußte er, daß sie beim Magazin arbeitete. Sie waren einander schon zweimal vorgestellt worden.

Sie standen, wie ihr schien, eine schrecklich lange Zeit beklommen schweigend nebeneinander bis er sagte: »Sie heißen Barrie, nicht wahr?«

»Ja«, antwortete sie leise und erwiderte, wobei sie fragend ihre Augenbrauen hob: »Hampton?«

Er zuckte mit den Achseln: »Nur Hamp.«

»Na, ›nur Hamp‹, wie gefällt Ihnen die Arbeit für unsere Firma?«

Als Antwort lachte er, zögernd und scheu, eine Art Lachen, das ihr Herz eroberte. »Ich tue sie gern.«

In dieser Nacht nahmen sie zusammen ein romantisches Abendessen ein. Die Wasserfälle vor den Fenstern des Restaurants glänzten. Sie wirkte zart und dunkel. Er war hellhäutig und sah auf einschmeichelnde Art gut aus. Sein zottiges Haar war hellbraun, und seine Augen leuchteten blaugrün. Aber es war vor allem sein Lächeln, das sie fesselte. Er hatte eine kleine Lücke zwischen seinen starken, weißen Zähnen. Wenn er lachte, erschien auf seiner rechten Wange ein tiefes Grübchen.

Zwei Monate später waren sie zusammengezogen. Sie liebte ihn von ganzem Herzen, obwohl ihr bewußt war, daß ihre Beziehung nicht unproblematisch war. Hamp war eine angenehme Abwechslung, keiner von den Grapschern, mit denen sie normalerweise ausgegangen war. In seiner Gesellschaft fühlte sie sich entspannt und glücklich; sie fürchtete sich nicht vor dem, was er als Nächstes tun würde. Er hatte nicht die Absicht, sie mit seiner Männlichkeit zu erobern oder zu überwältigen.

Jetzt, da sie so rückblickend über ihn nachdachte, wurde ihr bewußt, daß in ihrer Beziehung Hamp der Abhängige war. Es waren ihre Launen und Bedürfnisse gewesen, die die Grundlage ihrer Liebe dargestellt hatten. Er legte ihre besten, verschütteten Gefühle frei; zarte Gefühle, tiefe Gefühle, die wie kristallklares Quellwasser in ihr aufstiegen. Sie hatte seine Abhängigkeit gebraucht, und, indem sie seiner Verletzbarkeit ihre eigene entgegensetzte, förderte sie diese. Sie hatte von Anfang an vermutet, daß er in der Kunst des Liebens nicht sehr erfahren sei. Er hatte sich ihr fast ängstlich genähert, und als sie ihn besser kennenlernte, wurden ihre Vermutungen bestätigt. Aber sie drängte ihn nicht, sie hielt es für besser, ihrer Beziehung Zeit zum Reifen zu geben. Sie wollte den richtigen Zeitpunkt abwarten, um sich über die intimen Hindernisse, die ihnen im Weg standen, auszusprechen. Sie wollte zu seinem Leben gehören, das Wichtigste in seinem Leben sein, aber irgendwie war sie sich nicht ganz sicher, ob sie das wirklich war. Er liebte sie, aber sie wußte nicht genau wie sehr... offensichtlich nicht genug, um seine Hemmungen zu überwinden. Er hatte sie durch seine Abhängigkeit angezogen, aber im Laufe der Zeit hatte dieser Charakterzug einiges von seiner Anziehungskraft eingebüßt. Ihre Gefühle waren kurz vor einem Aufruhr, und sie wußte nicht mehr, wie sie damit fertig werden konnte. Ebenso wie Hamp, haßte sie es, zu streiten. Sie wollte, daß sich die Stimmung in ihrer Beziehung änderte, aber sie wußte nicht wie. Das einzige, was sie sicher wußte, war die Tatsache, daß sie Hamp liebte, aber sie war nicht restlos glücklich mit ihm.

Sie eilte den mit dunkelbraunem Teppichboden ausgelegten Gang entlang bis zu der Tür, die die Nummer 4 D trug. Sie blieb davor einen Moment stehen, holte tief Luft und fragte sich, warum sie sich plötzlich wie von Angst überwältigt fühle.

Sie steckte den Schlüssel ins Schloß, drehte ihn um und öffnete die Tür. Sie betrat den kleinen Vorraum und legte ihre Tasche auf den Blumentisch neben der Tür des Wandschranks.

Sie hatte noch nicht einmal ihren Mantel abgelegt, da rief eine Stimme: »Bist du es, Barrie?«

»Ja«, antwortete sie leichthin und fing an, die Mantelknöpfe aufzumachen und sich den Wollschal vom Hals zu ziehen. »Endlich daheim.«

»Warum kommst du so spät heim?« fragte er freundlich vom Wohnzimmer her.

»Ich habe eine Besprechung mit Horace gehabt«, antwortete sie glücklich, während sie ihren Mantel ordentlich über einen Kleiderbügel und in den Schrank hängte. Sie blieb einen Augenblick lang regungslos stehen und dachte über ihr Glück nach, bevor sie schnell zur Wohnzimmertür ging. Dort sah sie, daß er in der Mitte des Raumes auf dem modernen Sofa mit dem hellen Blumenmuster lag. Er hatte nur verwaschene Jeans an.

»Ich weiß, es ist nicht dein Lieblingsessen, aber ich habe zwei Fertiggerichte in den Herd geschoben, als mir klar wurde, daß du später kommst«, sagte er lächelnd. »Ist dir Hacksteak recht?«

»Ich glaube schon, nachdem du es nun bereits in den Herd geschoben hast«, gab sie durch diesen Empfang ein wenig verstimmt zurück. Fertiggerichte! »*Nicht ihr Lieblingsessen!* Sie haßte sie! Er konnte ewig davon leben. An diesem Abend verursachte ihr allein der Gedanke daran Übelkeit. Sie wollte eine Feier und kein aufgewärmtes Hacksteak.

Sie starrte ihn an wie er da auf dem Sofa lag. Als sie den Raum betrat, sah sie wie er aufstand und sich mit den Händen durch sein ungekämmtes Haar fuhr. Sie ertappte sich dabei, wie sie ihn genau musterte. Hamps muskulöser Körper fing an, erste Anzeichen der Auswirkungen winterlicher Untätigkeit zu zeigen. Mit seinen 31 Jahren hatte er eine leichte Neigung zu Übergewicht, obwohl er sich bei seiner Größe von 1,80 m momentan noch ein wenig Gewichtszunahme erlauben konnte – momentan noch. Aber irgendwann einmal würden diese ewigen Fertiggerichte und das Bier ein Problem werden.

Er nahm eine Packung Zigaretten vom Tisch und hielt sie ihr hin. »Willst du eine rauchen?«

Sie schüttelte den Kopf. Ihre Augen wanderten langsam

über die zwei leeren Bierdosen auf dem Kaffeetisch hinweg durch den Raum. Dann blickte sie ihn wieder an. »Ich sehe, du hast dir heute nicht einmal die Mühe gemacht, dich zu rasieren«, bemerkte sie verstimmt. Sie ging zu dem Tisch, nahm die Dosen und schaute sich in dem Raum um, wo eine jämmerliche Unordnung herrschte. Seine Schuhe waren im Raum verteilt, der eine lag beim Sofa, der andere, weit davon entfernt, in der Mitte des Zimmers. Sein Hemd hing schlampig über dem Stuhl. Sie ging schnell zur Tür. Auf ihrem Gesicht lag ein Ausdruck deutlicher Mißbilligung.

Als sie zur Küche ging, warf er ihr einen Blick über die Schulter zu. »Was ist schon dabei, wenn man sich einen Tag lang nicht rasiert? Würdest Du mir das bitte sagen?« protestierte er vom Sofa aus, als er beim Vorübergehen ihren Gesichtsausdruck sah.

»Nichts. Überhaupt nichts«, fuhr sie ihn scharf an. Sie betrat die Küche, warf die Dosen mit lautem Geräusch in den Plastikabfalleimer und blieb dann regungslos stehen, während sie, innerlich beherrscht, das Licht am Herd betrachtete. Nach einigen Sekunden spürte sie, daß er hinter ihr stand, aber sie wandte sich nicht um. Ihr Blick blieb auf das Licht am Ofen gerichtet.

»Barrie?« fragte er übertrieben sanft. »Warum bist du so streitsüchtig? Mein Gott, es scheint, daß ich dir in letzter Zeit nichts recht machen kann. Was mache ich falsch?« fragte er heiser, bevor er sich herabbeugte und ihren Nacken mit seinen Lippen berührte.

Sie fühlte, wie seine Finger vorsichtig über ihre Schultern glitten. Seine Stimme wurde noch sanfter. »Ich hatte einen freien Tag, deshalb habe ich mich nicht rasiert. Ich habe mich entspannt, etwas Bier getrunken und ein wenig ferngesehen. Jetzt sag mir bitte, was ist schon dabei?« Er küßte sie nochmals, aber sie beherrschte sich und zeigte keinerlei Reaktion.

Sie löste sich von seinen Lippen und wich ein wenig zurück. Als sie die Küche betrachtete, stöhnte sie verärgert auf. Als sie am Morgen zur Arbeit gegangen war, war sie blendend sauber und ordentlich gewesen. Jetzt lagen Krümel überall auf der Anrichte und auf dem Tisch. Im Ausguß stapelte sich Geschirr. Sie machte einen Schwamm naß und fing an die Anrichte zu säubern.

Er stand an den Türrahmen gelehnt und schaute ihr zu. »Um Gottes willen, sprichst du noch mit mir, Barrie?« fragte er und bemühte sich um einen unbeschwerten Tonfall. »Ich werde die verdammte Küche sauber machen. Kümmere dich nicht darum. Ich habe sie schmutzig gemacht, folglich werde ich sie auch wieder sauber machen.« Er beobachtete sie ängstlich. »Willst du so deine ersten Minuten daheim verbringen? Wo bleibt mein Begrüßungskuß?«

Ihr Gesicht nahm einen zerstreuten Ausdruck an, gleichsam als ob sie nicht wüßte was sie sagen oder tun sollte. Sie sah Hamp an und ließ den Schwamm in den Ausguß fallen. Sie stand da und starrte ihn verwirrt an.

»Ich fahre nach Griechenland«, sagte sie und zögerte, bevor sie hinzufügte: »Ich schreibe den Novemberleitartikel.«

Seine Augen ruhten einen Moment lang auf ihr, bevor er antwortete: »Das ist doch die Geschichte über die Olympischen Spiele in der Antike?«

Sie nickte. »Ja.«

Er grinste und rieb sich die Nase. »Eine günstige Entwicklung deiner Karriere, meine Liebe«, sagte er ruhig. »Ich weiß, du verdienst sie. Es ist nichts dabei, wenn man reich und berühmt wird.«

Ihre Verärgerung über ihn begann sich zu legen. Ein kleines Lächeln erschien auf ihren Lippen. »Ich habe so meine Zweifel, ob ich soweit kommen werde, aber es ist der lang ersehnte Anfang«, bemerkte sie abschließend hoffnungsvoll.

Er ging von der Tür zum Tisch und setzte sich. Er wirkte sehr ruhig, in verwaschenen Jeans, mit bloßer Brust und barfüßig. Er sah sie gelassen an. »Komm her und setz dich für ein paar Minuten zu mir. Erzähl' mir, was Horace gesagt hat. Ich möchte es sehr gerne erfahren.«

Sie zog einen Stuhl heran, setzte sich, und fing an über den Antrag zu berichten.

Das Kinn auf die Faust gestützt, saß er da. Eine dichte Mähne hellbraunen Haars fiel ihm in die Stirn. Sein gutaussehendes Gesicht wurde durch Stoppeln entstellt, die bereits mehrere Tage alt waren. Während der Unterhaltung heftete sich sein heller Blick vorsichtig auf ihre Augen. Nachdem sie fertig war, lenkte er das Gespräch in eine völlig andere Richtung, indem er sie zunächst fragte: »Willst du Kaffee?«

Sie lehnte mit einem schnellen Kopfschütteln ab: »Nein.« Sie zuckte leicht mit den Schultern und fügte hinzu: »Ich habe heute gelesen, daß Kaffee den Sexualtrieb hemmt.«

»O Jesus, wirf den Maxwell raus!« rief er spöttisch, mit weit aufgerissenen Augen aus.

Sie wollte schon ein betont verruchtes Grinsen aufsetzen und antworten: »Jag Columbia in die Luft«, aber sie behielt dann ihren Scherz doch für sich. Sogar nach 18 Monaten Beisammensein mit Hamp fühlte sie sich nicht unbefangen genug, um alles zu sagen, was ihr in den Sinn kam, besonders wenn es Sex betraf.

Er beugte sich vor, nahm ihr Kinn in seine Hand und fragte sanft: »Kriege ich heute keinen Kuß, Barrie?«

Ihre Augen glänzten. »Natürlich.« Sie näherte sich ihm. Als sie seine Lippen vor sich sah, wurde ihr ihre Liebe zu ihm deutlich bewußt.

Er streifte kurz ihre Lippen, lehnte sich zurück und einen Moment lang umspielte ein Lächeln seinen Mund. »Liebst du mich, Barrie?« fragte er beinahe flüsternd.

Sie antwortete lächelnd: »Du weißt, daß ich dich liebe.«

Er berührte sie am Oberarm und ließ seine Hand abwärts gleiten, bis sie auf der ihrigen zu liegen kam. Er streichelte sanft ihre Finger und fragte: »Warum willst du mich nicht heiraten? Du beteuerst, daß du mich liebst, und ich glaube dir das. Also sag mir, warum du mich dann nicht heiraten willst.«

Sie saß eine Weile ruhig da, dann sagte sie mit einem Seufzer:

»Laß uns keinen Streit über dieses Thema anfangen, Hamp. Haben wir nicht alle Gründe dutzendmal durchgesprochen? Ich will nicht. Und ich bin mir nicht sicher, ob du schon so entschlossen bist. Es gibt keinen Grund, die Sache zu überstürzen. Laß uns zuerst völlig sicher sein.«

Hamp schüttelte den Kopf. »Ich bin entschlossen, und ich bin mir sicher. Es gibt nur zwei Dinge, die unserer Heirat im Wege stehen können. Entweder du liebst mich nicht so sehr, wie ich dich liebe oder du bist noch auf der Suche nach einem anderen und willst es nur nicht zugeben.« Er blickte ernst, und seine Augen wurden dunkel. Ihre Augen weiteten sich, und ihre Blicke wurden unruhig. Sie biß sich auf die Lippen und drehte ihre Hand um, um seine Hand zu umfassen, die immer noch auf ihrer lag. Sie schaute ihn an und ihre Stimme zitterte leicht: »Manchmal bist du ungerecht, Hamp. Manchmal denke ich, daß du mich absichtlich verletzen willst.«

Er tätschelte ihre Hand, wandte den Blick von ihr ab und starrte auf die Küchenwand. Er rutschte unruhig auf dem Stuhl hin und her und gestand mit einem Seufzer seine Niederlage ein. »Du willst nie darüber reden. Jedesmal, wenn ich dieses Thema anschneide, verschiebst du die Aussprache auf den nächsten Tag, die nächste Woche oder den nächsten Monat. Ich spreche von unserem Leben und schon hundertmal ist der nächste Tag vergangen, ebenso wie die Wochen und die Monate.« Jetzt starrten sie seine Augen dunkel und fragend an.

Sie atmete tief ein und beschloß, ihm noch ein weiteres Mal ihre Gedanken mitzuteilen. »Hamp, wie kann ich es dir klarmachen ohne deine Gefühle zu verletzen? Wie oft haben wir dieses Thema in all den Monaten, die wir nun zusammen leben, besprochen? Liebling, ich liebe dich, aber...«

»Aber... aber... ich bin dir nicht männlich genug. Das willst du mir doch sagen, ohne mich zu verletzen.« Sein Ton wurde härter. »Also das geht nicht!« rief er um einiges lauter aus. »Wenn ich dir sagen würde, daß du für mich nicht weiblich genug bist, würde dich das nicht verletzen?«

Sie schloß die Augen und zog ihre Hand zurück. Ihr Mund öffnete sich, doch es kam kein Laut heraus. Endlich antwortete sie hastig: »Schau, es passiert jedesmal. Jedesmal, wenn ich dir meine Gefühle beschreibe, faßt du es als Beleidigung auf.

Du glaubst, ich kritisiere deinen Körper, Hamp, und das tue ich nicht!« rief sie leidenschaftlich aus. »Das tue ich nicht! Ich versuche dir verständlich zu machen, daß dein Körper überhaupt nichts mit unserem Problem zu tun hat. Es ist eine gefühlsmäßige und keine körperliche Angelegenheit. Wann wirst du mich endlich verstehen?« Sie griff sich an die Stirn und nahm wieder ihren ruhigen Tonfall an: »Wann wirst du es begreifen? Ich spreche nicht über breite Schultern, schmale Hüften und flache Bäuche. Ich spreche weder über Muskeln noch über deinen Körper, Hamp.« Sie sah ihn bekümmert, mit aufgerissenen Augen an. »Du bist im Lauf der Zeit nicht freier, sondern nur gehemmter geworden, und das zerstört einen wichtigen Bestandteil unserer Beziehung. Kannst du das nicht einsehen?«

Er saß scheinbar gelassen da, fast wie ein kleiner Junge, der Schelte bekommt, aber von Zeit zu Zeit zwinkerte er mit seinen Augen, als könnte er so die schmerzenden Worte vertreiben. Dann faßte er sich an sein Kinn und fuhr sich seufzend über die ein paar Tage alten Bartstoppeln. Er schwieg lange und fragte dann fast flüsternd: »Warum wünschen sich Frauen große Brüste?« Er bewegte sich nicht, nur seine Augen suchten die ihrigen.

Sie sah ihn nur an.

»Für sich selbst?« fragte er weiter, ohne ihren Blick loszulassen.

Sie machte immer noch keinen Versuch zu antworten. Sie betrachtete seine Finger, die er immer noch gegen das Kinn gepreßt hielt, schön geformte, längliche Finger mit sauberen, manikürten Nägeln. Dann blickte sie auf die hervortretenden Venen auf seinem Handrücken. Sie starrte ihn mit feuchten, dunklen Augen an, und ihre Gedanken schweiften ab. Sie fragte sich, wo diese Hände wohl schon überall gewesen seien, wie viele Frauen sie schon umfaßt haben? Was hatten diese schönen Hände in den vergangenen 31 Jahren alles getan? Seine Stimme holte sie mitten aus ihrer Grübelei in die Gegenwart zurück.

»Du hast mir noch nicht geantwortet, Barrie, ich warte.«

Ihr Gesicht wurde zur ausdruckslosen Maske, als sie achselzuckend antwortete: »Ich weiß es nicht, vielleicht aus demselben Grund, wie der Mann, wenn er seinem Körperbau eine solche Bedeutung beimißt. Vielleicht hängt es mit der Vorstellung zusammen, die sich jeder von sich selbst macht. Aber du wirst mich niemals davon überzeugen können, daß der Brustumfang einer Frau wirklich wichtig ist, da ich naiv genug bin, zu glauben, daß die körperliche Beschaffenheit nicht wichtig ist, wenn sich zwei Menschen mit Wärme, Verständnis und Zuneigung lieben.«

Er antwortete leise und knapp, in einem monotonen Tonfall: »Wie leicht es doch ist, weise zu sein, wenn man alles hat, Barrie. Du hast Größe 32 C, aber was wäre, wenn ein 32 A lose an dir herabhängen würde? Wärst du zufrieden oder hättest du gern mehr?«

Sie zögerte nicht mit ihrer Antwort, denn sie fühlte, daß sie zum erstenmal in den 18 Monaten zum Kern des Problems kamen und nun genau vor dem Problem standen, das die größte Bedrohung für den Bestand ihrer Beziehung darstellte. »Ich würde mir einen kleineren Büstenhalter kaufen, Hamp. Ferner würde ich darauf hoffen, daß der Mann, den ich liebe, auch meine kleinen Brüste liebt. Ich würde den Gedanken hassen, daß Menschen andere Menschen nur in mancher Hinsicht lieben. Wenn du mich liebst, liebe mich so wie ich bin, liebe mich in der Wirklichkeit. Wir sind nicht alle perfekt ausgestattet, und ich denke, das ist wunderbar. Wir können nicht alle Götter und Göttinnen sein. Einige von uns sind nur menschlich, also nicht perfekt. Aber ich habe mir immer gewünscht, daran glauben zu können, daß Liebe auch bedeutet, Unvollkommenheiten zu akzeptieren, und sie als Vollkommenheiten zu sehen.«

»Und hat die Liebe mich in deinen Augen vollkommen gemacht?« fragte er forschend mit einem Hauch von Bitterkeit.

»Nein«, antwortete sie schnell und hob bei diesem Wort kurz die Augenbrauen. »Aber dein Fehler ist nicht körperlicher, sondern gefühlsmäßiger Natur, Hamp. Ich brauche Wärme...« Ihre Worte verloren sich in Schweigen.

Er verschränkte die Arme vor seiner Brust und starrte in den Raum. Langsam begann sein Mund zu zucken, und er schlug mit der flachen Hand auf den Tisch. »Erkläre mir was Wärme ist, Barrie. Erkläre mir, was du damit meinst.«

Sie schüttelte zutiefst resigniert den Kopf: »Ich kann es nicht, Hamp. Ich kann es nicht«, gestand sie, den Tränen nahe. »Ich kann es nicht in Worte fassen. Es ist nichts, was ich dir erklären kann, es ist etwas, das ich bei dir fühlen muß.«

Er war während des Gesprächs ein wenig bleich geworden, und als er endlich wieder das Wort ergriff, war seine Stimme noch heiserer. »Ich glaube das Essen ist fertig.« Er stand langsam auf und ging zum Herd. »Oh«, sagte er leise, während er nach einem Topflappen griff, »deine Mutter hat angerufen. Sie will, daß du sie zurückrufst. Sie klang ein wenig nervös, so als ob etwas passiert wäre.«

Barries Gesicht nahm einen verblüfften Ausdruck an. Sie vergaß für einen Moment ihre Unterhaltung mit Hamp, stand auf und ging schweigend in das Wohnzimmer zurück. »Hat sie nicht gesagt, warum sie anruft?« fragte sie ihn, während sie den Hörer abnahm. Sie hielt kurz inne, um seine Antwort abzuwarten.

»Nichts. Aber, wie ich deine Mutter kenne, muß es wichtig gewesen sein. Sie hat schon vor 6 Uhr angerufen, obwohl heute nicht Wochenende ist«, rief er zurück.

Barrie drückte langsam die Tasten des Telefons. Zuerst die Eins, dann die Kennzahl des Gebiets und dann die Nummer des Wohnsitzes ihrer Eltern, Mr. u. Mrs. James Bradford Cook, in Albuquerque, New Mexico. Sie lauschte den gedämpften Geräuschen in der Leitung, ein Zeichen für die große Entfernung. Sie hielt den Hörer vorsichtig, ohne ihn zu umklammern. Trotzdem verspürte sie Angst. Sie atmete tief ein und hörte zum zweitenmal das Rufzeichen. Hamp hatte mit seiner letzten Feststellung recht gehabt: Mutter rief nie vor dem Zeitpunkt an, an dem die Gebühren niedriger wurden. Niemals. In den ganzen sechs Jahren, die sie in New York gelebt hatte, hatte sie nie einen Anruf während des Tages von ihr erhalten, außer am Wochenende.

»Hallo.« Sie vernahm die sehr gedämpfte Stimme von Maryanne Cook.

»Mutter, hast du angerufen?« antwortete Barrie hastig und versuchte ihre Besorgnis zu verbergen.

Eine lange Pause entstand. »Ja, Liebes, das habe ich. Wie geht es dir?«

»Es geht mir gut.« Barrie räusperte sich. »Wie geht es dir und Vater?«

Ein langes, langes Schweigen war die Antwort. Barrie ging mit dem Hörer in der Hand zum Sofa und setzte sich. Sie war nicht empfindlich, aber sie wußte, daß etwas Schlimmes passiert sein mußte, und sie begann sich darauf einzustellen.

»Liebes«, begann ihre Mutter langsam und leise. »Ich weiß nicht, wie ich es dir sagen soll, aber... dein Vater ist weggegangen.«

»Weggegangen? Wovon sprichst du, Mutter?« Barrie hörte, wie sich der Klang ihrer eigenen Stimme durch eine ängstliche Vorahnung veränderte.

»Er ist gegangen. Ausgezogen. Er hat mich verlassen, Barrie. Er hat mich wegen einer Jüngeren sitzenlassen.« Barrie konnte es überhaupt nicht fassen. »Was! Mutter, das kann nicht dein Ernst sein!«

»Doch.« Sie weinte. »Es ist wahr. Er ist weg. Er hat heute morgen alle Kleider eingepackt, Barrie. Jeden kleinsten Fetzen, alles außer seinem Ehering. Den hat er auf der Anrichte liegenlassen. Er hat 34 Jahre unseres Lebens einfach auf der Anrichte liegenlassen!«

Barrie war völlig versteinert. Ihre erste Reaktion bestand in dumpfer, eigensinniger Ungläubigkeit. Als der anfängliche Schock nachzulassen begann, schüttelte sie langsam den Kopf. Die Stimme von Maryanne Cook klang niedergeschlagen vor Enttäuschung. »Es hat vor dieser Frau bereits andere gegeben, Liebes, aber ich habe ihm jedesmal vergeben. Mit meiner Nachsicht ist es zu Ende. Ich habe keine mehr. Ich will mich von ihm scheiden lassen, Barrie. Diesmal will ich es. So wahr mir Gott helfe, ich will es.«

»Mutter.« Ihre Stimme war so dünn, wie eine Kristallglocke kurz vor dem Zerbrechen. »Es tut mir leid.« Der Hörer zitterte so stark in ihrer Hand, daß sie die folgenden Worte kaum verstehen konnte.

»Ich habe eine Menge mit deinem Vater mitgemacht, Barrie, viel mehr , als du je gewußt oder auch nur vermutet hast. Ich habe immer geglaubt, daß eine Ehe auf Geben und Nehmen beruht, aber Liebes, nur ich habe immer gegeben. Und ich habe alles, soviel ich konnte, gegeben. Es ist vorbei.«

»Wer ist die Frau, Mutter?«

»Coleen Freidman.«

Der Name hallte in Barries Kopf wider. Ihr Mund stand offen. »Coleen? Die Coleen, mit der ich zur Schule gegangen bin? Coleen Holmes?«

»Ja, aber sie heißt jetzt Freidman. Sie ist geschieden und hat drei kleine Kinder.«

»Aber sie ist genauso alt wie ich!« Barrie schnappte nach Luft. Hamp betrat das Wohnzimmer, stellte sich vor Barrie hin und versuchte ihre Aufmerksamkeit zu erregen. Sie schüttelte den Kopf, er zuckte mit den Schultern und kehrte in die Küche zurück.

»Ja«, antwortete ihre Mutter und prophezeite düster: »Aber, wenn sie einen 60jährigen Mann heiratet, wird sie feststellen, daß sie sehr schnell altert. Ich habe das Gefühl, sie ist nur auf die Sicherheit aus, die er ihr und diesen Kindern bieten kann. Sie liebt ihn nicht. Aber er ist ein zu großer Narr, um das zu erkennen. Er ist einfach ein alter Narr, und dagegen gibt es kein Mittel!«

Barrie schüttelte den Kopf. Ungläubigkeit, Überraschung und Verzweiflung stiegen in ihr hoch. »Was soll ich tun, Mutter? Soll ich nach Hause kommen? Vielleicht kann ich mit ihm reden?«

»Nein«, antwortete Maryanne entschieden.

»Ich will das nicht. Ich will mich nicht in dein Leben mischen. Du kannst nichts tun. Katie und ich fahren morgen nach Reno. Ich werde dort bleiben, bis die Scheidung abgewickelt ist. Ich lasse von mir hören. Ich wollte nur, daß du Bescheid weißt, aber ich will nicht, daß du dir Sorgen machst.«

Barrie verzog ihr Gesicht und atmete tief durch. »Ich fliege in zwei Wochen nach Griechenland, oder besser gesagt, ich soll nach Griechenland fliegen. Wenn du glaubst, daß du mich brauchst, kann ich den Auftrag ablehnen.«

»Nein, geh nur nach Griechenland und mach dir keine Sorgen. Ich komme schon zurecht. Katie wird mir beistehen.«

»Wie geht es Tante Katie?« Sie blickte mit ihren großen braunen Augen zur Decke und ihr Herz schlug so heftig, daß sie es fast hören konnte.

»Sie ist bei guter Gesundheit, bei sehr guter Gesundheit«, antwortete ihre Mutter ruhig und beherrscht. »Richte ihr liebe Grüße von mir aus«, flüsterte Barrie. Sie fühlte sich plötzlich schwach und fing an zu zittern.

»Das werde ich tun, Liebes. Paß auf dich auf. Ich werde dich irgendwann, bevor du wegfährst, anrufen und dir mitteilen, wo ich wohne.« Die letzten Worte klangen erstickt.

»Tu das«, befahl Barrie. Ihre eigenen Worte blieben ihr im Hals stecken. »Es tut mir sehr leid, Mutter. Sehr, sehr leid.«

Eine kleine Pause trat ein. »Mir auch, Liebes. Dein Vater und ich sind die ersten vier oder fünf Jahre unserer Ehe sehr glücklich gewesen. Ich – ich weiß nicht, was danach geschehen ist, aber irgend etwas ist geschehen. Es kommt mir nun so vor, als ob ich während all dieser vielen Jahre gewußt hätte, daß wir es nicht schaffen würden. Ich habe mich immer gefragt, welcher Hochzeitstag der letzte sein würde. Es bedeutet fast eine Erleichterung zu wissen, daß der vierunddreißigste der letzte gewesen ist. Es ist nur so traurig, daß wir unser Elend so lange mit uns herumgeschleppt haben.«

Nachdem sie aufgelegt hatte, starrte Barrie kopfschüttelnd das Telefon an. Dann griff sie sich an die Schläfen und vergrub ihr Gesicht in den Händen. Hamp kam zurück. Als sie seine Anwesenheit bemerkte und aufblickte, stand er, die Hände in den Hosentaschen, vor ihr.

Er kaute seine Unterlippe und sah sie fragend an. »Schlechte Neuigkeiten?« fragte er schließlich leise.

Sie rieb sich heftig die Stirn. »Meine Eltern lassen sich scheiden.« Sie blies dic Backen auf und stieß verzweifelt die

Luft aus, während ihr Herz vor Verzweiflung immer noch heftig hämmerte.

»Warum?« Seine Stimme war sehr ruhig und gedämpft.

Sie schaute ihn an, während sie in Gedanken durch die Jahre zurückeilte. Dann begann sie, mehr sich selbst als ihm, von jener Nacht vor 13 Jahren zu erzählen. »Als ich noch auf der High School war, es war im dritten Jahr, hatte ich einmal ein Rendezvous mit meinem festen Freund. Er hieß David Worthington. Wir waren zusammen in einem Horrorfilm gewesen und waren danach noch kurz ein Cola trinken und einen Hamburger essen gegangen. Dann beschlossen wir, noch zur Lover's Lane zu fahren, dieser Straße oben in den Bergen, zu der alle jungen Leute zum Knutschen hinfahren. Es war an einem Wochentag, ich glaube es war ein Donnerstag, und es waren daher nur wenige junge Leute unterwegs. Die Straße war praktisch leer, als wir hochfuhren und das Auto abstellten. Da sah ich, ein wenig abseits auf der rechten Seite, halb versteckt im Unterholz, einen Wagen, der mir irgendwie bekannt vorkam, einen neuen, cremefarbenen Cadillac. Der neue Wagen meines Vaters! Als erstes kam mir die Frage in den Sinn, wer wohl Vaters neues Auto benutze, da er normalerweise niemandem erlaubte, es zu fahren. Ich wurde deshalb sehr zornig auf ihn, da ich glaubte, er hätte es jemand anderem überlassen. Ich strengte meine Augen an, um zu erkennen wer die Person war, die dieses Vorrecht genoß.« Sie fuhr leise und eintönig fort. »Aber ich konnte niemanden entdecken, keine Spur von einem Menschen. Dann erkannte ich, daß irgend jemand, wer es auch immer sein mochte, unten auf dem Sitz lag und mit einer Frau schlief. Der Gedanke, daß Vater jemandem, der nicht mal zur Familie gehörte, erlaubt hatte mit dem Auto zur Lover's Lane zu fahren und sich darin zu lieben, verletzte mich zutiefst. Dann tauchten ganz plötzlich zwei Köpfe auf, die ich durch das hintere Wagenfenster sehen konnte. Jetzt hatte auch David erkannt was vorging. Er hatte Vaters Wagen bemerkt und wollte wegfahren. Aber ich wollte nicht weg. Ich zwang ihn zu bleiben, bis der Cadillac an uns vorbeifuhr. Es war kein Fremder, der den Wagen benutzte – es war Dad selbst. Dad und seine Sekretärin. Ich werde nie vergessen, wie ich mich fühlte. Ich bekam richtig starken Schüttelfrost. Ich dachte an Mutter, die sich zu Hause um alles kümmerte und das Abendessen warm hielt, und mir wurde richtig übel. Ich mußte aussteigen und mich am Straßenrand übergeben.« Sie schüttelte, von der schmerzvollen Erinnerung übermannt, den Kopf und fuhr fort: »Ich wußte nicht, wie ich meinem Vater jemals wieder ins Gesicht sehen sollte, oder auch meiner Mutter. Ich war so zornig auf alle beide. Auf Vater, weil er das getan hatte und auf Mutter, weil sie so dumm war, das zuzulassen. Es dauerte fast ein Jahr bis ich meine Gefühle wieder unter Kontrolle hatte und mich beruhigt hatte. Und weißt du was, Hamp, ich ging nie wieder zur Lover's Lane. Nie wieder.« Sie blickte ihn mit einem Ausdruck aufrichtiger Betroffenheit an. Die traurige Wirklichkeit der Vergangenheit hatte sich ungerufen in die Gegenwart eingeschlichen.

»Und du hast das nie jemandem erzählt?« fragte er mit zitternder Stimme.

Sie schüttelte den Kopf. »Nein. David wußte davon, aber er war zu verlegen, um mich darauf anzusprechen. Deshalb habe ich es nie jemanden erzählt.«

Er ging zum Sofa, setzte sich neben sie und nahm ihre Hand. »Hast du oft daran gedacht?« fragte er sanft.

Sie schüttelte den Kopf. »Nein. In all den Jahren kaum. Es gehört zu den Erlebnissen, an die du dich bewußt nicht erinnern willst, aber die du unbewußt nie ganz vergißt. Oberflächlich betrachtet, hatte sich zu Hause nichts verändert, und dennoch war es nicht mehr wie zuvor. All meine Vorstellungen über Ehe änderten sich in dieser Nacht.«

»Wie?« Er drückte ihr zärtlich die Hand.

Sie zuckte mit den Schultern. »Ich weiß es nicht genau. Bis zu dieser Nacht hatte ich jedenfalls geglaubt, daß meine Eltern die vollkommene Liebe gefunden hätten, daß sie miteinander glücklich wären und daß sie sich genügen würden. Nach dem Zwischenfall konnte ich ihre Ehe nicht mehr für makellos und rein halten. Dieser Glaube war ein für alle Mal zerstört. Für mich ist ihre Ehe niemals wieder makellos und rein geworden.«

»Warum sind sie nicht in ein Motel gegangen?« fragte er und zuckte mit den Achseln, »wenn man bedenkt, daß sie beide erwachsen waren, dann war das ein dummes Verhalten, sogar damals!«

»Ich weiß es nicht«, antwortete sie. Ihre Stimme klang zweifelnd, und in ihren Augen standen Tränen. »Ich habe auch darüber nachgedacht. Mein Vater ist zwar sparsam, aber nicht geizig.« Sie zog die Schultern hoch. »Ich weiß es nicht. Ich konnte nie eine sinnvolle Erklärung dafür finden, aber ich dachte mir, daß er vielleicht Angst davor hatte, erkannt zu werden oder daß sie vielleicht hinausgefahren waren, um die Natur, die Sterne und die Berge zu genießen. Ich weiß es nicht.« Langsam hob sie wieder den Kopf.

Er lehnte seinen Kopf an das Sofa. »Liebling, vielleicht ist das der Grund, warum du mich nicht heiraten willst. Weil du deinen Vater bei einem Rendezvous mit seiner Sekretärin überrascht hast, als du noch ein leicht zu beeindruckender Teenager gewesen bist. Vielleicht ist das der Grund. In Gottes Namen, warum hast du eineinhalb Jahre damit gewartet, mir das zu erzählen? Es hätte vieles anders sein können.« Er schaute sie fast hoffnungsvoll an.

»Selbst wenn ich dir davon erzählt hätte, hätte es nichts geändert, Hamp! Was vor vierzehn Jahren auf jener Straße geschehen ist, hat nichts damit zu tun, daß wir nicht heiraten!« Sie blickte ihm voll ins Gesicht. Ihr Herz schlug immer noch heftig wegen der belastenden Neuigkeit. Einen Moment lang verspürte sie den Wunsch ihn zu umarmen und ihn fest an sich zu drücken, bis ihm der Atem stocke, aber sie bemerkte, daß er zur Küchentür blickte.

»Das Essen wird kalt«, sagte er mit weicher Stimme.

Sie fühlte eine große Leere in sich aufsteigen. »Fang ruhig an, ich bin nicht hungrig«, flüsterte sie.

Sie beobachtete ihn, wie er in der Küche verschwand, dann ließ sie ihren Kopf zurück auf das Sofa sinken. Sie starrte zur Decke, während sie immer wieder ungläubig den Kopf schüttelte. Hamp war wahrscheinlich in dieser Hinsicht wie alle Männer. Nichts konnte seinen Appetit beeinträchtigen. Tod, Krankheit, Scheidung, Nervenzusammenbruch, nichts konnte ihn davon abhalten, sein Hacksteak zu verzehren.

In den vergangenen 18 Monaten hatte sie ihn nie nötiger gebraucht als in diesem Augenblick – und wo war er? Er saß in der Küche und schlang von einem Zinnteller gierig Essen in sich hinein, als ob es seine Henkersmahlzeit wäre. Sie fühlte das Verlangen in sich aufsteigen, ihn bei seiner Rückkehr ins Wohnzimmer zu erschießen, damit ihre Zeit mit ihm nicht völlig verschwendet gewesen wäre.

2

Ihr helles, kleines Zimmer in der Büroetage war heiß. Sie stand von ihrem Schreibtisch auf und stellte die Lüftung ab, obwohl sie wußte, daß ihr in einer Viertelstunde wieder kalt sein würde. Sie setzte sich erneut, zog ihre kastanienbraune Wollweste aus und warf sie auf den braunen Ledersessel in der Ecke des Raumes. Jeden Tag, den sie in diesem Gebäude zubrachte, fror sie entweder oder sie schwitzte. Andauernd zog sie ihre Strickjacke entweder aus oder an.

Sie nahm ihren Bleistift und rollte ihn zwischen den Fingern hin und her. Obwohl sie durch den Anruf ihrer Mutter immer noch wie betäubt war, hatte sie doch die Unterlagen herausgesucht und zusammengestellt. Sie war fest entschlossen, sich durch die Neuigkeiten von zu Hause, nicht ihre Begeisterung für ihren neuen Auftrag verderben zu lassen. Aber, bei Gott, sie fühlte sich bis in ihr Innerstes aufgewühlt. Und Hamp half ihr nicht, die schlechte Neuigkeit zu verarbeiten. Er schien fast Hemmungen zu haben, die Angelegenheit auch nur zu erwähnen. Es tat ihr fast leid, daß sie ihm den Seitensprung ihres Vaters anvertraut hatte.

Während der achtzehn Monate mit Hamp war ihr nie auch

nur der Gedanke gekommen, daß es eine Erleichterung bedeuten könnte, ihn eine Zeitlang nicht zu sehen, aber jetzt hatte sie das Gefühl, daß dieser Auftrag in Griechenland für sie beide gut wäre. In letzter Zeit fühlte sie sich an seiner Seite vollkommen unausgeglichen und unsicher. Es kam ihr so vor, als strebe ihr gemeinsames Leben auf ein, ihr nicht bekanntes Ziel zu. Sie liebte ihn, und sie wußte nicht, was sie tun sollte. Sollte sie ihn heiraten oder nicht? Sie wußte es nicht, und diese Unentschlossenheit belastete sie noch mehr. Und jetzt, da die Auflösung der Ehe ihrer Eltern notwendig war, fühlte sie, wie sie vor Unentschlossenheit noch zielloser hin und her taumelte und schwankte.

Unerwartet erschien ihr Chefredakteur, Horace Weale, in der Tür und sah zu ihr herein. »Was machst du, Barrie? Träumst du von griechischen Tankerkönigen?«

Sie lächelte ihn an. »O nein, aber ich muß zugeben, daß ich an Griechenland gedacht habe. Ich kann es kaum erwarten, bis es soweit ist«, bekannte sie offen, während sie ihn mit einem kurzen Zeichen aufforderte, einzutreten.

Er quetschte sich an ihrem Schreibtisch vorbei und setzte sich ihr gegenüber in den Sessel. Er war ein großer, gutmütiger, fünfzigjähriger New Yorker. Die spärlichen Strähnen seines feinen, dunklen Haars hatte er über den fast nackten Schädel zurückgekämmt. Er trug immer langärmelige Hemden und Krawatten. »Wir haben uns ein paar Gedanken zu deinem Artikel gemacht.« Er wandte den Kopf beiseite. »Mein Gott, ist es hier heiß! Dieser Lüftungsschacht muß direkt mit der Hölle in Verbindung stehen.« Er schaute zur Wand.

»Ich habe ihn geschlossen«, sagte sie leise und beobachtete hilflos sein Unbehagen.

Er wandte sich ihr wieder zu. »Also, da wir uns schon eine Geschichte leisten, die in Griechenland spielt, dachten wir, wir könnten gleich alles Mögliche unternehmen und die Sache richtig anpacken.« Er zog ein weißes, gebügeltes Taschentuch aus seiner Hosentasche und fuhr sich über die Stirn.

Sie blickte auf und in ihren dunklen Augen glitzerte es auf. »Was meinst du damit, Horace?« Sie strahlte ihn mit verhaltener Neugier an.

Er saß da und hielt sein Taschentuch in der Hand. »Da der Artikel hauptsächlich die antiken Olympischen Spiele behandeln wird, haben wir beschlossen, die Auswahl unseres Modells nicht dem Zufall zu überlassen. Wir wollen nicht den gleichen Ärger haben, wie das Team am Mount Everest.« Er schwenkte das Taschentuch hin und her. »Ich werde das später genauer ausführen; wir haben jedenfalls ein Modell für Griechenland verpflichtet.«

Barrie sagte nichts, aber ihre Augen weiteten sich mit wachsendem Interesse, als er fortfuhr. Sie hatte von dem Debakel am Everest und dem Ärger, den das Team gehabt hatte, gehört.

Horace fuhr fort. »Wir haben für die Rolle des Athleten einen Mann engagiert. Ein gutaussehender Kerl.« Er zuckte mit den Achseln. »Er sieht aus wie Alexander der Große in jungen Jahren oder wie eine von den nackten Statuen aus dieser Zeit, langbeinig, lockig, markante Gesichtszüge. Du kennst den Typ.« Er lachte verhalten. »Natürlich ist dies das erste Mal, daß wir einem Team ein Modell mitgeben, also müssen wir erst einmal abwarten was daraus wird.« Er fuhr sich wieder mit dem Taschentuch über Stirn und Wangen.

Sie sah ihn neugierig an und machte eine Pause, um seine Worte zu verarbeiten, bevor sie den Gesprächsfaden wieder aufnahm. »Du willst also damit sagen, daß ihr ein Modell, ein männliches Modell engagiert habt, das mit uns zusammen nach Griechenland gehen soll?«

Er lachte abermals. »Klar. Außerdem ist er ein hübscher Junge. Zieh ihm eines dieser feinen griechischen Kostüme an, binde ihm eines dieser Bänder um den Kopf und er wird jeder Frau in Amerika sofort von der Titelseite ins Auge springen. Die Idee stammt von Joe aus der Werbeabteilung. Es ist gut möglich, daß dies der Vorreiter für künftige Leitartikel sein wird.«

Sie war sprachlos, und das passierte ihr selten. Sie konnte

ihre abschweifenden Gedanken nicht einmal soweit sammeln, daß sie zu einer einzigen Bemerkung fähig war. Er lachte herzlich über ihren Gesichtsausdruck. Sie erholte sich sofort von ihrem Schrecken, zuckte leicht zusammen und lächelte ihn an. »Ich glaube, das ist eine gute Idee«, erwiderte sie lachend. »Sie wird uns ein wenig Ärger ersparen und außerdem, was für einen Unterschied macht schon ein Mann mehr.« Sie lachte nochmals; ein angenehmes Lachen. »Es hat sogar einen gewissen Reiz.«

»Oh«, er war plötzlich wieder ernst. »Wir verhandeln in dieser Angelegenheit auch gerade mit dem staatlichen Fernsehen. Sie schicken vielleicht ein Team mit, um einen Film zu drehen, der dann gesendet werden soll, wenn der Bericht im Magazin abgeschlossen ist. Wir werden das morgen erfahren. Und ich schicke Hampton mit, als stellvertretenden Projektleiter und Fotografen zugleich. Ist dir das recht?«

Plötzlich blickten ihre dunklen Augen verwundert. Seit über einem Jahr hatten Hamp und sie nicht mehr zusammen gearbeitet. »Ich dachte Raymond würde mitkommen«, erwiderte sie hastig.

»Raymond hat ein Magengeschwür. Der Artikel über den Everest hat das ganze Team geschafft. Es tut mir leid, aber ich muß dir leider mitteilen, daß kein Sir Edmund Hillary bei diesem Magazin tätig zu sein scheint.« Er sah sie an und wußte nicht genau, was er von ihrem Gesichtsausdruck halten sollte.

Barrie spürte eine weitere Aufwallung von Gefühlen. Seltsam. Sie hatte gerade darüber nachgedacht, wie wohltuend ihre Abwesenheit für sie beide sein würde, und jetzt würde es keine Abwesenheit geben. Hamp würde zusammen mit ihr nach Griechenland gehen. Zu einem anderen Zeitpunkt hätte sie diese Neuigkeit in einen Freudentaumel versetzt, aber jetzt nicht. Sie fühlte sich schuldig wegen der Gefühle, die in ihr aufstiegen. Sie liebte ihn. Warum war sie nicht glücklich darüber, daß er mitkommen würde? Sie starrte Horace mit einem leeren Blick an.

Seine lebendigen Augen erfaßten die äußeren Anzeichen

eines inneren Kampfes. »Es gibt doch hier keine Probleme?« erkundigte er sich vorsichtig. »Ich will auf keinen Fall, daß diese Story verhunzt wird!« Besorgnis schwang in seiner Stimme mit.

»Nein«, versicherte sie ihm schnell. »Alles ist in Ordnung«, preßte sie hervor und hoffte, daß er ihre Beinahlüge nicht bemerkte. Denn soviel war sicher, ihm konnte niemand etwas vormachen.

Einige Minuten nachdem er hinausgegangen war, saß sie immer noch kopfschüttelnd an ihrem Platz. Die jüngsten Neuigkeiten warfen einen Schatten auf ihre hochgesteckten Erwartungen. Also, so würde die Sache jetzt laufen. Hamp würde auf ihre Reise nach Griechenland mitkommen. Gleichgültig was ihre Wünsche waren, dies schien jetzt eine Tatsache zu sein.

Alles wurde auf einmal so schwierig. Die Reise, die sie gestern noch als eine willkommene Herausforderung ihrer beruflichen Fähigkeiten zu erproben betrachtet hatte, konnte jetzt nur noch eine Herausforderung an ihr Durchhaltevermögen werden. Wie konnte sie Griechenland genießen, jetzt, da sich der Lebensweg ihrer Eltern so ganz plötzlich trennte? Wie konnte sie über ihr Zusammenleben mit Hamp nachdenken, wenn er ständig an ihrer Seite war? Sie fühlte sich seltsam, wie ein verlorenes Mädchen, das eine starke Hand braucht, die es durch diese Lebensphase führt, in der man noch grundlegende Erfahrungen sammelt. Sie wußte, daß sie stark war, aber sie brauchte mehr als ihre eigene Stärke. Sie brauchte die Gewißheit, daß ihre Mutter gut zurechtkam, aber wie konnte sie dessen sicher sein, wenn sie sich am anderen Ende der Welt befand? Genau zu der Zeit, da – wie sie wußte – ihre Mutter sie am nötigsten brauchte.

Und plötzlich, der Himmel allein mochte wissen warum sie das tat, denn sie selbst würde es nie wissen, nahm sie das Telefon und wählte die Nummer der Anwaltskanzlei ihres Vaters in Albuquerque. Sie wußte, sie rief ihn nicht seinetwegen an, sondern wegen ihrer Mutter. Vielleicht wollte sie ihm ein Versprechen entlocken, das ihrer Mutter das Leben in der folgenden Zeit irgendwie leichter machte. Sie wußte nicht im geringsten, was sie sagen sollte, wenn sie ihn im Büro erreichen würde. Es war eine von diesen, einer spontanen Eingebung folgenden Handlungen, die jemand ausführt, ohne genau zu wissen warum oder gar wie. Sie war sich immer noch völlig unklar darüber, was sie zu ihm sagen würde, um ihrer Mutter das Leben irgendwie leichter zu machen.

»Anwaltskanzlei Cook und Kendall«, meldete sich eine angenehme, geschäftsmäßig klingende Stimme.

Barrie schluckte. »Ich möchte bitte James Cook sprechen.«

»Darf ich fragen, wer Sie sind?«

»Ja, Barrie Cook.«

»Haben Sie bitte eine Minute lang Geduld, Miss Cook. Als sie wartete, während sie den Hörer fest umklammert hielt, konnte Barrie James Bradford Cook, den Mann, der ihr Daddy war, vor sich sehen. Daddy. Sie dachte über den Klang dieses Wortes nach. Es hatte so einen netten, sicheren Beigeschmack. Ihr Vater hatte immer einen merkwürdigen Zauber an sich gehabt. Er war sehr hager, hatte ein schmales Gesicht, markante Gesichtszüge und dünne Lippen – das genaue Gegenteil von ihrer dicken, molligen Mutter. Ein verrückter Gedanke stieg in ihr auf. Vielleicht beeinflußte das Gewicht die Liebe, vielleicht war das wirklich so. Wie oft hatte sie mitbekommen, wie ihr Vater ihre Mutter bearbeitet hatte. »Schatz, warum nimmst du nicht ein paar Pfund ab. Schatz, iß das nicht, es ist vollgestopft mit Kalorien. In Gottes Namen, warum wirst du nicht etwas Fett los?« Dennoch, jetzt, da ihre Mutter dünn wie eine Latte war, hatte er sie verlassen. Vielleicht hatte sie eine falsche Vorstellung von Liebe. Vielleicht war körperliche Vollkommenheit notwendig.

Sie wollte für beide Mitleid empfinden, aber sie empfand mehr Zorn als Mitleid. Irgendwie erschienen ihr zwei Menschen, die jeweils vom Leben des anderen 34 Jahre verschwendeten, schrecklich gemein. Sie war froh darüber, daß sie in New York und ihre Eltern in Albuquerque waren. Doch sie konnte die Befürchtung nicht loswerden, daß sie und Hamp eines Tages des gleichen Verbrechens für schuldig befunden werden würden, allerdings in viel geringerem Ausmaße. Es bestand ein großer Unterschied zwischen achtzehn Monaten und vierunddreißig Jahren. Aber sie konnte sich nicht dazu überreden, zuzugeben, daß sie und Hamp jeweils des anderen Leben verschwendeten. Nicht offen. Aber der Gedanke quälte sie im tiefsten Innersten.

Die Telefonistin kam in die Leitung zurück. »Es tut mir leid, Miss Cook, aber ihr Vater nimmt gerade eine Zeugenaussage auf. Er bittet sie, ihre Nummer zu hinterlassen. Er wird sie zurückrufen, sobald er fertig ist.«

Barrie stieß einen Seufzer der Erleichterung aus. »Nein – ich, äh... werde nicht da sein. Ich werde später noch einmal anrufen.« Als sie auflegte wußte sie, daß sie das nicht tun würde. Was sie betraf, so war der Anruf bei ihm eine Eingebung, die einmalig war, die nicht wiederkommen würde. sie fühlte wieder Zorn auf ihn, mitleidslosen, kalten Zorn. Nicht deswegen, weil er gestern ihre Mutter verlassen hatte, sondern weil er sie vor vierzehn Jahren verlassen hatte, um mit seiner Sekretärin zusammenzusein. Der Alptraum war wieder da und lastete auf ihr, während sie bis um sieben Uhr im Büro an dem aktuellen Artikel arbeitete. Mitten in ihrer Arbeit ertappte sie sich bei der Frage, welche Erwartungen das Wort ›Liebe‹ in ihr wachrief. Gestern hatte sie geglaubt, die Antwort zu kennen, aber das Bild im Spiegel hatte sich wieder verändert. Was war es denn? Ein Wort ohne Bedeutung? Ein Wort des Scheins? Ein Wort, das rein der menschlichen Fantasie entsprungen war? Warme Tränen liefen ihr über die Wangen. Oder war es ein Wort, das einen schlug und verletzte, während man nach seiner Bedeutung suchte und feststellen mußte, daß es keine gab? Sie schluckte und wischte sich die Tränen ab. Sie hoffte, daß ihre Augen bei ihrer Ankunft zu Hause nicht rot und geschwollen aussehen würden.

Auf dem Weg zu ihrer Wohnung legte sie wieder ein wenig Make-up auf, um eventuelle Spuren des Gefühlsaufruhrs zu beseitigen. Als sich das Taxi ihrer Straße näherte, dachte sie gequält an den Mann, der sie dort erwarten würde. Sie brauchte ihn, um die verwickelten Gefühle, die an ihren Nerven zerrten, zu überleben.

Als sie das Wohnzimmer betrat, warf ihr Hamp einen schnellen Blick zu und vertiefte sich dann wieder in die geöffnete Mappe, die vor ihm auf dem Kaffeetisch lag. »Wieder spät«, sagte er, wie bei einem Ritual.

»Ich habe lange gearbeitet«, sagte sie beiläufig, wenn auch mit einer Spur von Angst und ging dann zu dem Sessel, der ihm gegenüber stand. Er saß auf dem Sofa und hatte seine Arbeit vor sich ausgebreitet liegen. Sein Ausdruck war ernst. Die Augenlider gesenkt, betrachtete er die Fotografien. »Hast du die Neuigkeiten gehört?« fragte er, und seine intelligenten Augen warfen ihr einen schnellen Blick zu, bevor sie zur Mappe zurückkehrten.

»Ja«, antwortete sie leise.

»Ist das alles, was du dazu zu sagen hast?« fragte er beinahe aufstöhnend.

Sie verzog kurz das Gesicht und saß dann mit starrer Miene still und nachdenklich da.

Er nippte an einem Glas Whisky mit Soda. »Ziehst du deinen Mantel nicht aus?« fragte er, blickte sie an und schluckte.

»Gleich, in einer Minute«, erwiderte sie und starrte ihn mit stillem Verlangen an. Sie wollte, daß er mit ihr spräche und ihr helfen würde.

Er beugte sich noch weiter vor und sie beobachtete ihn, während er sich den Fotos widmete. Er trug wie üblich Jeans und eine Strickjacke, die die Muskulatur seines Körpers, seine breiten Schultern und seine wohlgeformten Beine betonten. Sie wollte, daß er sie berührte, daß er sie hielte. Erkannte er nicht, wie elend ihr zumute war? Ihr Gesicht wurde ernster.

Nach ein paar Sekunden blickte er zu ihr auf. Einige Minuten verrannen in drückendem Schweigen, dann fragte er: »Warum bist du so ruhig?«

Bei diesen Worten stand sie schweigend auf und zog den Mantel aus. Sie ging auf den Gang hinaus und hängte ihn in den Wandschrank.

»Hat Horace dir von dem Modell erzählt?« rief Hamp ihr mit einem verstohlenen Lachen zu.

»Ja.« Sie rieb sich die Stirn.

»Das hier ist seine Mappe, die seine Agentur am Nachmittag geschickt hat. Willst du mal einen Blick reinwerfen?« Er lachte offen. »Ich werde ihn Apollo nennen, weil er so verdammt gut aussieht«, fügte er witzelnd hinzu.

»Ich werde es mir in einer Minute ansehen«, sagte sie herablassend.

Ein Moment des Schweigens trat ein. Plötzlich platzte er mit seiner Verärgerung offen heraus: »Was soll dieser Blödsinn, mit ›in einer Minute‹, den du heute abend von dir gibst? In einer Minute könnte die Welt untergehen, in einer Minute könnte ich hier auf dem Sofa mit einem Herzinfarkt zusammenbrechen, oder in einer Minute könntest du auf dem Teppich ausrutschen und dir das Genick brechen. Ich spreche nicht über ›in einer Minute‹, Barrie, ich spreche über jetzt. Jetzt«, stieß er leidenschaftlich hervor. »Was ist denn heute mit dir los? Du benimmst dich wie ein Zombie.« Sie trat in den Türrahmen zurück und lehnte sich mit einer Schulter an. »So fühle ich mich auch, Hamp«, flüsterte sie. »Fast wie ein Zombie.«

»Wegen deiner Eltern«, fragte er hölzern nach und sah sie an.

Sie fuhr sich mit beiden Händen durchs Haar. »Ich versuche nicht daran zu denken.« Sie sprach mit heiserer Stimme und war wieder den Tränen nahe. »Es ist so traurig.«

Er studierte den sorgenvollen Ausdruck ihres Gesichts, während sein eigenes Gesicht gespannt und ernst blieb. »Also«, sagte er nach einer Weile, »du solltest dich lieber nicht weiter damit beschäftigen, denn wenn du das tust, verdirbst du nicht nur dir, sondern auch mir die Reise.«

Sie fröstelte. Bestürzt seufzte sie auf und fragte sich, warum es ihr so vorkam, als ob in diesem Augenblick in ihrem Leben alles zusammenbräche. Sie war bestürzt und starrte ihn noch eine Weile an. Dann ging sie zu der Hausbar, die sich auf der anderen Seite des Zimmers befand und goß sich einen Brandy ein. Mit dem Rücken zu ihm nippte sie am Glas, und fühlte, wie ihre Enttäuschung zunahm.

»Barrie, was machst du da?« fragte er. Es klang, als ob er ihr plötzlich Verständnis entgegenbrächte. Verwundert schaute er sie einige Augenblicke lang an und sagte dann: »Dreh dich um und sprich mit mir!« Ohne sie aus den Augen zu lassen, streckte er eine Hand aus und schloß die Mappe, das Ende der gespannten Stille abwartend. Sie drehte sich um und blickte ihm tief in die Augen. Sie sagte nichts. Sie strich mit einem Finger über die Seite des Glases und schaute an ihm vorbei zur Küchentür. Dann blickte sie aus dem Fenster und bemerkte, daß es angefangen hatte zu regnen. Es kam ihr so vor, als ob die Natur bizarrerweise das Wetter ihrer Stimmungslage anpassen würde. Sie sah bleich und traurig aus und fühlte sich in diesem Augenblick sehr allein. »Ich glaube, ich rufe Georgia an«, sagte sie endlich. Georgia war ihre Freundin, eine junge Frau, die sie kannte, seitdem sie in der Stadt wohnte.

Er richtete sich mit einem Ruck auf. »Warum?« Hat sie dir jemals geholfen besserer Stimmung zu werden? Du weißt wie sie mich immer ärgert, und ich glaube, sie tut es absichtlich.« Wir wollen Georgia nicht in dein momentanes Problem mit hineinziehen. Deine Stimmung ist schlecht genug und nach einem Gespräch mit ihr wirst du an einem solchen verdammten seelischen Tiefpunkt angelangt sein, daß ich dich dann vom Fußboden abkratzen muß. Ich glaube, sie strebt das Monopol für Miesmacherei an.« Er zuckte leicht mit den Schultern. »Laß sie nur aus dem Spiel. Sie wird deine Stimmung nicht bessern.«

Eine neuerliche, kleine Pause trat ein, die noch unangenehmer als die vorherige war.

»Okay«, stimmte sie endlich zu. »Ich werde sie nicht heute abend, sondern morgen anrufen und vielleicht morgen abend mit ihr essen gehen.« Sie war nicht darüber erstaunt, daß Hamp nicht wollte, daß sie Georgia anrief. Hamp hatte nie versucht vor ihr zu verbergen, daß ihre engste Freundin ihn schnell reizte und ihn bis zum Platzen ärgerte. Aber sie hatte ihre Freundschaft mit Georgia weitergeführt und vielleicht war es das, was ihn störte. Vielleicht wollte er nicht, daß sie neben ihm noch einen anderen Menschen brauchte. Der Gedanke kam ihr unwillkürlich in den Sinn. Vielleicht war Hamp die Person, die sie nicht brauchte.

Wieder herrschte betretenes Schweigen. »Wie du willst«, bemerkte er trocken, wobei er den Mund spitzte und sie durchdringend ansah. Er streifte einen Schuh ab und legte den Fuß auf den Tisch, wobei er die Mappe noch weiter von sich stieß. Mit ausdrucksloser Miene wartete er eine ganze Weile ab, bevor er laut sagte: »Warum meinst du immer, daß du alles, was dir widerfährt, noch einmal mit Georgia durchhecheln mußt? Hat sie dir auch nur ein einziges Mal geholfen?«

Sie setzte sich in den Sessel und lehnte sich mit dem Glas in der Hand zurück. Sie sprach leise, fast flüsternd. »Hamp, manchmal ist es schon eine Hilfe, wenn jemand nur zuhört und versteht. Das ist ihre Art zu helfen. Sie hört zu und versteht.«

»Willst du damit sagen, daß ich das nicht tue?« Er bemühte sich, nicht laut zu werden.

Sie beugte sich vor und nahm einen Schluck aus ihrem Glas. Dann lehnte sie sich wieder zurück und starrte ihn an. Sie sagte nichts.

Er schaute sie mit großen Augen an. Sein Blick war überraschend leer und ausdruckslos. Nicht kalt, nicht heiß, nicht frostig, nicht brennend, nur leer. Dann schaute er weg und trank sein Glas aus. »Ich glaube, wir haben diese Reise nach Griechenland nötig«, sagte er, während er das Glas auf den Tisch zurückstellte. »Ich glaube, sie wird uns helfen. Wir müssen aus der Stadt herauskommen, weg von deinen Sorgen um deine Eltern. Wir werden ein schönes Land kennenlernen und ein großartiges geschichtliches Ereignis nacherleben.« Er nickte. »Ich glaube, die Abwechslung wird dir gut tun.«

Sie lächelte schwach. In diesem Augenblick konnte sie seine Zuversicht nicht teilen, aber sie konnte auch nicht vollkommen ausschließen, daß er recht hatte. Ihrer Meinung nach war die Chance, daß ein Ortswechsel ihr helfen würde, gering. Aber man konnte nie wissen.

Er verzog seine Lippen zu einem Lächeln. »Es freut mich, feststellen zu können, daß du noch lächeln kannst. Eine Minute lang dachte ich, dein Mund sei versteinert, Barrie, es wird alles wieder gut. Du bist nur durcheinander. Laß dir einen oder zwei Tage Zeit, und du wirst sehen, daß alles wieder seinen gewohnten Gang geht.« Plötzlich klatschte er in die Hände. »Ich mache dir einen Vorschlag. Ich nehme ein Taxi, rase zu Mario und hole uns eine Pizza, eine mit viel Pilzen und Wurst. Wir können hier auf dem Wohnzimmerboden ein Picknick machen, uns leise Musik anstellen und über Griechenland sprechen. Wie findest du das?«

»Hört sich gut an«, erwiderte sie schnell. Einige Minuten später, kurz nachdem er sich auf den Weg gemacht hatte, goß sie sich noch einen Weinbrand ein und machte es sich in einem Sessel bequem. Sie mußte immer noch an die tragische Entwicklung der Ehe ihrer Eltern denken. Sie saß eine ganze Weile unbeweglich da, dann schlüpfte sie aus ihren Schuhen und legte die Füße auf den Kaffeetisch. Die Mappe mit den Fotos, die dort lag, schob sie achtlos mit dem Fuß beiseite. Sie grübelte über Hamp nach. Sie wußte über jeden Aspekt seiner Person Bescheid, über seine Familie und ihre soziale Herkunft, über die Ereignisse in seinem Leben, die ihn geformt hatten. Die Familie Rich gehörte dem gehobenen Mittelstand an. Sie besaßen eine gutgehende Möbelfabrik in Charleston in South Carolina. Die Richs wohnten in einem schönen, renovierten Haus, das in der Vorkriegszeit erbaut worden war und einige Meilen außerhalb der Stadt lag. Sie waren typische Südstaatler; hilfsbereit, sehr fromm und mit einem ausgeprägten Familiensinn. Sie erinnerte sich an ihren Verdacht, daß die Richs die treibende Kraft hinter all den Heiratsanträgen, die Hamp ihr immer wieder gemacht hatte, gewesen sind.

Jawohl, sie kannte Hamp wirklich sehr genau. Er hatte bis zu seinem Wechsel auf das College eine Kadettenanstalt in Virginia besucht, dann hatte er sich an der Universität eingeschrieben. Mit acht Jahren war er von einem Baum gefallen und hatte sich dabei den Oberschenkel kompliziert gebrochen. Nachdem er schon sechs lange Wochen im Krankenhaus gelegen war, hatte man festgestellt, daß der Knochen schief zusammengeheilt war. Er war operiert und der Knochen dabei genagelt worden. Der Nagel war erst wieder entfernt worden, als er dreizehn war. Im gleichen Jahr hatte er auch seine Unberührtheit verloren, als er von einer sechzehnjährigen Nachbarstochter mehr oder weniger vergewaltigt worden war. Dieses Mädchen hatte sich selbst die Diagnose gestellt, Nymphomanin zu sein und hatte deshalb alle jungen Männer außerhalb der Stadtgrenze verführt. Später, als sie ihre Neugier befriedigt hatte, hatte sie beschlossen, auf wunderbare Weise plötzlich geheilt zu sein. Sie war seriös geworden und hatte schließlich einen Prediger geheiratet. Hamp hatte ihr nie völlig verzeihen können, daß sie ihn, als er dafür noch nicht reif genug gewesen war, in die Sexualität eingeweiht hatte. Mit dreizehn hatte er bereits eine belastende Vergangenheit hinter sich gehabt. Er hatte Erfahrungen gemacht, auf die sein junger Körper und sein noch fast kindliches Gemüt schlecht vorbereitet gewesen waren.

Plötzlich schüttelte Barrie den Kopf, da sie sich daran erinnerte, wie schrecklich gehemmt Hamp selbst heute noch war. Vielleicht hatte dies alles an diesem einen Tag begonnen, an dem er sich mit dem Nachbarsmädchen im weichen Gras vergnügt hatte. Sie nippte an ihrem Glas. Sie mußte an das Wort Sünde denken. Hamp hatte diese Affäre damals sicherlich als Sünde betrachtet. Sie kam zu der Schlußfolgerung, daß er möglicherweise noch heute so darüber denke.

Von einer Sekunde zur anderen begann sie sich wieder mit ihren eigenen Gefühlen für Hamp auseinander zu setzen. Schwer atmend starrte sie durch das Fenster hinaus in den strömenden Regen. Sie fragte sich, ob er daran gedacht habe, einen Regenmantel anzuziehen. Sicherlich nicht. Er würde bestimmt bis auf die Haut naß werden. Ihr Herz sehnte sich nach ihm. Ihre Augen wurden feucht, und ihr Gesicht nahm einen schmerzlichen, angespannten Ausdruck an.

Sie lehnte ihren Kopf gegen die Rückenlehne des Sessels und schloß die Augen. *Ich liebe ihn. Ich liebe ihn. Ich liebe ihn mehr, als ich jemals zuvor jemanden geliebt habe.* Da unterbrach eine leise Stimme ihre Gedanken: *aber es ist nicht so, wie ich es mir vorgestellt hatte, nicht alle meine Wünsche und Bedürfnisse sind befriedigt.* Ihre Finger umkrampften den Stil des Glases. Vielleicht waren ihre Erwartungen zu hochgesteckt. Vielleicht lag darin ihr Problem. Sie erwartete sicher zuviel von einem Begriff, dessen Bedeutung so wenig greifbar war. Ihre Finger gruben sich in die Armlehne des Sessels. Ich werde versuchen, ihm weniger kritisch gegenüber zu stehen. Ich werde ihn heute abend, wenn er zurückkommt, freundlicher behandeln.

Ihr Blick fiel auf die Mappe, mit der sich Hamp so intensiv beschäftigt hatte. Sie stand auf und setzte sich auf das Sofa. Sie schüttelte kurz den Kopf, um wieder klar denken zu können, und schlug die Mappe auf. Zwei der Fotografien sprangen ihr sofort ins Auge. Sie beugte sich über die Mappe. Es waren zwei Schwarzweißbilder, die den gleichen Mann zeigten. Während er auf dem einen Anzug und Krawatte trug, war er auf dem anderen als römischer Legionär verkleidet. In der Pose des Soldaten hielt er Trauben in der Hand und sein leicht gelocktes Haar wurde von einem Lorbeerkranz aus Metall gekrönt. Wahrscheinlich eine Werbeaufnahme für ein Rasierwasser, dachte sie sich, als sie das Bild betrachtete. Sie konnte ihrer Überraschung immer noch kaum Herr werden. Der Mann auf den Fotos war nicht einfach gutaussehend, er war auf eine erlesene, feine und vollkommene Art schön. Mit leicht gerunzelter Stirn bewunderte sie die Einzelheiten seines Gesichts, das Profil, den Knochenbau, die Augen, die Lippen. Sie beugte sich noch weiter vor und vertiefte sich in die Fotografien. Seine dunkle Haut war glatt und makellos, seine Taille schmal, seine langen Beine und Arme waren wohl proportioniert und muskulös. Er hatte dunkles Haar und seine dunkelbraunen Augen mit den dichten Wimpern wirkten beinahe schwarz. Hohe Backenknochen, eine gerade, feingeformte Nase und ein kräftiges, abgerundetes Kinn. Bei der

Aufnahme, die ihn als Legionär zeigte, waren seine sinnlichen Lippen zu einem halb freundlichen, halb verächtlichen Lächeln verzogen, während er auf der anderen ein süßliches Kameralächeln zur Schau stellte und dabei seine geraden, weißen, blitzenden Zähne sehen ließ. »Oh«, murmelte sie laut vor sich hin, »wir sind uns in dieser Stadt wohl noch nie auf der Straße begegnet, denn daran würde ich mich erinnern.« Sie musterte die Fotos noch genauer. Dieser Mann wirkte kraftvoll und empfindsam zugleich. Diese Art von Schönheit war ihr noch nie begegnet und übte auf sie eine faszinierende Wirkung aus. Sie war bereits vom Aussehen dieses Mannes völlig hingerissen.

»Ich bin wieder da«, hörte sie Hamp rufen, als er die Wohnung betrat.

Blitzschnell klappte sie gerade in dem Augenblick, in dem er ins Zimmer trat, die Mappe zu. Seine nasse Kleidung klebte ihm am Körper, und er trug eine große, flache Schachtel in den Händen.

»Was machst du da?« fragte er und warf ihr einen schnellen Blick zu.

»Ich habe die Bilder angesehen«, antwortete sie ihm freundlich.

»Was hältst du davon?« er legte die Pizza auf den Kaffeetisch. Er zog sich das Hemd aus, trocknete sich damit das nasse Haar ab und warf es auf den Boden.

»Er wird das nie schaffen«, scherzte sie unbefangen. »Er ist viel zu häßlich.«

Hamp grinste kopfschüttelnd und nahm den Deckel von der Schachtel. »Ich weiß nicht, was einen Mann dazu bringt, so etwas zu machen. Schau ihn dir an! Der Bursche wirkt ja fast feminin. Vielleicht ist er... wie dem auch sei, Modell stehen ist nun mal keine besonders männliche Art von Arbeit. Wie denkst du darüber?« Er zog fragend die Augenbrauen in die Höhe, während er damit beschäftigt war, die Schachtel auseinander zu falten.

Nach einer kurzen Pause antwortete sie: »Ich nehme es an. Ich habe mich noch nie damit beschäftigt. Aber ich glaube nicht, daß zwischen Modellstehen und Schauspielerei oder ähnlichen Berufen ein allzu großer Unterschied besteht. Man könnte sogar so weit gehen, zu behaupten, daß zwischen euch, da ihr auf verschiedenen Seiten der gleichen Kamera steht, er davor, du dahinter, kein allzu großer Unterschied besteht.« Sie wußte nicht, was sie bewogen hatte, den letzten Satz hinzuzufügen, aber er löste sofort zornigen Widerspruch aus.

»Das ist verdammt noch mal nicht wahr«, bellte Hamp. »Du kannst lange darauf warten, daß ich mir ein mickriges Hemdchen anziehe und mich darin den hechelnden Weibern der ganzen Welt zur Schau stelle. Jesus! Mir dreht sich der Magen um, wenn ich nur daran denke.«

»Dann denk halt nicht daran. Iß lieber deine Pizza.« Sie lachte leise und es klang ein wenig aufgesetzt und unaufrichtig. Sie warf noch einen Blick auf die geschlossene Mappe und enthielt sich jedes weiteren Kommentars über das neue Mitglied des Teams, das nach Griechenland gehen sollte.

»Willst du Wein?« Er versuchte sich seinen Ärger nicht anmerken zu lassen.

»Nein, ich habe Weinbrand getrunken. Ich habe für heute abend genug Alkohol.«

»Magst du eine Coca-Cola?«

»Gerne.«

Während dieses Picknicks auf dem Teppichboden des Wohnzimmers saß er schweigend und versteinert da. Sie machte ab und zu eine Bemerkung. »Das ist gut... Mario hat sich heute selbst übertroffen... Mhm.« Sie kaute bedächtig und betrachtete forschend sein Gesicht, während er große Stücke von der Pizza abbiß und eifrig kaute. Sie legte mit einem leisen Seufzer den Rest ihres Stücks auf den Teller zurück und wischte sich die Krümel von den Händen. Er befand sich in einer merkwürdigen Stimmung, sogar für jemanden von seiner Wesensart. Sie konnte sich der Frage nicht erwehren, ob der Mann in der Mappe etwas mit seiner grimmigen Unausgeglichenheit zu tun habe. Er schaute sie fragend an: »Willst du Musik hören?«

Sie überlegte einen Augenblick. »Warum nicht?«

»Irgendwelche besonderen Wünsche?« Er stand auf, sah, daß sie den Kopf schüttelte, wischte sich die Hände an der Hose ab und legte die oberste Kassette eines Stapels in den Kassettenrecorder der Stereoanlage ein. Dann setzte er sich wieder neben sie auf den Fußboden. »Nun«, flüsterte er, »ist das nicht viel besser? Es geht doch nichts über ein wenig romantische Musik, damit man wieder auf die Beine kommt.« Er lächelte. Seine Stimmung besserte sich zusehends.

Ein leichtes Lächen umspielte ihre Lippen, während sie gedankenverloren der einschmeichelnden Männerstimme lauschte, die nun den Raum erfüllte. Ein seltsames Gefühl bemächtigte sich ihrer. Sie fragte sich, ob er tatsächlich begreife, was das romantische Lied ›A Perfect Love Almost‹ tatsächlich sagen wollte.

Sie senkte den Kopf und lauschte noch bewußter dem Song. *You and I have shared the time of a perfect love, almost. Hearts and minds pulse silently in rhythm of a perfect love, almost.*

Sie preßte die Hand gegen den Mund und vermied es, ihm in die Augen zu schauen. Sie lauschte ergriffen und wurde sich erst, als die letzte Zeile der ersten Strophe erklang, bewußt, daß sie vor nervlicher Anspannung bis in ihr Innerstes erzitterte. *Haven't we shared a perfect love, almost?*

Als die zweite Strophe begann, setzte sie sich anders hin, so daß sie nun im Schneidersitz dasaß. Sie hatte das Gefühl, als ob ihr Herz auf seltsame Art vom Körper losgelöst sei. Irgend etwas zwang sie ihn anzusehen. Als sie sich zu ihm umsah, trafen sich ihre Blicke. Ihre Verwirrung mußte ihm aufgefallen sein, denn er flüsterte: »Du siehst seltsam aus, Barrie. Was ist los mit dir?« Sie schüttelte den Kopf. »Nichts... nichts«, gab sie ihm ebenfalls flüsternd zur Antwort. »Ich habe nur gerade dem Song zugehört.« Sie schluckte schwer. Es war ihr unbegreiflich, warum sie sich schon wieder den Tränen nahe fühlte. Obwohl sie diesen Song schon tausend Mal hatte abspielen lassen, rührte er sie an diesem Abend so, als ob sie ihn zum erstenmal hörte.

Er saß unbeweglich da und hielt immer noch seine Cola-Flasche in der Hand. Plötzlich beugte er sich vor, um die Flasche auf den Tisch zu stellen. Er legte langsam seine Hand auf ihr Knie und rückte an sie heran. Seine grünen Augen blickten sie unverwandt an.

Ihr stieg das Blut in den Kopf, eine Aufwallung von Begierde durchlief sie, dennoch konnte sie seinem Blick nicht standhalten. Sie wandte den Blick ab, denn sie hatte die Befürchtung, daß sie seinen forschenden Augen ein Gefühl offenbarte, dessen sie sich schämte, ein Gefühl, das sie selbst nicht benennen konnte. Er drückte ihr Knie fester und kleine Schauer begannen die Haut ihrer Beine zu überziehen.

Er nahm ihr die Flasche aus der Hand und stellte sie neben die seine auf den Tisch. Als er sich vornüberbeugte, konnte sie sehen wie sich die Muskeln seines breiten, nackten Rückens anspannten. Sie streckte die Hand aus und berührte seinen Rücken unterhalb der Schulter leicht mit den Fingerspitzen.

Er schaute sie an und lächelte. Sie erwiderte seinen Blick, aber sie lächelte nicht. Es war ihr einfach unmöglich. Es ist seltsam, dachte sie. Es ist allzu seltsam. Erinnerungen an die 18 gemeinsamen Monate mit Hamp stürmten auf sie ein, als sie so schweigend dasaß. Verwirrende Erinnerungen, die schmerzlich und lustvoll zugleich waren, wirbelten ihr im Kopf herum und verwirrten sie.

Sie blickte an ihm vorbei zum Fenster. Hinter den nassen Scheiben funkelten die Lichter der Stadt, während in dem Zimmer alles so völlig still war. Als die Musik kurz aussetzte, konnte man nur leises Atmen hören.

Sie strich ihm mit den Fingern über den Rücken, wobei sie sein Gesicht lange und sorgfältig musterte. Sein nasses Haar hing ihm beinahe in den Augen, sein Blick war unschuldig, jungenhaft und verwundert. Seine Augen strahlten und sein Gesicht drückte Verlangen aus. Sein Mund war leicht geöffnet. Er rückte zur Seite, so daß er ihr gegenüber zu sitzen kam. Als er sich bewegte, zog sie ihre Hand zurück und faltete die Hände im Schoß.

Er umfaßte ihre beiden Hände, beugte sich vor und küßte

sie ganz sanft, er berührte kaum ihre Lippen. Er wich ein wenig zurück und führte ihre Hand an seine Lippen. Er küßte sie anfänglich zärtlich, dann fest und fordernd auf die Handfläche.

Ihr Herz schlug schneller, ihre Pupillen weiteten sich, und sie sah ihn fragend an. Sie entzog ihm ihre Hand und preßte beide Hände gegen seine nackte Brust. Sie fuhr mit den Fingern durch sein krauses, sandfarbenes Brusthaar.

Er schaute ihr so tief in die Augen, daß sie fürchtete, er könnte den heftigen Aufruhr bemerken, der in ihr tobte. Ohne sie aus den Augen zu lassen, nahm er ein Kissen vom Sofa und legte es auf den Boden. Ihr schoß die Frage durch den Kopf, ob sie sich an diesem Abend ihm entziehen solle. Sie war sich darüber im klaren, daß sie dies jetzt oder nie tun müßte. In diesem Augenblick drangen seine heiseren, geflüsterten Worte leise an ihr Ohr. »Barrie, ich liebe dich... ich liebe dich.« Er stöhnte leise auf und küßte sie leidenschaftlich und verlangend. Ihr wurde bewußt, daß sie sich für ›nie‹ entschieden hatte.

Sie spürte wie das Verlangen ihn erzittern ließ, wie seine Muskeln zuckten und wie ihm der Schauer durch und durch ging. »O Hamp,« stöhnte sie und biß ihn in die Lippe. Sie verstummte. Der Wunsch, sich ihm dieses Mal zu entziehen, war völlig verflogen. Ihre Gefühle befanden sich zwar immer noch in Aufruhr, aber dieser war nun so schwach geworden, daß sie ihn bewußt verdrängen konnte.

Er öffnete seinen Gürtel und zog sich Hose und Unterhose aus. Sein Atem ging schneller, als er ihr zusah, wie sie Rock und Bluse ablegte. Er kniete sich auf den Teppich und zog ihr behutsam den Büstenhalter aus, den er dann auf den Fußboden legte. Einen Augenblick später lag auch ihr Slip dort. Als sie beide nackt waren, umarmte er sie mit geschlossenen Augen und vergrub sein Gesicht in ihrem weichen, dunklen Haar. Er drückte sie vorsichtig auf den Boden nieder, so daß sie schließlich mit dem Kopf auf dem Kissen lag.

Ihre Augenlider zuckten. Sie schlug ihre dunklen Augen auf und schaute ihn an, während ein Lächeln ihre Mundwinkel umspielte. Sie legte ihre Arme um seinen Hals. Ihr Griff war anfangs locker und wurde dann immer fester. Ihre Hände wühlten in seinem nassen, glatten Haar. »Bitte keine Vorschriften, Hamp«, flehte sie innerlich. Sie wünschte, hoffte, daß er sie in dieser Nacht mit seinen zwanghaften Gewohnheiten beim Liebesspiel verschonen würde. Sie wünschte sich Freiheit für sie beide. Sie brauchte diese Freiheit, die sie tun und sagen ließ, was sie wollte und wonach es sie verlangte.

Ihre Hände wanderten von seinem Haar über seine Schultern zu seiner Wirbelsäule, die sie entlang glitten. Er drückte ihr flüchtige, nasse Küsse auf Gesicht und Hals. Seine Lippen eilten von einer sensiblen Stelle ihres Oberkörpers zur anderen bis er bei ihren Brüsten angelangt war, die sich zitternd im Takt ihrer hastigen Atemzüge hoben und senkten. Ihr Herz pochte wie wild. Er berührte eine ihrer Brustwarzen mit der Zunge und preßte dann den Mund dagegen. Ihr leidenschaftliches Verlangen wuchs an, bis es ebenso stark war wie das seine, ja es sogar noch übertraf.

Ihre Hand glitt tiefer und tiefer. Alle Hemmungen fielen von ihr ab. Sie wollte ihn berühren, und sie wollte, daß er ihre Berührung herbeisehnte. Sie faßte ihn zärtlich und doch fest an. Er schnappte nach Luft. Er hob den Kopf und schaute sie völlig verstört an. »Barrie...«, keuchte er stöhnend und schüttelte den Kopf. »Laß das sein... nein...«

»Hamp«, flüsterte sie leise stöhnend, »warum nicht. Ich will es.«

Er schüttelte den Kopf. »Ich will es nicht. Faß mich dort nicht an. Bitte.«

Sie ließ ihn los. Ihr Blick drückte Qual aus. »In Ordnung«, flüsterte sie niedergeschlagen. »In Ordnung, Hamp.«

Er wandte verlegen und erschrocken lächelnd den Blick ab und preßte wieder die Lippen gegen ihren Hals.

Aber plötzlich war sie ihm wieder fern, sehr fern. Als er sie liebte, lag sie fast bewegungslos da. Ihre aufgerissenen Augen starrten ins Leere, und ihre Gedanken beschäftigten sich mit dem Song, der nun wieder den Raum erfüllte. Mit diesem allerersten Song auf der Kassette. Als die Zeile ›*A Perfect Love,*

Almost‹, erklang, machte sie die Augen fest zu. Nein, ihre Liebe war nicht einmal beinahe perfekt..., und sie neigte sich dem Ende zu. In diesem Augenblick körperlicher Nähe wurde ihr klar, daß sie in dieser Beziehung mit Hamp wie im Treibsand unterzugehen drohte. Während sein Gesicht Lust ausdrückte, war das ihre schmerzlich verzerrt. Sie vermied es, ihm in die Augen zu sehen. Sie fragte sich, ob sie je mit ihm Lust empfunden habe. Diese Frage stellte sie sich in dem Bewußtsein, daß sie momentan nichts empfand, außer dem Gefühl weit weg zu sein. Und allein.

3

Als der Wecker am nächsten Morgen um sieben Uhr klingelte, schlug Barrie die Augen auf. Sie blieb bewegungslos liegen, und Hamp stellte den Wecker ab. Sie schloß wieder die Augen und döste weiter. Er beugte sich über sie und küßte sie aufs Ohr. »Barrie, es ist Zeit aufzustehen.«

Sie räkelte sich, zog die Schulter an ihr nasses Ohr und murmelte verschlafen: »Liebling, ich habe heute frei, und wenn du das noch einmal machst, mußt du auch freinehmen.«

Er lachte in sich hinein und blieb einen Augenblick auf der Bettkante sitzen. »Was wirst du heute tun?« fragte er immer noch leise lachend.

Sie gähnte und drehte sich um. Immer noch verschlafen musterte sie seinen Rücken. »Ich glaube ich werde heute nachmittag zu Georgia gehen und vielleicht mit ihr zu Abend essen.«

Er stand auf und streckte sich. »O Gott, ich kann es mir einfach nicht vorstellen, wie man einen freien Tag so verschwenden kann.« Er ging zum Schrank und entnahm einer Schublade ein T-Shirt, das er sich schnell anzog und in seine Shorts steckte. Mit einem schnellen Blick bemerkte er ihre wieder geschlossenen Augen. Er lächelte und ging ins Badezimmer. Eine Stunde später kam er angezogen wieder, küßte sie zum Abschied auf die Lippen und flüsterte: »Bis heute abend.«

Sie stöhnte und blieb bewegungslos mit geschlossenen Augen im Bett liegen. Sie registrierte die Geräusche, die er verursachte. Als sie hörte, wie die Tür ins Schloß fiel, schlief sie wieder tief und fest ein.

Als sie wieder erwachte, war es beinahe zehn Uhr. Da erkannte sie, daß ihr Zeitplan für den Tag völlig durcheinander geraten war und sprang schnell aus dem Bett. Sie blieb einen Moment lang stehen und streckte und dehnte leise stöhnend ihren schmerzenden Rücken. Diese Rückenschmerzen ließen sie an ein Buch denken, das sie vor zehn Jahren einmal gelesen hatte, ein Buch, das von Napoleon und Josephine gehandelt hatte. Der ungeduldige Napoleon war nach vielen Entbehrungen aus der Schlacht zurückgekehrt und hatte Josephine auf dem Fußboden des Palastes genommen. Vielleicht hatte das Napoleon und Josephine gefallen, aber sie konnte nur leise über Hamp fluchen. Sie waren nicht von königlichem Blut, also war der Fußboden von nun an tabu.

Sie verdrängte die Erinnerung an ihr Beisammensein in der letzten Nacht, um zu vermeiden, daß sie sich wieder enttäuscht fühlte. Sie räumte die Wohnung auf. Sie schwor sich, daß sie sich heute nicht mit unangenehmen Gedanken beschäftigen würde. Sie fühlte wieder Begeisterung über die bevorstehende Reise nach Griechenland. Die Vorfreude auf die kommenden Wochen ließ ihr Herz schneller schlagen. Während sie gut gelaunt in der Wohnung umhereilte, tauchte das Gesicht des schönen Mannes immer wieder in ihren Gedanken auf. Wie mochte er wohl heißen? Was war er für ein Mensch? War er verwöhnt und egozentrisch? Glaubte er von sich, daß er ein Geschenk Gottes an die Frauen wäre? Sie lächelte, als sie daran dachte, daß Gott in dieser Hinsicht schon viel zu freigebig gewesen war, ja sogar schon übertrieben hatte.

Nach dem Mittagessen, das nur aus einem Blaubeerjoghurt bestanden hatte, nahm Barrie ein Bad. Sie zog eine langärmelige, weiße Bluse und rote, leichte Wollhosen an. Sie setzte sich an ihren Frisiertisch und betrachtete ihr Bild im Spiegel. Als ihr der Gedanke an ihre Eltern durch den Kopf schoß, erbleichte sie ein wenig. Sie bemühte sich, nicht weiter über die aufwühlenden Ereignisse in New Mexico nachzugrübeln. Aber sie konnte sich diesem Schmerz nicht völlig verschließen. Sie war wirklich tief betroffen.

Sie beschloß, ihrer Gesichtshaut einen Tag ohne Make-up zu gönnen und wandte sich vom Spiegel ab. Sie bürstete ihr glänzendes, kurzgeschnittenes Haar und zog eine Wollweste an, dann machte sie sich auf den Weg zu Georgias Wohnung.

Um vier Uhr saß sie in der gemütlichen Küche von Georgia Rappeneau, ihrer langjährigen Freundin. Das Licht des späten Nachmittags erhellte den Raum. Vergnügt und immer noch völlig ungläubig schüttelte Barrie den Kopf. Die ganze Wohnung war seit Barries letztem Besuch einer vollständigen Veränderung unterzogen worden. Sie traute ihren eigenen Augen nicht. Alles war weiß, die Wände, die Möbel, alles. »Was ist das!« hatte Barrie ausgerufen, als sie verblüfft, mit weit aufgerissenen Augen, die Wohnung betreten hatte.

Georgia war klein, rothaarig und ein wenig untersetzt. Sie trug modische, rosa Jeans und eine weiße Seidenbluse. Auf Barries Frage hob sie die Schultern und grinste. »Es ist weiß, Barrie. Weiß. Nun, ist denn nicht Weiß die beste aller Farben? So sauber und rein.«

»Und jungfräulich!« Barrie lachte laut und anhaltend. »Steckt das dahinter, der unbewußte Wunsch wieder Jungfrau zu sein? Ehrlich, Georgia, ich würde es nicht glauben, wenn ich es nicht mit eigenen Augen gesehen hätte.«

Georgia antwortete kurz angebunden und trocken: »Nun ja, wenn du es unbedingt wissen willst, es gibt eine Vorgeschichte zu diesem Weiß, aber die hat nichts mit Jungfräulichkeit zu tun.« Sie zuckte mit den Achseln und lachte. »Zumindest nicht mit meiner.«

»Soll ich Kaffee machen?« Georgia und Barrie waren in die Küche gegangen. Als sie einige Minuten später am Küchentisch saßen, bemerkte Barrie, während sie ihren Kaffee umrührte: »Ich brenne darauf, mehr über das Weiß zu erfahren.« Georgia warf den Kopf in den Nacken und lachte. »Manchmal ist Verrücktsein ganz schön anstrengend. Diese Wohnung ganz weiß anzustreichen, ist das Anstrengendste und zugleich das Verrückteste gewesen, was ich je vollbracht habe. Aber ich glaube es ist ganz normal, wenn man in meinem Alter ein wenig verrückt wird. Schau den Tatsachen ins Auge, Barrie; wir beide, du mein Herzchen und ich, wir treten jetzt in die Grauzone unseres Liebeslebens ein. Je mehr Geburtstage wir feiern, desto geringer werden unsere Erfolgschancen.« Es gab ein leises Geräusch, als sie ihre Tasse auf die Untertasse zurückstellte. Sie schaute Barrie aufmerksam an. »Wie alt bist du jetzt? Dreißig?« Sie zog fragend die Augenbrauen in die Höhe und führte die Tasse wieder an den Mund.

Barrie lächelte und schüttelte langsam den Kopf. »Mach mich nicht älter als ich bin. Ich bin erst 29. Ich werde noch in diesem Jahr dreißig, also erinnere mich nicht daran.« Sie schaute Georgia in die Augen. »Natürlich könnten auch bei mir einige Dinge, wie ich dir schon gestern am Telefon erzählt habe, besser laufen, aber eigentlich ist mein Leben ganz erträglich. Ich mache mir um meine Eltern Sorgen, hauptsächlich um meine Mutter.«

Georgia warf ihr einen verständnisvollen Blick zu. »Das ist nur zu verständlich. Aber laß dir trotzdem dadurch nicht deine Reise nach Griechenland verderben. Das würde keinem von beiden etwas nützen und dir bestimmt auch nicht.« Sie lachte kurz auf und wechselte das Thema. »Ich sage dir, Barrie, mit dreißig wird man ein wenig verrückt. Ich weiß, daß zumindest mir das passiert ist. Mein vierzigster Geburtstag wird nicht so schlimm werden wie es dieser dreißigste gewesen ist. Ich hatte das Gefühl, als ob ich auf dem Berggipfel stünde, von dem Martin Luther King gesprochen hat und nicht in das gelobte Land, sondern auf eine Wüste schaue.«

Barrie rührte wieder in ihrem Kaffee. »Ich mache mir keine Sorgen wegen meines Alters, Georgia. Wirklich nicht. Mein dreißigster Geburtstag wird für mich ein ganz normaler Tag sein. Ich muß nur die Scheidung meiner Eltern verkraften.« Sie seufzte plötzlich, fuhr aber dann mit ruhiger Stimme fort. »Ich mache mir große Sorgen um die Beziehung zwischen Hamp und mir.«

Georgia antwortete trocken: »Hamp! Du solltest dir allmählich im klaren darüber sein, daß du diesen Burschen, da du es in all diesen Monaten nicht getan hast, wahrscheinlich nicht heiraten wirst.« Sie brachte Barrie, die ihr widersprechen wollte, mit einer Handbewegung zum Verstummen. »Ich habe nichts gegen Hamp persönlich. Er ist nett, sieht gut und eindrucksvoll aus, aber ich habe mir euch beide nie als Paar vorstellen können. Ihr seid wie eine braune Socke und eine blaue Socke; obwohl beide Socken sind, passen sie nicht zusammen.«

Barrie hob die Tasse an die Lippen. »Ich habe bisher nicht gewußt, daß du so über uns beide denkst. Warum sagst du mir das gerade jetzt?« fragte sie nachdenklich.

Georgia hielt gedankenvoll inne. »Ich weiß es nicht. Vielleicht weil es jetzt im Gegensatz zu früher für dich wichtig ist, daß du das erfährst. Ich sehe, daß du verwirrt bist, Barrie. Hör mal zu. Ich weiß worüber ich spreche. Dreißig ist ein gefährliches Alter für eine unverheiratete Frau. Viel gefährlicher als vierzig. Mit vierzig bist du dir darüber im klaren, daß du dich nirgends niederlassen wirst, daß du nicht heiraten und Kinder großziehen wirst. Ich weiß, daß man auch mit vierzig heiraten kann, aber nicht, um das amerikanische Ideal von der Familie zu verwirklichen. Niemand heiratet in diesem Alter, um eine Familie zu gründen. Andere Gründe spielen dann eine Rolle: Sicherheit, keine Lust mehr auf kalte Füße. Eine Million Gründe. Aber mit dreißig ist noch alles möglich. Man steht auf dem Höhepunkt seines Lebens. Man ist reif geworden und hat sich eine gesicherte, berufliche Stellung aufgebaut. Schau dir zum Beispiel uns beide an. Du hast eine gesicherte Stellung bei einem Magazin, und ich bei meinem Reisebüro. Wir haben alle beide fast die ganze Erde bereist. Wir können uns über unser bisheriges Leben nicht beklagen.

Aber das ist der Grund dafür, weshalb ich sage, daß wir in die Grauzone eintreten. Es wird allmählich ein wenig gespenstisch. Ich, ich bin dreiunddreißig. Vor zehn Jahren hatte ich nur Männer im Kopf. Alle möglichen Männer.« Sie zuckte leicht mit den Achseln. »Jetzt denke ich an Babys, an die Familie, die ich nicht habe. Ich habe sogar daran gedacht, selbst ein Kind zu bekommen. Mir verbleiben nur noch zwei Jahre, in denen das medizinische Risiko einer Geburt gering ist. Nun ich habe es ernsthaft erwogen, die Sache allein in Angriff zu nehmen.«

Barrie lächelte sie über ihre Tasse hinweg an. »Soweit ich gehört habe, ist das unmöglich. Ich denke man braucht zwei dazu«, scherzte sie unbeschwert. Georgia machte eine wegwerfende Geste. »Ah, nun komm schon, du verstehst mich sehr gut. Ich will ein Kind haben, ohne die geheiligten Bande des – du weißt schon was ich meine.«

»Des heiligen Ehestandes«, beendete Barrie grinsend ihre Aussage. Plötzlich hielt sie, verwirrt durch Georgias Bekenntnis, inne.

»Die Tatsache, daß du über dreißig bist, hat dein Gefühlsleben wohl stark beinflußt?«

Georgia nickte eifrig mit ernstem Gesichtsausdruck. »Ja«, echote sie barsch. »Das hat es.« Sie bemerkte die plötzliche Besorgnis auf Barries Gesicht und überlegte einen Augenblick lang, dann sagte sie: »Oh, nun, ich bin mir sicher, daß das uns allen widerfährt, auf die eine oder andere Weise.« Unerwartet lachte sie. »Ich versichere dir, du mußt dir keine Sorgen machen. Nun, sag, worüber haben wir denn gesprochen, bevor wir uns auf diese Ausschweifungen eingelassen haben?«

Barrie lachte ebenfalls befreit auf. »Du hast mir erzählen wollen, warum du die Wohnung weiß gestrichen hast. Nicht einmal diesen Tisch und den Stuhl, auf dem ich hier sitze hast du vergessen.« Sie beugte sich gespannt vor. »Also, nun erzähl es mir.«

Georgia beugte sich ebenfalls vor. »Nun ja, ich habe sieben Tage lang jede Minute Freizeit geopfert, um das hier anzustreichen.« Sie zögerte einen Augenblick lang und fuhr dann fort. »Ich glaube, dabei ist mir zum ersten Mal bewußt geworden, wie weit manche Frauen gehen, um einem Mann zu gefallen. Zum Beispiel ich. Du hast Sonny nie kennengelernt, oder?«

Barrie schüttelte kurz den Kopf. »Nein, der letzte, den ich kennengelernt habe, ist Neal gewesen.« Sie warf durch die geöffnete Tür einen flüchtigen Blick in das Wohnzimmer. Alles war strahlend weiß, sogar das Sofa.

»Sonny ist der dritte nach Neal gewesen.« Georgia warf ihr einen kurzen Blick zu und fuhr dann fort: »Sonny ist ein Genie gewesen. Er hat diesem exklusiven Club für Genies angehört. Man kann dort nur Mitglied werden, wenn man einen höheren Intelligenzquotienten als 160 hat. Er hat sich selbst als das amerikanische Gegenstück von Dr. Schiwago betrachtet. Als ich ihn kennengelernt habe, arbeitete er gerade an einem Theaterstück und wohnte in Greenwich Village. Nun, da er sich dauernd beklagte, daß es in Greenwich Village für einen Stückeschreiber viel zu laut sei, habe ich ihn eingeladen, hierher zu ziehen. Ich habe nicht gewußt, daß der Kerl keinen Cent besaß. Aber ich glaube sowieso nicht, daß das eine Rolle gespielt hätte. Also ist er hier eingezogen. Am ersten Tag komme ich von der Arbeit nach Hause und frage ihn, wie es denn mit seiner Arbeit vorangehe. Darauf sagt er: »Die Farben hier sind alle abscheulich. Das hemmt meine Kreativität.« Also frage ich ihn, welche Farbe seine Kreativität fördern würde. Er sagt Weiß. Also gehe ich in ein Geschäft und kaufe Farbe. Es ist das falsche Weiß. Er will nämlich dieses ganz helle Weiß, kein gebrochenes Weiß, sondern dieses Schneeweiß. Also bringe ich am nächsten Tag die Farbe zurück und kaufe dieses weiße Weiß. Die Genialität dieses Burschen beeindruckte mich wirklich stark. Um es kurz zu machen, während der Woche, in der ich hier alles anmale, rührt er weder eine Feder noch einen Pinsel an. Er sitzt herum und raucht Haschisch, das er sich mit von mir geborgtem Geld gekauft hat. Er tut eine Woche lang nichts anderes als rauchen und nachdenken. Dann bin ich endlich fertig. Aber jetzt fange ich an zu glauben, daß ich ein wenig dämlich bin. Ich habe gerade beschlossen ihn hinauszuwerfen, wenn ich vom Büro nach Hause komme, aber was macht er ausgerechnet an diesem Tag?«

Barrie fragte gespannt: »Was?«

»Er schreibt ein Gedicht für mich. Ich war völlig hingerissen. Jetzt, da ich das verdammte Ding mit ein wenig Objektivität lesen kann, ergibt es nicht den geringsten Sinn. Ein Idiot hätte es genausogut zustande gebracht. Aber damals war ich beeindruckt. Dann am gleichen Abend erklärt er mir, daß die Möbel abscheulich sind. Wir brauchen weiße. Weiße Möbel. Vor allem in der Küche, dort, wo er arbeitet. Ich ruiniere meinen guten Tisch und meine Stühle. Erinnerst du dich noch daran, daß der Tisch aus polierter Eiche ist?«

Wieder nickte Barrie lächelnd und fragte: »Warum hast du das getan, Georgia?«

Sie seufzte schwer auf. »Ich hatte daran gedacht, ihn zum Vater meines Babys zu machen. Ich habe mir eine Mischung aus unseren Erbanlagen vorgestellt und konnte das Ergebnis direkt vor mir sehen: ein kleines, rothaariges Kind mit einer dicken Brille, in dessen Adern ein wenig von meiner Einfalt und ein wenig seiner Genialität fließen würde.«

Barries Augen leuchteten. »Und bist du nun schwanger?«

Georgia schürzte verächtlich die Lippen. »Machst du Witze? Der Kerl hatte sich mit dreiundzwanzig sterilisieren lassen. Er verabscheut Kinder, so hat er sich jedenfalls ausgedrückt.« Ihre Augen funkelten böse. »Dieser unausstehliche kleine Trottel. Ich habe ihn wegen seiner Sterilität gleich hinausgeworfen.« Ein spöttisches, amüsiertes Glitzern trat in ihre haselnußbraunen Augen. »Aber ich gebe zu, daß es eine lehrreiche Erfahrung gewesen ist. Zum ersten Mal in meinem Leben, Barrie, ist keine Liebe im Spiel gewesen. Nicht einmal Leidenschaft; nur zwei berechnende Menschen, die einander benutzt haben.«

Barrie schüttelte den Kopf. Sie war verstört. Sie kannte Georgia nun schon eine lange Zeit, und diese neueste Enthüllung war schockierend. Sie schaute Georgia mit einem schiefen, kleinen Lächeln in die Augen. »Willst du essen gehen? Ich lade dich ein.«

Georgia stimmte erfreut zu. »Ja, laß uns meine wiedergewonnene Freiheit feiern und auf deine Reise trinken. Griechenland ist ein schönes Land.«

»Laß uns nicht allzu lange damit warten«, drängte Barrie. »Ich bin ausgehungert.«

Es war noch hell, als sie ein reizendes italienisches Restaurant betraten, das von Georgias Wohnung aus bequem zu Fuß zu erreichen war. Sie setzten sich, um ganz für sich zu sein, in eine Ecke. Da es noch früh war, waren noch viele Tische frei, trotzdem war die Atmosphäre lebendig und heiter. Einer der beiden Kellner, die gerade bedienten, brachte ihnen eine Flasche Burgunder an den Tisch und schenkte zwei Gläser voll.

»Was erwartest du denn in Griechenland zu finden?« Georgia grinste spöttisch. »Einmal abgesehen von dem prächtigen Mann, von dem du mir auf dem Weg hierher erzählt hast.«

Barrie senkte den Kopf, dann blickte sie auf und lächelte Georgia zweifelnd an. »Es ist unwahrscheinlich, daß ich ihn ›finde‹ – wenn ich einmal die Umstände dieser Reise berücksichtige«, antwortete sie mit unerschrockener Ehrlichkeit.

»Und Hamp fährt auch mit?«

»Ja.« Sie schaute auf ihr Glas. »Es macht mir wirklich nichts aus. Ich liebe Hamp«, stellte sie einfach fest.

Georgia drohte ihr leise lachend mit dem Finger. »Blaue Socke... braune Socke.«

Sie riefen den großen, dünnen Kellner, der in der Nähe ihres Tisches wartete, herbei und gaben ihre Bestellung auf. Georgia hob die Weinflasche hoch. »Willst du noch etwas Wein?«

»Nein«, lehnte Barrie höflich ab. Georgia goß sich das Glas wieder voll.

Georgia hob ihr Glas und schaute Barrie an. »Ich bin spät damit dran, aber laß uns auf deine Reise trinken.« Sie nippte und setzte dann das Glas ab. »Schickst du mir eine Ansichtskarte, ich meine, falls du an mich denkst?«

Barrie nahm einen Schluck Wein und grinste Georgia an. »Immer wenn ich etwas Weißes sehe, werde ich automatisch an dich denken.« Sie lachten beide herzhaft.

Schließlich kam das Essen und Georgia probierte. »Die Spaghetti sind gut, nicht wahr?«

»Ja, sie sind sehr gut.«

Georgia schaute sie mit ihren ausdrucksvollen, grüngesprenkelten Augen an. »Genau wie in alten Zeiten, nicht wahr?«

Barrie lächelte. »Richtig.«

Kurz vor Mitternacht standen sie vom Tisch auf. Der Kellner hatte die Rechnung für die drei Flaschen Wein, das Essen und den Nachtisch auf ein kleines schwarzes Tablett gelegt und dieses neben Barries Teller gestellt. Sie stand hinter Georgia und wartete darauf, daß sie ihre Kreditkarte zurückbekam. Als der Kellner sie ihr brachte, dankte sie ihm und sie traten in die dunkle, frostige Nacht hinaus.

Barrie schlug ihren Mantelkragen hoch und sagte: »Nehmen wir doch ein Taxi.«

»Nein, ich möchte lieber zu Fuß gehen«, antwortete Georgia mit schriller Stimme. »Ich möchte lieber zu Fuß gehen.«

»Ich nicht. Es ist zu dunkel und unheimlich.« Sie wollte Georgia am Arm festhalten, aber es war zu spät. Georgias Absätze klapperten laut auf dem Pflaster des Gehsteigs. Barrie holte sie erst an der nächsten Ecke wieder ein. »Wenn man uns überfällt bist du schuld. Da ist ein Taxi. Ich werde es anhalten.«

»Wer mich überfallen will muß mich erst erwischen.« Mit diesen Worten lief Georgia wieder los, diesmal sogar noch schneller. Barrie warf einen Blick auf das Taxi, dann rannte sie hinter Georgia her.

Gott sei Dank waren die Straßen wie ausgestorben, und sie erreichten unbehelligt das Apartmenthaus, in dem Georgia wohnte. Als sie das Gebäude betraten, erblickte Barrie Hamp, der hinter einem Plastikblumentrog auf einem Mauersims saß und Zeitung las.

Er blickte die beiden an. »Ich sehe, daß ihr endlich beschlossen habt, nach Hause zu kommen«, sagte er sehr leise und beherrscht.

»Was machst du denn hier?« Barrie war offensichtlich überrascht, ihn hier anzutreffen. »Ich wollte von hier aus ein Taxi nach Hause nehmen.«

»Darauf kann ich mich nicht verlassen, Barrie.« Er lachte kurz auf. »Meistens willst du ein Taxi nehmen, aber du tust es nur selten wirklich.« Er stand auf, rollte die Zeitung ordentlich zusammen und steckte sie in die Innentasche seines leichten Mantels. »Können wir jetzt heimgehen?«

Georgia musterte ihn mit einem schiefen Grinsen. »Hallo, Hamp.« Sie zwinkerte.

»Hallo, Georgia«, begrüßte er sie mit einem scheuen Lächeln. »Du siehst gut aus.«

Georgia wehrte scherzend ab. »Das sagst du nur, um mein Herz zu erobern.«

Er lachte leise, ohne aufzublicken.

Als sie einige Minuten später im Taxi saßen, wandte er sich Barrie zu und lächelte sie an. »Hast du einen schönen Abend gehabt?«

»Ja.«

»Worüber habt ihr beide euch denn unterhalten?« fragte er weiter und sah sie forschend an.

Sie streichelte seine Wange und antwortete vorlaut: »Socken.«

Er schüttelte lachend den Kopf. »Das paßt genau. Worüber sollte man denn heutzutage auch sonst sprechen? Ich habe es dir ja gesagt, deine Freundin Georgia kann nur eines – anderen Leuten das Gehirn durchrütteln.«

Barrie, die den Abend sehr genossen hatte, lehnte den Kopf an seine Schulter und lächelte.

4

»Barrie, Liebes, könnte ich bitte meinen Sohn sprechen?« fragte Marilyn Rich freundlich.

»Es tut mir leid, aber er ist nicht da«, antwortete Barrie. Sie versuchte ihre Stimme unbefangen klingen zu lassen, obwohl sie erschrocken war, als sie das Telefon abgenommen und die Stimme von Hamps Mutter gehört hatte. Sie mußte dringend für die Reise packen, da sie es bis zur letzten Minute aufgeschoben hatte. Zu ihrer Erleichterung hatte Hamp beschlossen, diesen Sonntag zu einer Rundfahrt um Manhattan mit dem Ausflugsboot zu nutzen. Aber wenn seine Mutter sie die nächsten drei Stunden am Telefon festhalten würde, dann würde Hamps Ausflug nicht mehr, wie sie gedacht hatte, eine versteckte Wohltat darstellen. »Um vier Uhr müßte er eigentlich zurück sein, Marilyn. Soll er dich zurückrufen?« fragte sie mit ängstlicher Erwartung.

»Ja, ich will mit ihm noch einmal sprechen, bevor er abreist. Ich habe mir ein wenig Sorgen um ihn gemacht, Barrie. Er klang bedrückt, vielleicht sogar unglücklich, als ich letzte Woche mit ihm gesprochen habe. Ist er es denn?« fragte sie unverblümt.

Barrie hielt den Hörer einen Augenblick lang von sich weg, warf einen Blick darauf und nahm ihn dann wieder ans Ohr. »Ich weiß es nicht«, antwortete sie aufrichtig und setzte hinzu, »du weißt ja, wie verschlossen er ist.«

»Nun, wo ist er denn jetzt?« hakte Marylin nach.

»Er fährt mit einem Ausflugsboot um Manhattan. Das Wetter ist herrlich, deswegen wollte er die Stadt vom Wasser aufnehmen.«

»Schon wieder? Mein Gott, ist das alles, was er mit den Sonntagnachmittagen anzufangen weiß?«

»So verbringt er seine Sonntagnachmittage am liebsten. Es macht ihm Spaß, mitten im Gedränge der Touristen zu sein, glaube ich jedenfalls. Letzte Woche hat er ein Dutzend Aufnahmen von einem zehnjährigen sommersprossigen Jungen aus Alabama gemacht, der zum erstenmal in New York gewesen ist. Die Bilder sind wirklich wunderbar.«

Marylin lachte mit stiller Freude. »Er ist ein genialer Fotograf, nicht wahr?«

»Ja, er ist sehr gut.«

»Und was hältst du denn sonst so von ihm?«

Barrie zuckte schmerzlich zusammen. Es war Marilyns Art, ganz persönliche Fragen in eine harmlose Unterhaltung einzubauen. Sie zögerte einen Augenblick. »Er kommt überall ganz gut zurecht.«

»Wenn das wahr ist, fragen sich sein Vater und ich, warum wir noch nicht von einer bevorstehenden Hochzeit erfahren haben. Ich bin der Meinung, daß ihr beide lange genug über eine dauerhafte, gegenseitige Verpflichtung nachgedacht habt. Wo liegt das Problem, Barrie?«

Barrie seufzte unbewußt auf und biß sich auf die Unterlippe. Nach einer langen Pause sagte sie leise: »Wir sind dazu noch nicht bereit, Marilyn. Noch nicht.«

»Bezieht sich das auf euch beide, Barrie, oder nur auf einen von euch?«

»Es ist wirklich egal, ob das nur für einen oder für alle beide zutrifft.« Sie wollte sich auf keine weiteren Bekenntnisse einlassen. Sie wechselte das Thema.

»Wie geht das Geschäft mit den Möbeln?«

In der nun folgenden, langen Unterhaltung gab sie Marilyn keine Gelegenheit, weitere persönliche Fragen über den Stand ihrer Beziehung zu Hamp zu stellen. Marilyn Rich verlangte von ihr Antworten, die nur die Zeit geben konnte.

Sie war gerade wieder ins Schlafzimmer zurückgekehrt, als die Tür aufging und Hamp hereinkam. Er legte seine Kamera auf den Frisiertisch und schaute sie an. »Ich habe angenommen, daß du packen würdest.« Er nahm die Kamera wieder in die Hand und blies Zigarettenasche von ihrer Hülle.

Sie seufzte. »Das hatte ich auch vor, aber deine Mutter hat angerufen. Sie will, daß du sie gleich zurückrufst.«

»Ah, Mama«, sagte er sanft. »Hat sie gesagt, was sie will oder hat sie nur zum Vergnügen angerufen?«

Barrie warf ihm einen durchdringenden Blick zu. »Hampton, warum drängt sie so auf eine Heirat? Jedesmal, wenn wir miteinander telefonieren, kommt sie darauf zu sprechen. Das stört mich wirklich.«

Hampt setzte sich auf den kleinen Stuhl, der neben dem Bett stand, und biß nervös auf die Knöchel seiner Hand. Dann ließ er die Hand wieder sinken. »Ich glaube, sie spürt eine Veränderung, Barrie. Ich fühle diese Veränderung auch. Man kann es nicht beschreiben oder fotografieren, es ist nicht sichtbar, aber dennoch ist es da. Es liegt in deinem Verhalten. In den letzten paar Wochen hat sich so etwas wie eine geheimnisvolle Aura um dich gelegt. Du bist weder offen noch gesprächig. Wenn ich dir in die Augen schaue, kann ich nicht erraten, was du denkst. Das beunruhigt mich. Das beunruhigt mich verdammt stark.«

Sie kniete in dem großen, eingebauten Wandschrank und blickte ihn über die Schulter an. »Hamp, diese Veränderung bildest du dir nur ein. Ich bin immer noch die gleiche.«

»Nein, das bist du nicht. Die letzte Nacht ist hierfür ein ausgezeichnetes Beispiel. Du bist sowohl während des Abendessens, als auch während der Ballettvorstellung fröhlich und guter Dinge gewesen, aber von dem Augenblick an, als wir wieder die Wohnung betreten haben, bist du wieder undurchschaubar geworden. Als ich dich in der letzten Nacht geliebt habe, habe ich das Gefühl gehabt, einen Schatten zu küssen. Barrie, ich habe das Gefühl gehabt, eine steife Puppe anzufassen. Dein Körper ist bei mir gewesen, aber wo sind deine Gedanken gewesen? Wie wird es mit uns weitergehen?« Er hielt inne und fuhr sich mit der Hand durch sein vom Wind zerzaustes Haar. »Was auch immer in deinem Kopf vorgeht, ich will, daß du mit mir darüber sprichst. Versuch es nicht abzustreiten, denn ich weiß Bescheid.«

Sie stand auf und warf ihm einen kurzen Blick zu. »Hast du heute einige gute Aufnahmen machen können?« Sie trat ans Bett, fing an, einen Stapel Unterwäsche, der auf dem Kopfkissen lag, zu sortieren.

»Hm, na ja.« Er schaute sie abwartend an.

»Sind viele Menschen auf dem Schiff gewesen?« fragte sie weiter und warf ihm noch einmal einen flüchtigen Blick über die Schulter zu.

»Völlig überfüllt.« Er zuckte nachlässig mit den Achseln. »Ich schätze, das ist kein besonders guter Einfall gewesen, aber ich habe ja nicht über Bord springen können. Leider ist es einer jener Einfälle gewesen, deren Folgen man ertragen muß. Aber ich habe mich heute nicht auf die Stadt konzentrieren können, Barrie. Ich habe über uns und Griechenland nachgedacht.«

»Hamp, was Griechenland betrifft, so gibt es etwas, das ich mit dir besprechen will.« Sie hielt inne.

Er kam lächelnd auf sie zu. Er machte den Koffer zu und stellte ihn neben das Bett. Dann nahm er die Unterwäsche und legte sie auf den Koffer. »Was hältst du denn davon, mit dem Reden aufzuhören?«

Er drehte sie zu sich herum, schaute ihr ins Gesicht und legte seine Hände auf ihre Schultern.« Was hältst du davon? Ist das nicht ein ausgezeichneter Vorschlag?«

Sie rührte sich nicht. Sie warf einen Blick auf seine Hände, die auf ihren Schultern lagen. »Hamp«, sagte sie leise. »Ich habe viel zu tun.«

Er ließ sie nicht aus den Augen. »Mir geht es genauso. Ich habe noch die ganze Packerei vor mir, aber warum vergessen wir das nicht für eine Weile.« Er schob ihre weiche Baumwollbluse zur Seite und faßte sie fest an den Schultern.

Sie warf einen schnellen Blick auf die Fenster. »Hamp, es ist hellichter Tag.«

»Na und?« Er zuckte beiläufig mit den Schultern. »Wenn die Tauben nichts verraten, tue ich es auch nicht.« Er grinste und küßte sie zärtlich. Dann trat er ans Fenster, zog die Vorhänge zu und ließ die Jalousien runter. Es war nun dunkel im Zimmer. Er schloß auch die Tür, die auf den Gang führte und kehrte zu ihr zurück.

Sie stand schweigend da und beobachtete ihn. Er nahm sie in die Arme und preßte sie an sich. Er küßte sie, und ein Zittern lief durch seine Arme. Er löste seinen Mund von dem ihren und wich ein wenig zurück. »Barrie, soll das ein Kuß sein?«

Sie deutete ein Kopfschütteln an. »Es tut mir leid, Hamp. Mir geht soviel im Kopf herum. Ich habe nicht damit gerechnet, daß du mitten am Nachmittag nach Hause kommst und mit mir schlafen willst.« Nach einer kurzen Pause fügte sie in leicht anklagendem Ton hinzu. »Das hast du noch nie getan. Warum ausgerechnet heute?«

Er hörte ihr zu, und in seinem Gesicht konnte man lesen, daß er innerlich mit sich kämpfte. Er schluckte und sagte heiser: »Ich habe heute oft an dich denken müssen. Ich... ich liebe dich, Barrie.« Er schaute ihr wieder ins Gesicht und küßte sie abermals, wobei er kurz seine Zunge gegen ihre Zähne drückte. Er spürte, daß sie nicht auf ihn einging, obwohl sie völlig regungslos und ruhig in seinen Armen lag. Er löste abermals seine Umarmung und strich ihr mit der Hand über die Wange. Sein Gesicht spiegelte die auf ihn einstürmenden Empfindungen wider, während er ihr hübsches Gesicht mit zärtlichen Blicken betrachtete. Er fuhr mit den Fingerspitzen über ihr seidiges, kurzes, dunkles Haar. Er flüsterte: »Weißt du eigentlich, daß du mich, als ich dich zum erstenmal gesehen habe, gefesselt hast, Barrie? Dein bloßer Anblick hat mich mit Empfindungen erfüllt, die ich niemals zuvor verspürt hatte. Wenn ich dich jetzt ansehe, empfinde ich das gleiche. Begehrst du mich denn nicht, Barrie?«

»Hamp.« Sie schüttelte verärgert den Kopf und wich seinem Blick aus. »Ich weiß nicht, warum du dich so benimmst.«

Er zog sie an sich. »Weil ich dich liebe. Ist das wirklich so merkwürdig?« Er küßte sie abermals und streichelte ihren Rücken ohne seine feste Umarmung zu lockern. Sie erschauderte, als sie die leichte Berührung seiner warmen Lippen an ihrer Kehle fühlte. Er bedeckte ihren Hals mit Küssen. Dann wich er ein wenig zurück und fing an, ihr die Bluse aufzuknöpfen. Seine Lippen wanderten tiefer. Er küßte ihre Brüste, und ihr Körper reagierte auf seine Berührungen. Sie konnte fühlen, wie sich sein Körper vor Verlangen nach ihr straffte und anspannte. Sein Blick war verschleiert, und seine Stimme klang vor Erregung gepreßt. »Ich liebe dich, Barrie.«

Sie wich seinem Blick aus und fuhr sich mit der Zunge über die Lippen. »Ich – ich muß dir mitteilen, Hamp, daß ich nicht vorhabe, mit dir zusammen in einem Zimmer zu wohnen, während wir in Griechenland sind.« Sie schluckte. »Ich habe schon die ganze Woche lang versucht, es dir zu sagen, aber...« Ihre Worte verloren sich in einem drückenden Schweigen.

Sie hatte nicht vorhergesehen, mit welch schrecklicher Wucht ihn diese Worte treffen würden. Zorn. Besessenheit. Im ersten Augenblick hielt er sie einfach weiter in den Armen. Sie spürte seinen wild jagenden Herzschlag. Die Farbe wich aus seinen Wangen. Schließlich richtete er sich auf und sah sie mit versteinertem Gesicht an. »Also, du hast nur auf den richtigen Augenblick gewartet, um es mir zu sagen, verstehe ich dich richtig?« fuhr er sie an.

Sie schluckte wieder. »Ich glaube, es wäre nicht aufrichtig gewesen, mit dir zu schlafen und dir erst danach meine Absichten zu eröffnen«, antwortete sie zögernd, und ihre Augen verdunkelten sich. »Ich bemühe mich so gut es geht, dich nicht zu verletzen, Hamp.«

»Nun gut, dann wollen wir auch um jeden Preis aufrichtig sein.« Flammende Röte schoß in sein bleiches Gesicht. Er konnte sich nur mühsam beherrschen. Er hielt inne und funkelte sie zornig an. »Warum? Ich will, daß du mir erklärst, warum. Kümmere dich nicht darum, ob du mich verletzt – erkläre es mir einfach.«

Sie schüttelte traurig den Kopf. »Hamp, ich muß mein Leben neu gestalten. Ich fühle mich so beengt und angekettet. Ich brauche mehr Freiheit. Ich kann nicht mehr frei atmen. Wenn dieser Druck weiterhin auf meiner Brust lastet, nimmt meine ganze Persönlichkeit Schaden. Ich vegetiere nur noch so dahin, Hamp, aber ich lebe nicht. Wir sind an einem Punkt angelangt, wo ich das Gefühl habe, daß unsere Beziehung am Ende ist. Es tut mir leid, aber ich kann es nicht anders ausdrücken. Ich weiß nicht, was wir sonst noch tun könnten – außer uns voneinander trennen.«

Er lachte bitter auf und schüttelte den Kopf. »Wir sollen uns also trennen – ausgerechnet in Griechenland? Wir sind noch nie gemeinsam an einem Ort gewesen, der wirklich romantisch ist, und ausgerechnet jetzt, da man uns an einen solchen Ort schickt, willst du, daß wir uns voneinander trennen, ganz so, als ob wir einander niemals etwas bedeutet hätten.« Er tippte mit zwei Fingern gegen seine Brust. »Sehe ich so dämlich aus, Barrie? Sehe ich wirklich aus wie jemand, der dir deine fadenscheinige Erklärung abkauft? Nun komm schon, sag mir den *wahren* Grund.«

Sie sah ihn nur an und schüttelte den Kopf.

Plötzlich packte er sie heftig am Arm. »Ich kenne den Grund für dein Verhalten!«

Ihre braunen Augen leuchteten kurz auf. »Nun, dann nenn ihn mir, Hamp«, sagte sie mit leiser, ruhiger Stimme.

Er wischte sich die Hände an seiner Hose ab. »Es ist dieses Fotomodell«, stieß er anklagend hervor. »Dieser große, gutaussehende Klumpen Fleisch. Du willst nicht, daß er erfährt, daß wir zusammenleben. Seit du dir seine Bilder angeschaut hast, bist du zu mir so kalt wie Eis. Du willst ihm doch nur eine Komödie vorspielen!«

»Du machst dich lächerlich, Hamp«, antwortete sie gefaßt. »ich weiß nicht einmal, was ich mit dir anfangen soll, und ich weiß erst recht nicht, was ich mit zwei Männern anfangen sollte.«

Er stemmte die Arme in die Hüften. Halb benommen schüttelte er den Kopf. Er bemühte sich, wieder klar zu denken und seinen übermächtigen Zorn zu beherrschen. »Was sollte denn sonst der Grund sein?« fragte er nach kurzem Schweigen. Seine Stimme klang wieder viel freundlicher und beherrschter. Sein Gesicht drückte nun eher Verzweiflung als Wut aus.

»Ich weiß es nicht«, entgegnete sie und warf ihm einen Blick zu, der ihn beunruhigte. »Ich glaube einfach, es würde uns beiden guttun. Wir stecken in einer fürchterlichen Tretmühle. Ich will mich ganz auf meine Arbeit konzentrieren, und das kann ich nicht, wenn wir zusammen sind. Ich will kommen und gehen können, wie ich es für richtig halte. Wenn ich es für nötig halte, will ich die Nacht durcharbeiten können. Ich will unabhängig sein. Ich will keine Erklärungen abgeben müssen. Ich will Zeit zum Nachdenken. Ich belaste mich mit so vielen unnötigen Dingen, und diese Dinge will ich aussortieren.«

Er starrte sie abweisend an. »Mich etwa auch? Willst du mich aussortieren?«

Sie konnte seinen Blick nicht ertragen. Sie warf den Kopf herausfordernd in den Nacken, sagte aber kein Wort.

Er faßte sich an die Stirn. Man konnte deutlich erkennen, daß er sich bemühte, seine Gedanken zu ordnen, um zu vermeiden, daß er etwas Falsches sagen würde. Er seufzte tief. »Ich liebe dich, Barrie, jetzt und hier in New York. Erklär mir, wie soll ich es anstellen, daß ich dich in Griechenland nicht mehr liebe. Hast du irgendein Patentrezept dafür – wie man einige Wochen lang aufhört, jemanden zu lieben?«

Sie schaute plötzlich genauso verloren aus wie er. Ihre Augen trübten sich. »Ich glaube nicht, daß es hier um Liebe geht, ehrlich nicht.«

»Wie kannst du das nur sagen, Barrie? Es geht hier nur um Liebe.« Plötzlich strich er ihr über das Gesicht. Er sagte zunächst einen Augenblick lang nichts. »Niemals zuvor in meinem ganzen Leben habe ich mich so danach gesehnt, jemanden zu berühren, Barrie. Ich begehre dich so sehr, daß ich innerlich vor Verlangen erschauere. Ich will dich besitzen, jetzt in diesem Augenblick.«

Obwohl sie den auf sie einstürmenden Gedanken, die sich auf ihrem Gesicht widerspiegelten, nicht mehr folgen konnte, wußte sie doch, was in ihm vorging. Er begehrte sie. Als er zum Fenster ging, um die Vorhänge wieder aufzuziehen, blickte er sich plötzlich um und sein Blick blieb an ihren Brüsten hängen, die weich und weiß durch ihre halb geöffnete Bluse schimmerten. In diesem Augenblick sah er so verdammt perfekt aus. Sie beobachtete das Spiel der Muskeln seiner Beine, die in Jeans steckten, und spürte, wie ihr Verlangen nach ihm wuchs. »Hamp...« Sie erstickte beinahe an diesem einen Wort.

Er drehte sich schnell um und sah ihr ins Gesicht. Er ließ die Vorhänge wieder los. Ihre glänzenden Augen weiteten sich.

In ihrem Kopf begann es zu summen. Sie warf ihm einen langen, forschenden Blick zu und machte dann einen Schritt auf ihn zu. Aus dem einen Summton wurden erst zwei, dann drei verschiedene Töne, die ihr immer lauter und stärker in den Ohren dröhnten.

Sie kam näher und näher. Er umarmte sie und küßte sie leidenschaftlich. Er preßte sie an sich. Das wilde Dröhnen in ihrem Kopf ließ ihr Herz wild und ungestüm jagen. Er küßte sie, seine Zunge drang tief in ihren Mund, seine Hände rissen ihr die Kleider vom Leib. Als sie nackt war, glitt sein Mund über ihren Hals, über ihre herrlichen Brüste. Er nahm sie auf die Arme, und es wurde ihr bewußt, daß es nie zuvor so gewesen war. Niemals. Ihre Augen füllten sich mit Tränen, und sie hielt sie fest geschlossen. Sie konnte sich nicht darüber hinwegtäuschen, daß dieses Mal das letzte Mal war – für eine lange, lange Zeit, vielleicht sogar für immer. Das machte es so ganz anders.

Sie war in einer verrückten Stimmung. Sie hielt Hamps Kopf in den Armen, und ihr Kinn ruhte auf seinem Haar. Sie starrte zur Zimmerdecke. Der Nachmittag war zum Abend geworden. Der Koffer lag noch immer erst halb gepackt auf dem Sessel. Sie war froh, daß er ihr nicht ins Gesicht sehen konnte. Sein Anblick tat ihr weh, deshalb war ihr Blick starr auf die Decke gerichtet. Er döste vor sich hin. Obwohl ihr Körper wie ausgelaugt war, arbeitete ihr Verstand blitzschnell. Verrückte Gedanken stürmten auf sie ein.

In den letzten Tagen war sie sehr angespannt gewesen. Schließlich war dann der Moment gekommen, als sie es ihm gesagt hatte. Und was war daraufhin geschehen? Die Aussprache hatte ausgerechnet im Bett geendet. Sie konnte es immer noch nicht fassen. Sie hatte Hamp noch nie so erlebt.

War das ihre Schuld? Er hatte sie geliebt, als ob er mit ihr kämpfte. Sie fühlte sich wie verwundet. Es war beinahe so gewesen, als ob Hamp unbewußt gewünscht hätte, sie zu verletzen. Aber sie wußte, daß Hamp das nie tun würde.

Sie hatte keine Ahnung, was aus ihrer Liebe zu Hamp werden würde oder was schon daraus geworden war. Würde sie noch eine tiefere Kluft als die bereits bestehende aufreißen, wenn sie sich von ihm in den nächsten Wochen fernhalten würde? Sie mußte ihre eigenen verschütteten Gefühle wiederentdecken. Liebte sie ihn überhaupt? Sie befürchtete, daß die Antwort ›nein‹ lauten würde, aber sie mußte Gewißheit haben. Sie mußte eine Weile von ihm getrennt leben und die Möglichkeit haben, Distanz zu ihrer Beziehung zu gewinnen. Selbst wenn sich diese Distanz nur in getrennten Hotelzimmern äußern würde.

Seine Äußerungen gingen ihr durch den Kopf, diese harten, anklagenden Worte. Sie lauschte einen Moment lang seinen regelmäßigen Atemzügen, dann zog sie langsam und ganz behutsam ihren Arm zurück, es war als ob ihr ganzer Körper auf Zehenspitzen liefe. Warum hatte er ihr wohl diesen Unsinn über einen Mann, dem sie noch nie begegnet war, erzählt? Sie stand vorsichtig vom Bett auf. Sie war noch nie mit offener Eifersucht konfrontiert gewesen, und sie wußte nicht, ob sie damit fertig werden konnte. Vielleicht lernte sie erst jetzt nach achtzehn Monaten Hamp so kennen, wie er wirklich war.

Sie sammelte ganz leise ihre Kleider auf und verließ das Zimmer. Sie schloß geräuschlos die Tür hinter sich. Sie blieb bewegungslos auf dem Gang stehen und lauschte der Stille, die in der Wohnung herrschte. Nur von draußen drangen gedämpfte Geräusche an ihr Ohr. Sie zog sich an und ging ins Wohnzimmer. Sie ließ sich auf das Sofa fallen und schüttelte seufzend den Kopf. Sie war mit Hamp glücklich gewesen. Was war geschehen – und wann? Warum fühlte sie sich plötzlich so niedergeschlagen? Wo war ihre Fröhlichkeit, ihre Unbefangenheit geblieben? Sie fühlte, wie ihre innere Anspannung wieder unerträglich wurde.

Vielleicht war alles ihre Schuld. Vielleicht ließ sich das ganze Problem direkt auf ihre Vorstellungen von Liebe zurückführen. Sie erwartete, wollte einfach viel zuviel.

Sie hörte, wie die Schlafzimmertür aufging und nackte Füße über den Fußboden schlurften. Sie drehte sich genau in dem Moment um, als er vorsichtig zur Tür hereinspähte. »Barrie, warum bist du weggegangen?«

Offene Besorgnis lag in seinen runden blaugrünen Augen. »Ich muß Mutter anrufen.« Sie war froh darüber, daß ihr sofort eine einleuchtende Entschuldigung einfiel. »Vergiß nicht, du mußt ebenfalls deine Mutter anrufen.«

Er machte seinen Gürtel zu und steckte die Hände in die Hosentaschen. »Ich glaube, ich mache mich ans Packen.« Er ließ sie nicht aus den Augen. »Ich werde später anrufen.«

Sie nickte. »Ich werde fertigpacken, nachdem ich mit Mutter gesprochen habe.« Da sich der Schmerz, den ihr sein Anblick verursachte, immer mehr steigerte, wandte sie schließlich den Blick ab.

Er räusperte sich. »Hast du das wirklich ernst gemeint, was du über unseren Aufenthalt in Griechenland gesagt hast, daß wir nicht zusammen sein würden?« Seine Stimme war kaum mehr als ein Flüstern.

Sie nickte, gab aber keine weitere Antwort. Sie spürte noch einige Zeit ganz deutlich seine Anwesenheit, aber sie drehte sich nicht mehr zu ihm um. Nach einer Weile hörte sie wie die Schlafzimmertür zugeschlagen wurde. Sie fühlte sich schuldig. Sie blieb eine ganze Weile mit im Schoß gefalteten Händen regungslos sitzen. Sie wußte nicht, wieviel Zeit vergangen war, als sie schließlich zum Hörer griff und ihren Anruf machte.

Glücklicherweise war ihre Mutter guter Dinge. Trotzdem verfluchte Barrie innerlich ihren Vater, als sie wieder auflegte. »Verdammt, Daddy!« Es gab keine Rettung mehr für die Ehe ihrer Eltern. Ihre Mutter hatte nicht einmal mehr geweint, sie hatte offensichtlich keine Tränen mehr. Alles war weg. Barrie hatte ein seltsames Gefühl bei der Vorstellung, daß sie nun die einzige Verbindung zwischen ihren Eltern war. Eine neunundzwanzigjährige Tochter war die einzige Bindung, die übrig geblieben war.

Sie ging in die Küche, nahm eine Flasche Rotwein aus dem Kühlschrank, und goß sich ein großes Glas davon ein. Dann ging sie ins Badezimmer und ließ sich ein Bad einlaufen. Ihr Herz schmerzte.

Sie ließ sich in das warme Wasser gleiten und nippte langsam an ihrem Wein. Sie konnte es sich an diesem Wendepunkt ihrer Karriere nicht leisten, sich in Selbstmitleid zu ergehen. Sie konnte es sich nicht erlauben, bei diesem Auftrag zu versagen. Ihre großen braunen Augen blickten besorgt. Sie bewegte sich nur, um ab und zu langsam an ihrem Wein zu nippen. So saß sie eine lange Zeit. Es schien ihr, als ob alles um sie herum gerade im ungünstigsten Moment zusammengebrochen wäre. Ihr Blick war starr auf die Wand gerichtet. Hamps Worte, seine Verhaltensweise verwirrten sie. Sie versuchte ja, ihn zu verstehen, wie sonst auch. Aber an diesem Nachmittag hatte sie ihn nicht verstehen können. Das Schlimme daran war, daß sie sich nun gegenüber einem Mann, den sie noch nicht kennengelernt hatte, nicht unbefangen sein würde. Schon jetzt ahnte sie einen Konflikt zwischen Hamp und dem Gesicht auf einem Foto voraus.

Sie holte tief Luft. Sie konnte nur hoffen, daß das Modell egozentrisch, zynisch, verschlagen, chauvinistisch und roh sein würde. Denn diese Eigenschaften konnte sie bei einem Mann nicht ausstehen.

Sie schwenkte den letzten Rest Wein im Glas, hob es zum Mund und leerte es. Wie findig und brilliant ich doch bin, dachte sie. Noch nie habe ich mir gewünscht, jemanden zu verabscheuen, den ich überhaupt nicht kenne. Sie stellte das leere Glas auf dem Wannenrand ab und streifte ihren Badehandschuh über.

Ein lautes, festes Klopfen ertönte an der Tür. »Barrie, ich will ja nicht dein Dauerbad stören, aber da du die einzige Toilette besetzt hältst, wollte ich dich fragen, wann ungefähr du wieder herauszukommen gedenkst.« Hamps Stimme war der Ärger noch deutlich anzumerken.

»Ich komme gleich heraus«, schnurrte sie mit gespielter Freundlichkeit und setzte dann noch hinzu. »Falls es sich übrigens um einen Notfall handelt, die Tür ist nicht abgeschlossen.« Sie konnte sich seinen Gesichtsausdruck gut vorstellen, als er schnell antwortete:

»Es handelt sich hier nicht um einen Notfall, sondern nur um eine übervolle Blase. Aber ich halte es schon noch aus.«

Barrie hörte wie er ins Schlafzimmer zurückkehrte. Sie stieg aus der Wanne und hüllte sich in ihren Frotteebademantel. Ihr Verlangen, ihn anzuschreien, wurde mit jedem weiteren Zwischenfall stärker. Ruhelosigkeit ergriff sie, die in ihr den Wunsch weckte, ihn zu packen und ihn zu schütteln.

Während der ganzen achtzehn Monate hatte sie nie die Badezimmertür abgesperrt, und er hatte nie, nicht einmal kurz, den Kopf zur Tür hereingesteckt. Er war nie ins Bad gegangen, ohne abzusperren. Sie glaubte wirklich daran, daß man die Privatsphäre des anderen respektieren sollte, aber Hamp übertrieb. Anfangs hatte sie es seiner zurückhaltenden Art zugeschrieben, dann hatte sie geglaubt, daß sie selbst einfach zu wenig zurückhaltend wäre. Nun wußte sie überhaupt nicht mehr, was sie davon halten sollte. Sie hatte nie das Verlangen gehabt, ihn nackt zu sehen, und das war ihrer Meinung nach gut so. Es schien ihr unwahrscheinlich, daß sie dieses Verlangen je verspüren würde. Sie war darüber erschrocken, daß sie nicht einmal mehr wußte, wieviel es ihr tatsächlich bedeutete. Seine Hemmungen, beziehungsweise ihr Mangel an Hemmungen hatten ihr Gefühlsleben beeinflußt. Es drängte sie, ihn zu lieben, aber ihre wachsende Empfindungslosigkeit ihm gegenüber ängstigte sie. Am Anfang der Beziehung war sie blind gewesen für die Tatsache, daß sie grundverschieden waren. Aber jetzt, oder vielmehr schon seit längerer Zeit, war sie sich dessen bewußt. Sie fragte sich, warum er es nicht ebenfalls erkannte.

Stirnrunzelnd trat sie auf den Gang. »Es steht zu deiner Verfügung.« Sie ging am Schlafzimmer vorbei in die Küche, um sich noch ein Glas kalten Wein zu holen.

Einen Augenblick später folgte er ihr nach und warf ihr einen skeptischen Blick zu. »Willst du heute noch etwas essen oder nimmst du die Mahlzeit in flüssiger Form zu dir?«

»Ich trinke sie«, gab sie schnell zur Antwort.

»Hältst du das für einen guten Einfall? Du weißt ja selbst am besten, wie schlecht dir das Fliegen bekommt.«

Sie warf ihm einen kurzen Blick zu. »Ich habe mich noch nie über dem Atlantik übergeben. Das wird eine ganz neue Erfahrung für mich sein.«

Er krauste die Stirn und rieb sich die Nase. »Das ist doch der wahre Grund für dein seltsames Verhalten? Neue Erfahrungen. Der alte Hamp langweilt dich wohl?«

Sie lächelte traurig. »Nein, Hamp, ich langweile mich nicht. Ich glaube, ich kann einfach weder dich, noch mich, noch unsere Beziehung verstehen.«

»Du kannst mich also besser verstehen, wenn wir getrennte Zimmer im Hotel nehmen? Ist das der Grund? Wirst du dann alles besser verstehen können, dich, mich und unsere Beziehung?«

»Ich hoffe es«, flüsterte sie.

»Sicher, sicher«, murmelte er. »Nun, du kannst schon heute nacht damit anfangen. Ich schlafe auf dem Sofa. Vielleicht bist du dir dann bis zum Morgen über mich klargeworden.«

Sie schaute ihn mit großen Augen an, gab aber keine Antwort. Er bemühte sich nicht, ihre Gründe für die Trennung zu verstehen. Er wußte, daß das Magazin für jeden Mitarbeiter ein eigenes Zimmer bestellen würde. Es lag dann bei den Mitarbeitern sich nach Belieben zu arrangieren. Diesmal wollte sie sich aber nicht arrangieren. Sie brauchte die Zeit für sich selbst. Sie mußte Zeit haben. Warum konnte er das nicht einsehen. Wenn er schon jede Veränderung, die mit ihr vorging, so prompt registrierte, warum konnte er dann nicht verstehen, daß sie Spielraum brauchte, um ungehindert darüber nachzudenken, wie es in ihrem Leben aussah und warum? Vielleicht befürchtete er auch, daß ihre Beziehung an einem toten Punkt angelangt war und erhob deshalb diese Einwendungen. Dennoch war sie sich ungeachtet seiner Einwände sicher, daß ihr Leben von nun an einen anderen Verlauf nehmen würde. Es war, als ob sie bis jetzt in ihrem eigenen Leben nur passiv auf dem Rücksitz gesessen hätte. Ihre eigene Persönlichkeit war ihr entglitten. Man übte Druck auf sie aus, Hampton zu heiraten, und wenn sie die Zeit in Griechenland mit ihm verbringen würde, würde dieser Druck nur stärker werden. Sie wollte keinesfalls zu einer Ehe gezwungen werden, denn eine solche Ehe konnte, wie Millionen von Beispielen bewiesen, nicht gutgehen. Irgendwie mußte sie das Steuer selbst übernehmen. Irgendwie.

5

Barrie ließ sich neben Hamp in den Rücksitz des Taxis sinken. Sie trug ein schwarzes Kleid und war sorgfältig geschminkt. Hamp, der wie versteinert dasaß, trug einen braunen Anzug mit Weste und eine goldgesprenkelte Krawatte. Sein sonst so struppiges Haar war sorgfältig gekämmt. Sie hatte ihm schon einmal an diesem Morgen ein Kompliment über sein gutes Aussehen gemacht, aber er hatte durch sie hindurchgeschaut, fast genauso wie er jetzt durch den Hinterkopf des Taxifahrers hindurchschaute. Während der ganzen Fahrt zum John F. Kennedy Airport fühlte sie trotz seines Schweigens eine angenehme Erregung. Wie angenehm es doch war, einmal aus dem üblichen Trott auszubrechen.

Das Magazin hatte ihnen alle Vorbereitungen für die Reise abgenommen. Dennoch schaute sie, als sie auf die Ausfahrt zum Flughafen einbogen, in ihrer Schultertasche nach, ob sie ihren Reisepaß auch dabei hatte. Sie fragte sich, ob das Fernsehteam den gleichen Flug wie die fünf Leute vom Magazin nehmen würde. O nein, sie waren ja sechs, wenn man das neueste Mitglied mitzählte.

Sie schloß seufzend kurz die Augen und schaute dann Hamp wieder an. Sie kämpfte gegen ihren wachsenden Ärger an und schwor sich gleichzeitig, ihre Qual nicht dadurch zu verschlimmern, daß sie sich auf eine Auseinandersetzung mit ihm einließ. Es war einzig und allein seine Sache, wenn er fünf Wochen lang stumm bleiben wollte. Sie würde sich einfach direkt an Logan Wallaby, den Project Director, wenden und Hamp so lange völlig übergehen, bis er sich dazu bequemen würde, diese selbstauferlegte Mauer des Schweigens zu durchbrechen. Sie betrachtete ihn eine Minute lang. Plötzlich konnte sie sich nicht mehr länger beherrschen. »Hamp«, sagte sie wütend, »willst du mir diese Reise verderben?«

Er schielte zerstreut in ihre Richtung. »Merkst du nicht, daß du diese Frage dem Falschen stellst?« Seine Stimme klang rauh. »Du bist diejenige, die die Antwort darauf geben muß.«

Sie ließ eine Sekunde verstreichen, bevor sie entgegnete. »Du hast wohl nichts von dem verstanden, was ich gesagt habe?«

»O doch«, stöhnte er und verzog verächtlich den Mund. »Ich verstehe nur zu gut.« Mit diesen Worten verstummte er wieder und hielt weiterhin den Blick starr auf den Fahrer gerichtet.

Verdammt, dachte sie, er ist dumm.

Auf dem Flughafen herrschte die übliche betriebsame Atmosphäre. Unzählige Menschen kamen an oder flogen ab. Als sie aus dem Taxi stieg, stellte sich aus irgendeinem Grund die freudige, erwartungsvolle Stimmung wieder ein.

Sie hatten gerade ihre Buchungen bestätigen lassen und das Gepäck aufgegeben, als man ihnen mitteilte, daß der Direktflug der *Olympic Airways* nach Athen eine einstündige Verspätung haben würde. Sie drehte sich zu Hamp um, der hinter ihr stand: »Willst du mit mir eine Tasse Kaffee trinken gehen?« fragte sie so freundlich wie sie nur konnte.

Er schüttelte kurz den Kopf. »Nein, ich gehe in den Wartesaal.«

Beleidigt entgegnete sie: »Nun, dann gehe ich eben alleine zum Kaffeetrinken.«

Er zuckte mit den Achseln. »Wie du willst.« Er drehte sich mit seiner kleinen Reisetasche in der Hand um und ging weg.

Sie schaute ihm eine Weile nach, dann ging sie in die nächstgelegene Cafeteria. Sie strich sich ein Haar zurück, das ihr ins Auge hing, und nahm an einem Tisch, nahe beim Eingang, Platz. Ihre Gedanken überschlugen sich.

Sie schaute sich um, um festzustellen, ob sich zufällig noch jemand vom Magazin in der Cafeteria aufhielt. Als sie kein ihr bekanntes Gesicht erspähte, senkte sie den Blick und starrte auf die Tischplatte. Obwohl es nie ihre Art gewesen war, sich dem Selbstmitleid zu überlassen, konnte sie an diesem Morgen nicht anders, als sich selbst zu bemitleiden. Sie war besorgt. Sie war sich nicht sicher, ob sie zur rechten Zeit richtig gehandelt hatte. Offensichtlich hatte sie zum falschen Zeitpunkt richtig gehandelt oder zum richtigen Zeitpunkt falsch gehandelt. Was auch immer sie getan hatte, es war ein Chaos daraus entstanden.

Der Kaffee wurde serviert, und sie schaute sich nochmals in der Cafeteria um. Sie versuchte, sich selbst davon zu überzeugen, daß sie mit dem Grübeln aufhören müsse und sich lieber ein dickes Buch als Lektüre für den Flug aussuchen solle, eine erotische Geschichte, da sie erkannte, daß in ihrem Leben ein Mangel an erotischen Erlebnissen herrschte. Sie schenkte den Menschen, die kamen und gingen, keine besondere Aufmerksamkeit, bis plötzlich ein Paar auf ihren Tisch zukam, dessen Anblick sie faszinierte. Die Frau war eine schöne Blonde, deren langes Haar von einem seidenen Stirnband zurückgehalten wurde. Barrie bemerkte, daß sie weinte oder geweint hatte, da ihre Wimperntusche verschmiert und ihre Nase rot war. Hinter ihr ging ein zerzauster junger Mann in sauberen, modischen Jeans und einem leichten, himmelblauen Sweater, dessen Ärmel er bis zu den Ellbogen hochgeschoben hatte.

Ihr Blick glitt von seinen schmalen Hüften aufwärts und blieb, als er an ihr vorbeiging, an seinem Gesicht haften. Sie saß fasziniert und mit leicht geöffnetem Mund da. Er war es! Ihre Augen weiteten sich vor Überraschung. Mit ernstem Gesicht hielt er seine durchdringend blauen Augen auf die Frau, die vor ihm herging, gerichtet.

Barries Hand verkrampfte sich um ihre Tasse. Sie ließ das Paar nicht aus den Augen, bis es an einem Tisch in der Mitte des Lokals Platz genommen hatte. Sie fühlt sich wie betäubt. Sie konnte es einfach nicht fassen, wie außerordentlich gut er aussah, noch besser als auf den Fotos. Ihr Herzschlag beschleunigte sich und wurde dann wieder langsamer. Ihr kam der Gedanke, daß er genauso dreinblickte, wie sie selbst sich in diesem Moment fühlte.

Sie setzte sich so hin, daß sie den Tisch der beiden unauffällig beobachten konnte. Beide schwiegen und schauten einander nur an. Plötzlich fing die schöne Frau wieder an zu weinen und Barrie schämte sich, weil sie sie beobachtete. Sie wandte stirnrunzelnd den Blick ab. Er hat auch Kummer in seinem Paradies, dachte sie. Dennoch mochten diese Tränen nur auf den bevorstehenden Abschied zurückzuführen sein, obwohl der Ausdruck, der auf ihren Gesichtern lag, sie irgendwie vermuten ließ, daß mehr dahinterstecke. Ein Abschied war ein leiser Schmerz, aber der Kummer der beiden wirkte gar nicht leise.

Sie trank ihren Kaffee aus, verließ die Cafeteria und stieß im Wartesaal zu den übrigen Leuten vom Magazin.

Ohne Hamp zu beachten, begrüßte sie lächelnd Logan Wallaby, den Project Director, Joanna Hayden, die für die Kostüme und die künstlerische Gestaltung zuständig war und Race Finley, ihren Assistenten. Logan trug auffällige, karierte Hosen, eine grell orange Sportjacke und eine teuere Sonnenbrille. Er rief ihr mit freundlicher Stimme zu: »Barrie, wir haben gerade von dir gesprochen und uns gefragt, ob du im letzten Moment gekniffen hast?«

Sie lächelte verwirrt. »Hat euch Hamp nicht gesagt wo ich bin?«

Logan musterte den mürrischen Hamp über den Rand seiner Brille hinweg. »Hampton Rich? Wo steckt denn der?« scherzte er gutgelaunt. »Versuch nicht mir weißzumachen, daß dieser gutgekleidete Mann im dreiteiligen Anzug unser alter Hamp sein soll.« Er schüttelte den Kopf. »Das kann nicht sein. Dieser junge Mann ist gut gekämmt und Hampton

Rich hat sich in den zwei Jahren, die ich ihn nun kenne, nie gekämmt.« Er zog die Brauen in die Höhe und wandte sich an die ältliche Joanna, die zu seiner Rechten stand. »Sag Joanna, glaubst du, daß das Hamp sein könnte?«

Joanna strich über den rot-weißen Schal, der um ihren stämmigen Hals geschlungen war und lachte. Aber bevor sie antworten konnte knurrte Hamp dazwischen: »Fahr zur Hölle, Logan.«

Logan zuckte mit den Schultern. Ein Grinsen breitete sich auf seinem schmalen Gesicht aus. »Horace muß ein anderes Team dorthin geschickt haben, mein lieber Junge. Dieses Team fliegt nach Griechenland.« Er warf einen Blick auf seine Uhr. »Und zwar genau in zwanzig Minuten.« Er beugte sich vor und fragte Barrie mit gedämpfter Stimme: »Was hat er denn? Hat er sich seine Krawatte zu fest zugezogen?«

»Logan«, flüsterte Barrie und wandte sich ihm zu, »frage bitte nicht.« Sie warf einen kurzen Blick in Hamps Richtung. Er starrte auf seine blankgeputzten Schnürschuhe. Sie stand schweigend da und beteiligte sich nicht an der angeregten Unterhaltung der anderen. Sie entfernte sich ein wenig von ihnen und schaute sich um. Ihr Blick blieb an dem Paar, das sie einige Minuten zuvor in der Cafeteria beobachtet hatte, haften. Die beiden hielten sich an den Händen und standen gerade außer Hörweite an die Wand gelehnt. Beide bemühten sich, jetzt zumindest, zu lächeln, auch wenn es ihnen nicht sehr gut gelang. Barrie konnte sich auch jetzt nicht davon abhalten, sie zu beobachten. Es fiel Barrie auf, daß beide, selbst auf einen unbeteiligten Dritten, einsam wirkten, obwohl sie zu zweit dastanden.

Barrie beobachtete wie sie einander streichelten. Einen Augenblick lang konnte sie ihren Blick nicht von den Händen der beiden losreißen. Er beugte sich vor und küßte die Blonde. Barrie war auf den Schauer, der sie in diesem Moment durchlief, nicht gefaßt gewesen. Sie drehte sich schnell um und stieß beinahe mit Hamp zusammen.

»Gibt es was Interessantes zu sehen?« fragte er kühl und schaute sie unfreundlich an.

»Nicht viel«, antwortete sie schnell. »Ich schlage nur die Zeit tot.«

Sein Blick wanderte den Korridor entlang und blieb an dem voneinander Abschied nehmenden Paar hängen. Mit verkniffenem Mund nickte er ihr zu. Seltsamerweise sagte er kein Wort. Er kehrte aber auch nicht an seinen vorherigen Sitzplatz zurück. Er blieb vielmehr in ihrer Nähe stehen, so nahe, daß sie ihn bei der geringsten Bewegung mit dem Ellbogen anstoßen mußte. Sie bemerkte die Spannung, die auf seinem Gesicht lag. Sie wünschte sich, daß sie etwas tun, etwas sagen könnte, um diese Situation zu entschärfen.

Mittlerweile hatten die beiden damit aufgehört, auf dem hell erleuchteten Korridor voneinander Abschied zu nehmen, und der Mann betrat den Wartesaal, wo die ganze Gruppe nun in einem Halbkreis herumstand. Logan Wallaby begrüßte ihn als erster. Er streckte die Hand aus und sagte: »Daniel, mein Junge, nett dich wiederzusehen.«

»Guten Morgen, Logan«, erwiderte er mit einem nachdenklichen Lächeln. »Wie geht es dir?«

Sie mußte sich zusammennehmen, um ihn nicht anzustarren. Sie kam sich wie ein Teenager vor, der einen Filmstar anhimmelt.

»Ich möchte dich dem Rest unserer Mannschaft vorstellen.« Logan legte zwanglos den Arm um die breiten Schultern des Mannes und sprach hastig weiter: »Das ist Joanna Hayden, zuständig für die künstlerische Gestaltung. Ihr Assistent Race Finley, der dich mit so schönen Dingen wie Lendentüchern und Stirnbändern ausrüsten wird.« Er lachte und fuhr fort: »Das ist Hampton Rich, der Fotograf und zugleich mein Assistent. Schließlich hier die hübscheste von uns allen, Barrie Cook, die den Artikel recherchieren und schreiben wird. Leute, das ist Daniel Meyers, unser Modell für die Aufnahmen in Olympia.«

Barrie beobachtete die ganze Vorstellungszeremonie. Er begrüßte Joanna, schüttelte Race die Hand, nickte Hamp, der die Hände lässig in die Hosentaschen gesteckt hatte, zu und wandte sich schließlich ihr zu. »Barrie«, sagte er leise und lächelte sie an. Einen scheinbar endlosen Moment lang schauten sie einander in die Augen. Dann neigte sie leicht den Kopf und sagte leise: »Nett, Sie kennenzulernen, Daniel.«

»Dan«, verbesserte er sie schnell. »Nur meine Mutter darf mich Daniel nennen.« Er lächelte sie wieder freundlich an.

Sie schaute ihm noch einmal kurz in die Augen.

»Nun«, ergriff Logan wieder das Wort, »unsere Flugnummer ist schon aufgerufen worden, also laßt uns unser Zeug zusammenpacken, damit wir eine Stunde lang am Ende der Startbahn sitzen können. Die Zeit wird gerade ausreichen, um sich ordentlich zu betrinken.«

»Man wird dir keinen Alkohol servieren, bevor wir gestartet sind«, bemerkte Joanna trocken.

»Das weiß ich.« Logan schlug mit der Hand auf seinen Mantel. »Das ist nämlich der Grund, weshalb ich nie ohne meinen eigenen Vorrat verreise.«

Auf dem Weg zum Ausgang, sie hielten die Tickets schon bereit, rief eine Frauenstimme hinter ihnen: »Dan!«

Dan fuhr überrascht herum und verließ die Gruppe, um sich noch einmal von der blonden Frau zu verabschieden. Barrie, die in der Schlange vor dem Ausgang stand, beobachtete ihn aus den Augenwinkeln. Er nahm die Frau in die Arme und küßte sie leidenschaftlich, dann ließ er sie los und küßte sie abermals, diesmal ganz zärtlich. Die beiden wechselten einige Worte, dann kam er zurück, um sich der Gruppe wieder anzuschließen.

Barrie ging schweigend auf die Tür des Flugzeugs zu. Hamp blieb immer an ihrer Seite. Irgend etwas hatte ihn offensichtlich aufgeheitert, denn er grinste tatsächlich, zum erstenmal seit sechzehn Stunden, vor sich hin. Sein Grinsen machte sie rasend. Seine Einbildung, daß sie für Dan Meyers schwärmte, war der Hauptgrund dafür, daß sie so stark auf ihn ansprach. Nun, am liebsten wollte sie sich mit keinem von beiden mehr beschäftigen. In den nächsten neun Stunden und fünfzehn Minuten würde sie nur schlafen, lesen, essen und trinken. Ob groß und gutaussehend oder klein und häßlich, die Männer waren sowieso alle gleich.

Hamp setzte sich auf den Sitz neben Barrie und stellte seine Kamera auf den Boden neben seine Füße. Sofort kam eine Stewardeß herbei und erklärte ihm, freundlich lächelnd in Englisch mit ausländischem Akzent, daß er die Kamera nicht einfach herumliegen lassen könne. Er versuchte, die Kamera unter den Sitz zu schieben. Da sie aber nicht in den Zwischenraum unter den Sitz paßte, stand er auf und übergab sie der Stewardeß, die sie in ein Gepäckfach über ihren Köpfen legte. Die Stewardeß ging weiter. Während Hamp sich wieder in seinen Sitz sinken ließ, küßte er Barrie schnell und unauffällig auf die Wange.

Sie wandte sich ihm zu. »Womit habe ich mir denn das verdient?« fragte sie beinahe verblüfft. Sie schaute ihn mit großen Augen an.

Er sah ihr offen ins Gesicht und lächelte. »Ich glaube, daß diese Reise trotz allem gar nicht so schlimm werden wird, Barrie. Vielleicht habe ich zu heftig reagiert.« Er zuckte leicht mit den Schultern. »Es tut mir leid.«

Verärgert schaute sie ihn noch einen Moment lang nachdenklich an. Als sie den Blick von ihm abwandte, bemerkte sie, daß Dan Meyers, der auf der anderen Seite des Ganges saß, sie beobachtete. Sie wandte sich schnell ab und schaute zum Fenster hinaus.

Race Finley setzte sich neben Hamp, während Logan und Joanna auf der anderen Seite des Ganges neben Dan Meyers Platz nahmen. Das gedämpfte Kreischen der Turbinen wurde lauter und sie fühlte, daß sich ihr Magen, wie immer vor dem Start verkrampfte. Die letzten Durchsagen vor dem Start kamen aus dem Lautsprecher und die Stewardessen erklärten den Gebrauch der Sauerstoffmasken und der Schwimmwesten. Hamp lockerte seine Krawatte und öffnete seinen Kragenknopf, Race preßte den Kopf fest gegen die Rückenlehne und Dan lächelte den Stewardessen zu. Joanna unterhielt sich mit Logan, der seine privaten Alkoholvorräte offensichtlich schon aufgebraucht hatte und teilnahmslos mit glasigen Augen und einer nicht angezündeten Zigarette zwischen den Fingern vor sich hingrinste.

Das Flugzeug rollte bis zu einer Warteposition an der Startbahn. Während sie auf die Starterlaubnis warteten, herrschte im Flugzeug beinahe völlige Stille. Plötzlich brüllten die Düsenmotoren auf, und bevor Barrie das Hämmern in ihrer Brust wieder unter Kontrolle bringen konnte, hatten sie schon abgehoben. Als sie nach unten blickte, konnte sie nur tiefes, graugrünes Wasser erkennen, das bald unter einer geschlossenen Wolkendecke verschwand. Hamp hatte während des Starts, ohne daß sie es bemerkt hatte, seine Hand auf die ihre gelegt. Plötzlich bemerkte sie nun, daß seine feuchte Handfläche auf ihrem Handrücken ruhte. Sie warf einen fragenden Blick auf seine Hand. Das helle Licht des späten Vormittags beleuchtete ihr Gesicht. Sie zog langsam ihre Hand weg und ein Taschenbuch aus ihrer Handtasche. Hamps starren Blick ignorierte sie völlig.

»Willst du lesen?« fragte er barsch.

»Ja«, antwortete sie kurzangebunden. Sie wußte, daß sie nicht lesen würde, daß sie nicht lesen konnte, aber sie wollte eine Unterhaltung mit Hamp vermeiden. Sie wußte nicht warum, aber sie wollte einfach nicht mit ihm sprechen, noch nicht. Sie war erleichtert, als er sich streckte und gähnte.

Sie schlug das Buch auf und versuchte vergeblich sich auf seinen Inhalt zu konzentrieren. Sie hatte sich nie für eine Expertin für männliche Schönheit gehalten, aber nun erwartete sie einen ausführlichen Kurs darüber, und das warf sie aus dem Gleichgewicht. Sie warf einen kurzen Blick auf die andere Seite des Ganges. Dan blätterte gerade in einer Illustrierten. Keine marmorne Nachbildung, keine griechische Statue hielt dem Vergleich mit Dan Meyers stand. Sein Haar wirkte heller als auf den Fotos, wie dunkles Gold, dicht und kraus. Seine glatte, gebräunte Haut verbarg nicht die natürliche Röte seiner Wangen. Sein Gesicht war perfekt geschnitten: die vollkommene griechische Nase, das starke Kinn, die sinnlichen Lippen. Sie konnte nun glauben, daß dieses Gesicht sein Kapital darstellte. Warum auch nicht? Ein Blick genügte und jedermann mußte erkennen, daß er Schönheit in höchster Vollendung vor sich hatte.

Plötzlich bedrückten sie ihre Gedanken. Was tat sie da? Hatte ein Blick in seine großen, indigoblauen Augen dieses Verhalten ausgelöst? Sie lächelte trotz ihrer Verwunderung innerlich. Vielleicht kannte Hamp sie besser, als sie sich selbst kannte.

Irgend etwas rüttelte sie wach. Sie blinzelte und versuchte sich zu orientieren. Seufzend schaute sie auf die Uhr und stellte fest, daß noch einige Stunden Flug vor ihnen lagen. Das bedrohliche Brummen der Turbinen dröhnte ihr in den Ohren. Als sie aufblickte, schaute sie direkt in Dans lächelndes Gesicht.

Er beugte sich zu ihr herüber. »Ich habe mich schon gefragt, ob irgendeiner von diesem Team nachts schläft. Ich bin noch nie mit einer Gruppe gereist, deren Mitglieder alle schon vor dem Start eingeschlafen sind.«

Sie lachte leise. Ihr wurde nun klar, daß das Flugzeug in eine Turbulenz geraten sein mußte; dies hatte sie aufgeweckt, während die anderen fünf Rip Van Winkles ungerührt weiterschliefen.

»Es gibt oben eine Bar. Wollen wir hochgehen und eine Tasse Kaffee miteinander trinken?« forderte Dan sie beinahe flüsternd auf.

Sie schaute Hamp prüfend an, und als sie sah wie fest er schlief, stand sie auf und zwängte sich an ihm vorbei um sich Dan Meyers anzuschließen. Aber plötzlich ließ sie ihre Absicht fallen. »Ich glaube, ich will doch nicht, Dan, aber danke für die Einladung.« Ohne weitere Erklärungen setzte sie sich wieder hin und schaute zum Fenster hinaus. Es wäre sicherlich ganz nett gewesen, aber bei näherer Betrachtung war es nicht die Szene wert, die es provoziert hätte, falls Hamp aufgewacht wäre und bemerkt hätte, daß sie mit Dan Meyers zum Kaffeetrinken gegangen war. Sie hatte keine Lust in einen Mordfall über dem Atlantik verwickelt zu werden.

Ihre Intuition hatte sie nicht getäuscht. Sie hatte kaum wieder Platz genommen, als sich Hamp bewegte und sie aus kaum spaltbreit geöffneten Augen ansah. »Gibt es da draußen etwas Interessantes zu sehen?« fragte er verschlafen.

»Einen blauen Himmel und weiße Wolken«, antwortete sie leise und blickte weiter aus dem Fenster. Der wirklich interessante Anblick bot sich aber nicht draußen.

6

Barrie stand mitten in ihrem Zimmer im siebten Stockwerk des Hotels Alexander in Athen. Sie hatte nur noch ihren Slip und Strümpfe an und starrte auf die Wände des Hotelzimmers. Die Landung des Flugzeuges auf dem Western Airport in Elliniko hatte sie aufgeregt. Sie atmete immer noch heftig. Um sich zu beruhigen, um den Pulsschlag zu verlangsamen, legte sie eine Hand auf ihren Hals. Nie war ihr eine Stadt vom Flugzeug aus schöner erschienen als Athen. Dieser Genuß war ihr allerdings gründlich verdorben worden. Der sanfte Landeanflug des Flugzeuges war plötzlich unterbrochen worden. Panik hatte sich unter den Fluggästen breitgemacht. Irgend etwas war schiefgegangen, und auf einmal waren alle Sauerstoffmasken herabgefallen und plötzlich über den Köpfen der Passagiere gehangen. Im ersten Augenblick war ihr genau wie den hundert anderen Passagieren zunächst der Gedanke ›O nein, es kann nicht sein‹ durch den Kopf geschossen. Sie hatte sich sofort zu den Stewardessen umgedreht, die ebenfalls auf ihren Plätzen gesessen waren und festgestellt, daß sich auf ihren Gesichtern die gleiche Angst widergespiegelt hatte. Und dann war es vorbei gewesen. Einer aus der Besatzung, vielleicht der Flugkapitän, hatte über Lautsprecher erklärt, daß die Freigabe der Sauerstoffmasken durch eine technische Panne erfolgt sei und daß niemand Angst zu haben brauche. Sie schnappte immer noch nach Luft und fühlte sich vor Angst wie benommen. Anschließend war die ganze Gruppe zusammen im gleichen Wagen zum Hotel gefahren, aber seltsamerweise hatte niemand etwas gesagt. Nicht einmal Logan. Hamp war stumm herumgestanden, als sie ihre

Schlüssel, nach der Anmeldung, an der Rezeption entgegengenommen hatte, auf ihr Zimmer gegangen war und alle Mitglieder der Gruppe, auch Hamp, in der Hotelhalle zurückgelassen hatte. Es war noch nicht ausreichend Zeit vergangen, um sie ihre Selbstbeherrschung wiederfinden zu lassen, und sie fühlte sich immer noch atemlos und verwirrt. Sie war in dem Moment, als die Panik sie erfaßt hatte, so überzeugt davon gewesen, daß sie alle abstürzen würden, und jetzt konnte sie sich nicht einmal genau daran erinnern, woran sie gedacht hatte oder ob sie überhaupt irgend etwas gedacht hatte. Aber als der Schrecken vorbei gewesen war, hatte sie zuerst Hamp, der die Hände vor das Gesicht geschlagen hatte, angesehen, und dann, über den Gang hinweg, die anderen. Während des kurzen Alptraums hatte Joanna offensichtlich Dans Hände ergriffen, und nun waren beide stumm, bleich und sich an den Händen haltend dagesessen. Es war ihr sehr sonderbar erschienen, daß Joanna die Hände eines Fremden und nicht die von Logan, den sie doch seit Jahren kannte, ergriffen hatte. Sie ging zum Spiegel am Frisiertisch und betrachtete ihre schlanke Figur und ihr bleiches Gesicht. Sie fragte sich, ob die gesunde Farbe je wieder zurückkehren werde.

Als sie anfing ihr Gepäck auszupacken, klopfte es an der Tür. »Ja«, rief sie und griff nach ihrem Kleid, das auf dem Schreibtischstuhl lag.

»Laß mich rein, Barrie.«

Ohne das Kleid anzuziehen, ging sie und öffnete die Tür.

Die Hände in den Hosentaschen, schlenderte Hamp herein.

»Noch nicht ausgepackt?«

»Himmel, nein.« Sie rollte mit den Augen. »Ich weiß nicht einmal, wo ich anfangen soll.« Sie brachte ein schwaches Lächeln zustande. »Außerdem warte ich noch immer darauf, daß mein Puls wieder normal schlägt.«

»Soll das ein Scherz sein?«

»Nein, ich scherze nicht. Diese Sauerstoffmaske, die mir ins Gesicht hing, hat mich zu Tode erschreckt.«

Er lächelte. »Mich auch«, gab er unbeholfen zu. »Aber zumindest haben wir uns besser gehalten als Race. Er hat sich die Hosen naß gemacht.«

Barrie fiel das Kinn herab. »Wirklich? Das glaube ich gerne. Wenn ich nicht gerade kurz zuvor auf der Toilette gewesen wäre, wäre mir das wahrscheinlich auch passiert«, fügte sie hinzu.

Er ging an ihr vorbei zum Fenster, zog den Vorhang ein wenig zurück und warf einen Blick auf Athen. »Ich hätte nie gedacht, daß ich diese Wochen allein in einem Zimmer, gegenüber von Race Finley, verbringen würde.« Er wandte sich um und schaute sie traurig an. »Also das hast du in den letzten Wochen im Sinn gehabt: getrennte Zimmer.« Er zuckte mit den Schultern und zog die Vorhänge wieder zu. »Du hast schon die ganze Zeit über die Absicht gehabt, alles so einzuhalten, wie vom Magazin gebucht, nicht wahr. Es ist nie dein Wunsch gewesen, diese Wochen mit mir zusammen zu verbringen. Es ist eigentlich nicht deine Art, unaufrichtig zu sein, Barrie. Du hast mich getäuscht. Ich habe gedacht, wir würden nur eines unserer Zimmer benutzen, und dabei hast du die ganze Zeit über gewußt, daß wir beide getrennt wohnen würden.«

»Ich habe versucht es dir zu erklären, Hamp, aber es ist nicht einfach, dir manche Dinge zu erklären. Du reagierst dann gleich sauer. Ich wollte schon früher mit dir darüber sprechen, aber es fand sich kein geeigneter Zeitpunkt. Ich habe mir gewünscht, daß wir imstande wären, darüber zu sprechen, Hamp, aber wie sooft in unserem Zusammenleben, wenn es darum geht, Wichtiges zu besprechen, habe ich auch diesmal feststellen müssen, daß ich es nicht konnte.«

»Aber du hast es mir erst *gestern* gesagt. Gestern. Nicht vor zwei Wochen.«

»Es tut mir leid, Hamp. Ich weiß nicht, was ich sonst noch dazu sagen soll. Ich brauche etwas Zeit für mich selbst und ich weiß, daß du das nicht verstehst. Hauptsächlich deswegen, weil du dich nicht bemühst, es zu verstehen. Ich wollte es dir schon früher sagen, nicht erst gestern. Es tut mir leid, daß ich es nicht getan habe.« Sie seufzte tief. »Ich fühle mich bereits schlecht genug. Ich will nicht, daß ich mich noch schlechter fühle.«

»Du hast recht, ich verstehe dich nicht. Wie kannst du das auch von mir erwarten, wenn du mir nicht den Grund sagst.« Sein Blick drückte aufrichtige Traurigkeit aus. »Ich – ich will nicht, daß das für uns das Ende oder der Anfang vom Ende ist, Barrie. Ich weiß nicht, was wir falsch machen, aber, wie auch immer, ich will, daß alles wieder gut wird.«

»Ich will das, was für uns das Beste ist, Hamp«, antwortete sie leise. Sie hatte nicht den Mut ihm zu sagen, daß sie an eine Wiederbelebung ihrer Beziehung nicht glaubte.

An diesem Abend aß sie mit ihm in einem der Hotelrestaurants. Sie hatte es nicht gewollt, aber eine Ablehnung hätte seinen Schmerz nur verschlimmert. Sie fühlte sich befangen, aber sie wußte nicht, was sie dagegen tun sollte oder wie sie ihre Befangenheit verringern sollte.

Das Restaurant war vornehm und im griechischen Stil eingerichtet. Hamp bestellte eine Flasche Retsina, einen geharzten Weißwein, den der Oberkellner vorgeschlagen hatte, als Hamp ihm erklärt hatte, daß er gern einen griechischen Wein trinken würde. Ein paar Augenblicke später kam ein Kellner mit der Flasche und goß vorsichtig einen kleinen Schluck in Hamps Glas. Er roch daran, nahm einen Schluck und Barrie sah, wie sein Gesicht sich verzog. Er warf dem Kellner einen langen Blick zu, dann flüsterte er: »Danke, es ist in Ordnung.«

Nachdem er zwei Gläser eingeschenkt hatte, ging der Kellner weg, und Hamp faßte sich an die Stirn: »Wir können das nicht einmal in irgendwelche Blumentöpfe schütten, es würde die Pflanzen umbringen.«

Barrie mußte unwillkürlich lächeln, als sie ihr Glas hob und daran nippte. Sie setzte das Glas ab und sah ihn an. Endlich sagte sie: »Ich glaube, wir könnten die Möbel damit polieren. Wenigstens ein kleiner Trost.« Sie lachte leise. »Wenn ein wenig Zitrone drin wäre, würde es genauso schmecken wie Pledge.«

»Ich werde es trinken und wenn es mich umbringt«, erklärte Hamp plötzlich mutig.

Sie lachte und sagte: »Wenn du das wirklich machst, wird es das wahrscheinlich tun. Ich habe das Gefühl, Sokrates hat das getrunken und nicht Schierling.«

Er setzte zu einem Lächeln an. Während er trank und sie ihm dabei zusah, herrschte Schweigen. »Das Fernsehteam ist am späten Nachmittag hier eingetroffen«, bemerkte er endlich ungezwungen. Sie zog die Brauen hoch.

»Wohnen sie in diesem Hotel?«

Er nickte. »Ja, im achten Stock, aber der Regisseur hat das Penthouse. Sie kommen nicht vom staatlichen Fernsehen, Barrie, sondern von einer privaten Gesellschaft.

Ihre Augen weiteten sich ein wenig. »Warum? Bist du sicher, Hamp?«

»Ich kenne die Einzelheiten nicht genau, aber Race hat gesagt, daß das öffentliche Fernsehen Probleme damit habe, das Geld aufzubringen. Horace soll einen Vertrag mit dieser privaten Gesellschaft abgeschlossen haben. Natürlich können es sich diese Leute anders überlegen und den Film dem staatlichen Fernsehen verkaufen, aber seit ich diese Burschen gesehen habe, glaube ich nicht daran. Ich glaube, sie werden ihn einer großen Kabelfernsehgesellschaft oder einer privaten Fernsehanstalt anbieten. Es ist jedenfalls keine kleine Sache. Und da die Olympiade bevorsteht, habe ich das Gefühl, daß eine Menge Geld im Spiel ist.«

Barrie schaute ihn fragend an: »Und was spielen wir dabei für eine Rolle?«

Hamp kräuselte leicht die Nase: »Ich weiß es nicht. Horace hat alle Verhandlungen geführt. Was hat er dir am Freitag erzählt? Wir haben bei der Besprechung alle das gleiche gehört, aber was hat er dir und Logan in den Einzelbesprechungen danach erzählt?«

Sie faßte sich an die Stirn und versuchte sich die letzte Unterhaltung mit Horace Weale ins Gedächtnis zurückzurufen. »Nun, laß mich nachdenken. Er hat mir ein Exemplar des Fernsehdrehbuchs gegeben, das nach der Vorlage des Materials geschrieben worden ist, das ich einige Wochen zuvor gesammelt hatte. Sie halten sich ziemlich stark an unseren vorläufigen Zeitplan, das heißt, es ist eine Aneinanderreihung der täglichen Wettkämpfe, so wie sie in der Antike abgehalten wurden. Was willst du damit sagen, Hamp? Wir haben doch früher schon oft mit den Fernsehteams zusammengearbeitet.« Hamp nickte. »Ja, das haben wir, aber diese Anstalten haben nicht versucht einen Profit daraus zu schlagen. Sie wollten nur informieren. Aber ich glaube, diesmal ist es anders. Aber es betrifft keinen von uns, nur dich und Apollo. Falls sie von deinem Manuskript und seiner Attraktivität profitieren wollen...«

Sie bemerkte sofort den Sarkasmus, der in seiner Stimme lag und fiel ihm ins Wort: »Nun, ich bin mir sicher, daß Horace sich nicht auf irgendeinen Handel einlassen würde, der die Rechte anderer verletzt. Das ist nicht seine Art. Selbst in Anbetracht der Tatsache, daß dieses Jahr für das Magazin nicht sehr erfolgreich gewesen ist, selbst dann würde er nicht versuchen, uns reinzulegen.«

Er führte langsam sein Glas an die Lippen und sagte: »Ich hoffe du hast recht.« Er trank, schnitt eine Grimasse und verfiel in langes Schweigen. Plötzlich, als sie sah wie Dan Meyers allein das Restaurant betrat, setzte ihr Herz aus. Ohne daß sie sich dessen bewußt war, fiel ihr das Kinn herunter. Ihre Augen weiteten sich, als sie sah, wie er am Eingang stehenblieb und mit dem Oberkellner sprach. Sie war froh, daß Hamp mit dem Rücken zum Eingang saß und vollauf mit den Blätterteigpasteten beschäftigt war, die mit Käse, Petersilie und Eiern gefüllt waren.

Er blickte zu ihr auf und sagte: »Diese Pasteten machen den Wein wieder wett. Willst du nicht eine versuchen?«

Sie rutschte unbehaglich auf dem Stuhl hin und her. »Nein, danke.« Er wandte sich wieder dem Essen zu und ihre Augen wanderten zu dem Mann zurück, der langsam auf einen kleinen Tisch an der Wand zuging. Erst nachdem er sich hingesetzt hatte, blickte er auf und bemerkte, daß sie ihn anstarrte. Ein warmes, entspanntes Lächeln huschte über sein

Gesicht. Sie lächelte angestrengt und unbeholfen zurück. Schließlich zwang sie sich wieder dazu, auf ihren Tisch zu schauen.

An diesem Abend rührte sie ihr Essen kaum an. Glücklicherweise führte Hamp die Unterhaltung fast ganz allein, indem er über die technischen Details seiner Pläne für die kommenden Tage berichtete. Sie schenkte ihm ein höfliches, leeres Lächeln und blieb ansonsten wortkarg. Sie konnte ihre Augen nicht von Dan Meyers lösen, obwohl sie es versuchte. Er trug einen dunklen Anzug, ein Hemd mit geöffnetem Kragen und am Hals eine dünne Goldkette. Sein goldbraunes Haar glänzte in dem gedämpften Licht. Zweifellos war er, von der Erscheinung her, der faszinierendste Mann, den sie je gesehen hatte. Sie war überrascht und dankbar, als er unvermittelt von seinem Tisch aufstand und den Raum verließ. Er hatte ihr, als er von seinem Stuhl aufgestanden war, noch einen Blick zugeworfen – diesmal ohne zu lächeln.

Einen Augenblick lang stand ihr die Enttäuschung ins Gesicht geschrieben, aber sie verschwand schnell wieder, als Hamp sie ansah und dann einen schnellen Blick durch das Restaurant schweifen ließ. Als er fragte: »Was ist los? Ist das Essen nicht gut?« wich sie seinem Blick aus. Sie gab ihm einen schnelle Antwort. »O ja, es ist sehr gut. Ich glaube, ich bin nur nicht hungrig.«

Er richtete sich im Stuhl auf. »Es ist kaum zu glauben, aber wir sind schon seit mehreren Stunden hier, und wir sind noch nicht einmal aus diesem Hotel herausgekommen. Ist das nicht unglaublich?«

Es trat ein kurzes Schweigen ein, bevor sie sagte: »Ich fühle mich wirklich zerschlagen. Ich glaube, ich werde zu Bett gehen.« Er runzelte die Stirn.

»Es ist noch nicht einmal zehn Uhr, Barrie. Ich dachte, wir könnten ausgehen, vielleicht in einen Nachtclub.«

»Nicht heute abend, Hamp«, antwortete sie fest. »Morgen wird ein arbeitsreicher Tag sein, und ich will ausreichend Schlaf bekommen. Aber«, fügte sie nach einer kurzen Pause hinzu, »warum gehst du nicht mit Logan oder mit jemandem von den anderen? Ich will dich nicht davon abhalten, und ich bin sicher, daß sie bis tief in die Nacht unterwegs sein werden.«

Er gab ihr keine Antwort. Einige Minuten später packte er sie vor ihrer Zimmertür fest am Arm und grub seine Finger tief in ihr weiches Fleisch. »Es ist alles so kompliziert geworden, Barrie.« Seine Worte kamen zögernd. »Ich – ich weiß nicht einmal mehr wie ich dich jetzt küssen soll.« Er schwieg. Seine Lippen streiften sie flüchtig.

»So wie eben. Gute Nacht, Hamp.«

Als sie in ihrem Zimmer war, fühlte sie sich entsetzlich. Sie hatte ihn verletzt, und das war genau das, was sie am wenigsten wollte. Aber irgendwie mußte sie ihrer Überzeugung treu bleiben. Sie mußte den Mut aufbringen ihre ablehnende Haltung in vollem Umfang weiter aufrechtzuerhalten. Sie hatte keine andere Wahl, als das, was sie beschlossen und angefangen hatte, auch durchzustehen.

Sie öffnete ihre Aktenmappe, entnahm zwei Aktenordner und legte sie auf den Tisch neben dem Fenster. Dann ging sie zur Balkontür, stieß sie auf und ging hinaus. Sie schaute zu dem tiefblauen und schwarzen Himmel hoch, der durch die Lichter der Stadt erhellt wurde. Die Lichter der Straßen schienen tänzelnd aufzusteigen. Sie schwieg und schaute zum Himmel. Plötzlich mußte sie gegen die Tränen ankämpfen, die ihr binnen einer Sekunde in die Augen geschossen waren. Sie streckte die Hand aus und legte sie auf das Geländer.

»Hallo, da drüben«, rief linkerhand von ihr eine sanfte Stimme aus der Dunkelheit. Vor Überraschung fiel ihr das Kinn herunter, sie wandte den Kopf schnell dem angrenzenden Balkon zu.

Dan Meyers lächelte ihr zu. Seine weißen Zähne schimmerten in der Dunkelheit.

»Sieht so aus, als wären wir Nachbarn.« In seiner Stimme schwang ein Lachen mit.

»Sieht so aus«, stimmte sie verwundert zu und fügte dann hinzu: »Ich glaubte, Joanna hätte dieses Zimmer.«

Er nickte im Dunkeln kaum wahrnehmbar.

»Es ist ihres gewesen, aber es liegt nicht nahe genug an der Feuerleiter.« Wieder blitzten seine Zähne auf. »Da ich nun einmal ein Gentleman bin, habe ich das Opfer auf mich genommen und mit ihr das Zimmer getauscht.«

»Das ist in der Tat großmütig von Ihnen gewesen«, murmelte Barrie lässig. »Wann hat dieser große Tausch denn stattgefunden?« Sie wußte, daß Hamp nichts davon ahnte, sonst hätte er im Schlafsack vor ihrer Tür genächtigt.

»Vor ein paar Minuten. Als ich aus dem Restaurant kam, traf ich unsere Miß Hayden an der Rezeption. Sie versuchte gerade ein anderes Zimmer zu bekommen, und da meines genau neben der Feuerleiter lag, bot ich ihr an zu tauschen. Alle waren glücklich, bis auf den Boy, der heraufkommen mußte, um das Gepäck in die jeweiligen Zimmer zu bringen. Und dann verhalfen wir auch ihm zu seinem Glück, indem wir ihm ein paar Scheine in die Hand drückten. Jetzt sind alle glücklich«, schloß er mit leisem Lachen.

Nicht alle, dachte sie fast panisch. Hamp würde sicher der Schlag treffen, wenn er davon erfuhr. Sie sah zu ihm hinüber, sagte aber nichts.

Er stand von seinem Stuhl auf und trat ans Geländer. Zum ersten Mal bemerkte sie, daß er im Schlafanzug war, und plötzlich schlug ihr das Herz bis zum Hals. Ihre Augen blieben an der Pyjamajacke aus dunklem Stoff hängen, die vorne offenstand und seine nackte Haut sehen ließ. Sie hatte dieselbe Farbe wie das gedämpfte Glühen der nächtlichen Lichter. Dann zwang sie sich, wieder zum Himmel hinaufzuschauen. »Es ist wirklich eine schöne Nacht, nicht wahr?« sagte sie fast flüsternd.

»Ja«, stimmte er zu. »Und jetzt ist sie sogar noch schöner.«

Sie wurde sich plötzlich des heftigen Pochens in ihrer Brust bewußt. »Das war eine entsetzliche Angst, die wir heute während der Landung ausstehen mußten, nicht wahr?« sagte sie, ohne ihn anzuschauen.

Er schüttelte den Kopf und seufzte. »Ja. Und das Unglaubliche daran ist, daß mir das zum zweitenmal passiert ist. Das gleiche ist vor ein paar Jahren auf einem Flug nach New York geschehen. Ich glaube, deswegen ist es für mich diesmal noch schlimmer gewesen, denn ich habe mir gesagt, so etwas kann nicht zweimal passieren. Aber ich habe Unrecht gehabt.« Er lachte. Dann hörte er plötzlich auf zu lachen und sah sie an.

Sie biß sich kurz auf ihre Lippe. »Nun, ich muß hineingehen. Ich muß meine Hausaufgaben machen. Die Fernsehleute sind heute nachmittag angekommen, deswegen haben wir morgen eine Besprechung beim Frühstück.«

»Ich habe davon gehört. Ich werde zum ersten Mal sehen, wie man eine Fernsehdokumentation macht.«

Sie dachte einen Moment über diese Antwort nach. »Sie wußten davon?«

Er sah sie verwundert an. »Natürlich habe ich davon gewußt. Glauben Sie, ich würde um die halbe Welt reisen, wenn ich nicht vorher alle Einzelheiten in meinem Vertrag geregelt hätte?« Er bewegte leicht seinen Kopf. »Ich sehe, Sie sind erstaunt. Darf ich fragen warum? Sie haben doch gewußt, daß das eine Gemeinschaftsproduktion sein würde, oder nicht?«

Sie schüttelte kurz den Kopf. »Ich wußte es nicht sicher«, murmelte sie. Sie wandte sich ab, ließ ihn auf seinem Balkon zurück und schlüpfte schnell in ihr Zimmer zurück, wo sie sich benommen an den Tisch setzte. Sie schüttelte den Kopf. Sie fühlte, wie kalte Angst sie erfaßte. Sie hatte sich so auf diese Reise gefreut. Diese Wochen in Griechenland sollten ihr die Gelegenheit geben, sich zurückzuziehen. Sie hatte sich vorgestellt, hier manchmal allein sein zu können, um sowohl über sich selbst, wie auch über ihre Karriere nachdenken zu können. Jetzt stellten sich ihr schon wieder neue Hindernisse in den Weg, und sie hatte noch nicht einmal die alten überwunden. Ihre Lider brannten von den Tränen. Sie fühlte wie ihre Hände, die sie vor das Gesicht geschlagen hatte, zitterten. Plötzlich stand sie auf und wanderte rastlos im Zimmer umher. Ihre dunklen Augen blickten zutiefst gequält. Sie griff nach der Überdecke auf dem Bett und strich leicht mit den Fingerspitzen darüber. Sie schaute die Bilder an der

Wand an. Es waren gut gemachte Reproduktionen von bekannten Kunstwerken. Schließlich ging sie zu dem großen Frisiertisch, stellte sich vor den Spiegel und betrachtete ihr Spiegelbild. Dann war es ihr plötzlich klar. Sie wußte, daß sie keine Distanz zu Hamp wahren würde. Sie konnte es nicht. Ihn aus ihrem Schlafzimmer zu verbannen war nicht die richtige Reaktion. Sie wußte nicht, was die richtige Reaktion war, aber soviel war sicher, die Verbannung war falsch. Ihr kam Dan Meyers in den Sinn, und plötzlich rannte sie ans Telefon und wählte die Nummer von Hamps Zimmer. Er hob beim ersten Läuten ab.

»Hamp«, sagte sie in dem beiläufigsten Ton, zu dem sie fähig war. »Was machst du gerade?«

»Ich sehe fern. Was kann man sonst in Griechenland machen?«

»Oh... hör mal«, fuhr sie etwas zu schnell fort. »Ich bin für heute abend mit meiner Arbeit fertig. Ich dachte, vielleicht möchtest du gern eine Flasche Wein mit mir trinken.«

Eine lange, ungläubige Pause trat ein, bevor er antwortete: »Gerne, Barrie.« Seine Stimme klang ruhig.

Sie strich sich die Haare aus der Stirn. »Ich weiß nicht, ob der Zimmerservice noch Bestellungen annimmt...«

»Ich besorge den Wein«, unterbrach er sie. »Ich bin in ein paar Minuten bei dir.«

Während sie auf ihn wartete, zog sie einen bequemen Morgenmantel und ein Nachthemd an. Sie wanderte barfuß auf dem Teppichboden herum, trat an den Tisch, steckte die Aktenordner in die Mappe und machte sie zu. Während ihre Finger mit dem Verschluß der Mappe spielten, wanderten ihre Augen zur Balkontür, die hinter dem Vorhang beinahe verborgen war. Das war ein Tag voller Überraschungen gewesen. Sie würde es sich nicht erlauben, sich zu dem Mann nebenan hingezogen zu fühlen. Daheim, auf dem Kennedy Airport, hatte sie gesehen, was dabei herauskam. Sie erinnerte sich, wie Dan Meyers die blonde Frau umarmt hatte und dachte an die Tränen auf ihrem Gesicht. Trotz ihrer vielen Fehler hatte sie einen viel zu sachlichen Verstand, um bei dem

Anblick eines gutaussehenden Gesichtes und eines schönen Körpers durchzudrehen.

Wenige Minuten später, als sie Hamp die Tür aufmachte, sah er sie prüfend an. »Ist es wahr, daß Trennung die Herzen zärtlicher stimmt?« Er schwenkte in der einen Hand eine Flasche Wein und in der anderen zwei Gläser.

Sie lächelte ihm zu und fuhr mit der Hand zu der feinen Borte des Nachthemdes an ihrem Hals. »Ich glaube es gibt tatsächlich ein Lied, in dem es heißt, Trennung stimme einen weichherziger«, flüsterte sie sanft, »gegenüber einem anderen.« Sie nahm die Weingläser und sah zu, wie er die Tür absperrte. Dann blickte er sie wieder an.

»Da bin ich aber froh, daß ich nur zwei Stunden weg gewesen bin. Ich will dich bestimmt nicht verlieren«, sagte er grinsend und sah sich gutgelaunt im Zimmer um. Er machte einen Schritt zurück und betrachtete sie. »Ich habe dich vermißt«, flüsterte er. Dann schenkte er den Wein ein und reichte ihr ein Glas. »Danke, Hamp.« Sie nahm das Glas, aber bevor sie es an die Lippen führen konnte, ergriff er sie sanft am Arm und sagte: »Laß uns auf die schönen Dinge des Lebens trinken, Barrie. Auf die schönen Dinge unseres Lebens.«

Barrie schaute ihm in die Augen. Eine seltsame Empfindung bemächtigte sich ihrer, eine Empfindung, in die sich Schuldgefühl und vielleicht auch ein wenig Reue mischten. Sie betrachtete seine geröteten Wangen, das honigbraune, struppige Haar, das ihm ins Gesicht hing und die grünblauen Augen, die mehr grün als blau waren. Dann schaute sie weg, und ihre Finger fuhren spielerisch am Rand des Glases entlang. »Möchtest du dich setzen?« flüsterte sie.

»Nein.« Er legte ihr eine Hand auf die Schulter. »Ich möchte mich hinlegen, mit dir.«

Sie spürte wie ihr das Blut ins Gesicht schoß, und plötzlich fühlte sie sich warm. Sie legte zwei Finger auf ihren Nasenrücken. Ihre Augen waren unter den halb geschlossenen Lidern kaum noch zu sehen. Sie schüttelte den Kopf: »Ich will nicht, daß wir miteinander schlafen, Hamp. Nicht bis ich mir sicher bin...«, flüsterte sie. Ihre Worte verloren sich in drückendem Schweigen. Sie sah ihn niedergeschlagen an. »Ich will dir nahe sein, aber nicht auf diese Weise.«

Als er sie ernst anschaute, spiegelten seine Augen innere Verwirrung wider. »Weißt du, was du da sagst? Ich weiß, daß du dir Sorgen machst, Barrie, und ich will dir helfen. Aber, Barrie, ich bin nicht daran schuld, daß du dir Sorgen machst. Und diese neue Laune, die du jetzt wieder hast, wird unser Zusammenleben zerstören. Sag mir, was ist daran falsch, wenn du mit mir schläfst? Ich will, daß du mir das sagst.« Sie spürte sein ehrliches Verlangen, es zu erfahren.

Sie trat an den Tisch, zog sich einen Polstersessel heran und setzte sich langsam. Sie wartete und einen Moment später trat er zu ihr. Ihre Fingerspitzen fest gegen den kristallenen Stiel pressend, ergriff sie das Glas auf dem Tisch. Sie schüttelte langsam den Kopf. Die dunklen, sorgenvollen Schatten unter seinen Augen stimmten sie traurig.

»Bist du nicht glücklich mit mir?« fragte er leise.

»Doch, manchmal.« Sie konnte seinem Blick nicht standhalten und wandte ihr Gesicht der Tür zu. »Manchmal bin ich es nicht.«

»Im Bett bist du es nicht. Das willst du doch damit sagen, nicht wahr?« Er zog die Brauen hoch und seine Augen wurden noch dunkler.

Plötzlich verspürte sie den Wunsch, das Gespräch darüber abzubrechen. Sie wollte keine Sekunde länger darüber reden. Wenn sie erst einmal damit anfangen würden sich gegenseitig ihre Fehler aufzuzählen, würde schließlich einer von ihnen verletzt sein. »Hamp.« Ihre Stimme war ruhig. »Laß uns unseren Wein trinken und über etwas anderes sprechen.« Sie versuchte zu lächeln. »Laß uns morgen nachmittag etwas Aufregendes unternehmen. Wir werden voraussichtlich mit der Besprechung früh fertig sein und mit der eigentlichen Arbeit nicht vor Mittwoch anfangen. Also haben wir morgen nachmittag frei. Vielleicht können wir segeln gehen.«

Er schwenkte den Wein im Glas hin und her. »Ich werde nach der Besprechung keine Zeit haben. Logan und ich müssen uns mit ein paar Leuten von den griechischen Behörden treffen. Außerdem sollen wir die Agentur aufsuchen, die die Statisten für die Aufnahmen stellt. Deine Arbeit ist zum größten Teil erledigt, Barrie, aber unsere hat noch nicht begonnen. Ab morgen werden wir unsere Zeitpläne ungefähr ebenso übereinstimmen wie wir selbst.« Sein ernstes Gesicht war nun eine ausdruckslose Maske.

Sie leerten schweigend ihre Gläser. »Willst du noch etwas?« fragte er höflich.

Sie schüttelte den Kopf. »Nein, aber ich muß sagen, dieser Wein war viel besser als der, den wir zum Abendessen gehabt haben.« Sie lächelte ihm zu.

Er ergriff zärtlich ihre Hand! Dann stand er auf, machte einen kleinen Schritt auf sie zu, zog sie hoch, und drückte sie an sich.

Ihr erster Gedanke war, sich zu wehren, sich aus seiner Umarmung zu befreien. Aber sie tat es nicht.

Er grub sein Gesicht in die weiche, warme Haut ihrer Schulter und seine Lippen berührten ihren Hals. »Ich begehre dich so sehr.« Seine Stimme zitterte. »Ich liebe dich so sehr. Weißt du das nicht?«

Alles verschwamm ihr vor den Augen. Sie gab keinen Laut von sich. Und dann konnte sie dem übermächtigen Verlangen, ihm nachzugeben, nicht mehr widerstehen. Als er seinen Mund sanft auf ihre Lippen preßte, stöhnte sie leise.

Ihre Gedanken wurden verschwommen, und sie klammerte sich seltsam verzweifelt an ihn. Seine Lippen glitten zärtlich und drängend zugleich über ihren Hals, und seine Arme drückten sie fester an sich, so fest, daß sie kaum noch atmen konnte. Sie spürte, daß sie sich jetzt schnell entscheiden mußte. Plötzlich kam ein leises Schluchzen über ihre geöffneten Lippen, und sie drückte sich an seine Schultern. »Nein Hamp. Du mußt gehen... jetzt.«

Ihm stockte vor Überraschung der Atem. »Barrie, das kannst du nicht ernst meinen«, stöhnte er. »Ich – ich –« Er brach ab und küßte sie wieder gierig auf die Lippen. Während sie mit ihren widerstreitenden Gefühlen rang, versuchte sie sich zurückzuhalten, doch in ihrer Verwirrung erwiderte sie seine Küsse. Wie seltsam dieser Augenblick doch war. Ihr geheimes Elend stürmte plötzlich von allen Seiten auf sie ein. Sie begehrte ihn, und zugleich begehrte sie ihn nicht. Ihr Körper sehnte sich nach seiner Nähe, und zugleich kämpfte sie darum, sich von ihm zu lösen. Innerlich war sie so zerrissen, wie noch nie zuvor in ihrem Leben.

»Barrie.« Er hob plötzlich die Hände und umfaßte ihr Gesicht, so daß sie ihn ansehen mußte. »Barrie.« Sein Mund war so nahe an ihren Lippen, daß sie an ihrer Zungenspitze seinen Atem spürte. »Liebst du mich?«

Sie antwortete nicht.

Er wiederholte seine Frage. »Liebst du mich?«

»Ich bin sehr müde«, flüsterte sie und versuchte ihren Blick abzuwenden und ihren Kopf aus seinen Händen zu befreien.

»Liebling, antworte mir. Liebst du mich?«

Plötzlich brach es aus ihr heraus. »Ja... ja, ich liebe dich. Ich liebe dich, Hamp.«

»Dann... liebe mich«, sagte er und strich ihr einige Haarsträhnen aus der Stirn.

Ihr Hals schmerzte, und je länger sie in seinen Armen lag, desto weniger verstand sie ihre eigenen Gefühle, die sie für ihn hegte. Langsam schüttelte sie den Kopf. »Du mußt jetzt gehen... bitte«, flehte sie flüsternd.

Bestürzt ließ er die Arme sinken, und seine Augen weiteten sich. »Irgend etwas sagt mir, daß du etwas anderes sagst, als du fühlst. Du sagst, daß du mich liebst. Warum kann ich dir nicht glauben«, meinte er leise, mit einem gezwungenen Lächeln. Er schüttelte ein paarmal langsam den Kopf, wandte sich um und verließ mit hängenden Schultern ihr Zimmer.

Es gab hierfür keine Antwort. Sie schaltete das Licht aus und ließ sich auf das Bett fallen. Im Dunkeln versuchte sie sich über ihre Gefühle klarzuwerden. Aber das einzige, was feststand war, daß es dunkel und sie alleine war. Und zum erstenmal seit vielen, vielen Monaten fühlte sie sich völlig allein.

7

Spät in der Nacht, als ganz Griechenland schlief, trat Barrie wieder auf den Balkon hinaus und setzte sich auf den zierlichen, schmiedeeisernen Stuhl neben dem Tisch mit der Glasplatte. Sie wünschte sich, sie hätte ein Exemplar von Gail Sheehys ›Passages‹ mitgenommen, denn offensichtlich befand sie sich in einer Krise. Sie hatte das Gefühl in einer Falle zu sitzen. Sie fühlte sich in Fesseln gelegt von einer Beziehung, die verfahren war, von einer Karriere, die ihr zweifelhaft erschien und von einer Familie, die sich vor ihren Augen aufgelöst hatte. Wenn ich morgen sterben würde, dachte sie plötzlich, so wäre mir ein Platz unter den zehn verwirrtesten Leichen sicher. Es war ihr immer am wichtigsten gewesen, sich ihr Leben so einzurichten, daß sie sich wohl fühlte. Damit war es nun vorbei. Aber sie würde sich nicht in eine dunkle Ecke verkriechen und sich vor der Welt und vor sich selbst verstecken. Sie würde sich aus diesem Schlamassel befreien und wenn sie dabei umkam. Sie würde sich zusammenreißen und dem Ganzen irgendwie einen Sinn geben. Welten brachen nicht plötzlich grundlos zusammen. Alle ihre Probleme waren unauflöslich miteinander verbunden.

Sie griff nach einer Packung Zigaretten, die sie achtlos auf den Tisch gelegt hatte. Sie fummelte einen Augenblick lang an der Packung herum, bevor sie ihr eine Zigarette entnahm. Sie beugte sich vor und nahm eine Schachtel Hotelstreichhölzer in die Hand. Der leichte Wind blies das erste Streichholz aus, und sie zündete ein zweites an. Sie rauchte schweigend und dachte hauptsächlich an die vor ihr liegenden Tage.

Plötzlich öffnete sich die Tür, die auf den angrenzenden Balkon führte und Dan Meyers trat heraus, in Pyjamahose und in einem leuchtend gelben Morgenmantel. Er band den Morgenmantel im Gehen zu. Er trat an das Geländer. »Es geht mich überhaupt nichts an, warum Sie um zwei Uhr morgens draußen sitzen, Miss Cook, aber ich frage mich doch, ob auch alles in Ordnung ist.« Er sah sie scharf an.

Sie blickte ihn nur kurz an. »Nein, ich kann nur keinen Schlaf finden. Es tut mir leid, falls ich Sie gestört haben sollte.«

Er zog eine Augenbraue hoch. »Das haben Sie nicht. Ich habe nur das Feuer gesehen.«

Sie brauchte eine Sekunde, um das zu begreifen, daß er von den Streichhölzern sprach. Sie sah zu, wie er sich einen Stuhl heranzog und sich setzte. Er stützte beide Arme auf das Geländer und schaute zu ihr herüber. Da ihr fast schmerzhaft bewußt war, wie ausnehmend anziehend er war, wie gewinnend sein Wesen war, löste sie ihren Blick von ihm. Plötzlich, als sie die Akropolis und das mit Flutlicht angestrahlte Parthenon sah, riß sie ihre Augen auf. »Ich hatte nicht bemerkt, daß wir die Akropolis von hier aus sehen können. Haben Sie es bemerkt?« stieß sie mühsam hervor. Die Akropolis war sicherlich vorhin, als sie auf dem Balkon gewesen war, noch nicht dort gestanden. Ihre Gedanken konnten doch nicht so fahrig und durcheinander gewesen sein, daß sie etwas, wie die Akropolis, von ihrem Balkon aus übersehen hatte. Sie sah ihn verzweifelt an.

Ein Lächeln breitete sich langsam auf seinen Zügen aus. »Ich habe sie schon am Nachmittag bemerkt, aber irgendwie muß das Flutlicht kaputt gewesen sein, denn sie wird erst seit Mitternacht angestrahlt. Hübsch, nicht wahr?«

Hübsch! Dies war der eindrucksvollste Anblick, der sich ihr je geboten hatte. Sie sah ihn direkt an. »Bilder werden ihr nicht gerecht, nicht wahr?« sagte sie leise und warm.

Er sah sie scharf an und antwortete: »Nicht ganz. Es ist immer noch besser ein Bild von ihr zu sehen, als sie überhaupt nicht zu sehen.« Er unterbrach ihre Gedanken über den Tempel der Jungfrau Athena, dessen dorische Säulen im Dunkeln schimmerten. »Woher kommst du, Barrie?«

»Ursprünglich aus Albuquerque, aber ich lebe jetzt schon seit einigen Jahren in New York.«

Er lächelte. »Ich bin aus Tucson. Ist das nicht unglaublich? Hier in Griechenland wohnen wir nebeneinander und drüben sind wir praktisch, ohne es zu wissen, Nachbarn gewesen.« Er sah sie sehr aufmerksam an. Seine tiefblauen Augen glänzten.

»Nun«, sagte sie unbefangen, »Tucson liegt ein wenig weiter von Albuquerque entfernt, als Ihr Balkon von meinem.« Sie stockte plötzlich, errötete und räusperte sich. Dann drückte sie die Zigarette im Aschenbecher aus. Sie wußte, daß sie eigentlich hineingehen sollte, doch der Gedanke, diesen ruhigen, fast schon beschaulichen Ort zu verlassen, widerstrebte ihr.

Ihr erster, günstiger Eindruck von dem Mann, der ihr nun leibhaftig gegenüber saß, war bereits vor einigen Wochen entstanden, als sie die Mappe aufgeschlagen hatte. Jetzt sah sie ihren ersten Eindruck mehr als bestätigt. Ihr Interesse an Dan Meyers wuchs. Und dieses Gefühl verursachte ihr wieder Angst.

Er saß da, sah sie an und trommelte mit den Fingern leicht auf die Armlehne seines Stuhls. »Macht es Ihnen etwas aus, wenn ich Ihnen etwas erzähle?« sagte er und beugte sich vor.

Sie schüttelte kurz den Kopf und sagte lächelnd: »Nein. Was denn?«

Er schwieg eine ganze Weile. Es kam ihr so vor, als wüßte er nicht, wie er anfangen sollte. »Mit siebzehn habe ich mich zum erstenmal in meinem Leben verliebt.«

Sie sagte nichts und verstand nicht, warum er sie so anstarrte.

»Sie war eine meiner Lehrerinnen«, fügte er hinzu und hielt dann wieder inne.

»Oh«, sagte sie leise. »Ich glaube, das kommt oft vor.«

»Aber, sehen Sie«, seine Stimme war so leise wie ein Flüstern, »Sie sah Ihnen sehr ähnlich.«

»Oh«, sagte sie wieder und fühlte wie ihr ein Schauer über den Rücken hinunterlief. Sie wandte ihren Blick von ihm ab. Diese Bemerkung hatte sie nicht erwartet. In seinen Augen war sie nicht die Frau, die sie wirklich war, sondern nur ein Ebenbild aus seiner Vergangenheit, eine Schullehrerin. Plötzlich verspürte sie das Bedürfnis loszulachen. Sie fragte sich, wie es wohl wäre, irgendwohin zu kommen, an irgendeinen Ort, und nicht bei irgend jemanden die Erinnerung an einen anderen Menschen wachzurufen. Ein melancholisches Lächeln umspielte ihre Lippen. »Ich weiß nicht, wie das ist. Ich habe diese Erfahrung in meiner Jugend nie gemacht. Ich habe mich nie in einen meiner Lehrer verliebt.«

Er schwieg einen Augenblick lang und sah sie forschend an: »Nun«, sagte er nach einer Weile, »es bestand ja auch kein Zwang, das zu tun. Ich habe dafür keine besseren Noten bekommen, aber es war wahrscheinlich meine wichtigste Erfahrung. Ich kann mich daran viel deutlicher erinnern als an Geschichte oder Algebra.«

Sein Bekenntnis überraschte sie. Sie unterhielt sich zum erstenmal mit ihm, und er erzählte so freimütig, ohne jegliche Zurückhaltung von sich selbst. Plötzlich drängte sie ihn, fortzufahren. »Erzählen Sie mir davon.«

Seine dunklen Augen suchten die ihren und er blickte sie eindringlich an. »Warum?«

Sie lächelte freimütig. »Ich glaube, es ist interessant.«

Er sah zu den goldenen Nachtwolken hoch, die tief über dem Parthenon dahintrieben, und seine Augen verengten sich. »Ich glaube, ich sollte Ihnen etwas von mir erzählen, damit Sie meine Verwundbarkeit verstehen.« Er warf ihr einen kurzen Blick zu. »Also, Barrie, ich habe immer unter meinem Aussehen gelitten. Immer, sogar als Kind. Ich war immer wegen meines Aussehens und meines Spitznahmens, Pretty Boy Meyers, leicht verlegen, ja ich schämte mich sogar deswegen. Seit der ersten Klasse träumte ich von dem Tag, an dem ich mein Gesicht verändern könnte. Ich wollte eine kaputte Nase haben, oder Narben.«

Sie lachte leise, und er neigte fragend den Kopf. »Ich weiß, es klingt komisch, aber welches Kind ist mit dem zufrieden, was es hat. Manche wollen mehr, ich wollte weniger. Als ich vierzehn war, begann ich mit Mädchen auszugehen, aber ich verliebte mich in keine. Sie ließen mich gleichgültig. Mein Leben war leer. Ich war enttäuscht und haßte mein Aussehen noch mehr. Es war, als ob niemand meine wirkliche Persönlichkeit erkennen würde. Alle sahen nur mein Gesicht, niemand erkannte, was sich hinter der Maske verbarg. Und dann, als ich in der elften Klasse war, kam eine neue Kunstlehrerin nach Tucson. Ihr Name war Barbara Lawrence. Sie verzauberte und faszinierte mich vollkommen. Sie war schön, warmherzig und hatte sanfte, braune Augen. Sie mußte nur in meine Richtung schauen und ich zerschmolz. Meine Träumereien veränderten sich radikal. Ich wünschte mir keine Narben oder eine Gesichtsoperation, sondern ich sehnte mich nach ihr. Es war ein so übermächtiges, vollkommen anderes, unbekanntes Gefühl. Im weiteren Verlauf des Schuljahres bemerkte sie meine Verliebtheit, ich bin mir dessen sicher. Manchmal stand sie vor der Klasse und starrte mich ausdruckslos an. Ich wußte nicht, woran sie dachte, aber ich wußte, woran ich dachte. Ich fühlte, daß ich nur weiterleben konnte, wenn ich sie wenigstens einmal in den Armen halten konnte.«

Barrie schaute ihn durchdringend, mit leicht geöffnetem Mund an. »Wie ich sehe, sind Sie noch am Leben. Darf ich annehmen, daß Ihr Wunsch erfüllt wurde? Gab es eine Lehrerin-Schüler-Affäre?« Ohne daß sie sich erklären konnte warum, spürte sie, daß ihr Ton scharf war, aber sie konnte sich nicht beherrschen.

Er stützte das Kinn auf die Faust, atmete tief ein und hielt ihrem Blick stand, ohne mit der Wimper zu zucken. »Nach den Weihnachtsferien sagte sie mir eines Tages, nach dem Unterricht, sie wolle mich gerne einmal malen. Sie bat mich zu ihr nach Hause in ihr Atelier zu kommen. Natürlich war ich einverstanden. Ich malte mir aus, daß wir uns bei diesen Nachmittagssitzungen lieben würden, aber sie führte mich an der Nase herum. Tag für Tag ging ich dorthin und dachte, heute ist der Tag, aber der kam nie. Sie malte mein Porträt. Für mich wurde es unerträglich, sie jeden Tag aus unmittelbarer Nähe zu sehen. Endlich, eines Tages, konnte ich mich nicht länger beherrschen und platzte damit heraus: »Ich liebe Sie, ich liebe Sie so sehr, daß ich es nicht ertragen kann.« Ich fing an zu schlucken und zu weinen, wie ein Baby, ich glaubte ich würde sterben. Ich erinnere mich genau daran, wie sie aussah, als ich sie endlich wieder durch meinen Tränenschleier hindurch erkennen konnte. In ihren Augen lag ein Ausdruck stummer Qual, aber sie kam nicht hinter dieser Leinwand hervor. Sie kam nicht herbei und versuchte nicht, mich irgendwie zu trösten. Endlich fing sie an zu sprechen: »Dan, neige deinen Kopf leicht nach rechts.« Ich hatte nicht mehr das Gefühl zu sterben, ich fiel nicht einmal um. All meine Träume waren zerstört. Dieser Bursche auf ihrer Leinwand war mir fremd. Das Gemälde bedeutete mir nichts. Nur die Malerin hatte mir etwas bedeutet. Ich begriff erst viel später, wieviel ich ihr bedeutet hatte, Barrie. Ich hatte ihr so viel bedeutet, daß sie ihren Gefühlen nicht nachgegeben hatte. Sie hatte mich nicht in eine Affäre hineingezogen, für die ich noch zu jung gewesen war.«

Er schüttelte noch einmal den Kopf. »Ich habe nie wieder jemanden so geliebt.«

Ihre Augen ruhten einen Moment lang auf seinem Gesicht, dann schaute sie weg, hinaus in die Nacht. Sie unterhielt sich zum erstenmal mit ihm, und aus irgendeinem Grund, war sie verärgert. Ihre Hand zitterte vor Verärgerung. Wie seltsam, daß sich Hamp ihr nie geöffnet und seine früheren Gefühle mitgeteilt hatte. Ein Fremder hatte das getan, und sie spürte jetzt keinerlei Freude darüber. Die ungezwungene, offene Aussprache hatte sie nur verärgert. Was hatte sie denn gehört? Der Mann, der ihr gegenüber saß und Dan Meyers hieß, war einst in seine Lehrerin verliebt gewesen und fühlte sich jetzt durch sie, durch die Person Barrie Cooks daran erinnert. Es kam ihr so vor, als hätte man sich auf ihre Kosten einen Scherz erlaubt.

Er fuhr sich durchs Haar. »Nun, erzählen Sie mir ein wenig über Barrie Cook.«

Sie seufzte schwer: »Ich glaube, ich spüre jetzt die Folgen der Zeitverschiebung. Ich fühle mich plötzlich so zerschlagen.« Sie blickte ihn herausfordernd an, erhob sich und stemmte die Hände in die Hüften.

Er lachte. »Ich glaube, sie haben alle schon unter der Zeitverschiebung gelitten, bevor sie New York verlassen haben.

Ich bin noch nie mit einer Gruppe von solchen Schlafmützen unterwegs gewesen«, bemerkte er ungezwungen.

»Nun, das haben wir alle während dieser Aufträge gelernt: schlaf, wenn du kannst«, erwiderte sie schnell. »Gute Nacht«, sagte sie schroff.

»Und sie glauben, Sie können jetzt schlafen?«

»Ja«, antwortete sie bestimmt. »Der Anblick des Parthenon hat mir ein starkes Gefühl von Sicherheit vermittelt. Der Gedanke, daß die Demokratie lebt und intakt ist, hat auf mich wie eine Schlaftablette gewirkt. Einen besseren Schlaf kann ich mir nicht vorstellen.«

»Aber Barrie.« Er stand auf. »Das Parthenon liegt in Trümmern.« Er schaute sie mit unverhohlener Verwunderung an. Als er ins Licht trat, glänzten seine blauen Augen.

Sie lachte kurz und knapp. »Keine Angst, es steht seit über zweitausend Jahren. Morgen ist es sicher auch noch da. Gute Nacht, Dan.«

»Warten Sie eine Minute«, rief er. Seine Stimme war auffallend klar. »Das, was ich gesagt habe, hat Sie beleidigt, nicht wahr?«

Sie blieb an der Tür stehen. »Nein, überhaupt nicht«, antwortete sie heftig.

»Nun, ich hoffe, daß ich Sie nicht beleidigt habe«, sagte er verwundert. »Es sollte ein Kompliment sein.«

»Ich versichere Ihnen, daß ich es auch so verstanden habe.«

»Würden Sie morgen mit mir frühstücken?« Seine Stimme war leise.

»Es tut mir leid, aber wir haben morgen beim Frühstück eine Besprechung.«

Er nickte. »Das habe ich ganz vergessen. Wie wäre es mit einem Abendessen?«

Sie lächelte ihn hilflos an. »Es tut mir leid. Ich kann nicht.«

Er warf ihr einen fragenden Blick zu, sagte aber nichts.

Als sie wieder ins Zimmer trat war sie überrascht, wie stark ihre Gefühle waren. Sie riß sich den Morgenmantel von den Schultern, legte sich aufgeregt ins Bett und zog sich die Dekke über den Kopf. Jedesmal wenn sie die Augen schloß, sah sie Dan Meyers Gesicht vor sich. Sie drehte sich um, legte sich auf den Rücken, zog die Decke bis zum Kinn herunter und starrte die Zimmerdecke an. Sie fing an, über ihr Leben nachzudenken, wobei sie äußere Einflüsse auszuschließen suchte. Ein wildes unbändiges Verlangen nach Freiheit überkam sie. Sie wollte frei sein, vollkommen unabhängig. Dieser Gedanke ging ihr unablässig im Kopf herum.

Im Hotel war es inzwischen so ruhig geworden, daß man jedes Geräusch wahrnahm. Sie lauschte aufmerksam der leisen, kaum hörbaren Musik, die aus dem Nachbarzimmer drang. Ihre Gedanken wurden verschwommen. Und sie dachte nicht mehr an ihre Probleme. Als sie einschlief, vermischten sich die Bilder des Tages. Irgend etwas an Dan Meyers ließ sie an einen starken zuversichtlichen Adler denken. Er breitete seine Flügel aus, und sie schwebten zusammen in das Land der Träume.

Kurz darauf war es wieder hell, und sie hörte die morgendlichen Geräusche der Stadt. Sie stand gähnend auf, ging mit leisen Schritten zu den Glastüren und sah hinaus. Der sich erhellende Himmel war schön, tiefblau, mit langen Wolken, die die aufgehende Sonne golden färbte. Plötzlich kam ihr zu Bewußtsein, daß dies ein neuer Tag, eine neue Welt war, und es war an ihr, etwas daraus zu machen.

Lächelnd drehte sie sich um. Sie duschte kurz, und wusch ihr Haar. Als ein Klopfen an der Tür ertönte, kämmte sie sich gerade am Frisiertisch. Sie hüllte sich in ihren Morgenmantel, zog ihn fest zu und wandte sich der Tür zu. »Ja?« rief sie verunsichert.

»Zimmerservice«, war die schnelle Antwort.

Sie griff nach der Türklinke, hielt jedoch gleich inne: »Ich habe nicht nach dem Zimmerservice gerufen. Sie müssen die Zimmer verwechseln.«

»Sie müssen uns nicht rufen, wir lesen Ihre Gedanken«, rief eine fröhliche Stimme durch die Tür.

Sie erkannte, daß es Dan Meyers war. »Nur eine Minute«, antwortete sie schnell. Sie schlüpfte aus dem Morgenmantel, riß einen Koffer auf und holte sich Jeans und ein kariertes

Baumwollhemd heraus. Sie öffnete die Tür und stand Dan gegenüber. Er hielt ein Tablett, auf dem eine Kaffeekanne und zwei Tassen standen. Sie lächelte, trat zur Seite, und ließ ihn eintreten. »Sie sind aber schon früh auf«, sagte sie, als er im Zimmer war, und sie die Tür wieder geschlossen hatte.

Er kicherte. »Sie kennen das alte Sprichwort.« Er sah sie über die Schulter an. »Auf den Tisch?«

Sie nickte. »Ja.« Sie sah ihm zu, wie er das Tablett abstellte und den Kaffee eingoß. »Sie machen das vollkommen richtig, wie es sich gehört«, sagte sie unbeschwert.

Er lächelte sie an. »Ich muß es können. Ich habe es oft genug getan.« Er richtete sich auf. Er trug eine graue Sporthose und einen weichen, grünen Pullover mit einem Monogramm. Er zwinkerte ihr zu. »Wenn sie einen Chauffeur suchen oder einen Butler, der Ihnen ein Bad einlassen soll...«

»Oh, das ist zu freundlich von Ihnen«, fiel sie ihm ins Wort, bevor er dazukam, etwas aufzuzählen, das sie womöglich wirklich interessiert hätte. »Aber ich habe keine Limousine, und ich habe auch schon gebadet, so daß ich statt ihrer Dienste nur dankbar Ihre Tasse Kaffee annehmen werde.« Sie machte es sich in ihrem Sessel bequem und führte die Tasse an ihre Lippen. »Dieser Kaffee ist gut und schön stark«, bemerkte sie mit einem flüchtigen Lächeln.

Er hielt seine Tasse in der Hand, machte aber keinerlei Anstalten einen Schluck zu trinken. »Sagen Sie mir, Barrie, würde es Ihrem Freund etwas ausmachen, wenn er erführe, daß ich hier bin?« fragte er und seufzte.

Sie fühlte wie sie anfing zu zittern, zunächst nur an den Fingern, und schließlich, von innen her, am ganzen Körper. »Wahrscheinlich auch nicht mehr als der Frau am Flughafen?« antwortete sie endlich. »Würde es ihr etwas ausmachen?«

Er zögerte und dachte offensichtlich noch einmal über seine Frage und ihre Antwort nach. »Das ist tatsächlich schwer zu beantworten.« Er zuckte leicht die Achseln. »Ich bezweifle, daß sie es jetzt schon übelnehmen würde.«

Das war eine interessante Antwort. Jetzt schon. Wann

würde sie es also übelnehmen? Ihr Lächeln verblaßte, als sie an Hamp dachte. Er würde es ihr übelnehmen. Aber sie wollte nicht über Hamp sprechen oder an ihn denken.

»Was glauben Sie, wann werden wir nach Olympia fahren?« fragte er plötzlich und wechselte damit das Gesprächsthema.

»Wahrscheinlich morgen oder vielleicht am Donnerstag, ich weiß es nicht sicher. Ich nehme an, man wird uns bei der heutigen Besprechung einen genauen Terminplan präsentieren.« Sie sah ihn vorsichtig an. Ihr Herz schlug so schnell, daß sie schlucken mußte und auf ihre Tasse niederblickte.

Er berührte sie leicht an der Hand. »Barrie«, begann er mit rauher Stimme, während er sich zu ihr vorbeugte, ihre Finger umfaßte und ihre Hand in die seine nahm.

Sie errötete leicht, zog schnell ihre Hand zurück und legte sie neben die andere in den Schoß. »Sagen Sie, Dan«, sagte sie hastig, »wie lange arbeiten Sie schon in ihrem Beruf?«

»Seit einigen Jahren«, antwortete er ruhig. Seine Lippen öffneten sich zu einem leichten Lächeln und seine perfekten Zähne wurden sichtbar. »Aber hoffentlich nicht mehr allzu lange. Aber«, er machte eine Pause, »ich beklage mich nicht. Meine Arbeit hat mir gutgetan. Ich komme nun in das Alter, wo man aufhören sollte zu träumen und ohne konkrete Perspektiven zu leben. Ich finde es in Ordnung, wenn man sich bis zu einem gewissen Grad auf sein Aussehen verläßt, aber eines Tages wacht man auf und sieht, wie oberflächlich das ist.« Sein Gesicht wurde seltsam düster. »ich mache mir da nichts vor, Barrie. Ich weiß, daß ich nur hier bin, weil ich der Vorstellung vom goldhaarigen Alexander dem Großen, die sich irgend jemand gemacht hat, entspreche. Aber ich mache mir selbst nichts vor. Ich rede mir nicht ein, etwas oder jemand zu sein, der ich nicht wirklich bin. Ich bin Daniel De Wayne Meyers aus Tucson, Arizona.« Er neigte den Kopf und errötete vor Verlegenheit. Endlich sagte er: »Wenn Sie erzählen…«

Sie hob abwehrend beide Hände und lachte. »Das werde ich nicht. Ich verspreche es. Es wäre völlig unmöglich, daß wir mit einem olympischen Sportler, der De Wayne heißt, arbeiten. Das ist sogar für die wildeste Fantasie ein wenig zu amerikanisch.« Sie lächelte ihn breit an. »Aber mir gefällt der Name Daniel De Wayne.« Ihre Augen glitzerten verschwörerisch. »Das bleibt ein Geheimnis, das nur wir kennen.«

»Und es wird das erste von vielen sein«, sagte er leise. Sie fühlte, wie sein durchdringender Blick sie erschauern ließ und etwas tief in ihr berührte. Sie wandte das Gesicht von ihm ab, um sich von diesem eigenartigen Ausdruck, der auf seinen Zügen lag, loszureißen.

Er berührte wieder leicht ihre Hand. Es kam ihr so vor, als hätte sie keinen eigenen Willen mehr. Sie zog ihre Hand zurück. »Sie müssen mich entschuldigen, Dan, aber die Besprechung findet bereits in einer knappen Stunde statt. Ich muß mich anziehen und mir noch ein paar Sachen durchlesen.« Sie lächelte befangen. »Aber, danke für den Kaffee. Das war sehr aufmerksam von Ihnen.«

Er nickte und stand schnell auf. Er wollte ihren Arm nehmen, aber sie trat einen Schritt zurück und wich ihm aus. Er sah sie an, durchquerte dann schweigend den Raum und ging zur Tür hinaus. Sie biß sich auf die Lippe. Als einige Minuten später Hamp bei ihr anrief, um sich zu vergewissern, daß sie wach war, saß sie immer noch an dem Tisch.

Sie zog sich für die Besprechung beim Frühstück mit besonderer Sorgfalt an. Sie wählte einen modischen, cremefarbenen Hosenanzug und eine leichte, hellgrüne Seidenbluse. Als sie sich ankleidete, gingen ihr quälende Gedanken durch den Kopf. Wie kam sie dazu, Dan Meyers zu erlauben, ihr bei Tagesanbruch Kaffee aufs Zimmer zu bringen? Als sie beunruhigt den Raum durchquerte und ihre lederne Aktentasche vom Tisch nahm, hatte sie kleine Falten zwischen ihren Brauen. Während sie die Schriftstücke ordnete, dachte sie nach. Vielleicht fühlte sie sich schuldig. Aber es war eine besondere Art von Schuldgefühl. Sie empfand Schuldgefühle, weil sie sich nicht schuldig fühlte. Sie genoß Dan Meyers Gegenwart. Und wer hätte das nicht getan? Es war nicht nur angenehm, ihn anzusehen, sondern er hatte auch eine gewinnende Art, und sie mochte sein Lächeln. Als sie durch die Halle zum Aufzug eilte, fragte sie sich, was er wohl von ihr halte. Sie vermutete, daß es irgendwie romantisch war, wenn man durch jemanden an seine erste Liebe erinnert wurde, aber es wäre ihr lieber gewesen, wenn sie ihn an niemanden erinnert hätte.

Sie drückte auf den Aufzugsknopf und ermahnte sich, nicht zu vergessen, daß er in Wirklichkeit gar nicht an sie denke, wenn er sie anschaute, sondern an eine andere. Sie wünschte sich, sie hätte ihn in der letzten Nacht mehr über diese Frau seiner Teenagerträume ausgefragt, anstatt sich so offensichtlich beleidigt zu zeigen.

Sie betrat den Aufzug und seufzte. Als sich die Tür schloß, streifte sie den Mann, der als einziger in der Kabine stand, mit einem Blick. Ihr fiel das Kinn herunter.

»Guten Morgen, Barrie«, sagte Horace Weale mit einem verschlafenen Lächeln.

»Horace! Was...!« Sie konnte es nicht fassen. Sie brachte keinen zusammenhängenden Satz hervor, sondern schnappte vor Überraschung nach Luft.

»Was, zum Teufel, mache ich in Athen?« fragte er sie mit tiefer, monotoner Stimme.

Sie nickte und ihre Augen leuchteten vor Neugierde auf. »So ungefähr!« rief sie aus.

Er kratzte sich mit drei Fingern an der Schläfe. »Es sieht so aus, als wäre das Magazin dazu bestimmt, bei diesem Prachtfilm als Produzent zu fungieren. Hat dir Logan erzählt, daß das staatliche Fernsehen das Projekt nicht finanzieren kann? Seitdem ich gestern am späten Abend hier angekommen bin, bin ich nur auf Besprechungen gewesen.« Er brach unvermittelt ab.

»Hamp hat es mir erzählt. Was bedeutet das?« fragte sie.

Er zog kurz die Schultern hoch. »Wir konnten einfach kein Geld für die Fernsehproduktion auftreiben. Und außerdem – schieb es auf unser Wirtschaftssystem oder auf irgend etwas anderes – der Kern des Problems ist die harte Tatsache, daß wir uns dann, wenn hier ein Dokumentarfilm entsteht, mit der dadurch entstehenden finanziellen Belastung auseinanderzusetzen haben.« Seine Stimme klang verletzt. »Ich verstehe das nicht. Da die Spiele demnächst in Amerika stattfinden, dachte ich, daß man nur mit den Fingern schnippen müßte, und das Finanzierungsproblem wäre gelöst. Ich glaubte, die Geldgeber würden sich darum prügeln. Das Ganze beweißt nur, daß man sich auf den amerikanischen Spürsinn nicht verlassen kann.«

Sie hörte ihm, plötzlich von Erregung erfaßt, zu. Sie stiegen beide aus und sie blickte ihn an. »Kann das Magazin sich das leisten?«

»Ich glaube schon«, sagte er und rückte seine Krawatte zurecht. »Aber wir wollen nicht das ganze Projekt finanzieren. Wir sind dazu bereit, einen Teil zu finanzieren, aber es geht um eine ganze Menge Geld.«

Sie gingen zum Konferenzsaal und auf halbem Weg gesellte sich Hamp zu ihnen. »Guten Morgen... Logan hat mir erzählt, daß du in der Stadt bist, Horace«, sagte er gutgelaunt und lachend. »Bist du gekommen, um ein wachsames Auge auf deine Lieblinge zu werfen?« Er legte verstohlen seinen Arm um Barries Taille.

»Ich wollte, es ginge um etwas so Einfaches«, brummte Horace gutmütig.

Fünf Minuten später waren alle in dem Saal. Es war ein prächtiger, großer Saal, mit dunklen, polierten Tischen, auf denen weiße Tischtücher lagen. Überall standen Nachahmungen antiker Schalen und Vasen, die mit Obst und frischen, farbigen Blumen gefüllt waren. An der Rückwand befand sich ein Gemälde, das Soldaten zeigte, die zwischen reifen Feldern und dem tobenden Meer in einer Reihe dahinmarschierten.

Während sie sich mit Hamp und Joanna zusammen an einen Tisch setzte, betrachtete Barrie den Saal mit ehrfürchtiger Bewunderung. Der vierte Stuhl blieb frei bis zu dem Augenblick, als Dan hereinkam, sich umschaute und geradewegs darauf zuging.

Er blieb stehen, legte seine Hände auf die Stuhllehne und sagte: »Ist hier besetzt?«

Joanna und sie antworteten beide lächelnd: »Nein.«
»Doch, für den Geist von Zeus«, murmelte Hamp.
Dan zog den Stuhl unter dem Tisch hervor und setzte sich. »Großartig. Ich hätte nie gedacht, daß ich einmal auf Zeus' Schoß frühstücken würde«, sagte er freundlich. Er blickte Joanna an. »Morgen, Miss Hayden.« Dann Barrie. »Noch mal hallo.« Schließlich schaute er Hamp an. »Wie geht es Rich?«
Joanna begrüßte ihn freundlich, Barrie lächelte und Hamp brummte irgend etwas Unverständliches. Er schaute zu Barrie. In seinen vorwurfsvollen, grünen Augen konnte sie die stumme Frage ›Was bedeutet dieses nochmal hallo‹ lesen. Sie setzte eine unschuldige Miene auf und vermied es, Hamp oder auch Dan anzuschauen. Sie nahm ihre weiße Stoffserviette, faltete sie auseinander und legte sie auf ihren Schoß. »Ich kann es immer noch nicht glauben, daß Horace hier ist, und du?« sagte sie zu Joanna.
Joanna nickte. »Das glaube ich gerne. Er und Logan, alle beide sind heute morgen um zwei Uhr in mein Zimmer gekommen.« Sie hob spöttisch die rechte Hand. »Ich dachte schon, sie wären gekommen, um eine griechische Orgie zu veranstalten.« Sie seufzte. »Aber beide haben kein rotes Blut in den Adern. Durch Logans Adern fließt hochprozentiger Alkohol und durch Horaces Venen grüne, kleine Dollars. Um zwei Uhr morgens kam ihnen der Gedanke, zu mir zu gehen, um die Finanzlage zu erörtern, so als wäre ich ein Broker aus der Wall Street.«
Barrie lachte. Sofort deutete Joanna mit dem Finger auf sie. »Lach nicht, Schätzchen. Deine Schreibmaschine ist das erste was rausfliegt. Logan ist eingefallen, daß sie im alten Griechenland auch keine Schreibmaschine hatten, also wirst du dir mit Federkielen und Pergament behelfen müssen.«
Barrie schüttelte sich vor Lachen. »Ist es so schlimm gewesen«, rief sie aus.
Joanna unterdrückte ein Lächeln. »Ist es so schlimm gewesen? Du solltest einmal zwei erwachsene Männer in deinem Zimmer haben, die wegen Geld weinen. Ich habe ihnen gesagt, ich hätte lieber daheim bleiben sollen, anstatt mir das

anzuhören«, sagte sie seufzend mit gespielter Ernsthaftigkeit.

Das Frühstück kam und Barrie aß langsamer als gewöhnlich. Tatsächlich war sie nur darum bemüht, nicht in Dans Richtung zu blicken.

Als die Mahlzeit zu Ende war, und alle sich bei Kaffee oder Obstsaft entspannten, stand Horace auf und ging durch den Saal. Seine Blicke wanderten suchend über die Tische hinweg. Alle starrten ihn an. Er faßte sich an seine Krawatte und räusperte sich. »Das, worum es sich hier handelt, ist die Besessenheit eines Mannes. Es geht um einen Traum, eine Idee. Meine.« Er nickte leicht mit dem Kopf. »Schon als ich ein Junge war, gab es in meinen Augen nichts Faszinierenderes als die Olympischen Spiele, das prächtige Schauspiel und die Hingabe der Teilnehmer. Das Fernsehen – das steht völlig außer Frage – überträgt die Spiele vortrefflich und sorgt für detaillierte Berichterstattungen über die Athleten von heute. Bei jeder Veranstaltung der Spiele treten neue Helden in Erscheinung, Helden, zu denen die Jugend aufblicken kann und denen sie nacheifern kann.« Er faßte sich nachdenklich an die Stirn und machte eine Pause.

Barrie lächelte ihm zu und dachte, wie sehr sie ihm unrecht getan hatte, als sie seine Rechtschaffenheit in Frage gestellt hatte, auch wenn es nur für einen kurzen Augenblick gewesen war. Sie hatte ihn gern; sie hatte ihn schon immer gemocht. Wie konnte sie ihm mißtrauen?

Er fuhr fort. »Aber sogar damals, als ich noch ein Junge war, fragte ich mich immer, wie denn das mit den Athleten der Antike, den allerersten Athleten, gewesen sei. Später wußte ich, daß das Magazin eines Tages einen Bildbericht über diese Spiele bringen würde. Aber unser Magazin ist teuer und hat eine kleine Auflage, und so wurde mein Traum immer größer. Ich wünschte mir einen dokumentarischen Fernsehfilm, der dem Bericht im Magazin folgen sollte. Ich wollte, daß er so gut wäre, daß Geschichtslehrer ihn ihren Schülern vorführen und ihnen zu diesem Dokumentarfilm Hausaufgaben stellen würden.«

Lehrer! Barries Gedanken verweilten einen Moment lang bei diesem Wort. Ob er wohl jedesmal wenn er das Wort ›Lehrer‹ hörte, an sie dachte? Sie warf Dan einen schnellen Blick zu. Seine Augen hingen an Horace. Sie richtete ihre Aufmerksamkeit wieder auf den Sprecher.

»Dieses Projekt ist nun irgendwie größer geworden, als ich es erwartet hatte, und ich kann nur hoffen, daß es so gut wird, wie ich es mir vorstelle. Die griechische Regierung wird uns bei unserem Vorhaben unterstützen. Einige Ihrer Stellen werden doppelt besetzt werden, um den Anforderungen beider Projekte gerecht zu werden. Wir haben das Glück, Bill James, der für den Fernsehfilm die Regie führt, hier zu haben, sowie seinen Assistenten, David Heinman. Einige unserer Teams sind schon am Drehort in Olympia, um die Vorbereitungen für die Aufnahmen zu treffen, mit denen wir übermorgen anfangen werden. Wir setzen Einheimische und Jugendgruppen aus den umliegenden Jugendherbergen als Statisten ein. Wir haben verbindliche Terminpläne aufgestellt, und David wird sie Ihnen aushändigen. Logan, Bill und ich werden heute nachmittag zum Vatikanischen Museum fliegen. Wir haben die Erlaubnis erhalten, den Apoll von Belvedere zu filmen.« Plötzlich blickte er suchend durch den Saal. Als er Barrie entdeckte, hielt er inne.

»Würde es dir etwas ausmachen, Barrie, der Gruppe einen kurzen Überblick über die Bedeutung dieser Statue für diese Produktion zu geben?« sagte er leise.

Barrie blickte für einen Moment forschend die versammelten Mitarbeiter an. »Apollo, der Sohn des griechischen Gottes Zeus, gilt in der Mythologie als der erste Sieger der Olympischen Spiele. Die Statue dieses schnellfüßigen Athleten wird als eines der perfektesten Werke der Bildhauerei gepriesen«, fing sie selbstsicher an.

Horace unterbrach sie und fuhr fort. »Die Statue wird unser Titelbild sein. Besser gesagt, eine Aufnahme, die Dan und den Apoll zeigt – der eine aus Stein, der andere aus Fleisch und Blut. Das wird auch die erste Einstellung des Filmes sein. Apollo wird durch Dan wieder zum Leben erweckt.«

Hamp beugte sich plötzlich vor und flüsterte Barrie laut zu: »Ist der Apollo nicht nackt?«

»Nicht ganz«, flüsterte Barrie zurück. »Die Statue zeigt ihn mit einem Blatt und einem Umhang um den Hals und über dem Arm.«

»Also genau so, wie man für gewöhnlich seinen Umhang trägt, über den Arm gehängt.«

Hamp seufzte laut. Als er sah, daß Dan in seine Richtung schaute, richtete er sich in seinem Sessel auf: »Dan, alter Junge, wir gehen besser heute nachmittag hinaus und schauen nach, ob in Griechenland ein Baum mit kleinen Blättern wächst«, sagte er und imitierte Logans Sprechweise.

Barrie wollte sterben.

Dan starrte ihn einen Augenblick lang sprachlos an, dann grinste er plötzlich. »Sie müssen mich mit sich selbst verwechseln, Rich. Man fliegt für mich gerade ein extra gezüchtetes Riesenmagnolienblatt ein.«

O Gott, es hatte schon angefangen. Horace mußte sich jetzt nicht nur um sein Geld Sorgen machen. Es ging um mehr als nur um Geld. Hamp versuchte erst gar nicht mit Dan Meyers auszukommen, das war schon jetzt klar. Aber sie war nicht überrascht. Sie hatte es schon damals, vor mehreren Wochen, gewußt, als Hamp zum erstenmal die Mappe angeschaut hatte. Jetzt war es tatsächlich so weit.

8

»Wir haben die Fühler in verschiedene Richtungen ausgestreckt, um einen Sprecher aufzutreiben«, sagte Bill James nüchtern. Schon seit fast einer Stunde befanden sie sich in Horaces Suite im obersten Stockwerk.

Plötzlich schlug er sich mit der flachen Hand gegen die Stirn. »Und was ist mit den Frauen, den Mädchen im Publikum, Barrie?« Er sah sie an. »Was meinst du dazu, daß die

Frauen für die antiken Spiele tatsächlich keinerlei Bedeutung hatten? Sie durften nicht daran teilnehmen, also was können wir schon über die jungen Frauen dieser Zeit berichten? Soll man das ganze Thema einfach ignorieren?«

Barrie legte nachdenklich den Finger an die Unterlippe. »In den Jahren, in denen keine Olympischen Spiele stattfanden, nahmen Frauen schon an den Wettkämpfen teil. Ich glaube im Vatikanischen Museum oder im Museum von Olympia steht eine Statue, die eine Athletin darstellt. Wie dem auch sei, ich finde das kein Problem. Frauen war es nicht erlaubt bei den Spielen mitzumachen. Ich will hier kein geschichtliches Ereignis beschreiben, das es gar nicht gegeben hat, und ich glaube, keine Frau würde das tun. Aber«, sie sah Bill kühl an, »ich würde nicht so weit gehen zu behaupten, daß sie keine Bedeutung für die antiken Spiele hatten. Ich meine sie schenkten immerhin allen Teilnehmern das Leben, und es war auch eine Frau, die der Anlaß für die Panatheanäischen Spiele gewesen war, die hier in Athen zu Ehren der Göttin Athena abgehalten wurden. Diese Spiele waren nicht so bedeutend wie die in Olympia zu Ehren von Zeus, aber sie wurden veranstaltet, um eine Frau zu ehren.« Sie blickte Horace an. »Ich bin gegen jegliche Verfälschung. Sag es auf diese Art, aber laß das Problem nicht außer acht und vor allem, streife es nicht nur.« Sie verstummte.

Bill beugte sich vor und zwinkerte ihr zu. »Darling, ich will mich nicht mit Ihnen streiten.« Er sah sie scharf an. »Sie und ich, wir werden jeweils für den anderen in den nächsten Wochen von unschätzbarem Wert sein. Sagen Sie, haben Sie schon einmal für den Film gearbeitet? Drehbuch? Irgendetwas?«

Sie zog die Brauen hoch. »Ja. Ich habe Drehbücher geschrieben«, antwortete sie mit einem lässigen Achselzucken, während sie beschloß nicht hinzuzusetzen, daß sie keines verkauft hatte.

»Dann wissen Sie ja Bescheid und schreiben Sie es nach Ihrem Belieben um.« Er gab ihr einen Schnellhefter. »Das ist nach dem Material, das sie zusammengestellt haben, geschrieben worden. Nehmen Sie es bitte und verbessern Sie es.« Er blickte sie an, spitzte die Lippen und deutete zwei Küsse an. »Aber verändern Sie nicht die Abfolge der Ereignisse. Das würde den Zeitplan für die Aufnahmen durcheinanderbringen.« Er sprang auf und klatschte einmal laut in die Hände. »Jetzt entschuldigen Sie mich bitte, es gibt noch ein oder zwei Dinge, die erledigt werden müssen, bevor wir heute nachmittag wegfliegen. Und Barrie, wenn wir im Vatikanischen Museum sind, werde ich ein Foto von der Statue der Athletin machen. Falls wir dann noch ein lebendiges Modell brauchen, Darling, so nehmen wir Sie. Sie erfüllen die gestellten Anforderungen. Bis später.«

Horace kicherte leise während er Bill James, der mit kleinen, eiligen Schritten, den Raum verließ, nachblickte. »Barrie, weißt du was, das ist keine schlechte Idee«, sagte er und kicherte immer noch schnaufend. »Du wärst ein gutes Modell.«

»Ich kann nicht auch noch Modellstehen auf die immer länger werdende Liste meiner Aufgaben setzen, Horace.« Sie starrte zur Tür und dachte, daß sie sich bestimmt nicht dazu eignen würde, die Athletin darzustellen. Die Tunika der Sportlerin ließ die rechte Brust völlig frei – und sie hatte nicht die Zeit für eine chirurgische Brustvergrößerung. Obwohl sie nach Hamps Meinung gut ausgestattet war, genügte das nicht, um sich öffentlich zur Schau stellen zu können.

Am Nachmittag arbeitete sie lange an dem Drehbuch. Sie tippte auf der Reiseschreibmaschine, die ihr Logan aufs Zimmer geschickt hatte. Hamp und Race Finley waren unterwegs, um Besorgungen für die Reise zu machen. Dan und Joanna probierten zusammen mit dem Garderobier und dem Schminkexperten des Fernsehteams Kostüme aus. Die Techniker, Kameraleute und der Aufnahmeleiter waren bereits am Vormittag mit dem Zug nach Olympia gefahren.

Um vier Uhr legte sie ihre Arbeit beiseite und ging mit Joanna zum Einkaufen in das elegante Einkaufsviertel am Syntagma-Platz, wo sie etwas Gold- und Silberschmuck kauften. Dann gingen sie zum Kolonaki-Platz, um sich an einem Stand mit handgearbeiteten Lederhandtaschen einzudecken. Lachend und plaudernd hielten sie um sieben Uhr ein Taxi an und fuhren ins Hotel zurück. Ein Taschenbuch lesend erwartete sie Hamp in der Halle.

Als er sie sah, knickte er eine Seite an der Ecke, stand auf und steckte das schmale Buch in die Gesäßtasche seiner Jeans. »Wo seid ihr zwei gewesen?« fragte er und blickte dabei Barrie mit seinen grünen Augen forschend an.

»Hamp, wenn zwei Frauen verschwunden sind, wo muß man dann zuerst nachschauen?« antwortete Joanna leise kichernd.

»Wenn ich mir die Taschen anschaue, die ihr beide in der Hand habt, glaube ich mit Sicherheit daraus schließen zu können, daß ihr heute einige griechische Händler sehr glücklich gemacht habt«, erwiderte er und streckte die Hand aus, um einen Teil von Barries Beute zu nehmen. »Es sieht so aus, als ob ihr nicht mitbekommen hättet, daß wir den Nachtzug nach Olympia nehmen sollen.«

Bei dieser Feststellung blickten beide Frauen überrascht auf! Joanna schüttelte den Kopf. »Du mußt dich irren, Hamp. Wir sollen erst morgen nachmittag fahren. Ich bin mir sicher, denn Barrie und ich treffen um zehn Uhr morgens den Direktor des Archäologischen Nationalmuseums, um die Genauigkeit unserer Nachbildungen zu überprüfen. Das stimmt doch, Barrie?«

»Ja, außer es hat sich etwas geändert, während wir weg waren«, antwortete Barrie leise. Sie hob die Brauen. »Hast du was davon gehört, Hamp?«

Sein Haar hing ihm wirr in die jetzt gerunzelte Stirn. »Ich weiß nicht mehr, wo mir der Kopf steht. Verdammt, ich habe noch nie ein so verwirrendes Durcheinander erlebt. Ich weiß nur, daß Race, Apollo und ich mit dem Neunuhrzug nach Olympia fahren sollen. Ich habe einfach angenommen, daß ihr beide mit uns kommen würdet.« Sein Gesicht nahm einen gespannten Ausdruck an.

Einige Minuten später, in Barries Zimmer, legte er die Einkaufstüte auf ihr Bett und lächelte sie zärtlich an. »Ich werde dich vermissen«, sagte er. Seine Stimme war ungewohnt weich und herzlich.

Ihre Augen weiteten sich. »Hamp, es sind doch nur vierundzwanzig Stunden.« Sie nahm eine der kleineren Tüten, holte eine Silberkette mit einem runden Medaillon heraus und hielt sie hoch. »Ich habe etwas für dich gekauft. Einen Talisman. Schau, auf der einen Seite ist der Kopf von Zeus eingraviert und auf der anderen der Olymp. Paßt doch, oder?

Er kam herbei, nahm ihr die Kette aus der Hand und schaute sie sich genauer an. »Für einen Gott«, sagte er leise, »war er ziemlich häßlich, nicht wahr? Ich glaube, ich trage die Seite mit dem Berg nach außen.« Er gab es ihr zurück. »Würdest du es mir bitte anlegen?»

»Natürlich«, antwortete sie. »Dreh dich um.« Sie nahm die Kette, legte sie ihm mit dem Olymp nach außen um den Hals und machte den Verschluß zu. Sie betrachtete zerstreut seinen Haaransatz im Nacken. Er drehte sich um und nahm sie fest in die Arme. »Danke«, flüsterte er und drückte sie fest an sich.

»Bitte«, antwortete sie kühl. Sie fühlte, wie die Spannung wuchs.

Er starrte sie verblüfft an. »Willst du mich nicht küssen?« sagte er.

Sie schwieg für einen Augenblick. »Und dein Zug?« sagte sie.

Er beugte den Kopf und küßte sie ruhig. »Der verdammte Zug ist mir egal, Barrie. Nur du bist wichtig. Es gibt immer noch einen anderen Zug.«

Ein sehr quälendes Bedürfnis stieg in ihr auf – körperliches Verlangen. Seine Lippen verweilten auf ihrem Hals und bedeckten ihn mit Küssen. Sie fühlte, wie sie zitterte und innerlich um Beherrschung kämpfte.

Er nahm vorsichtig ihr Gesicht in seine Hände. Seine gespreizten Finger bedeckten ihre Wangen, und er küßte sie auf die Lippen. Er öffnete die Augen und sah sie fest an. Sie rührte sich nicht, sie atmete nicht einmal. Sie schaute ihm wie gelähmt in die Augen. Plötzlich kam es ihr so vor, als könnte sie in seine Seele blicken und sähe seinen Schmerz, seine Enttäuschung und sein Verlangen. Ihr Widerstand schmolz dahin. Sie berührte seine Lippen. Ein Gefühl der Wärme ergriff sie und breitete sich langsam in ihrem Körper aus. Sie schloß die Augen. »Ob es richtig oder falsch ist, was ich tue, das spielt jetzt keine Rolle«, dachte sie, und das war die Wahrheit. In diesem Augenblick spielte es keine Rolle.

Er begann ihre Bluse aufzuknöpfen. Als er gerade am untersten Knopf angelangt war, läutete das Telefon. Sie zuckte erschreckt zusammen. Enttäuscht verzog er seinen Mund und warf ungläubig den Kopf zurück. Er schaute sie an. »Nimm nicht ab«, stieß er hervor.

»Um Gottes willen, Hamp, wir sind hier nicht zu Hause in unserer Wohnung. Ich muß abheben!« fuhr sie ihn schärfer als beabsichtigt an. »Hallo«, stieß sie verwirrt hervor als sie beim dritten Läuten abhob.

»Barrie... hier ist Race Finley. Ist Hamp zufällig bei dir?«

Sie schluckte. »Ja, Race, er ist hier«, antwortete sie gedämpft.

»Würdest du ihm bitte ausrichten, daß Meyers und ich auf ihn warten. Wir müssen den Zug erwischen.«

Als sie wieder auflegte, schaute Hamp sie finster an. »Warum hast du das getan, Barrie?« Er fuhr sich mit beiden Händen durchs Haar, seine Augen blitzten zornig. »Jetzt muß ich zu ihnen gehen.« Sein Zorn verwandelte sich in Niedergeschlagenheit.

»Es tut mir leid, Hamp«, antwortete sie flüsternd. »Ich konnte Race nicht belügen. Du weißt doch, daß ich keine gute Lügnerin bin.«

Er machte ein böses Gesicht. »Wenn es um Kleinigkeiten geht, dann nicht, meine Liebe, du lügst verdammt gut, wenn es um etwas Wichtiges geht, das dir am Herzen liegt.«

»Was willst du damit sagen?«

Er schürzte die Lippen. »Das spielt doch sowieso keine Rolle. Was ich tue, was ich sage, was ich fühle, das ist dir doch egal. Und du lügst uns alle beide an, wenn du so tust, als ob es dich interessieren würde.« Seine grünen Augen verengten sich. »Ich kenne dich besser, als du dich kennst, Barrie. Ich durchschaue dich, und dein Verhalten gefällt mir nicht besonders.«

»Hamp, deine Fantasie ist überreizt«, fuhr sie ihn an. »Gönn dir mal ein bißchen Ruhe.«

»Ah, nun komm, Barrie, versuch nur nicht mir weiszumachen, daß ihr euch keine verliebten Blicke zuwerft, du und Dan Meyers. Verlaß dich ruhig auf meine ausgezeichnete Beobachtungsgabe. Es steht euch deutlich lesbar ins Gesicht geschrieben.«

»Hamp, wir sind jetzt seit vierundzwanzig Stunden in diesem Land, und ich weiß nicht, wie es dir ergangen ist, aber mir wurde soviel aufgehalst, daß ich es kaum noch bewältigen kann. Also komm mir nicht noch einmal mit Dan Meyers. Unsere Beziehung ist problematisch genug. Man muß jetzt nicht auch noch Eifersucht ins Spiel bringen. Warum gehst du eigentlich nicht und nimmst deinen Zug, bevor einer von uns beiden etwas sagt, was er morgen bereut?« Sie schaute ihn finster an.

Er steckte die Hände in die Taschen und ging kopfschüttelnd zur Tür. An der Tür drehte er sich zu ihr um. »Danke für die Kette«, sagte er heiser.

»Bitte«, erwiderte sie und blieb ruhig stehen bis die Tür hinter ihm ins Schloß fiel. Einige Augenblicke blieb sie wie erstarrt stehen, dann setzte sie sich mit einem lauten Seufzer in den Sessel und legte ein Bein über die Armlehne. Sie legte den Kopf zurück und starrte die Zimmerdecke an. Sie überlegte, ob Hamp vielleicht etwas erkannt hätte und seine Verdächtigungen wirklich begründet wären. Ihr Bedürfnis, sich mit Dan zu beschäftigen, war zu groß. Sie konnte diese Tatsache sich selbst offen zugeben. Aber sie war kein Dummkopf, kein solcher Dummkopf wie Hamp glaubte. Die Gefahr, daß ihre Neugier, ihr Bedürfnis sich mit Dan zu beschäftigen, ihren Verstand ausschalten würde, bestand nicht. Sie rutschte unruhig auf dem Sessel hin und her. Sie biß sich auf die Unterlippe. Sie versuchte ihre Gefühle für Hamp zu retten, sie versuchte ihrem Zusammenleben eine Chance zu geben. Sie legte eine Hand an die Wange. In ihren Augen lag ein noch intensiverer Ausdruck von Verlassenheit. Liebte sie Hampton Rich? Sie löste ihren Blick von der Decke und starrte wie gebannt, voll quälender Anspannung, auf die geschlossene Tür, die auf den Korridor führte. Ihr kam der beunruhigende Gedanke, daß Hamp und Dan im Zug nach Olympia eine Nacht lang nebeneinander sitzen würden. Ihr einziger Trost war, daß Race Finley auch mitreisen würde. Allerdings war das auch kein großer Trost.

Barrie und Joanna saßen im Café des Hotels. Barrie schaute auf die nächtlichen Lichter hinaus, die sich in den Fenstern spiegelten. Sie fühlte sich leer und traurig. Sie konnte sich bildlich vorstellen wie Hamp und Dan in dem Bummelzug durch den Peloponnes fuhren. Sie konnte die Besorgnis, die dieser Gedanke ihr verursachte, nicht verhehlen.

Joanna lächelte warm. »Bist du wegen des Projekts so besorgt, Barrie?«

Barrie drückte eine Stoffserviette gegen ihre Lippen. »Ich wünschte, es wäre so«, gab sie ruhig zu.

Joanna rutschte auf ihrem Stuhl hin und her und sah Barrie offen an. »Ich glaube ich kenne den Grund. Ist es Hamp oder Dan?«

Barries Augen weiteten sich. »Wie kommst du darauf?«

»Aber Liebes, ich kenne Mr. Rich seit fast zwei Jahren und den jungen Mr. Meyers seit gestern. Wir wissen alle von der Beziehung zwischen Hamp und dir, aber während des Fluges bemerkte ich Dan Meyers aufkeimende Liebe. Er stellte viel zuviel Fragen, um etwas über dich zu erfahren, und er interessierte sich nicht im geringsten für die anderen.

»O nein«, versicherte ihr Barrie schnell. »Du irrst dich. Es ist nur so, daß ich Dan Meyers zufällig an jemanden erinnere, den er früher einmal gekannt hat. Er findet nur diese Ähnlichkeit anziehend.«

Als sie in dieser Nacht zu Bett ging, kamen ihr die unterschiedlichsten Befürchtungen. Was war, wenn Hamp nun irgendwie herausfand, daß Dan und Joanna die Zimmer getauscht hatten? Was, wenn er entdeckte, daß Dan neben ihr gewohnt hatte? Sie hatte beim Frühstück seinen Gesichtsausdruck gesehen als Dan beiläufig ›Noch mal hallo‹ gesagt hatte. Wenn er herausfand, daß sie nebeneinander gewohnt hatten, würden ihm die wildesten, verrücktesten Gedanken kommen. Sie hätte es ihm erzählen sollen, anstatt es ihm wie ein Verbrechen zu verheimlichen. Jetzt hatte sie ein schlechtes Gewissen, weil sie es ihm nicht erzählt hatte.

Ihre Gedanken schweiften ab zu Dan Meyers. Sie hatte noch nie einen Mann getroffen, der sie so sehr beeindruckt hatte. Sie ärgerte sich über sich selbst, und gleichzeitig bemerkte sie, daß sie von einer unbekannten Sehnsucht ergriffen wurde. Sie wollte ihn gerne besser kennenlernen. Hamp und er waren so verschieden. Die beiden waren wie Nacht und Tag. Während sie sich mit ihren Gedanken herumschlug, fiel sie in einen unruhigen Schlaf.

Am späten Nachmittag des folgenden Tages ging Barrie zusammen mit dem Rest des Teams zu der großen Villa. Sie lag 19 Meilen vom Drehort entfernt, und man hatte von ihr aus einen herrlichen Ausblick auf das Ionische Meer. Sie waren von Athen aus zum Flughafen bei Pyrgos gefahren. Das Flugzeug war direkt über Olympia hinweggeflogen, und Barrie hatte auf die Ruinen hinuntergeschaut. Bei diesem unglaublich schönen Anblick hatte sie gefühlt, wie ihr Herz angefangen hatte, heftig zu schlagen.

Es war ein schöner Tag gewesen. Das Flugzeug hatte einen strahlend blauen Himmel durcheilt, und alle waren bester Laune gewesen. Während des Fluges hatten alle fröhlich gelacht und sich angeregt unterhalten. Sogar Horace hatte seine griesgrämige Maske fallenlassen. Als der gemietete Wagen vor dem langgestreckten weißen Haus vorfuhr, schnappte Barrie nach Luft. So wie es mit seinen Stuckverzierungen und schmiedeeisernen Ziergittern vor ihnen lag, schien das Haus riesig zu sein. Es lag auf einem Hügel, mitten in einem bunten Garten. »Es ist fantastisch«, stieß sie hervor. »Wie hast du es gefunden, Horace?« fragte sie ihn, als sie aus dem Lastwagen stieg.

»Ich habe so meine Beziehungen«, antwortete Horace lachend.

»Die hat er sicherlich«, unterbrach ihn Bill James ebenfalls lachend. »Ich habe die Villa gefunden. Sie gehört einem Freund von mir. Zwanzig Schlafzimmer. Ist das nicht unglaublich? Zwanzig! Sind Sie schon mal in einem Haus gewesen, das so viele Schlafzimmer hatte, Barrie?«

Sie dachte eine Minute lang nach. »Ich kann mich nicht daran erinnern. Ihr Freund muß eine große Familie haben«, antwortete sie lachend. Ihr Blick wanderte noch einmal über das Haus. Sie bemerkte, daß es rote Ziegeldächer hatte.

»Nein«, antwortete Bill, »er hat nur eine Menge Freunde.«

Sie nickte. »Das glaube ich«, flüsterte sie.

Als der Lastwagen angekommen war, waren ein paar von den anderen herausgekommen. Barrie drehte sich um und schaute direkt in ein Paar grüne Augen, die sie anlächelten. »Hallo«, sagte er leise.

»Hallo, Hamp«, antwortete sie ein wenig überrascht über das schiefe Lächeln, das auf seinen Lippen lag. »Es ist schön, nicht wahr?«

»Ja. Und jetzt, da du da bist, ist es noch schöner. Laß mich dein Gepäck nehmen«, bot er ihr an.

Jetzt schaute sie sich ihn genau an. Er trug verwaschene Jeans, einen rot-weiß gestreiften Pullover, der am Hals offen stand und Sandalen. Er sah jungenhaft entspannt und verblüffend selbstbewußt aus.

Hamp sagte einige unverbindliche Worte zu den anderen, dann nahm er ihre Taschen und ging zu dem Gehweg, der zu der Treppe führte. Sie blieb einen Augenblick lang stehen und starrte ihn an. Was auch immer der Grund für diese Veränderung sein mochte, ihr gefiel sie.

Sie folgte ihm durch die Vorhalle und einen langen Gang. Sie betrachtete die luxuriöse Ausstattung der Räume, an denen sie auf dem Weg durch den Gang vorbeikamen.

»Warte bis du dein Zimmer siehst.« Er warf ihr über die

Schulter einen Blick zu. »Alle Schlafzimmer sind auf vier Gebäudeteile verteilt, die zusammen ein Rechteck bilden. Fünf Schlafzimmer sind jeweils zusammen in einem Gebäudeteil untergebracht, und alle gehen auf einen Garten mit Swimmingpools, Tennisplätzen und Statuen hinaus. Die fünf restlichen Schlafzimmer haben außerdem noch eine Terrasse mit Blick auf das Meer. Dein Zimmer liegt dort.«

Sie quietschte beinahe vor Freude. »Wie komm ich denn dazu?« Sie konnte ihr Glück nicht fassen. Allein der Aufenthalt hier war schon ein Traum.

Hamp zuckte leicht die Achseln. »Ich weiß es nicht. Die Verteilung der Zimmer war schon festgelegt, als wir angekommen sind. Es ist wie bei einer Jugendgruppe im Sommerlager. Ich weiß nicht, wer die Zimmerverteilung organisiert hat, aber ich weiß, daß ihr, also du, Horace, Bill James, Joanna und Logan die fünf besten Zimmer erhalten habt und daß wir, die minderwertigen Knechte, also ich, Race und Meyers, auf die Ostseite verbannt wurden.« Seine Stimme klang fast bitter, aber er wurde sofort wieder heiter. Sie sah ihn einen Moment lang scharf an.

Als sie im Zimmer waren, stellte er das Gepäck auf dem Teppichboden ab und steckte die Hände in die Taschen. Sie sah sich mit offenem Mund um. Ihr Herz zersprang fast vor Freude. Es war atemberaubend prächtig. Der Raum war in einem sehr hellen Grün gehalten, und die Möbel waren aus weißem Bambusholz. Der Frisiertisch war lang und hatte einen großen, ovalen Spiegel. Das Bett mit seiner grünen Satinüberdecke war riesig. Es gab eine Couch, zwei Sessel und einen Tisch mit Glasplatte, auf dem eine Vase mit frischen Rosen stand. Sie durchquerte den Raum und blickte auf das glitzernde, blaue Meer hinaus, das unter ihr lag. Sie öffnete die Tür, und eine frische Brise wehte herein.

»Ich bin einfach hingerissen«, murmelte sie. »Ich bin einfach hingerissen.«

»Es ist hübsch«, sagte Hamp. »Ich habe es selbst nicht fassen können«, fügte er hinzu. »Ich habe geglaubt, wir würden in einem der Hotels wohnen, die näher am Drehort liegen.

Oh, übrigens, ich bin gestern dort gewesen.« Er schüttelte den Kopf. »Das ist wirklich beeindruckend.«

»Ich weiß«, sagte sie lachend.

Er räusperte sich und sah ihr tief in die Augen. »Barrie«, fing er unbeholfen an, »ich will dir etwas sagen.«

Sie hob leicht die Brauen. »Was denn, Hamp?«

Er schluckte. »Ich weiß, daß ich in den vergangenen Wochen nicht so verständnisvoll gewesen bin, wie du es von mir erwartet hast, aber ich will dir sagen, daß ich mich bessern werde. Ich weiß, daß du dir wegen deiner Eltern Sorgen machst. Ich wäre auch besorgt, wenn es meine Eltern wären.« Er faßte sich an die Stirn. »Ich will, daß wir dies überstehen – ohne, daß die Beziehung in die Brüche geht, und ich glaube, das ist möglich. Wir lieben uns, Barrie. Das ist das Wichtigste, oder nicht?«

Sie war auf seine Worte nicht vorbereitet gewesen. Ein seltsames Gefühl ergriff sie. Mit Mühe beherrschte sie ihre Stimme. »Ich will nicht über meine Eltern sprechen. Jetzt nicht mehr. Und ich will auch nicht über uns sprechen.« Sie legte ihre gespreizte Hand auf ihre Brust. »Ich will mich auf die Arbeit konzentrieren, die uns erwartet. Und möglicherweise können wir vielleicht irgendwann einmal, im Laufe der kommenden Wochen, miteinander darüber reden. Aber zwanglos.«

Er sah sie an, und die Heiterkeit verschwand fast gänzlich aus seinem Gesicht. Endlich nickte er verunsichert. Dann wechselte er das Thema. »In diesem Haus gibt es zwei Köche. Das Essen ist unglaublich. Es ist großartig. Außerdem gibt es noch eine Menge Personal: Zimmermädchen, Gärtner usw. Ich schätze ein halbes Dutzend Leute. Und das Seltsame daran ist, daß sie das ganze Jahr über hier sind. Das Haus sieht immer so aus wie jetzt. Erstaunlich, nicht wahr?«

Sie lächelte kühl. »Ich nehme an, so leben die Reichen.«

Nachdem Hamp gegangen war, packte sie aus und nahm eine kurze, erfrischende Dusche. Sie zog eine Hose, eine weiche Bluse mit Blumenmuster und Sandalen an. Als sie auf die Terrasse trat, bemerkte sie, daß es schon dunkel wurde. Sie fühlte sich plötzlich kalt und zitterte. Als sie gerade wieder hineingehen wollte, sah sie jemanden vom Strand den Hügel heraufkommen. Es war Dan.

Als er sie erblickte, winkte er, und sie winkte zurück. Als er langsam auf sie zukam, schaute sie ihn wie hypnotisiert an.

»Wann sind Sie hier angekommen?« fragte er, als er die Terrasse betrat.

»Vor kurzem.«

»Wie ist es in Italien gelaufen?« fragte er interessiert mit heiserer Stimme.

»Gut, es gab keine Probleme«, antwortete sie. Ihre Augen weiteten sich, und sie konnte ihren Blick nicht von ihm lösen. Sie fuhr sich mit der Zunge über ihre Lippen, die plötzlich trocken waren. Es wurde immer dunkler. Sie blieben stehen und sahen sich an.

»Sie tragen eine hübsche Bluse, weich und hübsch. Ich mag Blumen«, flüsterte er.

»Danke«, flüsterte sie zurück. Sie vermied es, ihm zu nahe zu kommen, indem sie sich dem Meer zuwandte. Sie wagte es nicht, ihn anzusehen. Für einen Augenblick hatte er sich so gegeben wie er war, und sie fürchtete, daß sie das auch getan hatte. Während des kurzen Augenflirts hatte sie Vertrautheit gespürt – und Begierde.

Er trat hinter sie und zögerte einen Moment. Dann küßte er sie wortlos sanft auf ihren Nacken. Einen Augenblick lang bewegte sie sich nicht. Sie atmete nicht einmal. Die Berührung seiner Lippen machte sie völlig wehrlos.

Er legte seine Hände auf ihre Schultern und drehte sie um. Als sie ihm gegenüber stand, legte er die Arme um sie. In diesem Augenblick fühlte sie ein stechendes Schuldgefühl. Dann war es weg. Nichts konnte sie nun noch hemmen. Langsam legte sie ihre Arme um seinen Hals. Ihr Herz schlug so laut und vernehmlich, daß ihr die Ohren dröhnten. Ihr Verlangen, ihn zu küssen, seine Lippen zu berühren, war unbezähmbar stark. Einen Augenblick lang dachte sie, daß sie sich ihm entziehen sollte, aber auch dieser Augenblick ging vorbei.

Er küßte sie, und sie ließ es zu. In dem Moment, als seine Lippen ihren Mund berührten, fühlte sie, wie sie dahinschmolz, sich auflöste und sich wünschte, daß dieses schrecklich wunderbare Gefühl ewig dauern würde. Dann schnappte sie nach Luft und stieß ihn schnell von sich, da sie plötzlich erkannt hatte, wohin ein solcher Kuß führen mußte. Das Verlangen, das sie beide ergriffen hatte, war offenkundig. Sie hielt die Luft an.

Er schaute sie verständnislos an. »Barrie«, flüsterte er.

Sie schüttelte den Kopf. »Nein, Dan. Nein.«

Dann hörte sie ein Klopfen an der Eingangstür. Sie wußte sofort, daß es Hamp war, der wie versprochen kam, um sie zum Abendessen abzuholen. Wieder fühlte sie sich schuldig. »Ich – ich muß gehen. Geh bitte von der Terrasse weg«, flüsterte sie und wandte sich mit verängstigten Augen der Tür zu. Es durfte keinen Streit zwischen Dan und Hamp geben. Sie konnte es nicht zulassen.

»Barrie«, sagte er noch einmal. »Laß uns nicht vor dem, was wir fühlen, davonlaufen.«

Sie schüttelte traurig den Kopf. »Das klingt so einfach, Dan, aber in Wirklichkeit ist es kompliziert. Es ist überhaupt nicht einfach.«

Sie warf ihm zum Abschied einen Blick zu, den sie eine Sekunde lang fest auf ihn gerichtet hielt, bevor sie ins Zimmer trat, die Türen schloß und die Vorhänge zuzog. Einige Sekunden später öffnete sie die Tür und Hamp trat ein.

»Fertig?« fragte er. Seine Stimmung hatte sich mittlerweile nicht geändert.

Einen Augenblick lang schämte sie sich so sehr, daß sie keinen Ton hervorbrachte. »Natürlich«, sagte sie schließlich leise. Aber, als er sie küssen wollte, entzog sie sich ihm.

9

»Woran denkst du, Barrie?« fragte Hamp, als sie aus dem großen Speisesaal hinausgingen und die anderen, die noch ihre Drinks zu sich nahmen, am Tisch zurückließen. Er lächelte ihr zu. »Du hast kaum einen Bissen gegessen. Ist dir das aufgefallen?«

Ein Bissen war schon mehr, als sie selbst angenommen hatte.

»Willst du am Strand spazierengehen?« fragte er leise. »Es ist eine schöne Nacht. Es ist zwar kühl, aber wenn du willst, hole ich zwei Jacken und wir machen einen kleinen Spaziergang.«

»Ich kann nicht Hamp. Ich muß um neun Uhr Bill James treffen, und es ist jetzt fast neun.«

»Warum denn das?« rief Hamp laut. »Du hast doch den ganzen Tag mit ihm verbracht!«

»Ich weiß, aber wir müssen noch Detailfragen klären, die sich erst in letzter Minute ergeben haben.« Sie seufzte verzweifelt. »Wie du ja weißt, fliegt Horace morgen nachmittag nach New York zurück.«

Hamp schüttelte mit offenkundigem Widerwillen den Kopf. »Ich wollte, irgend jemand könnte mir erklären, warum das hier nicht wie bei all den anderen Auslandsaufträgen ablaufen kann, warum man diesmal ein so großes Projekt macht.«

»Wegen der guten Aussichten«, antwortete Barrie fast flüsternd.

»Was passiert, wenn es daneben geht? Was dann? Was geschieht, falls sich niemand dafür interessiert, und keiner sechzig Minuten lang einen Film über diese antike Geschichte anschauen mag?«

Sie blieb stehen und schaute ihn an. »Glaubst du wirklich, daß das möglich ist, Hamp?« fragte sie gerade heraus.

Schließlich zuckt er die Achseln. »Ich weiß nicht, was ich davon halten soll. Und ich finde es nicht sinnvoll, darüber zu reden. Für einen oder vielleicht zwei aus unserem Team bedeutet es einen wichtigen Schritt aufwärts auf der Karriereleiter, aber für den Rest von uns hat es keine wirklich bedeutenden Vorteile. Also warum soll ich darüber reden? Das einzige, was nicht ins Bild paßt, ist Bill James. Ich meine, was macht dieser Bursche, der ja immerhin schon einen Emmy gewonnen hat, hier bei einem unbedeutenden Projekt? Warum ist er hier und führt Regie? Es sind doch alles nur blutige Laien! Seine Karriere muß irgendwie einen Knick bekommen haben.«

Sie starrte ihn an. »Blutige Laien? Ich habe nicht bemerkt, daß wir blutige Laien dabei haben! Wer ist denn einer?«

»O Gott, Barrie!« schrie er sie fast an. »Jeder hier, außer Meyers.«

»Oh, du sprichst von den Statisten.« Sie zog die Brauen hoch. »Aber das ist nicht ungewöhnlich, Hamp, nicht an Drehorten wie diesem hier. Ich glaube an den Erfolg dieser Sache. Und nachdem ich das Material, das Bill James zusammengestellt hat, durchgelesen habe, glaube ich, daß es ein außergewöhnliches Werk werden kann.«

Hamps Blick wanderte langsam zu ihrem Gesicht zurück. »Nun, eines ist sicher, morgen werden wir die Sache näher betrachten können, da es dann wirklich mit den Aufnahmen losgeht«, sagte er leise. Er verfiel für einen Moment in brütendes Schweigen. »Wie lange dauert deine Besprechung?« fragte er schnell.

»Ich weiß es nicht, es wurde kein Zeitlimit angegeben.« Während sie sprach, legte er den Arm um ihre Schultern. Seine Finger gruben sich in ihren Arm. Sie holte tief Luft, machte einen Schritt nach vorne und entzog sich seiner Berührung.

Er starrte sie bestürzt und benommen an. Keiner von beiden sagte ein Wort. Er war sichtlich erbleicht, und sie konnte sich vorstellen, daß sie ebenso weiß war wie er. »Barrie«, sagte er endlich unsicher und sah sie nervös an. »Warum hast du das getan?«

Was sollte sie sagen? Wie konnte sie es ihm sagen? Sollte

sie aufrichtig und offen sein? »Hamp, mit dir schlafen ist langweilig, unangenehm und fantasielos?« Unfähig zu sprechen oder sich zu bewegen, dachte sie, daß sie vielleicht etwas anderes sagen sollte. »Hamp, ich fühle mich sehr stark zu einem anderen Mann hingezogen.« Nein, das konnte sie nicht sagen. Er würde sofort wissen, wer gemeint war, und sie konnte noch nicht abschätzen, welche Konsequenzen das nach sich ziehen würde. Vielleicht sollte sie nur einfach sagen: »Hamp, ich liebe dich nicht mehr.« Aber das wäre genau das, was ihr am schwersten fiele. Und offen gestanden, sie wußte nicht, ob das die Wahrheit war. War ihre Liebe zu ihm erloschen? Oder langweilte sie sich nur mit ihm? Konnte Langeweile Liebe töten? Als ihr bewußt wurde, daß sie überhaupt nicht wußte, was sie sagen sollte, durchzuckte sie ein plötzlicher Schmerz.

Und dann passierte das Schlimmste. Als sie sich Bill James' Zimmer näherten, rief er ihnen von seiner Tür aus zu: »Barrie, es ist etwas dazwischen gekommen. Ich werde mich morgen mit Ihnen in Verbindung setzen, Süße.«

»Was sagt man dazu«, sagte Hamp verdrießlich, als sich die Tür hinter Bill James wieder geschlossen hatte. »Die Pläne für die Nacht sind gerade über den Haufen geworfen worden.« Er schnalzte mit der Zunge. »Was nun?« Seine grünen Augen funkelten sie im schwachen Licht der Außenbeleuchtung mißtrauisch an. Plötzlich schüttelte er den Kopf und zwang sich zu einem dünnen Lächeln. »Laß uns nicht gegeneinander kämpfen«, sagte er und faßte sie am Handgelenk.

Sie hörte plötzlich auf, gegen ihre Gedanken, ihre im Aufruhr befindlichen Gefühle anzukämpfen. Sie zögerte einen Augenblick. »Laß uns die Jacken holen und einen Spaziergang machen, Hamp«, sagte sie.

Der Strand war schön im Mondlicht. Während sie den Hügel hinabstiegen, blickte Barrie zum Nachthimmel empor, der sich über ihnen wie schwarzer, mit Flitter übersäter Satin wölbte. Das Wasser war vollkommen schwarz. Nur das Mondlicht schimmerte golden auf den dunklen Wellen, und die Brandung am Sandstrand schillerte blau und weiß. Sie gingen nebeneinander, und Barrie vergrub ihre Hände in den Taschen ihrer Jacke.

»Hast du schon eine Postkarte nach Hause geschrieben, Barrie?« fragte Hamp nach ein paar Schritten.

Sie nickte. »Ja, an Mutter, Tante Katie und Georgia. Und du?«

Er zuckte mit den Schultern. »Ich habe am Bahnhof ein paar Karten gekauft, aber ich habe noch keine abgeschickt.« Plötzlich lachte er. »Ich habe auch eine für Georgia gekauft, eine Karikatur eines griechischen Tankerkönigs. Als ich ihn sah, mußte ich an sie denken.«

Sie lächelte ihn freundlich an. »Ich bin mir sicher, das wird ihr gefallen, Hamp. Schon allein deshalb, weil sie merkt, daß du an sie gedacht hast! Darf ich annehmen, daß du dich zur Zeit nicht über sie ärgerst?«

Wieder das leichte Achselzucken. »Nun es ist nicht leicht mit ihr auszukommen. Sie gehört eben zu den Frauen, die alles sagen, was sie denken, ganz gleich, worum es sich auch handeln mag. Zur Zeit wünsche ich mir, du wärst ihr ähnlicher, Barrie. Ich wünschte, du würdest das, was du denkst auch aussprechen. Ich würde gern nicht mehr im Dunkeln tappen.«

Sie hielt den Blick gesenkt, ging einige Schritte voraus und blickte dann zu dem großen, silbernen Mond hinauf. Einen Augenblick später betrachtete sie die Lichter der Villa, die auf dem Hügel blinkten. Sie fühlte, wie sie in der kühlen Brise plötzlich bis auf die Knochen fror und fuhr sich mit der Zunge über die trockenen Lippen. »Ich weiß, daß das keine Erleichterung ist Hamp, aber ich tappe auch im Dunkeln.« Sie seufzte bekümmert und bohrte die Spitze ihres Schuhes in den Sand.

Plötzlich bemerkte sie, daß sie nicht die einzigen am Strand waren. Als sie Dan Meyers erkannte, der im Trainingsanzug auf einem großen Felsen saß, riß sie ihre Augen auf. Ihr erster Gedanke war, nichts zu sagen und zu versuchen, unbemerkt vorbeizugehen. Aber gerade in dem Augenblick, als sie dachte, es hätte geklappt rief er: »Fangen Sie das Mondlicht?«

Er grinste, und seine weißen Zähne blitzten auf. Er stand von dem Felsen auf und kam, den Blick fest auf Barrie geheftet, auf sie zu.

»Hallo, Dan.« Sie sprach leise und wich seinem Blick aus.

Hamp schwieg beharrlich, und sein Blick schien ihn zu durchbohren.

Ein peinliches Schweigen trat ein, keiner sagte ein Wort. »Haben Sie etwas dagegen, wenn ich Sie ein Stück begleite?« fragte Dan endlich.

»Wir sind gerade auf dem Weg zurück zur Villa«, sagte Hamp bestimmt.

»Gut. Da wollte ich gerade hin, bevor ich Sie beide sah. Ich werde mit Ihnen gehen.«

Sehr schnell erkannte sie, daß sie erfreut war, ihn zu sehen. Ihr Blick streifte sein schweißbedecktes Gesicht, und sie stellte fest, daß er gelaufen war, schnell und mit großen Schritten. Kurz trafen sich ihre Blicke. Eine Woge von Gefühlen durchflutete sie. Verdammt, was stellte er nur mit ihr an?

Als Hamp ansetzte, etwas zu sagen, schnitt sie ihm schnell das Wort ab. »Natürlich können Sie uns begleiten. Eine gute Gelegenheit, um uns besser kennenzulernen.«

Hamp lachte kurz und schrill auf. »Klar«, sagte er mit unverhohlenem Sarkasmus.

Das Trio ging beklommen schweigend einige Schritte den Hang hinauf. Überraschenderweise war es Hamp, der die erste Bombe hochgehen ließ. »War diese prachtvolle Blondine am Flughafen ihre Frau?«

Sofort breitete sich Zornesröte auf Dans Gesichtszügen aus, denn Hamp hatte ein Thema angesprochen, über das er offensichtlich nicht reden wollte. Er warf dem grinsenden Fragesteller einen kalten Blick zu und sein Gesicht verhärtete sich. »Nein«, antwortete er ohne weiteren Kommentar. Er lächelte flüchtig. »Ich glaube, ich laufe jetzt weiter.«

Bevor sie antworten konnte, rannte er den Hang hinauf und ließ sie hinter sich zurück.

Barrie wandte sich an Hamp. Sie wollte eine Erklärung. »Warum hast du das getan?«

»Nun, verdammt, da wir uns alle gegenseitig besser kennenlernen wollten, dachte ich das wäre die beste Frage, die ich stellen könnte«, erwiderte er mit sarkastischem Lachen.

Sie sah ihn scharf an. »Du warst roh. Durch und durch roh. Du hast Dan Meyers schon von Anfang an nicht gemocht, von dem ersten Tag an, an dem du seine Fotos gesehen hast, und du versuchst es auch gar nicht, ihn zu mögen.«

»Warum sollte ich das versuchen? Ich bin nicht blind, Barrie. Er hat versucht dich anzumachen. Also was willst du? Was soll ich tun, soll ich mein Einverständnis zu seinen Annäherungsversuchen geben? Warum sollte ich ihn mögen, wenn du ihm bereits so viel Sympathie entgegenbringst, daß es für uns beide reicht?« Sein Gesicht zuckte. »Ihr habt in Athen die Nacht zusammen verbracht«, stieß er hervor. »Das ist der Grund für dieses ›Noch mal hallo‹ gewesen. ›Noch mal‹ sollte wohl bedeuten, daß ihr an diesem Morgen bereits schon einmal zusammen am Frühstückstisch gesessen seid. Er hat mit Joanna das Zimmer getauscht, damit er neben dir wohnen konnte«, schlußfolgerte er mit einem höhnischen Lächeln. »Und streite es bloß nicht ab! Ich habe während der Zugfahrt alles herausgefunden. Race hat mir erzählt, daß Joanna und Meyers ihre Zimmer getauscht hatten. Also streite es nur nicht ab!«

»Ich würde nicht im Traum daran denken, solche verrückten Anschuldigungen abzustreiten, Hamp, sonst denkst du noch, du hättest wirklich recht.« Sie versuchte nicht ihren Widerwillen zu verbergen. »Ich kann dich jetzt momentan nicht mehr sehen, deshalb gehe ich jetzt auf mein Zimmer.« Mit gespielter Ruhe drehte sie sich schnell um, ließ ihn stehen und stürzte dann in ihr Zimmer. Ihr dunkles Haar, das der Wind zerzaust hatte, war völlig durcheinander. Ihre Augen funkelten vor wilder, unbändiger Wut. Ihre Wangen brannten, und ihr Mund war nur noch ein gerader, zorniger Strich.

Als sie das Licht anknipste und Dan Meyers erblickte, der sich von der Couch erhob, warf sie überrascht den Kopf in den Nacken. Sie war zu schlecht gelaunt, um jetzt mit ihm zu sprechen. »Was machen Sie in meinem Zimmer?« herrschte sie ihn kalt an. Ihre zornigen Augen weiteten sich.

»Ich möchte mit Ihnen sprechen, Barrie«, sagte er ruhig und sah sie seltsam an.

Die goldenen Flecken in den braunen Pupillen wurden deutlicher erkennbar. »Dann bleiben Sie, wo Sie sind, und ich nehme den Stuhl hier.« Sie machte einen Schritt vorwärts und umfaßte die Armlehne. »Denn wir werden uns nicht im Bett unterhalten, falls sie das geglaubt haben.«

Sein Mund öffnete sich vor Überraschung. Langsam, den Blick auf sie geheftet, ließ er sich wieder auf der Couch nieder. »Ich hatte wirklich nicht vor, mich mit Ihnen im Bett zu unterhalten. Wenn Sie mich genauer ansehen, werden Sie erkennen, daß ich verschwitzt und sandig bin. Ich habe noch meinen Trainingsanzug an, in dem ich gelaufen bin. Ich wollte nur eine Minute mit Ihnen reden, da ich das bestimmte Gefühl habe, daß wir ab morgen alle sehr beschäftigt sein werden, und es eine ganze Weile dauern könnte, bis sich hierfür wieder eine Gelegenheit ergibt.«

Sie starrte ihn nur an und konnte kein Wort herausbringen, aber sie fühlte deutlich wie ihr Zorn sich legte. Sie spürte ein leichtes Kribbeln im Magen. Sogar im grauen Trainingsanzug sah er sehr attraktiv aus. Das weite, lässige Oberteil unter dem sich seine Schultern abzeichneten, saß am Hals so locker, daß sie teilweise seine glatte, muskulöse Brust sehen konnte. Sein Haar war völlig zerzaust und seine schönen blauen Augen blickten sie so durchdringend an, daß sie errötete und wegschaute. Er hatte kein Recht dazu, sich in ihrem Zimmer aufzuhalten, überhaupt kein Recht. Sie wollte, daß er ihr sagte, was ihm auf dem Herzen lag und dann verschwände. Seine Anwesenheit entnervte sie.

Er räusperte sich und zögerte einen Moment. »Soll ich etwas von Julie erzählen?« fragte er dann leise.

Sie wich seinem Blick aus und blickte auf den blanken, schön gefliesten Fußboden. »Julie?« flüsterte sie beinahe.

»Julie. Die Frau, mit der ich in New York am Flughafen war. Willst du über sie Bescheid wissen?«

Plötzlich fürchtete sie sich vor dem, was er sagen würde. Die Frau hatte jetzt einen Namen. Julie. Und das machte sie wirklicher, lebendiger, und sie war sich nicht sicher, ob sie etwas über sie erfahren wollte. Sie schüttelte verzweifelt kurz den Kopf und flüsterte: »Nicht wirklich.« Sie mußte mit Hamp fertig werden, und so schien es ihr nur fair zu sein, daß Dan mit Julie fertig werden mußte.

Plötzlich lächelte er sie jungenhaft an: »Habe ich etwa eine Frau gefunden, die nicht neugierig ist? Ist das wahr? Wenn ja, so ist es, als ob man den Heiligen Gral entdeckt hätte. Bist du dir dessen bewußt, daß wir beide in die Geschichte eingehen werden? Du, weil du eine Frau bist, die nicht neugierig ist, und ich, weil ich dich gefunden habe?«

Sie mußte unwillkürlich lächeln. »Das ist keinesfalls der Grund. Ich bin bestimmt neugierig genug, aber sie gehört zu deinem Leben, nicht zu meinem.«

Den Blick auf sie geheftet, schüttelte er den Kopf. »Aber auch in jener Nacht, als ich dir von Barbara, der Lehrerin, an die du mich erinnerst, erzählt habe, hast du keine Fragen gestellt. Erklär mir, warum stellst du keine Fragen, warum fragst du nicht, Barrie? Fürchtest du dich vor den Antworten?«

Seine Fragen brachten sie in Verlegenheit. Sie riß überrascht die Augen auf und das Lächeln auf ihrem Gesicht verschwand. »Ich will dir nicht zu nahe treten, Dan. Das ist der Grund, warum ich dir keine Fragen stelle. Ich glaube, ich will nichts wissen, nicht wirklich. Mein Leben würde nur noch komplizierter werden, und gegenwärtig kann ich damit nicht fertig werden.« Ihre Stimme war kaum mehr als ein Flüstern. »Und ich hoffe, du verstehst das so, wie ich es meine. Ich versuche, nicht dir auszuweichen oder deine Gefühle zu verletzen. Ich glaube nur, daß ich ehrlich zu dir sein sollte.« Sie schaute ihn bittend an.

Er machte eine leichte, abwehrende Geste mit der Hand. »Ich glaube, ich kann davon ausgehen, daß du ehrlich zu mir bist, solange du ehrlich zu dir selbst bist, Barrie. Du siehst, ich habe ein großes Risiko auf mich genommen, indem ich einfach deine Tür aufgemacht habe und hereingekommen bin. Es ist mir bewußt gewesen, daß, falls Rich mit dir hereinkommen würde …« Seine Worte verloren sich. Er starrte die geschlossene Tür an und kniff die Augen zusammen. Dann zuckte er die Achseln. »Ich habe darüber nachgedacht, und dann habe ich mir gesagt, ›zum Teufel‹. Wenn wir kein Risiko auf uns nehmen, wozu leben wir dann. Ich kenne dich nicht, aber ich will dich kennenlernen. Das habe ich bereits vom ersten Augenblick an gewußt, damals, als ich dich zum erstenmal gesehen habe.«

Blitzartig erinnerte sie sich an seinen Kuß. Jetzt da die Erinnerung an die Berührung seiner Lippen in ihr aufstieg, spürte sie seine Nähe noch deutlicher. Sie hatte sich intensiv bemüht, die Erinnerung daran zu verdrängen und sich so zu verhalten, als ob es nie geschehen wäre. Aber es war geschehen. Wenn sie in seine feurigen Augen blickte, fühlte sie, wie die Glut in ihr aufloderte. Wenn sie jetzt nicht äußerste Vorsicht walten ließ, dann bestand die Gefahr, daß die Glut sich in ein Feuer verwandelte. Sie schloß die Augen und atmete tief ein.

»Ha– Dan«, sie riß die Augen auf, um zu sehen, ob er ihren Versprecher bemerkt hatte. Sein verstörter Gesichtsausdruck sagte mehr als Worte. »Es tut mir leid«, flüsterte sie. »Ich glaube, ich bin müde.«

Er erwiderte weder etwas, noch sah er sie an, als er aufstand. Schweigend trat er an ihren Stuhl und blickte auf sie herab. »Ich bin Dan«, flüsterte er.

»Das weiß ich«, antwortete sie und wich seinem Blick aus. Ihre Gefühle waren viel zu aufgewühlt, als daß sie es wagen konnte, ihn anzusehen. Plötzlich dämmerte es ihr, daß es vielleicht ungefährlicher wäre, ihm ins Gesicht zu schauen, als andauernd den gleichen Punkt zu fixieren. Sie war nicht darauf vorbereitet gewesen, ihn plötzlich so nah vor sich stehen zu sehen. Durch die enganliegenden Trainingshosen konnte sie deutlich die Umrisse seiner langen, muskulösen Beine sehen und seine schlanke Taille erahnen. Sie hielt inne, dann blickte sie auf und für einen Augenblick, während sie sich erbittert gegen ihre Gefühle sträubte, die in ihr aufstiegen, mußte sie daran denken, wer und was sie war. Nur eines wußte sie sicher, sie mußte ihn noch in diesem Moment dazu bringen, dieses Zimmer zu verlassen.

Er wollte ihr Haar berühren, gab seine Absicht aber dann wieder auf und ließ seine Hand sinken. Ihre Augen trafen sich. Sie hatte geglaubt, sie könnte seinem Blick jederzeit leicht ausweichen, nun mußte sie feststellen, daß sie nicht die Kraft dazu hatte, es wirklich zu tun. Sie schauten einander schweigend in die Augen. Sie hatte das Gefühl, kurz vor einem Nervenzusammenbruch zu stehen. Als er ihr Haar berührte, ergriff sie seine Hand. Ihre Hände umfaßten sich, und plötzlich empfand sie seine Nähe, seine Anwesenheit als unerträglich. Sie stand auf, riß ihre Hand los und sagte: »Du mußt jetzt gehen.« Sie enfernte sich schnell einige Schritte von ihm.

Plötzlich schaltete er das Licht aus. Der Mond schien durch die Terrassentüren herein und tauchte das Zimmer in ein weiches, mildes Licht – zarte, goldene Wellen, die sie umspielten. Er trat wieder neben sie und flüsterte: »Ich wünschte, ich könnte es, aber ich stelle fest, daß ich es nicht kann, Barrie.« Er umarmte sie und zog sie an sich, wobei er sie sanft in seinen Armen wiegte. »Du bist die begehrenswerteste, die begehrenswerteste…« Er beugte langsam den Kopf herab, preßte seine Lippen auf ihren Hals und liebkoste ihn mit zitternden, zarten Küssen.

Ihre Finger umklammerten seine Arme fester. Wo war ihr Verstand? Was würde sie tun? Sie hatte die feste Absicht ihn dazu zu bringen aufzuhören, ihn zu zwingen ihr Zimmer zu verlassen, ihn aus ihrem Leben zu entfernen. Wo war ihr Verstand?

Er öffnete den Mund und küßte sie direkt unter ihrem Ohr, und sie fühlte wie sie schwankte, wie ihre Knie schwach wurden. Er küßte sie auf die Lippen und hielt ihr Gesicht in seinen zitternden Händen. Sie konnte seinen Körper fühlen, die Hitze, die brennend heiß durch ihr Kleid drang. In diesem Augenblick brach sich der Druck, der sich in ihr im Laufe von Tagen, Wochen und Monaten, im Laufe eines ganzen Lebens angestaut hatte, seine Bahn und zerriß die Ketten, die sie fesselten und ihre Leidenschaft gefangen hielten.

Ihre feuchten, glänzenden, weichen Lippen suchten seinen Mund und sie küßte ihn wieder und wieder. Er gab jeden ihrer Küsse zurück, erwiderte den Druck der warmen, zarten Spitze ihrer Zunge. Dann küßten sie sich nicht mehr; sie blieben sich an den Händen haltend, vor den Glastüren stehen und schauten einander tief in die Augen. Er führte ihre Hände an seine Lippen und küßte, ohne den Blick von ihren Augen abzuwenden, ihre Finger.

Sie fühlte sich wie verzaubert, war sprachlos, hatte nichts zu sagen, wollte nichts sagen. Während sie eine sehr lange Zeit still dastanden, rochen sie den Duft der Blumen im Zimmer, der in der Luft lag.

Ihr Verlangen wuchs. Sie begehrte ihn so sehr. Sie wollte mit ihm schlafen, wollte, daß er mit ihr schlief. In diesem Augenblick war sie dazu bereit, die Konsequenzen zu tragen, morgen alle Folgen auf sich zu nehmen.

Er lächelte sie an, ein seltsames kleines Lächeln, traurig und glücklich zugleich. »Barrie, ich muß dir nicht erklären, wie sehr ich dich begehre. Ich glaube, das weißt du. Aber, Liebling, du mußt mir sagen ob ich bleiben oder lieber gehen soll.«

Und dann kam aus dem dunklen Nichts ihr Verstand zurück, er fiel auf sie herab wie eine Sternschnuppe und zerstörte die Vollkommenheit des Augenblicks. Sie seufzte; die Unentschlossenheit nagte an ihr. Jede einzelne Zelle ihres Körpers verlangte nach ihm, während ihr Verstand schrie, sie solle ihn rausschmeißen. Sie stöhnte: »Ich kann es nicht, Dan. Ich kann es einfach nicht.«

Er hielt immer noch ihre Hände. »Sag mir warum?« sagte er leise, während er mit ihren Fingern spielte.

»Ich weiß es nicht«, flüsterte sie. »Und wenn ich das, was ich selbst nicht verstehe, in Worte fassen könnte, so wäre ich mir nicht sicher, ob du es verstehen würdest.«

»Warum versuchst du es nicht mit mir?«

Sie bemühte sich die rechten Worte zu finden. Er machte es ihr durch eine einfache Frage leicht.

»Ist es Hamp?« fragte er mit aufgerissenen Augen.

»Ich glaube ja.« Nachdem sie einen Moment lang nachgedacht hatte, seufzte sie. Dann nickte sie: »Ja.« Sie schwieg. Sie fühlte sich nicht unbefangen genug, um mit Dan über Hamp zu sprechen.

Er blieb geduldig stehen und lächelte traurig. Er nahm sie von neuem in die Arme. Diesmal forderte er sie nicht auf, ihm mehr zu sagen.

Sie legte den Kopf auf seine Schulter, und träge wanderte ihr Blick langsam an den weichen goldenen Locken in seinem Nacken vorbei, durch das Fenster hinaus zu dem dunklen Meer. Die ganze Schönheit dieses Augenblicks grub sich für immer in ihr Gedächtnis ein.

Ihr ganzes Leben lang hatte sie auf dieses Gefühl gewartet, auf diese Empfindung, die ihre ganze Umgebung erfaßte und sie in leuchtende Farben tauchte, auf dieses Gefühl, vor dem nur Vollkommenheit und Harmonie bestehen konnten, wenn auch nur für einen flüchtigen Moment.

Er richtete sich auf und zog sie an sich. Ein verlorenes Lächeln umspielte für einen Moment ihre Lippen und verschwand dann unter einer Maske der Bestürzung. »Dan«, protestierte sie flüsternd. »Bitte… laß mich los.«

»Ich versuche es ja«, erwiderte er, während seine Finger zärtlich mit ihrem Haar spielten und es in Strähnen aufteilten. Er beugte den Kopf vor und streifte mit seinen Lippen über ihre langen Wimpern. »Aber ich will dies nicht verlieren. Ich will es nicht verlieren, Barrie. Ich habe Angst, daß ich dich nie wieder so in den Armen halten werde, wenn ich dich jetzt loslasse.«

Seine Worte ließen ihr Herz schneller schlagen. Ihr Gedankenaufruhr wurde schlimmer. Inwieweit beherrschte sie diese Situation überhaupt noch? Inwieweit beherrschte er sie? Es war, als ob die Situation sie beide beherrschte und sie nur noch Marionetten wären. War ein solcher Moment nicht der Beweis dafür, daß der Körper den Verstand beherrschte und eine stärkere Macht ausübte als irgendein rationaler Gedanke? War das nicht der Beweis dafür, daß es so etwas wie Liebe gar nicht gibt? Konnte man sich in einem solchen Augenblick der Leidenschaft der Begierde überlassen, nur um später, auf der vergeblichen Suche nach der Liebe, festzustellen, daß nie Liebe, sondern immer nur Leidenschaft, immer nur Begierde, sie zusammengeführt hatte. Sie wollte das nicht. So sehr sie Dan Meyers auch begehrte – ihr Verlangen war so stark, daß ihr ganzer Körper sich nach ihm sehnte – so sehr wollte sie auch, daß alles was geschah, aus Liebe geschah. Man mußte der Tatsache ins Auge sehen, daß sie in diesem Moment noch keine Liebe für einander empfanden. Sie kannten sich ja kaum.

Sie wich zurück und schaute ihm forschend ins Gesicht. Ihr Gesichtsausdruck mußte alles, was sie ihm hatte sagen wollen, ausgedrückt haben, denn seine Arme gaben sie frei und sie lösten sich schnell von einander. Er ließ kraftlos die Arme sinken. »Ist es falsch?« fragte er leise. »Glaubst du, daß es falsch ist, Barrie?«

»Es ist nicht falsch, Dan, aber es ist nicht möglich.« Sie wich langsam mit kleinen Schritten vor ihm zurück. Ihr Gesicht drückte plötzlich Unmut aus. »Ich – ich will nicht, daß wir etwas Dummes tun.«

»Jemandem nahezustehen, Barrie, ist nicht dumm. Ich weiß, daß du meine Gefühle erwiderst. Was ist dumm an Gefühlen?«

Sie holte tief Luft. »Glaub mir, Dan, in meiner Lage wäre es nicht klug. Ich will, daß wir Freunde werden, das will ich wirklich, aber ich will keine körperliche Beziehung.« Sie neigte leicht den Kopf und schloß flüsternd: »Glaub mir, es würde nur Probleme verursachen und ich weiß nicht, wo es enden würde.«

Er kam zu ihr und nahm ihre Hand. Sein Blick wanderte langsam und aufmerksam über ihr Gesicht. Er sprach sehr sanft. »Hör mal zu, mein Vater und ich waren einmal auf einer Geschäftsreise in Kalifornien. Als wir in unserem Hotelzimmer waren, schüttelte uns ein Erdbeben tüchtig durch. Eine Minute lang waren wir zu Tode erschrocken. Alles um uns herum erbebte und fiel um, aber, Barrie, wir überlebten es beide. Und die Tatsache, daß ich dort ein Erdbeben miterlebt habe, hat mich nie davon abgehalten, wieder nach Kalifornien zu fahren. Wer weiß schon, wie etwas enden wird. Aber die Angst hält dich sicherlich davon ab, es herauszufinden.«

Sie zog leicht indigniert die Brauen hoch. »Es geht hier überhaupt nicht um Angst.«

»Um was dann?« fragte er leise weiter.

»Ganz einfach, sehr einfach. Ich kann nicht mit zwei Männern gleichzeitig ins Bett gehen.« Sie konnte sehen, wie sein Gesicht ernst wurde.

Er schnalzte gedämpft mit der Zunge und seufzte. »Dann ist deine Beziehung zu Rich also wirklich eng?«

»Dan«, fiel sie ihm ins Wort und schaute ihm tief in die Augen. »Hamp und ich haben die letzten achtzehn Monate zusammengelebt. Ja, wir sind wirklich eng miteinander befreundet.«

Er neigte seinen Kopf nach links. »Also, warum wohnst du dann jetzt nicht mit ihm zusammen? Wo ist er vor drei Nächten gewesen?«

Die Frage verblüffte sie einen Augenblick lang, aber sie beherrschte sich und überging sie. Statt dessen sagte sie: »Du mußt gehen, Dan.« Es brach ihr vor Enttäuschung fast das Herz, als sie sah, wie er die Schiebetür zur Terrasse öffnete, einen Moment lang völlig regungslos dastand und tief die frische Meeresluft einatmete. Dann verließ er die Terrasse und ging den Hang hinunter. Unten angelangt, drehte er sich zur Villa um.

Sie stand da, völlig verwirrt über ihre eigenen, seltsamen Gefühle.

10

Endlich schaffte es Barrie, trotz ihrer Benommenheit, ins Bett zu gehen. Nachdem Dan gegangen war, war sie auch draußen spazieren gegangen. Sie war um das große, scheinbar planlos erbaute Haus auf dem Hügel gelaufen, und sie war ziellos auf dem einsamen weiten Grundstück herumgewandert. Aber es hatte ihr nicht geholfen. Sie hatte sich in ihr Zimmer zurückgeschleppt und die Tür abgesperrt. Sie war dabei, sich in Dan Meyers zu verlieben. Sie wußte, daß es nun so weit war, und sie wußte auch, daß sie sich selbst davon abhalten sollte, aber sie wußte nicht wie.

Kurz davor in Tränen auszubrechen, duschte sie sich und zog ihr Nachthemd an. Nachdem sie sich auf dem Satinbettlaken ausgestreckt hatte, lag sie ruhig da und starrte auf das Schattenspiel an der Wand. Sie mußte den Grund herausfinden. Sie war für Dan Meyers empfänglich. War sie das? War Dan selbst der Grund hierfür oder war sie jetzt, auf dem Höhepunkt ihrer Enttäuschung über Hamp und das Zerbrechen der Ehe ihrer Eltern, für jeden Mann empfänglich, der ihr zufällig über den Weg lief? Sie konnte ihre Gefühle nicht ergründen und sie wußte auch nicht, ob sie sie als richtig oder falsch beurteilen sollte. Ihre Gefühle waren weder richtig noch falsch, sondern einfach unmöglich.

Das Telefon neben ihrem Bett läutete und sie hatte Angst, den Hörer abzunehmen, deswegen ließ sie es viermal läuten, bevor sie sich endlich leise meldete. »Hallo.«

»Barrie.« Bill James sprach mit lauter Stimme. »Ich habe Sie doch nicht aufgeweckt, oder?« Sie seufzte erleichtert. »Nein.«

»Sagen Sie mir«, fuhr er fort, »wann haben die Athleten bei den antiken Spielen angefangen, Sportbekleidung zu tragen? Nach all den Geschichtsbüchern, die ich gelesen habe, sieht es wohl fast so aus, als ob sie nackt angetreten wären.« Er lachte. »Ich glaube nicht, daß die Amerikaner bereit sind, diese Information gelassen hinzunehmen.«

Sie wußte, daß sie nicht dazu bereit war, es gelassen hinzunehmen, daß Dan nackt vor jeder amerikanischen Familie paradierte. Sie räusperte sich. »Ich habe das über die Lendentücher und Lederröcke nicht einfach erfunden, Bill. Die Griechen vertraten die Ansicht, daß ein wohlportionierter Körper, das Schönste sei, was sie Schöpfung zu bieten habe, deshalb traten die Athleten in den ersten zweihundert Jahren nackt an. Das gilt jedoch sowohl für die Männer als auch für die Frauen. Jedoch die Barbaren, wie zum Beispiel die Perser, führten indessen das Tragen von Kleidung ein, und seit dem Jahr 500 vor Christus bedeckten die Wettkampfteilnehmer ihre Blöße.« Sie lachte leise. »Wenn auch nur spärlich.«

Er lacht wieder. »Ich bin froh, daß Sie mir das erklärt haben. Ich nehme an, daß ich ein Pedant bin, was die Details bei solchen Projekten betrifft. Ich hasse Briefe von kleinen, alten Damen in denen sie bedächtig diese Details kritisieren. Und ich möchte wetten, daß es zumindest fünftausend kleine, alte Damen gibt, die genau wissen, in welcher Stunde zum ersten Mal ein Lederrock um einen Athleten gelegt wurde.«

»Nun, jetzt müssen Sie sich keine Sorgen mehr machen. Es hat mich eineinhalb Tage gekostet, diese Einzelheiten herauszufinden.«

Nachdem die unerwartete Unterhaltung mit Bill James beendet war, sah sie plötzlich wieder in Gedanken Dan Meyers vor sich. Er ging ihr einfach nicht aus dem Kopf. Der Mond schien in ihr Zimmer und sie konnte hören wie die Wellen des Meeres gegen die Felsenküste schlugen. Sie drehte sich um und starrte in die Nacht hinaus. Sie mußte in seiner Gegenwart mehr Selbstbeherrschung an den Tag legen. Alles was sie über ihn wußte, zog schnell an ihr vorüber. Es war erst drei Nächte her, daß er sie angesehen und ihr erzählt hatte, daß sie ihn an eine andere erinnere. Und zuvor hatte sie den herzlichen Abschied von der Frau, die Julie hieß, am John F. Kennedy Airport miterlebt. Und heute nacht hatte er sie in seinen Armen gehalten. Sie, Barrie Cook. Und sie war sich sicher, daß er sich nichts aus ihr machte – jedenfalls nicht wirklich. Es war dennoch möglich. Im Grunde kannten sie sich kaum und trotzdem wußte sie, daß sie sich etwas aus ihm machte.

Sie versuchte an etwas anderes zu denken, damit sie einschlafen konnte. Wenn Bill James ihr solche Fragen stellte, mußte sie auf der Hut sein. Dann dachte sie über Hamp nach. Sie hatte ihn in einer sehr schlechten Stimmung zurückgelassen. Sie wußte, daß er sich anstrengte und alles tat, was er konnte, aber es klappte nicht. Sie befürchtete, daß es mit ihm nie wieder klappen würde. Der Gedanke, daß ihre Beziehung bald zu Ende gehen würde, stimmte sie sehr traurig.

Der nächste Morgen war so, wie ihn sich jeder Regisseur für Außenaufnahmen erträumt und nur selten vorfindet. Der Himmel war klar, wunderbar blau mit einem feurig roten Sonnenaufgang. Barrie stand bei Tagesanbruch auf und zog sich bequeme, weiße Baumwollhosen und eine grüne Baumwollmusselinbluse an, die lose saß und weite Dreiviertelärmel hatte. Sie legte ein goldenes Armband an und schlüpfte in weiße, offene Ledersandalen. Sie frisierte sich das Haar, schüttelte es locker und schminkte sich das Gesicht. Sie konnte schon draußen vor ihrem Zimmer die Geräusche hören, die ihr verrieten, daß man sich allgemein auf den Weg zur Arbeit machte – das Zuschlagen von Türen, die gegenseitigen Zurufe der Leute. Jedermann hatte sich über Nacht auf wunderbare Weise in einen ernsthaften Arbeiter verwandelt.

Sie ging in Gedanken ihren Tagesstundenplan durch und überprüfte, ob in ihrer Aktentasche auch solche Dinge wie Bleistifte und Notizblöcke waren. Sie versuchte sich zu erinnern, ob sonst noch etwas fehlte. Als ihr die Sonnenbrille einfiel, schnippte sie mit den Fingern.

Einige Augenblicke später lief ihr Bill James über den Weg. Er begrüßte sie fröhlich: »Nun, Baby, Big Daddy ist nach Hause gegangen.«

Sie lachte: »Wollen Sie damit sagen, daß Horace schon abgereist ist? Ich dachte er würde erst am späten Vormittag abreisen.«

Bill gab gleich die Neuigkeit zum besten. »Er ist auf dem

Weg zurück nach Athen. Er hat in der letzten Nacht einen Anruf von einem potentiellen, großen Geldgeber erhalten. Er trifft sich gegen Mittag mit ihm und wird dann von dort aus in die Staaten zurückfliegen, wo er sein restliches Leben entweder damit zubringen wird zu jubeln oder zu weinen.«

Sie fächelte den Rauch fort, der ihr aus Bills Pfeife ins Gesicht stieg, und fragte: »Sind Sie auf dem Weg zum Frühstück?«

»Nö, ich esse nie auf nüchternen Magen. Es ist ungesund. Ich bin auf dem Weg zum Drehort. Wollen Sie mitkommen?«

Sie schüttelte lächelnd den Kopf: »Nein, ich nutze eine spätere Mitfahrgelegenheit. Sie mögen nie auf nüchternen Magen essen, aber ich mache es immer so.«

»Nun, nehmen Sie nicht zu viele Kohlehydrate zu sich. Eine schöne, junge Frau, die eine Menge Zucker im Blut hat, kann hier in Griechenland schnell in Bedrängnis geraten. Wenn was passiert, erinnern Sie sich daran, Onkel Bill hat es Ihnen vorhergesagt.« Er lachte. Dann fuhr er fort: »Sehen Sie, bei dieser Produktion fühle ich mich völlig unbeschwert, leicht wie eine Feder. Ich habe ein großartiges Gefühl bei diesem Projekt. Und das erscheint mir schon wieder fast beängstigend. Ich bin eigentlich ein Fatalist. Meine Mutter sagte früher immer zu mir das Leben sei eine Achterbahn, und wir alle seien nur hilflose Fahrgäste, so daß wir also ebensogut die Fahrt einfach nur genießen könnten. Aber an einem solchen Morgen wie heute früh, glaube ich, daß meine Mutter wahrscheinlich zu nervös war.«

Barrie brach in Lachen aus. »Wissen Sie, Bill, es kann doch sein, daß das Magazin in hundert Jahren einen Beitrag über uns bringen wird.«

Er versuchte Humphrey Bogart zu imitieren, indem er die Augen zusammenkniff und ein- oder zweimal den Mund verzog. »Nun, Herzchen, wenn Sie das glauben, dann sind Sie der Optimist des Tages. Gehen Sie hinein und essen Sie ein wenig Kohlehydrate, denn ein wenig Zucker wird jemandem, der so süß ist wie Sie, nicht schaden.« Ohne die Pfeife, die er schon die ganze Zeit über zwischen den Lippen behalten hatte, aus dem Mund zu nehmen, deutete er ein paar Luftküsse an und ging weiter.

Sie sah ihm nach und ging dann in den Speisesaal, wo sie Hamp, Race und Joanna antraf, die an dem langen Tisch saßen und frühstückten. »Guten Morgen«, rief sie freudig.

Bis auf Hamp erwiderten alle ihren Gruß ebenso fröhlich.

Barrie bemerkte, daß Hamp auf unheilverkündende Art schwieg und nicht von seinem Obstteller aufblickte. Während sie sich auf den Stuhl neben Joanna setzte, sah sie ihn an, sagte aber nichts. Durch die Schwingtür der Küche trat ein Mädchen in den Speisesaal und brachte Barrie eine Tasse Kaffee. Dann ging sie weiter, um Kaffee in die leeren Tassen der anderen zu gießen.

Einige Minuten später, während sie eine Grapefruit aß, schaute Barrie Joanna, die gerade ihren Kaffee austrank, durchdringend an. Sie wollte sich nach Dan erkundigen, aber sie getraute sich nicht. Sie fragte sich, wo er wohl sein könne.

Plötzlich, als sie gerade an ihn dachte, kam er hereingestürzt. Er war noch dabei, seinen Pullover in seine verwaschenen Jeans zu stecken. Er grüßte und alle erwiderten seinen Gruß, bis auf Hamp, der ihn nur düster anstarrte. Als das Mädchen durch die Schwingtür mit seiner Tasse Kaffee herbeigeeilt kam, hob er abwehrend die Hand: »Ich habe nur Zeit für ein Glas Saft, Sephira«, rief er fröhlich.

Barrie schaute verblüfft und überrascht die junge Griechin an, die breit lächelte und in perfektem Englisch sagte: »Was für einen Saft, Mr. Meyers?«

Dan zwinkerte. »Orangensaft.« Er musterte sie eingehend, und sein Grinsen wurde breiter. »Oh«, sagte er, was sie veranlaßte, sich ihm zuzuwenden, »falls der Toast schon fertig ist, könnte ich ein oder zwei Scheiben davon vertragen.« Er streifte mit einem Blick die Teller und Schüsseln, die auf dem Tisch standen. »Ich glaube, die anderen sind noch nicht fertig.«

»Zum Teufel, Meyers«, brummte Hamp, »wenn Sie ein Frühstück wollen, dann bestellen Sie es und hören Sie auf, das

Mädchen durcheinander zu bringen! Verdammt, Sie sind der Star, und bevor Sie dort angekommen sind, läuft sowieso nichts. Spielen Sie nicht den Bescheidenen, das paßt nicht zu Ihrem Image, Apollo.«

Dan warf ihm über den Tisch hinweg einen kalten und durchdringenden Blick zu, gab aber keine Antwort.

»Hallo, neuer Tag«, dachte Barrie im Stillen und verdrehte die Augen zur Zimmerdecke. Sie fühlte sich völlig verunsichert. Woher wußte er den Namen des Mädchens? Und noch wichtiger, woher kannte das Mädchen seinen Namen? Offensichtlich hatte er den Tag vor ihrer Ankunft gut genutzt. Ohne einen ihrer männlichen Peiniger anzusehen, stand sie schnell vom Tisch auf und entschuldigte sich.

Einige Minuten später war sie unterwegs zum Drehort. Ein Elektriker, der schnell zur Villa zurückgefahren war, um zusätzliche Verlängerungskabel zu holen, nahm sie in seinem Lastwagen mit.

Obwohl sie Olympia vom Flugzeug aus gesehen hatte, war sie nicht auf die großartigen Ruinen vorbereitet gewesen, die in einer leicht hügeligen Landschaft lagen, zwischen den beiden Flüssen Alpheios und Kladeos, am Fuße des bewaldeten Berges Kronos. Um zu dem Hauptaustragungsort der antiken Spiele zu gelangen, mußten sie über eine moderne Brücke fahren, die über den Fluß Kladeos führte. Nachdem er den Lastwagen abgestellt hatte, erklärte der Fahrer Barrie den Weg zu Bill James. Sie spazierte einige Minuten umher und genoß die herrliche Umgebung, dann machte sie sich auf den Weg zum Altis, dem heiligen Hain, der vor langer Zeit die Tempel und Bauwerke beherbergt hatte, die jetzt in Trümmern lagen.

Es dauerte nicht lange, bis sie auf Bill James stieß, der den Mitgliedern seines Teams Anweisungen erteilte. In der Nähe einer Baumgruppe, an einem abgelegenen Platz, hatte man ein provisorisches ›Hauptquartier‹, bestehend aus mehreren kleinen Wohnwagen, aufgeschlagen. Vor einem Wohnwagen war ein Sonnendach aufgestellt.

»Wie soll das jemals klappen?« fragte sie, ein wenig außer

Atem, während sie unter das Sonnendach trat. So prächtig das auch alles war, es waren doch nur Ruinen, und sie konnte sich nicht vorstellen, wie man sie wieder in die einst so prächtigen Bauwerke zurückverwandeln sollte.

Bill hob abwehrend beide Hände. »Zerbrechen Sie sich darüber nicht den Kopf, Süße. Wir haben ein Modell zu unserer Verfügung, das genau zeigt, wie es einst war, also achten Sie nur gewissenhaft darauf, daß die Wiedergabe der historischen Tatsachen stimmt. Ich kümmere mich um die Kulissen. Wo ist Logan? Haben Sie ihn gesehen?«

Barrie schüttelte den Kopf. »Nein, nicht seit gestern abend«, antwortete sie leise.

»Verdammt!« schrie er sie kreischend an. »Was erwartet man von mir, soll ich etwa auch noch seine Show machen? Ich will, daß von nun an alle um sieben Uhr hier sind. Sieben Uhr?« schrie er. Seine schrille Stimme reichte fast bis nach Athen. »Das gilt auch für die Leute vom Magazin! Bei diesem Projekt können wir keine Divas brauchen!«

Logan kam von nebenher herbeigeeilt. »Was geht hier oben vor?« fragte er und sah zuerst Bill, dann Barrie an. »Ist etwas passiert?« Mit aufgerissenen Augen starrte er sie an.

»Wo, zum Teufel, sind denn all die anderen?« fuhr Bill ihn an. »Ich will, daß diese Gruppe von nun an etwas Disziplin an den Tag legt. Von nun an ist sieben Uhr die magische Stunde, Logan. Keine Ausnahmen!« Er blickte Barrie und Logan düster an, dann verließ er den Schatten des Sonnendachs und sprach wieder ruhig mit den Leuten aus seinem Kamerateam.

Logan hielt einen Augenblick inne, um Atem zu schöpfen. Er schaute Barrie an. »Worum geht es denn hier?«

Barrie zuckte mit den Achseln. »Ich weiß es nicht. Das letzte Mal, als ich sah, wie jemand einen solchen Anfall hatte, wurde der Betreffende für sechs Jahre in das staatliche Nervenkrankenhaus eingewiesen.« Sie schaute sich um. »Welcher Wohnwagen ist unserer, Logan?«

»Der grüne, der kein Sonnendach hat.«

»Wenn du nichts dagegen hast, werde ich jetzt dorthin gehen und mich aufhängen«, sagte sie ruhig.

»Barrie«, sagte er mit gespieltem Sanftmut. »Tu das nicht. Du wirst nur das Dach einreißen, glaub es mir. Wenn in dem Wohnwagen irgend etwas wäre, woran man sich aufhängen könnte, hätte ich es längst getan.«

Barrie betrat den kleinen Wohnwagen und schaute sich die beiden trostlosen Räume an. In der Mitte des ersten Raumes stand ein großer, runder Tisch mit vier Stühlen, die eine gerade Rückenlehne hatten. Ein Herd, ein kleiner Kühlschrank, einige mit grünem Stoff bezogene Sessel und ein wackliger Tisch standen auch noch dort. Als sie den Kühlschrank öffnete, sah sie, daß er leer war. Ein moschusartiger Duft entströmte ihm. Sie schaltete den Herd an, öffnete die Backofentür und wartete, aber nichts tat sich. Offensichtlich funktionierte auch der Herd nicht.

Sie betrat den hinteren, kleinen Raum und schaute sich bestürzt um. Er war sogar noch schlimmer als der erste. An der Wand stand ein schmales Einzelbett mit einem ausgeblichenem blaugrünen Laken. In einer Ecke, vor einem Fenster, das keine Vorhänge hatte, stand ein kleiner Schreibtisch ohne Stuhl. Sie schüttelte den Kopf, kehrte in den anderen Raum zurück und ließ sich vorsichtig in einen der Sessel sinken. Man mußte wirklich lange und intensiv suchen, um einen solchen Ort zu finden.

Sie verließ den Wohnwagen am späten Vormittag, als Bill James sie zu sich bat. Ein leichter, goldener Dunst lag über dem Hügel. Sie war so in die Betrachtung der Umgebung vertieft, daß sie Hamp erst bemerkte, als er sagte: »Barrie, wohin gehst du?« Er ging neben ihr her.

»Ich treffe mich mit Bill James«, antwortete sie undeutlich.

Hamp nickte. »Gut. Er will mit dir wegen einer kleinen Meinungsverschiedenheit reden.«

Sie schaute ihn überrascht an. »Was für eine Meinungsverschiedenheit?«

»Es betrifft die Kostüme«, antwortete Hamp zögernd.

Barries Augen weiteten sich. »Kostüme. Ich habe keine Ahnung von Kostümen, Hamp. Ihr müßt mit Joanna und Race sprechen.«

»Nun, soweit ich weiß, soll Apollo so etwas Ähnliches wie das, was die Soldaten damals trugen, anziehen. Du weißt schon, diese kleinen Röcke, die nicht einmal den Oberschenkel ganz bedecken.«

»Ich dachte, das wäre bereits entschieden. Stimmt das nicht?« Sie blieb stehen und sah ihn ernst an. »Ich verstehe nicht, warum man mich da mit hineinzieht. Ich kann dazu nichts sagen.«

Er atmete deutlich angewidert aus. »Nun, im Vergleich zu dem, was sie unserem Reklamejungen angezogen haben, trägt Tarzan einen Anzug mit Weste. Ich sage dir, es sieht einfach lächerlich aus. Unser Magazin hat immer darauf geachtet, den guten Geschmack zu wahren, aber irgend jemand hier hat einen Knick in der Optik.«

Sie starrte ihn verdrossen an. »Ich verstehe immer noch nicht, warum man sich an mich wendet. Was habe ich damit zu tun?« Sie legte die wenigen restlichen Schritte bis zu Bills Wohnwagen zurück und blieb abrupt stehen.

Ganz unerwartet hatte sie plötzlich Dan Meyers erblickt. Bevor ihr bewußt wurde, daß sie erschrocken war, wich sie einen Schritt zurück. Er war einfach zu perfekt. Sie starrte ihn mit leicht geöffnetem Mund an. Sie hatte noch nie einen so schönen, so gesunden und so makellosen Körper gesehen. Er stand vor dem unglaublich blauen Himmel und hielt die Hand vors Gesicht, um die Augen vor der Sonne zu schützen. Er hatte seine golden gebräunte Haut mit Öl eingerieben und seine glänzenden Muskeln schimmerten. Sein dichtes Haar war in eine Lockenpracht verwandelt worden, die durch ein breites, wollenes Stirnband gebändigt wurde. Barrie konnte es nicht fassen, wie lässig und ungezwungen er dastand, während Bill, Joanna, Logan und einige andere ihn umschwirrten, sich miteinander unterhielten und über sein Aussehen diskutierten. Sie schaute auf das Lendentuch aus Sämischleder und blickte dann beiseite. Sie wäre am liebsten im Boden versunken. Dan Meyers war der schönste und attraktivste Mann, den sie je gesehen hatte. Sein Anblick flößte ihr Furcht ein.

Hinter ihr sog Hamp hörbar die Luft ein und sagte: »Barrie, könntest du vielleicht von meinem Fuß runtergehen!«

Sie machte schnell einen Schritt nach vorne und drehte sich zu ihm um. »Es tut mir leid.« Sie war so damit beschäftigt gewesen, Dan zu betrachten, daß sie überhaupt nicht bemerkte, daß sie auf Hamps Zehen gestanden war.

Bill James hob grüßend eine Hand. Geduldig wie ein Heiliger wartete er, bis sie und Hamp herbeigekommen waren und sich zu den anderen gesellt hatten. Innerlich hegte sie den Wunsch, daß man sie in die bevorstehenden Diskussionen nicht mit hineinziehen würde. Sie nahm eine steife Haltung an.

Bill James zündete sich seine Pfeife an, schwieg einen Augenblick lang und wandte sich dann an Barrie: »Ist er authentisch Herzchen?« Er blickte sie gespannt an.

»Ja«, antwortete sie spontan. »Ich würde sagen, ja, er ist vollkommen authentisch.

Bill nickte zustimmend, ebenso Joanna und Race. Logan, in dem Hamp seltsamerweise einen Verbündeten gefunden hatte, bemerkte: »Nun, ich glaube, daß das Sämischleder ein wenig mehr bedecken sollte, genauer gesagt, es sollte ein wenig höher hinauf und ein wenig tiefer hinunter reichen. Ihr wißt ja, es ist gut, ein bißchen der Fantasie zu überlassen.«

Hamp stimmte Logan heftig nickend zu. »Jawohl, genau das meine ich auch. Hier bleibt nichts der Fantasie überlassen. Nichts, zum Teufel. Wenn er nur diesen Fetzen Stoff trägt, dann können wir ihn ebenso gut gleich nackt fotografieren. Ich finde, daß er Beinkleider tragen sollte, so wie die amerikanischen Indianer.«

Dan stand ruhig da und hörte schweigend der Unterhaltung zu. Sein Gesichtsausdruck blieb ruhig und gelassen. Als Bill schließlich explodierte, umspielte ein Lächeln seine Mundwinkel.

»Mein Gott! Euer Gerede ist einfach unerträglich. Rich, die amerikanischen Indianer haben niemals an den Olympischen Spielen teilgenommen. Ihre Bekleidung hat nichts damit zu tun. Nun, was wir hier haben, ist das fehlende Glied zwischen den Göttern der Sage und den griechischen Athleten. Er ist perfekt. Und Sie und Logan wollen, daß er verhüllt wird.« Er wackelte übertrieben mit dem Kopf. »Hören Sie, stecken Sie ihn doch einfach für die Aufnahmen fürs Magazin in eine Rüstung! Aber solange er für mich arbeitet, wird er genau das tragen, was er jetzt im Moment anhat!« Er warf beide Hände hoch. »Das sollte alle zufriedenstellen.«

Der Streit ging weiter, aber Barrie, die Dan anschaute und bemerkte, daß er sie ansah, hörte nichts mehr. Die anderen verschwanden hinter einer unsichtbaren Wand und ihre bissigen Argumente, die sie sich gegenseitig an den Kopf warfen, drangen nur noch gedämpft an ihr Ohr. Wärme durchflutete sie. Sie spürte ein neues Lebensgefühl, eine unbekannte Sehnsucht, eine gefährliche Kombination von Empfindungen.

Sie fühlte, wie sie in Panik verfiel und blickte zu Boden. Während die anderen noch redeten und stritten, drehte sie sich unvermittelt um und lief zu ihrem Wohnwagen zurück.

Sie blieben auf dem Altis, bis es dunkel wurde. Die Teams waren eifrig damit beschäftigt, das Gelände für die Aufnahmen der Eröffnungsfeierlichkeiten der Spiele vorzubereiten, mit denen man am nächsten Tag beginnen wollte. Der erste der fünf olympischen Wettkampftage würde am schwierigsten zu verfilmen sein, denn er war nur ein Tag der Zusammenkunft, ohne festes Programm gewesen, an dem Teilnehmer und Zuschauer herumspaziert waren und alles besichtigt hatten. Außerhalb der Olivenhaine hatte man provisorisch Zelte errichtet. Bei Einbruch der Dämmerung sah sie, wie Bill James und Dan Meyers in den Kombiwagen einstiegen und sich zusammen mit Joanna und einigen anderen auf den Rückweg zur Villa machten. Sie weigerte sich über Hampton Rich nachzudenken. Wenn sie über ihn nachdachte, erinnerte sie sich nur daran, wie sinnlos und durcheinander ihr Leben momentan war. Indem sie jeden Gedanken an Hamp vermied, vermied sie auch die Gedanken an das Durcheinander, das in ihrem Leben herrschte.

Nach einem leichten Abendessen nahm sie ein langes Bad

und ging anschließend zu Bett. Sie konnte hören, wie die anderen nacheinander zurückkamen. Sie lachten und unterhielten sich laut. Sie lag da und lauschte. Sie wartete darauf, eine bestimmte Stimme, ein bestimmtes Lachen zu vernehmen. Obwohl sie sich weigerte, es sich selbst einzugestehen. Und dann kamen die unerwünschten Gedanken an Hamp. Sie war so ein Dummkopf gewesen. Wie leicht hatte sie sich in diese Beziehung gleiten lassen und sich ihrer Beschaulichkeit hingegeben. Es war so leicht gewesen. Zwei Menschen lebten zusammen, tauschten ihre Erfahrungen aus, redeten sich ein, es sei mehr dahinter als es tatsächlich war und hofften auf eine günstige Entwicklung. Die Beziehung zu Hamp glich einem schlechten Film, den man nicht hatte entwickeln können. Aber sie hatte die Warnsignale ignoriert. Sie war den leichten Weg weitergegangen und hatte sich eingeredet, es werde sich alles ändern und im Laufe der Zeit bessern. Aber ihre Liebe war kein Wein, sie war im Laufe der Jahre nicht besser geworden. Und jetzt fragte sie sich, ob sie ihn liebte, ob sie ihn überhaupt jemals geliebt hatte oder ob sie sich nur immer einfach gewünscht hatte, ihn zu lieben. Der nette Hamp mit seinem jungenhaften Lächeln. Er war aufmerksam und lieb, aber irgendwie stand er hinter einer nicht zu durchbrechenden Blockade.

Sie konnte nicht schlafen, obwohl sie erschöpft war. Jedesmal wenn sie ihre Augen schloß, sah sie Dan Meyers vor sich. Sie sehnte sich nach ihm, nach seiner Berührung, nach dem Klang seiner Stimme. Sie wollte hören, wie er sagte: »Ich liebe dich, Barrie.« Auch wenn es einfach nicht möglich war, daß das stimmte. Sie wollte es trotzdem hören. Ihr Herz schlug rasend schnell. Sie zog die Decken fest an ihren Hals. Sie empfand kein Schuldgefühl mehr, das zunehmende Verlangen, das sie verspürte, war mächtiger. Ihre körperliche Sehnsucht nach ihm wurde ihr von Moment zu Moment stärker bewußt, und das ängstigte sie, denn sie hatte solche Gefühle noch nie zuvor verspürt. Während ihr Herz vor Begierde heftig schlug, schloß sie endlich die Augen und versank in einen unruhigen Schlaf.

Am nächsten Tag verlief alles schon besser. Sie wurden allmählich routinierter, und es kam weniger oft zu peinlichen Zwischenfällen zwischen den Teams vom Magazin und vom Film. Hamp, der sich ruhig und beherrscht gab, konzentrierte sich völlig auf seine Aufnahmen. Er sagte nur das, was nötig war. Dan verhielt sich ähnlich. Er hörte Hamp zu, wie er seine Anweisungen erteilte und befolgte sie kommentarlos.

Barrie beobachtete die beiden eine Weile und machte sich anschließend, erfreut über das vernünftige Verhalten der beiden Männer, wieder an ihre Arbeit. Gegen Mittag suchten Bill und David Heinman sie auf. Bill ließ sich erschöpft auf dem Stuhl am Tisch nieder und seufzte. »Warum haben wir nur Frühling?« Er stützte sein Kinn in die Hand.

»Verzeihung, wie bitte?« fragte Barrie und ließ ihre Augen von einem zum anderen wandern.

»Falsche Jahreszeit.« Bill stand auf, fing an, im Zimmer, zwischen Tisch und Tür, auf und ab zu gehen. »David hat mich darauf aufmerksam gemacht, daß die Spiele im Herbst, zur Erntezeit, abgehalten wurden und es ist jetzt Frühling. Wir sind hier also nicht mehr im Einklang mit der Geschichte, Liebling. Ist Ihnen das nicht aufgefallen?«

Ihre Augen verdunkelten sich. »Doch, wir haben es gewußt. Jedoch, es handelt sich um einen Beitrag für die Novemberausgabe und die Zeit wäre viel zu knapp gewesen, wenn man bis zur Erntezeit gewartet hätte. Und...«

Bill warf beide Arme hoch. »Ihr habt also einfach die Jahreszeiten vertauscht, genau wie der liebe Gott. Stimmt das?«

Sie legte eine Hand auf ihre Brust und antwortete ungezwungen. »Es tut mir leid, Sie enttäuschen zu müssen, aber die Rolle des lieben Gottes wurde von Horace und dem Vorstand übernommen. Ich bin nicht einmal als einfacher Engel dabeigewesen. Ja, wir sind uns darüber im klaren, daß wir hier einen Fehler begehen, aber er ist klitzeklein. Es handelt sich nur um Wochen, nicht um Monate. Wenn David seine Hausaufgaben gemacht hätte, wüßten Sie beide, daß es in Griechenland nur drei Jahreszeiten gibt: die Zeit, in der alles sprießt und gedeiht, die Dürrezeit und die Regenzeit. Ich bin mir sicher, daß die antiken Spiele weder in der Regenzeit noch in den Dürremonaten abgehalten wurden. Sie sehen also, es ist jetzt die richtige Jahreszeit. Bis zum richtigen Zeitpunkt sind es nur noch ein paar Wochen und nicht Monate. Das ist sicherlich nicht so lange, daß sich daraus ein echtes Problem ergibt.« Sie zuckte mit den Achseln und lachte. »Es tut mir leid, Sie enttäuschen zu müssen.«

Nachdem Bill und David den Wohnwagen wieder verlassen hatten und zurück an ihre Arbeit gegangen waren, fühlte sie sich wieder so gut wie seit Monaten nicht mehr. Die feurige Begeisterung kehrte zurück, die guten Ideen und Eingebungen und das Selbstvertrauen. Es war ein herrliches Gefühl.

Am Nachmittag öffnete Dan die Tür und steckte den Kopf herein. »Was machst du gerade?« fragte er lächelnd.

Sie wandte sich seufzend um. »Ich überlege eben, ob ich eine Pause einlegen soll. Was machst du gerade?«

Er kam herein. Er trug einen kurzen, an der Taille zugebundenen Bademantel. Als er drinnen war, steckte er die Hände in die Taschen. »Ich habe vorerst einmal für eine Weile frei. Sie arbeiten jetzt mit den Statisten. Hättest du Lust zum Zelt mitzukommen und etwas zu trinken?«

»Ja, gerne.« Sie stand auf und wühlte in den Papieren, die auf dem Tisch lagen. »Siehst du irgendwo meine Sonnenbrille?« fragte sie, während sie ihre Suche fortsetzte.

Er lachte. »Ja, ich sehe sie.« Er nahm sie ihr von der Stirn, wohin sie sie kurz zuvor hochgeschoben hatte. Er schwenkte sie vor ihrem Gesicht hin und her. »Hättest du sie gerne wieder?« fragte er sie belustigt.

Sie zwinkerte ihm mit ihren großen, dunklen Augen zu. »Ja, sicher.«

Er grinste. »Nun«, er machte eine dramatische Pause, »vielleicht kommen wir ins Geschäft. Ich gebe dir etwas, was du willst, und dafür gibst du mir etwas, was ich will.« Sein Grinsen wurde vor Vergnügen noch breiter.

Sie kam hinter dem Tisch hervor und streckte ihre Arme aus. »Du gibst mir die Brille, und ich danke dir dafür«, antwortete sie ungezwungen lächelnd. Plötzlich bemerkte sie seine langen, nackten Beine, seine aufrechte und selbstbewußte Körperhaltung, seine starken, glatten Arme und seine indigoblauen Augen, die sie fesselten und von denen sie ihren Blick nicht abwenden konnte. Ihr Lächeln erlosch und sie hatte ein flaues Gefühl im Magen, so als ob von dort aus eine Million Schmetterlinge ausschwärmten, um sich in ihren Körper zu verteilen. Er schien riesig zu sein und sie von oben herab aufmerksam anzusehen. Die Hände in die Hüften gestützt, sagte sie unschuldig: »Meine Brille, bitte.«

Sein herausfordernder Blick schlug sie förmlich in den Bann. Er schüttelte langsam den Kopf und sagte: »Sag zuerst ›Dan ich liebe dich‹, und dann, ›kann ich bitte meine Brille haben‹.«

Ihr Herz schlug so laut, daß sie fest davon überzeugt war, daß man es hören konnte. Sie selbst hörte jedenfalls das Pochen. Sie schluckte und er ließ die Sonnenbrille kreisen. »Wir haben keine Zeit für kindische Spiele«, murmelte sie und räusperte sich. »Sie werden dich rufen und du wirst nichts mehr zu trinken bekommen.«

Er lachte und zuckte mit den Achseln. »Es sieht so aus, als läge mein Schicksal in deinen Händen, nicht wahr? Trinken oder Nichttrinken, das ist hier nicht die Frage. Die Frage lautet: ›Wie dringend will Barrie Cook ihre Brille wieder haben?‹«

»Etwas Dummes tue ich dafür nicht. So dringend ist es auch wieder nicht«, versicherte sie ihm beinahe unhörbar flüsternd. Sie hatte Angst, eine falsche Bewegung zu machen. Angst, daß er nach ihr greifen und sie anfassen würde, Angst davor, etwas Dummes zu sagen oder zu tun.

Sein geschmeidiger Körper näherte sich ihr, seine Augen glänzten hell, und sie sah silberne Lichtpunkte darin tanzen. Sie schwiegen beide lange. Als sie ihre Hände zusammenkrampfte, gleichsam als ob sie sich selbst festhalten wollte, fühlte sie, wie sich ihre Fingernägel in ihre Hüfte gruben.

»Komm her, Barrie«, murmelte er.

Sie schüttelte schnell den Kopf.

»Dann läßt du mir keine andere Wahl. Ich muß rüber kommen.« Er legte die Brille auf den Tisch und machte einen Schritt auf sie zu. Sie wich einen Schritt zurück. Er trat noch einen Schritt vor, und plötzlich stieß sie an den Tisch und konnte nicht weiter zurück. Er machte schweigend einen letzten Schritt. »Wohin willst du jetzt noch laufen?« flüsterte er und seine Lippen streiften fast ihr Ohr.

Der Kokosnußgeruch des Öls, mit dem sein Körper eingerieben worden war, die Frische seines Atems, die Wärme seines Mundes, dicht an ihrem Ohr, seine Brust, die die Spitzen ihrer Brüste berührte – die einzelnen Stellen, wo ihre Körper miteinander in Berührung kamen – all das drang überdeutlich in ihr Bewußtsein. Dann legte er seine Arme um sie und drückte sie leicht an sich.

Während ihr die verschiedensten Gedanken durch den Kopf jagten, preßte sie ihre flache Hand gegen seine Brust. Sie wollte ihn berühren, seinen Körper fühlen, dennoch wußte sie, daß sie ihn von sich stoßen sollte. Seine Augen waren nachdenklich und ruhig. Wieder konnte sie ihren Blick nicht von ihm lösen. Er faßte sie unters Kinn, fuhr flüchtig mit den Lippen über ihre Stirn und ihre Nasenspitze. »Laß dich gehen, Barrie«, flüsterte er plötzlich.

Sie warf den Kopf zurück und blickte ihn durchdringend an. »Dan, spiele nicht mit mir. Die Spiele finden dort draußen statt, nicht hier drinnen.« Sie sprach übertrieben beherrscht und ruhig.

»Warum sagst du so etwas, Barrie?« Ich glaube, du weißt, was ich für dich empfinde, und ich glaube, du empfindest das gleiche für mich, oder nicht?«

»Tu das nicht, Dan«, entgegnete sie ernst, »es ist nur ein Spiel, und ich will nicht spielen. Ich will nicht, Dan.«

»Versteck dich nicht hinter Rich, Barrie. Ich weiß, daß du ihn nicht liebst. Ich wußte es von dem Augenblick an, als ich euch beide zum erstenmal zusammen gesehen habe. Du suchst bei ihm Zuflucht, vielleicht um dich selbst daran zu hindern, dich wirklich zu verlieben. Also mein Liebling, du siehst, ich bin nicht derjenige, der hier nur ein Spiel spielt. Mir ist es sehr ernst.«

Überrascht öffnete sie den Mund und schaute ihm tief in die Augen.

Er lächelte und näherte sich ihr. Ihre Körper berührten sich, und ihre Beine streiften einander. »Küsse mich, Barrie«, sagte er mit leiser und weicher Stimme. Sein fester, brennend heißer Körper preßte sich gegen den ihren. Sie hob den Kopf, beugte sich vor und küßte ihn ganz sanft auf seinen sinnlichen Mund.

Seine Lippen verzogen sich langsam zu einem Lächeln. »War es schmerzhaft?« flüsterte er zärtlich und fuhr sich mit der Zunge über seine Lippen, als ob er sie dort noch schmekken könnte.

Sie zitterte, ihr Atem ging schneller und ihr Körper verlangte nach dem seinen. Sie kämpfte gegen ihre Begierde an, und sie verlor. Seine Hände glitten über ihren Rücken, streichelten sie und liebkosten sie. Heiße Feuerwogen überfluteten sie. Sie legte die Arme um seinen Hals und ihr Körper, begierig danach, ihn überall zu berühren, preßte sich fest gegen den seinen, während ihre Münder in einem feurigen Kuß verschmolzen.

»Das ist verteufelt süß, aber es steht nicht im Drehbuch«, rief Bill James laut von der Tür her.

Barrie zuckte erschrocken zusammen und unterdrückte einen Schrei. Dan drehte sich langsam um und starrte Bill verächtlich an.

»Falls Sie bereits für die Orgien üben, die werden erst viel später aufgenommen«, sagte Bill freundlich schmeichelnd.

Barrie löste sich aus Dans Armen und ging an ihm vorbei auf Bill zu. Auch Dan drehte sich langsam um, bis er Bill direkt ins Gesicht blickte. »Wollten Sie etwas, Bill?« fragte sie endlich.

»Ja, selbstverständlich«, antwortete er frech. »Aber ich kann auch später wiederkommen. Ich hasse es zu stören, vor allem während der Spielzeit.«

Dan machte einen Schritt nach vorne und blickte den kleinen Regisseur drohend von oben herab an. »Wissen Sie was, Mr. James«, sagte er leise und sarkastisch, »ich finde, Leute wie Sie haben keine Manieren.« Er tippte mit einem Finger gegen Bills Brust. »Aber das ist nicht so schlimm, denn ich bin an Wichtigtuer gewöhnt. Aber wenn ich in Gesellschaft einer Dame bin, dann finde ich das nicht mehr in Ordnung.« Er tippte ihn noch einmal an und seine funkelnden Augen verengten sich. »Ich würde gerne ab und zu erleben, daß ihr Burschen ein wenig höflicher und respektvoller seid. Wenn ihr dazu nicht imstande seid, dann laßt wenigstens die Damen in Ruhe, zumindest in meiner Gegenwart.«

Bill wurde rot und zischte: »Wissen Sie denn überhaupt, verdammt noch mal, mit wem Sie sprechen?« An seinem Hals traten dunkelrote Adern hervor und er sah zuerst Dan wütend an und dann Barrie.

Dan trat drohend noch einen weiteren Schritt vor, näher an den kleinen, schmächtigen Mann heran. »Ganz genau«, sagte er gelassen. »Und darüber hinaus weiß ich auch genau, was Sie sind. Und wenn Sie sich nicht sehr in acht nehmen, dann trimme ich Sie mir zurecht und benutze Sie als Speer im Fünfkampf. Wir haben alle Ihre Dr.-Jeckyl-und-Mr.-Hyde-Nummer satt. Ich lasse es nie zu, daß ein Projekt für mich so wichtig wird, daß ich es nicht aufgeben kann. Verstanden?«

Barrie stand mit offenem Mund dabei und sah zu, wie die beiden Männer schließlich eine klare Einigung erzielten. Bill James trat nervös von einem Fuß auf den anderen. Nach einem kurzen Augenblick brummte er: »Okay, okay. Ich stehe zur Zeit schwer unter Druck. Es tut mir leid, wenn ich jemandem auf die Zehen getreten sein sollte.«

Barrie warf ungläubig den Kopf in den Nacken. Mit einem harten Zug um den Mund sah sie zu wie Dan an Bill vorbeiging und die Tür aufmachte. Bevor er hinaustrat, blickte er zurück und zwinkerte ihr kurz zu. Er lächelte. Sie verzog leicht den Mund und wandte sich mit strenger, geschäftsmäßiger Stimme an Bill: »Was brauchen Sie, Bill?«

11

Sie arbeitete gern an diesem Projekt. Im Laufe der ersten Woche legte sich die hektische Atmosphäre, und ab Freitag verlief alles in beschaulichen Bahnen. Während der Arbeitsstunden hatte jeder seine ihm zugewiesene Aufgabe zu erfüllen. Neben einer grundsätzlichen Gleichgültigkeit herrschte unter den Mitarbeitern der Produktion auch gleichzeitig ein Gefühl der Zusammengehörigkeit. Das mit Kulissen wieder aufgebaute antike Olympia, wirkte einfach majestätisch. Barrie stellte fest, daß sie jedesmal, wenn sie ihren Wohnwagen verließ, von der Umgebung einfach bezaubert war. Das leise Rauschen des Windes in den Olivenhainen, die kostümierten Mitwirkenden, die in antiker Kleidung und ohne Kopfbedekkung von Schauplatz zu Schauplatz zogen, und die Kamerateams, die von Drehort zu Drehort hasteten. Das alles fügte sich zu einem so schönen, lebendigen Gemälde zusammen, wie sie es noch nie gesehen hatte. Die jungen Leute, die als Statisten engagiert worden waren, erwiesen sich als unterhaltsame, jugendliche Spaßmacher.

Aber im Gegensatz zu den Mitarbeitern des Projekts, die, während der Aufnahmen des Eröffnungstages der Spiele immer ruhiger wurden, wurde sie immer unruhiger. Ihre Gefühle lagen in einem Widerstreit. Ihre Gefühle für Dan und für Hamp waren voneinander vollkommen verschieden. Vielleicht erklärte das den Aufruhr ihrer Gefühle, der in ihr tobte und sie schwer mitnahm. Sie stand sich selbst sehr kritisch gegenüber und sie leistete Hamp innerlich Abbitte, weil sie ständig an Dan dachte. Aber es war ihr unmöglich, nicht an ihn zu denken. Ihre Verzauberung hing teilweise, zum Großteil, mit ihm zusammen. Sie fühlte sich nach so kurzer Zeit so sehr zu ihm hingezogen, daß sie nicht wußte, wie sie überhaupt noch wirksam dagegen ankämpfen sollte. Sie stellte fest, daß sie jedesmal, wenn sie die Drehorte aufsuchte, nach ihm Ausschau hielt, und jedesmal, wenn sie ihn erblickte, schlug ihr Herz schneller. Sie war sich sicher, daß es sich dabei nur um eine vorübergehende, körperliche Anziehung handelte. Je stärker sie sich zu Dan hingezogen fühlte, desto breiter und tiefer wurde der Abgrund zwischen ihr und Hamp.

Der Zeitplan des Projektes wurde genau eingehalten, alles verlief völlig glatt. Die Arbeitstage begannen bei Tagesanbruch und dauerten bis spätabends.

Gegen Ende der zweiten Woche spiegelte sich auf den meisten Gesichtern der Mitarbeiter Übermüdung wider. Barrie beneidete Bill James um seine unerschöpfliche Energie. Seit dem Gespräch mit Dan in ihrem Wohnwagen hatte sich sein Verhalten entschieden verbessert, abgesehen von einigen kurzen Wutanfällen, die völlig unbedeutend waren, und die er in Dans Gegenwart sowieso unterdrückte.

Die zweite Woche brach an. Man machte sich nun an die Aufnahmen der Wettkämpfe des zweiten Tages, an dem man damals Wagenrennen veranstaltet hatte. Die Wagen kamen aus Griechenland. Eine griechische Filmgesellschaft, die bereits einige Filme über die griechische Mythologie gedreht hatte, hatte sie ihnen zur Verfügung gestellt. Dan, der aus dem Westen der USA stammte, kannte sich mit Pferden aus und lehnte Bill James Vorschlag ab, ein Double für das Rennen zu nehmen. Barrie hielt den Atem an und schlug die Hände vors Gesicht, als Dans Wagen, der in Führung lag, in einer scharfen Kurve ins Schleudern kam und sich beinahe überschlug. Sie stieß einen hörbaren Seufzer der Erleichterung aus, als man zum Pferderennen überging, das auf das Wagenrennen folgte.

Nachdem sie an diesem Tag abends in ihr Zimmer zurückgekehrt war, badete sie, zog einen feuerroten Bademantel an und setzte sich an ihren Schreibtisch.

Sie stützte den Kopf auf ihre Hand und ließ die Ereignisse des Tages an sich vorüberziehen. Sie hatte die Gefahr nicht im voraus bedacht gehabt, und als sich sein Wagen beinahe überschlagen hatte, war sie zutiefst schockiert gewesen. Sie senkte den Kopf und ging in Gedanken die kommenden Szenen durch, um festzustellen, ob es noch eine Sportart gab, die gefährlich für Dan war. In diesem Falle wollte sie sich das nicht mitansehen. Befriedigt darüber, daß die Wagenrennen tatsächlich die gefährlichste Szene gewesen war und keine weitere Gefahr drohte, seufzte sie einige Minuten später auf und klappte den Schnellhefter zu. Sie schaute auf ihre Tischuhr, stand auf und ging auf die Terrasse hinaus. Sie kniff die Augen zusammen und spähte hinunter auf das Wasser. Sie fühlte sich, als schlüge eine Flutwelle über ihr zusammen, sie war hilflos, wußte nicht, was sie machen sollte. Wie hält man die Flut auf? Sie wußte, es war unmöglich.

»Hallo«, rief eine Stimme neben ihr.

Allein der Klang seiner Stimme ließ ihr Herz schneller schlagen. Sie wandte sich zu ihm um. »Hallo, Dan. Ich dachte, du wärst nach dem anstrengenden Tag ins Bett gegangen.«

Er lachte fröhlich. »O nein, wir sind gerade erst zurückgekommen. Logan, Rich und ich haben einige Nachtaufnahmen gemacht. Ich dachte mir, ich könnte noch hinuntergehen und ein paar Steine ins Meer werfen. Willst du mitkommen?«

Sie schüttelte kurz den Kopf. »Nein.« Sie zuckte mit den Achseln. »Ich bin dazu nicht richtig angezogen.«

Er lachte wieder. »Man sieht's. Willst du ins Bett gehen?« Ein leichter Windstoß fuhr ihm durchs Haar, als er die Terrasse betrat. Er strich sich mit einer Hand über seine Locken um sie wieder zu glätten. Einige Meter von ihr entfernt blieb er stehen. Seine Silhouette zeichnete sich gegen den dunklen Himmel ab.

Sie kämpfte verbissen gegen ihr Verlangen, ihn anzustarren, aber vergeblich. Sie blickte ihm ernst ins Gesicht.

Er erwiderte fest ihren Blick und sagte kein Wort. Sie fühlte, wie ihre Wangen sich röteten. Sie biß sich auf die Unterlippe und schaute weg.

»Barrie«, sagte er zärtlich, »warum tust du das?«

»Ich weiß nicht, was du meinst.« Die Worte brachen aus ihr hervor. »Ich tue doch nichts.«

Er näherte sich ihr langsam. »Barrie, weißt du, daß ich dich schon doppelt so lange kenne, wie mein Vater meine Mutter gekannt hat, bevor er ihr einen Heiratsantrag gemacht hat? Er kannte sie sieben Tage. Sieben Tage, Barrie. Wir sind seit vierzehn Tagen hier.« Er blickte auf ihren gesenkten Kopf. »Schau mich an, Barrie.«

Sie hob langsam den Kopf und schaute ihm in die Augen. Für einen Augenblick herrschte tiefe Stille.

»Ich liebe dich, Barrie«, sagte er schlicht. »Ich liebe dich.«

Sie erwiderte fest seinen Blick und schüttelte trotzig den Kopf. »Dan, wir wollen aufhören uns etwas vorzumachen, indem wir aufhören, uns weiter einer puren Illusion von Liebe hinzugeben. Wir wissen beide, daß das keine Liebe ist.«

»Nein, ich nicht«, beharrte er kopfschüttelnd. »Ich habe nicht gesagt, daß du mich liebst, Barrie, ich habe gesagt, daß ich dich liebe, und das ist wahr.«

»Dan«, flüsterte sie, »du kennst mich nicht einmal. Du kannst mich überhaupt nicht lieben. Liebe ist nicht etwas, das über einen hereinbricht, wie ein Regenschauer. Sie ist ein Gefühl, das wachsen muß.«

»Und bist du ein Experte in Sachen Liebe, Barrie Cook?«

»Verdammt, nein«, flüsterte sie bestürzt. »Manchmal glaube ich, daß das Wort Liebe überhaupt keine Bedeutung besitzt, daß es in Wirklichkeit gar kein Gefühl gibt, das man als ›Liebe‹ bezeichnen könnte. Ich glaube manchmal, daß es ein Phantom ist, dem wir ewig nachjagen. Wenn uns körperliches Begehren überfällt, und wir Lust auf Sex verspüren, nennen wir es Liebe. Das ist bequem, nicht wahr? Sex als Liebe zu bezeichnen. Hast du das nicht gerade getan, Dan?« Sie warf den Kopf in den Nacken. »Hast du das nicht gerade getan? Du liebst mich nicht, du begehrst mich. Nicht wahr?«

»Du scheinst derjenige von uns beiden zu sein, der der Experte ist. Beantworte deine Fragen selbst.« Er spreizte die Beine weit auseinander, verschränkte die Arme und starrte sie auf einmal trotzig an.

Sie schwieg. Sie wollte nicht weitersprechen, da sie spürte, daß sie schon zuviel gesagt hatte.

»Nun, komm schon Barrie, du hast mir gerade ein paar unerfreuliche Ansichten über die Liebe an den Kopf geworfen, und ich will, daß du mir erklärst, wie du das meinst. Für mich ist das alles neu. Schau, ich habe auch schon zu anderen Frauen gesagt: ›Ich liebe dich‹.« Er machte eine Pause und nickte. »Ich bin zweiunddreißig Jahre alt, und ich würde behaupten, daß ich ein ziemlich normales Liebesleben gehabt habe, aber du bist die erste Frau«, seine Stimme wurde leiser und zärtlicher, »die mir auf meine Worte entgegnet hat: ›Nein, das tust du nicht... es ist nicht möglich... Liebe fällt nicht wie Regen vom Himmel... und muß wachsen.‹ Also, wenn ich die Liebe mit Regentropfen vergleiche und du sie mit einer Eichel, die zu einer riesigen Eiche wird, dann ist das nicht weiter ungewöhnlich.« Er lächelte sie versonnen an und fügte hinzu: »Glaubst du nicht auch? Wenn man darüber hinaus bedenkt, daß es keine genaue Definition des Wortes gibt?«

Er faßte sie an beiden Händen. Er sprach immer noch mit weicher, beruhigender Stimme. »Wir sind unglücklich, alle beide. Und das muß nicht sein.«

Sie war sichtlich aufgebracht. »Bitte, Dan...« Sie zog ihre Hände zurück. »Es ist ein langer, schwerer Tag gewesen und du tischst mir hier irgendwelche Geschichten auf, an denen dir eigentlich nichts liegt. Ich durchschaue dich, also höre bitte auf damit.«

»Barrie, du mußt mir nicht sagen, woran mir etwas liegt oder nicht liegt.« Plötzlich lächelte er sie an. Er beugte sich vor und berührte mit seinen Lippen leicht ihren Mund. Dann richtete er sich auf und musterte ihr Gesicht. »Ich sehe, ich muß jetzt das tun, was ich ursprünglich vorhatte. Ich gehe jetzt hinunter und werfe Steine ins Meer. Gute Nacht, Barrie«, flüsterte er.

Bevor sie flüsternd antworten konnte: »Gute Nacht, Dan«, war er bereits verschwunden. Er hatte von ihrem Denken und Fühlen so vollständig Besitz ergriffen, daß sie kaum ins Zimmer zurück fand.

Hamp war meistens ruhig und nachdenklich. Zusammen mit Logan verrichtete er schweigend seine Arbeit. Gelegentlich ging Barrie mit ihm zusammen Essen oder sie verbrachten gemeinsam eine Pause am Drehort. Aber die meiste Zeit hatten sie zuviel zu tun, um sich zu treffen. Hamp verbrachte die frühen Abendstunden öfters in der behelfsmäßigen Dunkelkammer und entwickelte seine Fotografien. Aber das, was sie am meisten überraschte, war Dans Verhalten. Er begann, sie völlig zu meiden. Sie wußte nicht warum und das machte sie beinahe verrückt. Jedesmal, wenn sie sich zufällig trafen – und das war immer seltener –, schaute er sie nicht an. In ihrer Gegenwart hielt er die Augen gesenkt.

Sie stürzte sich in die Arbeit und versuchte ihn zu vergessen, aber ihre Gedanken wurden von bedrückenden Fragen überschattet. Warum hatte er sich so verändert. Manchmal errötete sie vor Scham, ohne zu wissen, warum. Sie wußte nur, daß nach ihrer Unterhaltung auf der Terrasse zwischen ihnen alles anders geworden war.

Er war freundlich zu ihr, aber sehr distanziert. Sie fing an zu glauben, daß sie nie einem Mann begegnen würde, den sie verstehen würde. Er war losgegangen um Steine ins Meer zu werfen. Offensichtlich hatte auf einem dieser Steine ihr Name gestanden. Zu ihrer Enttäuschung sah sie durch sein Verhalten ihren ursprünglichen Argwohn bestätigt, Dan Meyers liebte sie nicht. Dennoch hatte sie ihn nicht als einen Mann eingeschätzt, der Liebe mit oberflächlicher Schwärmerei gleichsetzte.

Am Freitag der zweiten Woche endete der Arbeitstag früh. Sie kam bei der Villa an, als die Sonne gerade unterging. Das Haus, die Hügel, die ganze Umgebung waren in weiches, goldenes Licht getaucht. Sie blieb draußen vor dem Haus, und wanderte ziellos über das Grundstück, bis die flammend rote Sonne am Horizont verschwunden war. In Augenblicken wie diesen, wenn sie allein war und die unübertreffliche Schönheit der Natur betrachtete, konnte sie mit ihren inneren Stürmen besser fertig werden. In diesen kurzen, zauberhaften Momenten konnte sie ihre Prioritäten neu setzen, wenn auch vielleicht nur für kurze Zeit. Ihr gehörte ein Teil der Natur. Wer konnte einen Sonnenuntergang kaufen? Oder den Morgentau? Die Natur gehörte ihr ebenso wie allen anderen

Menschen. Manchmal vergaß sie ihre Umgebung anzuschauen, aber sie war froh darüber, daß sie daran gedacht hatte, sich gerade diesen Sonnenuntergang anzusehen.

An diesem Abend traf sie sich mit Hamp zum Essen. Danach gingen sie zum Strand hinunter und beobachteten die sanft rollenden Wellen, die den weißen Sand und die Kieselsteine überspülten. Während sie so an seiner Seite einherging, fühlte sie sich irgendwie schuldig. Dieses Gefühl schien sich nun immer einzustellen, wenn sie sich in seiner Gesellschaft befand. Es war so offensichtlich, daß er unglücklich war. Sein Anblick verstärkte ihre Schuldgefühle. Sie empfand ihr Verhalten fast als eine Unaufrichtigkeit, denn sie liebte ihn nicht so, wie sie sollte. Vielleicht sogar überhaupt nicht mehr. Der unglückliche Ausdruck, der in seinen sanften blaugrünen Augen lag, verursachte ihr Gewissensbisse.

Er hob einen kleinen Kieselstein auf und warf ihn ins Meer. Plötzlich preßte er die Hand gegen seinen Bauch und blieb gebückt stehen. Sein Gesicht war schmerzverzerrt.

»Was ist denn los?« fragte sie.

»Ah, nichts«, antwortete er nach einem Moment, aber ihr fiel auf, daß seine Stimme zitterte.

Sie musterte ihn genau. »Fehlt dir auch nichts, Hamp?« fragte sie erneut. Ihre Stimme klang nun besorgt. Er holte tief Luft und richtete sich schließlich wieder auf. »Muß vom Wasser kommen«, sagte er, seine Stimme klang wieder ein wenig kräftiger. »Ich habe diesen wahnsinnigen Schmerz in der Mitte des Bauches schon seit dem frühen Nachmittag.« Er blieb stehen und verharrte völlig bewegungslos.

Sie blieb neben ihm stehen und blickte ihm prüfend ins Gesicht. Sie wollte schon vorschlagen, zum Haus zurückzukehren. Er sah nicht gut aus.

Er atmete noch einmal lang und tief aus und sagte: »Das ist ein reizvolles Land, nicht wahr?« Der Schmerz war anscheinend verflogen, und er ging, nachdem er die Hände in die Hosentaschen gesteckt hatte, mit langsamen Schritten weiter.

»Ja«, stimmte sie zu, während sie gemächlich neben ihm herging und ihren Blick über die grasbewachsenen Hügel und zur Villa hinauf schweifen ließ. »Bills Freund muß sehr reich sein, wenn ihm all dies gehört. Und wenn man bedenkt, daß er nicht einmal hier leben will. Ich kann es mir gar nicht vorstellen, daß jemand ein so wunderschönes Anwesen besitzt und dann nicht darin wohnt. Er muß sehr, sehr reich sein.«

»Er ist es«, sagte Hamp nach einer Pause. »Ich habe mit Bill über ihn gesprochen. Er ist so reich, daß er nicht einmal weiß wie reich er ist. Liebling, das ist wahrer Reichtum. Bill sagte, er sei seit zwei Jahren nicht einmal auch nur einen Tag in der Villa gewesen. Vielleicht hat er einfach vergessen, daß sie ihm gehört.« Er lachte kurz auf. »Willst du dich nicht hier häuslich einrichten und rauskriegen, ob er sich daran erinnert?«

Barrie lachte. »Ich wette, wenn eine Horde Siedler einziehen würde, würde er sich daran erinnern, und zwar schnell.«

Sie gingen weiter. Sie bahnten sich einen Weg durch niedriges Gesträuch und kamen dann wieder zu einer sandigen Stelle. »Hast du etwas von deinen Eltern gehört?« fragte Hamp nach einer langen nachdenklichen Pause.

»Erst kürzlich. Ich habe gestern einen Brief von Mutter bekommen. Es tut sich eine Menge. Sie sind noch nicht offiziell geschieden, aber es wird jetzt nicht mehr lange dauern.«

»Glaubst du, daß sie wieder heiraten wird?« Hamp zuckte mit den Achseln. »Irgendwann einmal?«

Die Frage ließ sie erschauern. Sie sah ihn aus den Augenwinkeln an. »Ich kann mir nicht vorstellen, daß das einmal passiert. Aber ich nehme an, daß es passieren könnte.« Sie lächelte seltsam vor sich hin, während sie versuchte, sich ihre Mutter bei einem Rendezvous vorzustellen. Um Gottes willen, es war ihr völlig unmöglich, es sich auch nur vorzustellen. Sie schüttelte einmal schnell den Kopf, zog den Reißverschluß ihrer Jacke zu und strich sich die Falten ihres Rockes glatt, der durch die steife Meeresbrise so eng anlag, daß sich ihre Beine abzeichneten.

Wieder herrschte Schweigen und er trommelte mit den Fingern auf seine Schenkel, als er sie ansah und sagte: »Und wie steht es mit uns, Barrie? Gibt es für uns irgendeine Hoffnung dort draußen, irgendwo jenseits dieses Meeres – oder vielleicht des nächsten?«

Heiße Röte schoß ihr ins Gesicht. Sie blickte von ihm fort. Sie bückte sich, um ein abgebrochenes Stück einer Muschel aufzuheben und säuberte es mit den Fingern vom Sand. »Ich weiß es nicht, Hamp«, antwortete sie mit aufrichtiger Ruhe. In einem solchen Augenblick, wenn er auf so jungenhafte Art nett, fast schon unschuldig wirkte, war es ihr unmöglich, ihm den Todesstoß zu versetzen. »Ich glaube, es gibt immer eine Chance. Ich nehme es an.«

Es fiel ihr schwer, ihre Empfindungen für ihn zu ordnen und in klare Gedanken zu fassen. In den vergangenen zwei Wochen hatte er ihr gegenüber eine völlig korrekte Haltung an den Tag gelegt. Er setzte sie nicht unter Druck oder zwang sie, irgendwelche Entscheidungen zu treffen. Es kam ihr so vor, als ob er ein Beobachter wäre, der, wie der Zuschauer eines Films, im Hintergrund blieb und sich die Handlung anschaute, aber nicht wirklich an ihr teilnahm und handelte. Er war mit seiner Arbeit vollauf beschäftigt gewesen und war immer den ganzen Tag lang, manchmal bis tief in die Nacht hinein, an den Aufnahmeorten gewesen. Nach seiner Rückkehr in die Villa hatte er immer Stunden in der Dunkelkammer verbracht. Hamp war ein ausgezeichneter, begabter Fotograf. Sogar bei Dan hatte er während der Aufnahmen kein einziges Mal seine Professionalität verloren. Bei seiner Arbeit war er auf niemanden angewiesen. Er war sich seiner selbst völlig sicher. Warum konnte er diesen Charakterzug nicht auch auf sein Privatleben ausdehnen? Ihre Probleme wären kleiner, wenn er das könnte! Wenn sie nur nicht dauernd seine Abhängigkeit von ihr spüren würde. Diese Tatsache, die sie am Beginn ihrer Beziehung als so anziehend empfunden hatte, hatte sich jetzt wie eine enge, stählerne Kette, die sie würgte, um ihren Hals gelegt. Wenn sie ihn ansah, wünschte sie, sich in Tränen aufzulösen.

Er hielt inne und starrte auf das Meer. »Ich liebe dich, Barrie. Ich werde dich immer lieben. Ich habe in diesen vergangenen beiden Wochen eine Menge über uns nachgedacht, und das wird sich nicht ändern. Ich vermisse es, daß wir einander nicht mehr so nahe stehen wie früher. Ich vermisse dich, wenn du nachts nicht bei mir im Bett bist, nicht neben mir liegst, wenn ich einschlafe oder am Morgen aufwache.« Plötzlich krümmte er sich wieder und diesmal verharrte er eine ganze Weile so.

»Hamp«, rief sie besorgt. »Du bist krank.«

Vornüber gebeugt nickte er. »Ja, ich glaube es auch.« Er machte eine Pause und rang nach Atem. »Glaubst du, du könntest losgehen und Hilfe holen? Ich glaube nicht, daß ich den Weg diesen Hügel hinauf bis zum Haus schaffe.«

Sie unterdrückte ihre Angst und faßte ihn unter, um ihm dabei zu helfen, sich auf dem Sand niederzulassen. Als er immer noch gekrümmt dasaß, sagte sie ängstlich: »Ich hole jetzt Hilfe.« Er nickte, umfaßte seine Beine mit den Armen und legte den Kopf auf die Knie. Barrie rannte los.

Zwei Stunden später saß sie auf dem spärlich erleuchteten Flur des kleinen Krankenhauses in Pyrgos und hielt ihre Hände angespannt ineinander verkrampft. Joanna und Logan saßen neben ihr, aber ihre Gegenwart verringerte nicht ihre Besorgnis. Hamp war zu krank gewesen. Es war nicht möglich gewesen, ihn in das große medizinische Zentrum nach Athen zu bringen. Statt dessen hatte der hiesige Arzt in gebrochenem Englisch erklärt, daß Hamps Erkrankung, eine akute Blinddarmentzündung, sofort eine Notoperation erforderte. Wenn sie daran zurückdachte, wie bleich Hamp gewesen war, als sie im hiesigen Krankenhaus eingetroffen waren, wie rot seine Wangen gewesen waren, wie naß seine Kleidung durch den durch die Schmerzen verursachten Schweiß gewesen war, dann steigerte sich ihre Besorgnis noch mehr und bedrückte sie. Sein Leben war in Gefahr und dieser Gedanke quälte sie. »Wirst du da sein, wenn ich aufwache, Barrie?« hatte er im Delirium gemurmelt, bevor die Krankenpfleger ihn zu dem Operationssaal am Ende des langen Korridors gerollt hatten. Sie hatte genickt und gesagt: »Ja, ich werde da sein.«

Das war jetzt fast zwei Stunden her und obwohl sie versuchte, sich verstandesmäßig klarzumachen, daß niemand mehr an Blinddarmentzündung starb, konnte sie ihre wachsende Angst nicht unterdrücken. Was wäre, wenn er sterben würde? Houdini war einst an Blinddarmentzündung gestorben. Aber das war lange vor der Einführung der modernen chirurgischen Methoden und der Behandlung mit Antibiotika, zu Beginn dieses Jahrhunderts passiert. Nein, er würde nicht sterben. Aber was wäre, wenn er sterben sollte? Sie waren hier in Griechenland und nicht in Amerika. Sie blickte den Flur entlang. Ihre Blicke wanderten wieder zum Ausgangspunkt zurück und ihre Hände verkrampften sich stärker. Das kleine Krankenhaus war makellos sauber. Es roch nach Desinfektionsmitteln. Das Personal trug weiße Kittel und wirkte professionell, selbstbewußt und fachkundig. Nein, er durfte nicht sterben. Er konnte nicht sterben, nicht in seinem Alter, nicht in einem fremden Land.

»Es kommt mir so vor, als ob es für eine einfache Blinddarmoperation entsetzlich lange dauern würde«, erklang Logans Stimme.

Joanna versetzte ihm einen Stoß und alle schwiegen wieder.

Barrie schloß ihre Augen und lehnte den Kopf bis an die Wand zurück. Sie betete. »Laß ihm nichts geschehen. Bitte, laß ihm nichts geschehen.« Wieder und wieder jagten ihr diese Worte durch den Kopf. Mit jeder Minute wurde ihre Anspannung größer. Sie fühlte sich, als ob sie ersticken würde. Erinnerungen aus der Zeit ihres Zusammenlebens stürmten auf sie ein. Er war nicht perfekt, war nie perfekt gewesen und würde es auch nie sein. Aber waren seine Fehler schwerwiegender als ihre? Gab es irgendeine Beziehung, die vollkommen war? Er war gutaussehend, intelligent und warmherzig. Was erwartete sie von ihm? Was hatte sie bei ihm nicht gefunden? Er war zwar kein Rudolfo Valentino, war nicht gerade die Verkörperung von Liebe und Romantik, aber was machte das schon wirklich aus? Er liebte sie, und sie kannte seine Absichten genau, denn er hatte sie zu oft gebeten ihn zu heiraten, als daß sie sich darüber noch im Umklaren sein konnte. Wenn sie ihn geheiratet hätte, würden vielleicht jetzt nicht diese Fragen in ihr aufsteigen... Sie wußte, daß, falls Hamp etwas passieren sollte, sie sich den Schmerz und das Unglücksgefühl, das sie ihm in den vergangenen Wochen bereitet hatte, nie völlig verzeihen würde. Sie würde es irgendwie wiedergutmachen. Sie hatte ihn nicht absichtlich verletzt. Aber sie verletzte ihn, und seltsamerweise schien sich das Leid ebenso schnell auszubreiten, wie das Glück und jeden, der dem Betroffenen nahestand, zu berühren. Dan Meyers kam ihr in den Sinn. Dan hatte gesagt, daß er sie liebe und sie konnte nur vermuten, was seine Worte, Worte die ihm leicht von den Lippen gingen, bedeutet hatten. Sie hatte den Verdacht, daß er sie oft sagte, vielleicht genauso oft, wie es regnete. Sie verdrängte sein Bild aus ihren Gedanken. Sie tadelte sich selbst dafür, daß sie auch nur einen Augenblick lang an ihn gedacht hatte. Sie verspürte sogar einen Anflug von Zorn auf ihn, weil er sie zu einer Zeit, als sie schon viel zu verwirrt gewesen war, noch mehr durcheinander gebracht hatte. Was waren seine Absichten? Was waren seine Beweggründe? Während sie so dasaß und auf Neuigkeiten über Hamps Zustand wartete, schwor sie sich, daß sie das nicht interessieren sollte. Alles, was sie sich momentan wünschte war, zu erfahren, daß mit Hamp alles in Ordnung sei und er bald wieder bei voller Gesundheit sei.

Unvermittelt öffneten sich die Schwingtüren am Ende des Flurs und der kleine, dunkle Chirurg mit dem dichten, lockigen, schwarzen Haar grinste sie alle drei an. Alle drei standen gleichzeitig auf, als er näherkam. »Neuigkeiten gut«, sagte der Arzt. »Mr. Rich ist kranker Mann.«

»Wird er wieder gesund werden?« unterbrach ihn Logan ungeduldig.

Der Chirurg nickte. »Ja, Blinddarm durchgebrochen, ist jetzt draußen. Er schlafen eine lange Zeit jetzt.«

»Wann kann er verlegt werden?« fragte Logan weiter, während Barrie dankbar und erleichtert einen langen tiefen Seufzer ausstieß.

»Verlegt?« Der Arzt machte eine unsichere Geste. »Er kommen in Zimmer, wenn er aus Narkose aufwachen.«

Logan schüttelte den Kopf. »Nein. Ich meine, wann kann er nach Athen gebracht werden? Wann können wir ihn nach Hause in die Vereinigten Staaten zurückfliegen lassen?« Er wandte sich an Joanna und Barrie und sagte: »Wir können ihn nicht ganz allein hierlassen.«

»Oh.« Der Arzt zuckte mit den Achseln, wobei er den Kopf einzog. »Vielleicht fünf Tage, vielleicht länger... acht Tage.«

»Jesus Christus«, seufzte Logan. »Ich hasse den Gedanken, daß er hier solange ganz allein bleiben soll. Vielleicht sollten wir seine Familie anrufen, vielleicht könnte seine Mutter oder sein Vater herkommen und sich um ihn kümmern.«

»Ich bin mir sicher, daß sie dafür schon ihre Vorbereitungen treffen«, sagte Barrie leise. »Seine Mutter verfiel in Panik, als ich sie vorhin anrief. Das erinnert mich daran, daß ich sie jetzt anrufen und ihr sagen muß, daß er außer Lebensgefahr ist. Und Logan, ich werde bei ihm bleiben, bis er wach und ansprechbar ist. Du und Joanna, ihr solltet zur Villa zurückfahren. Es ist fast vier Uhr, also wird keiner von euch beiden noch viel Schlaf kriegen.«

»Bist du dir sicher, mein Liebes?« fragte Joanna besorgt. »Wir bleiben gern bei dir. Zwei Stunden Schlaf weniger wird keinem von uns beiden schaden, nicht in unserem Alter. Wir können bis sechs Uhr dableiben und haben dann noch genügend Zeit, um an den Drehort zu kommen.«

»Nein.« Barrie schüttelte den Kopf. »Es ist unnötig, daß wir alle hierbleiben. Geht ihr beide nur, ich komme schon zurecht.«

Eine Stunde nachdem Joanna und Logan gegangen waren, herrschte Ruhe im Krankenhaus. Barrie saß in dem leeren Zimmer, das für Hamp vorgesehen war, und wartete darauf, daß er aus dem Raum, in dem er das Bewußtsein wiedererlangen sollte, hergebracht wurde. Sie saß am Fenster und starrte in den Himmel, der sich gerade durch den Sonnenaufgang erhellte. Eine Krankenschwester hatte ihr eine Tasse starken, schwarzen Kaffee gebracht, an der sie von Zeit zu Zeit nippte.

Die Tür ging langsam auf, und sie drehte sich um, in der Erwartung zu sehen, wie Hamp hereingerollt wurde. Aber statt dessen sah sie Dan. Seine blauen Augen blickten sie groß an. »Hallo«, sagte er und bemühte sich leise zu sprechen. »Wie geht es ihm?«

Sie atmete tief aus. »Gut. Er hat sich nur noch nicht soweit von der Narkose erholt, daß man ihn verlegen kann. Ich erwarte jede Minute, daß sie ihn hereinbringen.«

»Das ist eine harte Nacht gewesen, oder?« Er lächelte mitfühlend.

Sie fühlte wie ihr die Tränen kamen und versuchte sie zu unterdrücken. Sie wollte nicht weinen. Sie hatte die ganze Nacht lang nicht geweint, und sie wollte keinesfalls, daß Dans Anteilnahme eine Tränenflut auslöste. Sie schluckte und saß einen Augenblick lang still da, bevor sie sagte: »Nicht allzu schlimm, nur zermürbend. Es ist schrecklich, wenn einem so etwas so weit weg von zu Hause passiert.« Sie schüttelte den Kopf. »Das gehört zu den Ereignissen, auf die man einfach nicht gefaßt ist.«

Er durchquerte mit langsamen Schritten das Zimmer und setzte sich neben ihrem Stuhl auf ein Bettende. »Ich habe gehört, daß seine Mutter mit dem Flugzeug herkommt.«

Sie nickte. »Ja, sobald sie zu Hause alles geregelt hat. Sie müßte eigentlich morgen oder vielleicht übermorgen hier sein.«

Er streckte die Hand aus und berührte sie leicht am Handgelenk. »Und du wirst bis zu ihrer Ankunft seine private Krankenschwester sein?« fragte er mit weicher Stimme.

Sie warf ihm einen nervösen Blick zu. »Ja, ich nehme an, das trifft zu.« Sie konnte fühlen, wie die Spannung zwischen ihnen wuchs. Sie wandte ihren Blick schnell wieder dem Fenster zu und blickte in die Dämmerung hinaus, die durch den Anbruch des neuen Tages bereits am Horizont wegzuschmelzen begann.

»Hat dir jemals jemand gesagt, wie hübsch du bist, Barrie, wenn dein Haar ganz zerzaust ist und du dicke, schwarze Ringe unter deinen großen braunen Augen hast?«

»Hör auf damit, Dan«, flüsterte sie, ohne sich vom Fenster abzuwenden. Sie fühlte, daß sie kurz davor stand, in Tränen auszubrechen.

»Du siehst wie ein armes, kleines Mädchen aus, das seinen letzten Freund verloren hat«, fuhr er mit leiser, besänftigender Stimme fort. »Aber ich bin hier, um dir klarzumachen, daß das nicht stimmt, kleines Mädchen. Ich bin dein Freund.« Seine Finger lösten sich langsam von ihrem Handgelenk und berührten eine herabhängende Locke an ihrer Schläfe. Er spielte einen Moment lang damit, dann strich er das Haar an dieser Stelle zurück. »Barrie, erzähle mir von Hamp«, flüsterte er. »Laß mich mitfühlen und Anteil nehmen. Ich werde zuhören.«

Salzige Tränenströme flossen ihr über die Wangen. Sie wandte ihren Kopf noch mehr ab in Richtung des Fensters, damit er die Tränen nicht sehen konnte. Es war eine schreckliche Nacht gewesen, und er machte ihr die Sache in keiner Weise leichter. Sie ließ die Schultern hängen.

Plötzlich stand er neben ihrem Stuhl, zog sie hoch und nahm sie in seine Arme. Sie weinte schluchzend an seiner Schulter. Sie versuchte zwar damit aufzuhören, doch sie konnte sich nicht mehr beherrschen. Er legte seine Arme um sie und hielt sie fest, wobei er sie sanft an sich drückte. »Ich habe zu mir selbst gesagt«, flüsterte er ihr ins Ohr, »Dan, laß sie in Ruhe, gib ihr Zeit, laß sie mit ihren eigenen Problemen fertig werden. Und deshalb habe ich dich in Ruhe gelassen, Barrie. Seit jener Nacht auf deiner Terrasse habe ich mich bemüht, Distanz zu dir zu wahren. Ich habe mich darauf konzentriert, dieser zweitausendfünfhundert Jahre alte Grieche zu werden, der ich sein soll, und als den mich alle sehen wollen. Und ich habe es geschafft. Ich bin es, Barrie. Zehn, zwölf, vierzehn Stunden am Tag bin ich dieser Athlet, dieser Sieger. Aber wenn die Kulissen wieder abgebaut werden, bin ich es nicht mehr. Ich bin ich, Dan Meyers, und ich liebe dich. Ich will bei dir sein. Laß uns nicht diese Zeit vergeuden, in der wir zusammen sein können.«

»Dan«, sagte sie mit erstickter, durch das weiche Baumwollhemd gedämpfter Stimme. »Wie kannst du hier all dies zu mir sagen? Schau dich um und sieh wo wir sind.«

»Die Wahrheit bleibt die Wahrheit, gleichgültig wo sie ausgesprochen wird. Das hier ist ein Krankenhauszimmer, das weiß ich, und ich weiß auch, daß wir wegen Hampton Rich hier sind. Und ich weiß, daß Hampton Rich dich liebt. Und ich bin hier, und ich liebe dich. Und das alles ist wahr, Barrie.« Er küßte sie sanft aufs Haar. »Ich bin gekommen, um dir zu sagen, daß ich in der vergangenen Nacht, bevor all dies geschah, meine Entscheidung getroffen habe: Ich werde mich nicht weiterhin von dir fernhalten. Wenn ich deine Nähe meide, kommen wir in der ganzen Angelegenheit auch nicht weiter. Ich muß den Tatsachen ins Auge sehen, du mußt es und Rich muß es. Ich weiß zwar nicht, wie das Ganze ausgehen wird, aber ich weiß, daß es für mich nicht mehr in Frage kommt, mich von dir fernzuhalten.«

In der darauffolgenden kurzen Stille konnte man das Geräusch von rollenden Rädern auf dem Fliesenboden draußen vor der Zimmertür hören. Nervös machte sich Barrie von ihm los und machte einen Schritt auf die Tür zu. Dan blieb unbeweglich am Fenster stehen.

Die Tür ging auf und zwei Krankenschwestern und ein sehr kleiner Krankenpfleger schoben das Bett ins Zimmer. Barrie betrachtete Hamp. Auf seinem bleichen Gesicht lag ein leidender Ausdruck und an einem Metallständer, der an dem Bett angebracht war, hing eine Infusionsflasche. Sie schlug die Hand vor den Mund.

Dan schob sie zur Seite und fragte die Schwestern: »Kann ich Ihnen helfen, ihn auf das andere Bett hinüber zu legen?« Als er auf diese Frage nur leere Blicke als Antwort erhielt, machte er den Sinn seiner Worte durch Gesten verständlich. Kurz darauf umfaßten er und der winzige Pfleger Hamps Oberkörper, während die eine Schwester ihn bei den Füßen nahm und die andere sich um die Infusionslösung kümmerte. So hoben sie ihn auf das andere Bett hinüber.

Barrie stand da und sah zu, ohne die Hand vom Mund zu nehmen. Als Hamp in seinem Bett lag, verließen die Schwestern und der Pfleger, nachdem sie ihn noch kurz untersucht und die Fließgeschwindigkeit der Infusionslösung richtig eingestellt hatten, das Zimmer. Sie schlossen leise die Tür hinter sich.

Barrie stand neben dem Bett und betrachtete im fahlen Licht der Dämmerung Hamps Gesicht, dann blickte sie zu Dan hinüber, der auf der anderen Seite des Bettes stand. »Er ist so bleich. Schau, wie bleich er ist.«

Dan warf ihr einen schnellen Blick zu. »Ich nehme an, das kommt von dem chirurgischen Eingriff. Blässe ist da ohne Aufpreis mit inbegriffen. Aber ich bin mir sicher, daß alles in Ordnung ist, denn sonst wären die Schwestern nicht weggegangen.

Hamp öffnete die Augen einen Spalt weit und befeuchtete seine Lippen mit der Zunge. Nach einigen vergeblichen Anstrengungen schaffte er es endlich hervorzubringen: »Was machen Sie hier drinnen, Meyers?« Langsam schloß er wieder die Lider.

»Es war Ihr Glück, alter Freund, daß ich hier zufällig vorbeikam. Sonst hätten Sie den Rest Ihres Lebens auf dem anderen Bett verbringen müssen. Diese beiden zerbrechlichen, kleinen Schwestern und der Zwerg hätten Sie nie hochheben können. Sie sind in bewußtlosem Zustand nicht gerade so leicht wie eine Feder.«

Wieder öffnete er die Augen einen winzigen Spalt weit. »Ja, darauf wette ich, Sie sind hier.« Er sprach schleppend, mit etwas längeren Abständen. Seine Stimme klang rasselnd. »... weil Sie... keine Zeit... verlieren wollten... um meinen Platz... einzunehmen.« Plötzlich schlug er die Augen ganz auf und blickte um sich.

»Barrie?« »Ja, Hamp, ich bin ja da.« Sie legte ihre Hand auf die seine und strich mit ihren Fingern sanft über seinen Handrücken. »Ruh dich doch aus und versuche nicht zu sprechen.« Sie warf Dan einen ängstlichen Blick zu.

»Das werde ich... sobald... er... draußen ist«, murmelte Hamp.

»Ich gehe schon«, sagte Dan und trat vom Bett zurück. Er

sah einen Augenblick lang Barrie fest in die Augen. Dann ging er ohne ein weiteres Wort zur Tür hinaus.

Hamp seufzte sofort tief auf und fiel wieder in tiefen Schlaf. Sein Atem ging laut und rasselnd.

Barrie setzte sich wieder auf den Stuhl und stützte den Kopf auf beide Hände. Hamps gleichmäßige Atemzüge schläferten sie ein, sie fiel vor Erschöpfung in einen unruhigen Schlaf. In ihren Träumen tauchten immer wieder die Bilder zweier Männer auf. Dan, zuverlässig, lächelnd, selbstsicher. Hamp, jungenhaft, ungekämmt, ernst, zurückhaltend und linkisch. Ah, wie wunderbar Dan doch ist, wie wunderbar perfekt er doch ist, dachte sie. Und da war auch Hamp, überhaupt nicht perfekt, seine Hände tief in den Hosentaschen vergraben, und schaute sie unsicher an. Und dann änderte sich die Handlung des tonlosen Films, der in ihrem Kopf ablief. Hamp wurde wie Dan: verläßlich, stark, mit selbstbewußtem Grinsen. Und sie wich vor ihm in scheuer Verwunderung über diese Veränderung zurück. Als sie nach Dan Ausschau hielt, war er nicht mehr da. »Barrie.« Sie vernahm eine Stimme und versuchte zu erkennen, wessen Stimme es war. Dann noch mal. »Barrie.« Sie öffnete die Augen, richtete sich rasch auf und schaute zu dem Bett. Hamp hatte sich ein wenig aufgerichtet und rief sie bei ihrem Namen.

Sie sprang auf. »Was ist los, Hamp?« fragte sie, eilte an sein Bett und schaute ihn fragend an.

»Ich kann den Rufknopf nicht finden, und ich brauche einen Pfleger«, flüsterte er schwach. Sie fing an nach dem Rufknopf zu suchen.

»Ist etwas nicht in Ordnung?« fragte sie beunruhigt.

Er schüttelte unmerklich seinen Kopf. »Nein. Ich brauche nur die Harnflasche. Die ganze Flüssigkeit, die in mich hineingeflossen ist, muß auch wieder herausfließen.«

»Gütiger Himmel, Hamp. Das kann ich doch machen.« Sie kniete nieder, öffnete den Nachttisch und nahm die Harnflasche heraus.

»Nein, gib sie mir«, protestierte er schwach und griff mit seiner freien Hand danach. Er stöhnte.

»Du wirst dir die Infusionsnadel aus dem Arm reißen, wenn du nicht aufhörst, dich zu bewegen, Hampton Rich. Verdammt noch mal, das geht zu weit! Ich habe genug davon!« Sie schlug die Decken zurück und brachte die Harnflasche in die richtige Position. »Jetzt pinkle!«

Er riß vor Verblüffung den Mund auf und warf ihr einen langen, ruhigen Blick zu. »Würdest du bitte die Laken wieder ein klein wenig hochziehen?« fragte er endlich mit glühenden Wangen. »Nicht, daß es mir etwas ausmachen würde, entblößt zu sein, aber es ist kalt.«

Sie deckte ihn schnell zu und ließ ihn die Harnflasche mit seiner freien Hand festhalten. Sie trat ans Fenster, dann ging sie zur Tür, öffnete sie und blickte auf den Gang hinaus. Sie schloß die Tür wieder und, als sie sich wieder dem Bett zuwandte, sah sie, daß er sie anblickte. »Fertig?« fragte sie.

»Nein«, flüsterte er. »Ich kann nicht.«

Mit weit aufgerissenen Augen rief sie: »Willst du damit sagen, daß du jetzt nicht pinkeln kannst, weil ich dir diese Harnflasche gegeben habe?«

»Nein«, sagte er tonlos. »Ich sage nur, daß ich nicht kann. Ich weiß nicht warum.«

Beunruhigt erwiderte sie: »Nun, ich werde auf den Gang hinausgehen. Vielleicht hast du mehr Glück, wenn ich das Zimmer verlasse.«

Einige Minuten später steckte sie wieder den Kopf zur Tür herein. »Ist jetzt alles in Ordnung?« fragte sie mit einem hoffnungsvollen Lächeln.

Er schüttelte den Kopf und verzog das Gesicht. »Nein«, stöhnte er. »Ich kann nicht.«

O Gott, dachte sie. Was habe ich da angerichtet? Ich hätte den Pfleger rufen sollen, so wie er es gewollt hat. Jetzt hat er, durch den Schock keinen Harndrang mehr. Sie seufzte tief auf. »Was willst du jetzt tun?«

»Ich glaube meine Blase steht kurz vor dem Platzen«, bekannte er mit einem Gesicht, das vor Unbehagen verzogen war.

»Laß mich die Schwester holen.« Sie eilte den Gang hinunter zum Schwesternzimmer. Sie hätte sich selbst ohrfeigen können. Von all den Dummheiten, die sie in ihrem Leben angerichtet hatte, war das hier die dümmste. Ausgerechnet jetzt, da er flach auf dem Rücken lag, gerade aus dem Operationssaal gekommen und hilflos war, hatte sie anfangen wollen, ihre Haltung ihm gegenüber zu ändern.

Als sie den Schwestern, von denen keine Englisch sprach, Hamps Problem endlich klargemacht hatte, war sie drauf und dran sich die Haare auszuraufen. Sie war sich sicher, daß seine Blase mittlerweile geplatzt war.

Einige Minuten später, als sie sich endlich mit Zeichensprache und Gesten verständlich gemacht hatte, kam der Arzt ins Schwesternzimmer. Seine strahlend weißen Zähne blitzten sie an. »Mr. Rich hat ein Problem mit dem Harnlassen, ja?« fragte er und nahm ein Krankenblatt vom Schreibtisch. Sie nickte völlig verzweifelt.

»Ja. Er kann überhaupt nicht. Nicht einen Tropfen.«

Der Arzt zuckte mit den Achseln. »Ist nicht ungewöhnlich, geschieht viele Male durch die Narkose.« Er drehte sich um und sprach auf Griechisch mit den Schwestern, dann sagte er zu Barrie: »Ich werde ihm einen Katheter setzen und alles wird wieder gut sein.«

Zumindest fühlte sie sich jetzt, da sie wußte, daß so etwas nach einer Narkose normal war, besser. Sie ging auf dem Korridor auf und ab, bis der Arzt und die Schwester nach einigen Minuten wieder aus dem Zimmer kamen. Der Arzt grinste sie breit an und nickte ihr zu, was sie als ein Zeichen des Erfolgs deutete.

Zögernd öffnete sie die Tür und schaute vorsichtig hinein. Hamps Gesicht war der Tür zugewandt, offensichtlich hielt er nach ihr Ausschau.

Er lachte kurz auf. »Ich habe nicht gewußt, ob du bereits wieder da bist.«

Sie grinste. »Ah, ja. Ich komme immer zurück, um mir die Musik anzuhören. Fühlst du dich besser?«

Er seufzte. »Das kann man wohl sagen. Man hat mir ungefähr eine Gallone ›Bluecoat‹ abgezapft.«

»Bluecoat. Du meinst wohl Traubenzuckerlösung, oder nicht?« Sie lachte und trat wieder ins Zimmer.

»Ja. Aber daheim wird es ›Bluecoat‹ genannt, vor allem von den älteren Leuten.« Er lachte wieder, verzog aber daraufhin das Gesicht und faßte sich mit der freien Hand an die Seite. »Aber laß uns aufhören zu lachen. Es ist viel zu schmerzhaft.« Plötzlich leuchteten seine Augen warm auf. »Komm hierher«, flüsterte er.

Sie trat an's Bett und ihre Finger tasteten nach dem Bettgestell. Sie schaute in seine großen, fragenden blaugrünen Augen.

»Ich danke dir, daß du hier bist«, sagte er leise und herzlich.

»Ich – ich glaube ich würde sterben, wenn ich dich verlieren würde, Barrie. Das weißt du, nicht wahr? Wenn ich dich wirklich verlieren würde...«

»Pssst, du wirst dich noch überanstrengen.« Sein Gesicht verschwamm. Irgendwie sah sie ihn nur noch undeutlich und sie zwinkerte. Sie hob abrupt den Kopf und wandte das Gesicht ab. In seinen Augen glänzten Tränen. Sie hatte Hamp noch nie weinen gesehen, kein einziges Mal. Sie konnte diesen Anblick jetzt nicht ertragen. Sie schluckte. Es kam ihr so vor, als wäre in ihrem Kopf eine große geistige Dunkelheit ausgebrochen und sie irrte umher auf der Suche nach einem Lichtblick.

»Würdest du mich küssen, Barrie? Es scheint mir eine Ewigkeit her zu sein, seit wir uns zum letztenmal geküßt haben.«

Sie schaute ihn an und fuhr mit einer Hand durchs Haar. Dann beugte sie sich über das Bett und küßte ihn flüchtig auf einen Mundwinkel.

»Wie wäre es mit einem richtigen?« flüsterte er, hob die Hand und legte einen Finger auf ihre Lippen.

Langsam beugte sie den Kopf herab und gab ihm einen warmen und langen Kuß. Seine Finger zerwühlten ihr Haar und er preßte seinen Mund so lange auf ihre Lippen, bis sie fühlte, wie sich seine Hand aus ihrem Haar löste und mit einem leisen, dumpfen Geräusch auf seine Brust fiel. Sein Mund war schlaff geworden und als sie den Kopf hob, bemerkte sie, daß er wieder eingeschlafen war. Sie betrachtete ihn eine Weile. Ein leichtes Lächeln umspielte ihre Lippen. Sie musterte sein Gesicht. An seinem Kinn und über seinen vollen Lippen zeigten sich helle Bartstoppeln. Seine Augenlider wirkten dunkel und seine Augen waren eingesunken. Sein honigbraunes, struppiges Haar war strähnig und hing ihm wirr in die Stirn. O Hamp, dachte sie verzweifelt, ich weiß, daß es mein innigster Wunsch ist, dich zu lieben. Trotz all dem, was ich denken oder sagen mag... oder was irgendein anderer über dich sagt, will ich dich lieben und wünsche mir nur das, was für uns das Beste ist.

Vorsichtig, ohne ihn beim Schlafen zu stören, zog sie die Decke über seiner breiten Brust glatt. Dann setzte sie sich wieder auf den Stuhl. Die helle Nachmittagssonne verlieh ihren dunkelbraunen Augen einen hellen Glanz und brachte kleine goldene Flecken zum Vorschein, die wild tanzten und ihren tiefen, inneren Aufruhr widerspiegelten. Als sie über die Dreharbeiten in Olympia nachdachte, wurde ihr Mund zu einem dünnen, geraden Strich. Heute wurden die Aufnahmen der Wettkämpfe des zweiten Tages der antiken Olympiade abgeschlossen. Die Pferde und die Wagen waren ihren Eigentümern zurückgegeben worden und die fünf Wettkämpfe des Pentathlon hatten, genau nach Zeitplan, gestern am späten Nachmittag begonnen. Sie hatte bei den Aufnahmen von Dans Diskuswurf, die für den Bericht im Magazin bestimmt waren, zugesehen und seine langen, schmalen Hände beobachtet: die schlanken Finger der linken Hand umfaßten zuerst den Diskus und ließen ihn dann in die rechte Hand gleiten. Hamp hatte die notwendigen Anweisungen erteilt. Dan hatte langsam, wie in Zeitlupe, den Kopf nach rechts gewandt und eine Haltung eingenommen, die es ihm ermöglichte, die ganze Kraft seines Körpers zu nutzen, um den Diskus zu werfen. Die Muskeln seiner Schultern und Beine hatten sich unter der eingeölten Haut zitternd angespannt, und sie hatte zugesehen, wie er den Rücken gebeugt hatte. Nachdem der Diskus davongeflogen war, hatte er sich gerade aufgerichtet, leicht geschwankt und war der fliegenden Scheibe mit den Augen gefolgt. Sowohl Hamp wie auch Logan, der nach Beginn der Aufnahmen hinzugekommen war, sagten beide gleichzeitig: »Großartige Aufnahmen!«

Sie faßte sich nachdenklich an die Stirn. Dort arbeiteten heute die Kamerateams, am Ende des Stadions, wo der Platz für den Diskuswurf war. Sie fragte sich, ob Horace einen anderen Fotografen herüberschicken würde, um Hamp zu ersetzen oder ob Logan die restlichen Aufnahmen machen würde. Sie nahm an, daß sie das bei ihrer Rückkehr an den Drehort erfahren würde. Sie blickte zum Bett. Wenn er wieder aufwachen würde, wollte sie Hamp rasieren und ihm das Haar kämmen. Und selbst, wenn er sich anschließend nicht besser fühlen sollte, so würde ihre Maßnahme ihn zumindest sicherlich besser aussehen lassen.

Am späten Nachmittag trat, ein breites Lächeln auf dem Gesicht, Race in das Zimmer. »Ich bin hergekommen, um nach den Kranken und Leidenden zu sehen und der Tagesschwester beizustehen.« Er zwinkerte Barrie zu.

»Gut.« Barrie lachte. Sie freute sich, sein grinsendes Gesicht hier zu sehen. »Der Arzt hat Hamp gerade mitgeteilt, daß er sich etwas bewegen muß und in ein paar Minuten seine ersten Schritte machen soll. Doch so, wie er sich aufführt, möchte man fast meinen, daß er gleich einem Exekutionspeloton gegenübergestellt werden soll.« Sie lächelte Hamp schelmisch zu.

»Man hat mir erst vor zehn Minuten die Infusionsnadel aus dem Arm entfernt, und jetzt erwartet man von mir, daß ich aus dem Bett springe und diese Gänge auf und nieder galoppiere, als wäre ich ein Supermann«, stieß Hamp verstimmt hervor. Er murrte fast flüsternd weiter: »Die müssen mich mit Meyers verwechseln, er ist der…«

»Hamp«, schnitt ihm Barrie scharf das Wort ab. »Benimm dich. Dan hat nichts mit deinem Blinddarmdurchbruch zu tun. Also gib nicht ihm die Schuld, wenn dich der Arzt zum Herumgehen zwingt.«

»Um Gottes willen, Barrie«, wehrte sich Hamp in anklagendem Tonfall. »Ich gebe ihm nicht die Schuld, ich stelle nur fest, daß ich es nicht so gut machen kann, wie er es wahrscheinlich könnte. Du bist schrecklich schnell aufgebracht, wenn es darum geht, ihn zu verteidigen, nicht wahr?«

»Ich bin dabei nicht schneller als du, wenn es darum geht ihn herunterzumachen. Ich will, daß du damit aufhörst«, sagte sie mit Nachdruck.

»Jawohl«, Race schob sich an das Bett heran und zuckte mit den Achseln. »Der alte Meyers hatte heute selbst einen schlechten Tag. Er hat sich beim Weitsprung eine Muskelzerrung in seinem Oberschenkel zugezogen oder so etwas Ähnliches. Bill James mußte die Aufnahmen abbrechen und ihn zum Arzt schaffen. Das letzte, was ich gehört habe ist, daß er mit einem Heizkissen am Bein im Bett liegt. Er fällt für die nächsten Tage aus, so daß alle Aufnahmen mit Statisten gemacht werden müssen, die für ihn einspringen.«

Barrie riß den Mund auf und schloß ihn schnell wieder, bevor einer der beiden ihren Schreck bemerken konnte. O Gott, was sollte nun aus dem Projekt werden? Zuerst Hamp, jetzt Dan. Sie blickte in Races freundliches Gesicht. Plötzlich fiel ihr ein, daß seitdem sie zuletzt einen Bissen gegessen hatte, beinahe ein ganzer Tag verstrichen war, und der Geruch des Krankenhauses verursachte ihr Übelkeit, ihr Magen fing an zu revoltieren. »Ich glaube, ich gehe jetzt und mache mich ein wenig frisch«, sagte sie ernst.

Race hielt ihr einen Schlüsselbund entgegen. »Ich bin mit dem Jeep, der am Vordereingang steht, gekommen.«

Als sie nach den Schlüsseln griff, fragte Hamp: »Wann kommst du zurück, Barrie?«

Sie nahm die Schlüssel, trat an sein Bett und sah ihn an. »So schnell wie möglich. Ich habe...«

»Du mußt nicht heute nacht zurückkommen, Barrie«, schlug Race ihr vor. »Ich werde hierbleiben. Ich bin mir sicher, daß du ein wenig Ruhe brauchst, und ich weiß, daß Bill einiges mit dir besprechen will. Verehrteste, machen Sie sich um den Patienten keine Sorgen.« Er grinste. »Ich werde ihm zwar keinen Gutenachtkuß geben, aber ich werde eine Schwester zur Erfüllung dieser Pflicht holen. Also, meine Liebe, mach dir heute nacht mal keine Sorgen und zerbrich dir nicht deinen hübschen kleinen Kopf.« Er zwinkerte.

Sie berührte Hamps Hand. »Ich komme dann morgen früh wieder«, sagte sie leise und küßte ihn flüchtig auf die Lippen.

»Barrie«, flüsterte er ihr ins Ohr, »wenn Mutter hier ankommt, erzähle ihr nichts von unseren Problemen. Ich habe keine Lust, mir ihre Belehrungen anzuhören.«

»Natürlich nicht.«

Barrie sah ihn voller schweigendem Einverständnis an. Sie lächelte bitter. »Ich habe ebensowenig Lust darauf, belehrt zu werden, wie du. Streng du dich erst einmal an, wieder gesund zu werden. Ich bin mir sicher, ihre größte Sorge gilt deiner Gesundheit.«

Ziemlich hilflos sagte er: »Ich nehme an, daß ich jetzt erst einmal mit der antiken Olympiade fertig bin. Ich hasse es, wenn ich etwas abbrechen muß, bevor es fertig ist.«

»Hamp, hör auf dir Sorgen zu machen. Alles wird gut, wirklich!« sagte sie und ihre Mundwinkel zuckten. Sie richtete sich auf und wandte sich an Race. »Paß auf ihn auf, Race. Er ist ein idealer Patient, solange man ein wenig auf ihn aufpaßt.«

Race lachte. »Ich bin der großartigste kleine Aufpasser aller Zeiten. Du solltest deinen eigenen Rat beherzigen. Hör auf dir Sorgen zu machen.«

Als sie zur Tür hinausging, hörte sie Hamp fragen: »Wie bist du zu dieser Ehre gekommen, Race?«

Auf ein kurzes Schweigen folgte ein Scherz: »Wir haben Streichhölzer gezogen. Ich schätze, ich habe heute meinen Glückstag.«

Barrie schloß die Tür und ging mit einem gequälten Lächeln den Gang hinunter. O Gott, wie sie den Gedanken haßte, Marilyn Rich unter die Augen treten zu müssen.

12

Nachdem sie das Krankenhaus verlassen hatte, kehrte Barrie nicht direkt zur Villa zurück, sondern fuhr zum Drehort nach Olympia. Dort traf sie bei den nebeneinander in den Boden gesteckten Speeren, die den Teil des Stadions abgrenzten, der für den Weitsprung bestimmt war, Bill James und Logan an, die sich miteinander unterhielten. Die schlanken Speere, die sich in der Dämmerung gegen den Himmel abzeichneten, sowie die Nähe der Ruinen verursachten ihr ein merkwürdiges Gefühl in der Brust. Einen Augenblick lang konnte sie die Athleten der Antike vor sich sehen, wie sie zum Klang einer einzelnen Flöte geschmeidig und rhythmisch wie Balletttänzer durch die Luft flogen und mit beiden Beinen auf dem weichen Teppich aus Erde landeten. Vor vielen Jahren hatte man den Weitsprung, den Diskuswurf und einige der anmutigeren Wettkämpfe beim Klang von Flötenmusik ausgetragen. Vielleicht waren die Töne, die sie hörte, nur das Zwitschern der Vögel, die in den Olivenhainen nisteten, aber wenn sie die Augen schloß, konnte sie Flöten hören. Es war so ruhig und so friedlich, daß sie längere Zeit regungslos stehen blieb und den Vögeln lauschte. »Barrie«, rief Bill, nachdem er sie aus den Augenwinkeln bemerkt hatte. Er machte ihr ein Zeichen und bedeutete ihr, sie solle dorthin kommen, wo er und Logan standen.

Leichtfüßig lief sie schnell zu den beiden hin.

»Wie geht es Hamp?« fragte Bill nüchtern.

»Es geht ihm schon viel besser. Er sollte gerade wieder die ersten Schritte machen, aber zum Glück traf die Ablösung vor dem großen Ereignis ein.

»Ist Race bei ihm?« fragte Logan beiläufig.

»Ja, er ist dort.« Sie schaute kurz Bill, dann wieder Logan an. »Ich habe gehört, daß es noch einen Ausfall gegeben hat.«

Bill nickte, während Logan freundlich feststellte: »Murphys Gesetz. Ich bin überrascht, daß wir überhaupt so weit gekommen sind und es uns nicht schon früher eingeholt hat.

Anscheinend hat es nicht gewußt, daß wir in Griechenland sind. Wie geht es Dan?«

Barrie zuckte mit den Achseln. »Ich weiß es nicht. Ich bin noch nicht in der Villa gewesen. Aber Race sagte, er liege im Bett.«

»Und da sollte er auch lieber die nächsten achtundvierzig Stunden bleiben, genau wie es der Arzt angeordnet hat«, sagte Bill mit Nachdruck. »Verdammt. Ich habe so etwas noch nie gesehen. Ich dachte schon, er hätte das Unmögliche getan und sich einen Muskelriß zugezogen.« Er faßte Barrie, die eine Hose trug, ans Bein. »Genau hier gab es eine Schwellung, so groß wie ein Gänseei. Ungelogen. Das hat alles, was ich bis dahin gesehen habe, in den Schatten gestellt.«

»Was war es denn?« fragte Barrie besorgt und trat zurück, um Bills Fingern auszuweichen, die immer noch ihr Bein tätschelten. Sie neigte leicht den Kopf zur Seite und hörte sich seine Erklärung an.

»Ein Muskelkrampf, der durch ein überdehntes Band hervorgerufen worden ist. Man kann nichts tun, um den Heilungsprozeß zu beschleunigen. Nur das Bein ruhig und warm halten. Das war ungefähr das, was der Arzt meinte. Ich weiß, daß daheim die Medizin weiter ist.«

Sie wechselte das Thema und fragte: »Wie ist der Tag denn sonst gelaufen?«

»Großartig. Wir sind überall dem Zeitplan voraus«, antwortete Logan stolz. »Diese jungen Leute aus der Jugendherberge sind einfach unglaublich gut. Man kann gut mit ihnen arbeiten. Außerdem noch gutaussehend, jeder einzelne von ihnen.« Barrie lächelte. »Nun, Murphys Gesetz hat uns also doch nicht so übel mitgespielt, oder?«

Bills Augen verschleierten sich leicht. »Hat Race Ihnen nichts davon erzählt?«

»Mir, wovon erzählt?«

»Wir können nicht länger in der Villa bleiben. Mein Freund setzt uns am Montag an die Luft. Wir mußten unten am Hügel im New Olympia Hotel Zimmer reservieren lassen.«

»Haben wir Ihren Freund irgendwie verärgert, Bill?« fragte sie und fühlte einen Anflug von Bestürzung bei dem Gedanken, wieder packen und umziehen zu müssen.

Um Bills Mund zuckte ein Lächeln. »Nein, der einzige Grund hierfür ist eine dringende geschäftliche Angelegenheit. Einige mächtige Männer brauchen für die Besprechung der Details eines Geschäftes einen abgeschiedenen, ruhig gelegenen Ort. Mein Freund Nick ist einer von ihnen und er hat mich gefragt, ob wir es ihm übelnehmen würden, wenn er uns darum bäte, die Villa zu räumen. Sie werden es kaum glauben«, Bill hob einen Finger, »er hat mir angeboten, die Hotelrechnung zum Ausgleich der Umstände, die er verursachen werde, zu übernehmen, wenn wir seiner Bitte nachkämen. Natürlich habe ich das nicht zugelassen. Es ist sowieso schon sehr entgegenkommend von ihm gewesen, uns die Villa bis jetzt mietfrei zu überlassen. Außerdem werden wir dann näher am Drehort wohnen, und der Umzug wird uns somit eine Stunde Anfahrtszeit pro Tag ersparen.«

»O Gott«, seufzte sie. »Es ist so ein wunderschöner Ort. Ich hasse die Vorstellung, ihn verlassen zu müssen.«

Sie unterhielten sich einige Minuten lang weiter, bis sie die beiden verließ und im Licht der untergehenden Sonne, die den westlichen Horizont nur noch schwach erhellte, zur Villa zurückfuhr. Sie parkte den Jeep und ging um das Haus herum zum Hintereingang. Als sie die Tür öffnete, sah sie wie gerade das Dienstmädchen Sephira ein Tablett zur Ostseite des Hofes hinübertrug. Sie beobachtete, wie das Mädchen einmal kurz an Dans Tür klopfte, sie öffnete und eintrat. Barries Mund zuckte leicht, aber sie ging auf ihr Zimmer. Auf dem Weg dorthin redete sie sich ein, daß ihr die Vorstellung, dieses hübsche, griechische Mädchen füttere ihn mit dem Löffel, nichts ausmache. Als sie vor ihrer Zimmertür stand, zögerte sie und schaute über die Schulter zurück, um zu sehen, ob Sephira schon wieder herausgekommen wäre. Sie war es nicht.

Sie überließ sich die nächste halbe Stunde lang dem Genuß eines ausgiebigen Schaumbades. Dann hüllte sie sich in ein

Handtuch ein und rief im Krankenhaus an. Nachdem sie die Hälfte ihres griechischen Wortschatzes zu Hilfe genommen hatte, schaffte sie es endlich, mit Race verbunden zu werden. Als sich Race meldete, fragte sie lachend: »Wie geht es euch?«

Geziert eröffnete ihr Race: »Er ist gegangen.«

Sie kicherte. »Wirklich? Ist er das?«

»Ja. Er weinte und flehte die Schwestern an, daß sie ihn nicht zwingen sollten, aber sie verstanden ihn nicht, da er auf Englisch weinte und flehte. Sie zeigten keine Gnade. Er liegt jetzt hier und trägt ein modisches Nachthemd vom Krankenhaus, das am Rücken großartig ausgeschnitten ist. Ich mußte immer hinter ihm hergehen, um zu verhindern, daß ganz Griechenland seine intimsten Geheimnisse zu sehen bekommt. Wenn du morgen kommst, bring ihm bitte seinen Pyjama und seinen Morgenmantel mit.«

»Das werde ich tun«, versprach sie. »Ich werde nach dem Abendessen in sein Zimmer gehen und seine Reisetasche packen.«

»Gut. Nun, gibt es noch etwas, das du gern wissen willst?«

»Nein... ah... ja. Hat er wieder irgendwelche Probleme mit seiner Blase gehabt?«

»Was? Mit seiner Blase?« Plötzlich brüllte er vor Lachen los. »Das muß es gewesen sein, was die Schwester vor ein paar Minuten von mir wissen wollte. Rich lag gerade wie tot da, nachdem er ganze 4 Meter zurückgelegt hatte, da kommt diese Krankenschwester herein, fängt an auf ihn zu zeigen – du weißt schon wohin – und fragte mich etwas, das ich nicht verstanden habe. Ich sagte: »Natürlich, schauen Sie es sich nur an, wenn Sie wollen.« Ich wußte nicht, was das Mädchen meinte, und sie verstand mich auch nicht. Schließlich gab sie mit einem Seufzer auf, drehte sich um und verließ das Zimmer. Jetzt wird mir klar, daß sich ihre Fragen auf die Blasenfunktion bezogen haben. Es ist ganz schön schwer, eine männliche Krankenschwester in einem fremdsprachigen Land zu sein.«

Barrie lachte ungläubig. »Er konnte heute morgen nicht

Wasser lassen, deshalb mußte ihm ein Katheter gesetzt werden. Ich frage mich, ob wieder alles normal ist.«

»O sicher, alles in Ordnung. Also mach' dir keine Sorgen um ihn, Barrie. Er hat ein köstliches Abendessen, bestehend aus Fleischbrühe und Tee, zu sich genommen und schläft jetzt wie ein Baby. Mach jetzt das gleiche, okay?«

»In Ordnung, Race, ich sehe dich also morgen früh«, sagte sie erleichtert. »Gute Nacht.«

Lächelnd warf sie das Handtuch ins Badezimmer, schlüpfte in eine Bikinihose und Jeans. Sie zog sich ein langärmeliges Sweatshirt über die nackten Brüste, schlüpfte mit den Füßen in weiße Ledersandalen und setzte sich an den Frisiertisch, um sich Gesichtscreme in ihre samtige Haut einzumassieren. Das Bad hatte Wunder gewirkt. Sie rieb sich die Creme in die Haut ihrer Wangen bis diese glühten, dann nahm sie ein Kleenex und entfernte den Rest, der nicht in die Haut eingedrungen war. Sie strich ihre schwarzen Augenbrauen mit einer Fingerspitze glatt und trug farblosen glänzenden Lippenstift auf.

Beim Abendessen saß sie nur mit Joanna am Tisch, da die anderen noch nicht aus Olympia zurückgekommen waren. Sie bemerkte, daß Sephira nicht bei Tisch bediente. Sie schaute auf ihre Uhr. Es war mehr als eine Stunde vergangen, seitdem sie zur Villa zurückgekehrt war und gesehen hatte, wie Sephira Dans Zimmer betreten hatte.

Sie beugte sich über ihren Teller und zwang sich dazu, das Hauptgericht zu essen, Melidzanes Paputsakia, überbackene Auberginenhälften, die mit verschiedenen Zutaten, unter anderem mit Fleisch, Tomaten und Eiern, gefüllt waren. Die weiteren Zutaten konnte sie nicht erkennen. Das Essen in der Villa war immer äußerst köstlich gewesen, und sie fragte sich, wie wohl die Restaurants in New Olympia seien. Sie stellte sich auch die Frage, was für eine dringende geschäftliche Besprechung hier an der Küste Griechenlands stattfinden sollte. Es mußte etwas Wichtiges sein, das den Eigentümer der Villa, Nick, nach zweijähriger Abwesenheit veranlaßt hatte, heimzukehren. Aber die Sache, die sie am meisten beschäftigte, war die Frage, was Sephira wohl tat. Dan hatte jetzt wirklich genügend Zeit gehabt, um Frühstück, Mittag- und Abendessen einschließlich Nachspeise zu essen. Die Nachspeise bereitete ihr am meisten Kopfzerbrechen. Sie wünschte sich nachträglich, Bill hätte ihn ins Krankenhaus gebracht und mit Hamp in ein Zimmer gesteckt. So hätte sie beide im Auge behalten können. Sie wußte, daß Hamp in den nächsten Tagen noch keine Lust verspüren würde, die Krankenschwestern in den Po zu kneifen, aber sie war sich nicht sicher, inwiefern ein gedehntes Band Dan von solchen Unternehmungen abhalten würde. Sie bemerkte, daß sie hoffte, ihm würde jede Bewegung Schmerzen bereiten, besonders jetzt in diesem Augenblick.

Nach dem Abendessen verließ sie das Eßzimmer und machte sich auf den Weg zu Hamps Zimmer, um seine Taschen zu packen. Auf halben Weg kam ihr Sephira entgegen.

»Hallo, Miss Cook.« Sie schaute Barrie offen ins Gesicht, während ein breites Lächeln um ihre schönen, jungen Lippen spielte. Sie trug das Tablett in den Händen, aber Barrie konnte nicht erkennen, ob die Mahlzeit verzehrt worden war, denn alle Teller waren zugedeckt.

»Hallo, Sephira«, gab sie mit erzwungener Freundlichkeit zur Antwort. Ihre Wut richtete sich nicht auf Sephira.

Die Tür von Hamps Zimmer war abgeschlossen und sie lehnte sich seufzend dagegen. Wahrscheinlich war die Tatsache, daß sich seine gesamte Kameraausrüstung dort drinnen befand, der Grund dafür, daß man ein Schloß angebracht hatte. Sie fragte sich, wer wohl den Schlüssel habe. Plötzlich ging sie zu der Nachbartür und klopfte an.

»Herein«, sagte Dan heiter.

Sie öffnete die Tür und lächelte freundlich, darum bemüht, so gelassen wie nur möglich zu wirken. »Wie fühlst du dich?« fragte sie in zutiefst besorgtem Ton, während ihre Augen teuflisch funkelten.

»Besser.« Er lächelte sie von seinem riesigen Bett aus an. »Komm herein. Ich brauche deine Gesellschaft.«

Sie schloß langsam die Tür, blieb stehen und musterte abschätzend seine Bettdecken, während sie ihre Zunge in die Wange steckte. »Hast du schon zu Abend gegessen?« fragte sie vortastend und lächelte freundlich. Er sah großartig aus. Sein ausgestreckt liegender stattlicher Körper zeichnete sich undeutlich unter dem gelben Laken und der Decke ab. Seine Brust war nackt, aber zur Hälfte zugedeckt.

»Ja. Sephira hat mir mein Essen gebracht«, antwortete er, als könne er kein Wässerchen trüben. »Sie ist wirklich ein liebes Mädchen, Barrie.«

Barrie schürzte die Lippen. »Hmmm, ich weiß.«

»Ich habe ihr geholfen, ihr Englisch zu verbessern«, gab er freiwillig, immer noch lächelnd zu. »Sie ist eine ziemlich gute Schülerin.«

»Darauf möchte ich wetten«, sagte Barrie spontan. Sie starrte auf sein klassisches Profil. Im gedämpften Licht der Lampe auf dem Nachttisch, hob es sich noch vorteilhafter hervor. Ihr Herz schlug plötzlich schnell und angestrengt. Ihre Hand verkrampfte sich und streckte sich dann wieder. Sie strich mit den Fingern leicht über ihre Jeans. »Vielleicht erinnert sie dich an eine ehemalige Lehrerin von dir.« Als sie sein völlig verblüfftes Gesicht sah, wünschte sie sich, dies wäre ihr nie über die Lippen gekommen.

Eine Weile lang sagte er kein Wort. Er blieb völlig still sitzen. Dann sagte er sanft und ruhig: »Das hat dich verdammt beunruhigt, nicht wahr? Als ich dir davon erzählt habe, in jener Nacht in Athen, hat es dich fast verrückt gemacht. Ich würde gerne wissen, wieso.«

»Das ist nicht wahr«, stritt sie ab und wich seinem Blick aus. Sie blickte ungefähr eine Minute lang zu Boden, dann fragte sie: »Wie geht es deinem Bein?«

»Versuch nicht das Thema zu wechseln, Barrie Cook. Ich kenne dich. Ich weiß, daß es dich gestört hat, aber dein hartnäckiger Stolz erlaubt es dir nicht, daß du es zugibst. Joanna hat mir während des Fluges erzählt, daß dich die Leute bei früheren Projekten oft mit Nathalie Wood verwechselt haben. Sie erzählte mir von eurem Aufenthalt in Peru, wo manche Leute es überhaupt nicht fassen konnten, daß du nicht

Nathalie Wood bist. Und dann, als ich dir in Athen erzählt habe, daß du mich an eine alte Leidenschaft erinnerst, habe ich alles noch verschlimmert. Aber ich habe dir gesagt, daß du mich an sie erinnerst, und nicht, daß du genauso aussiehst wie sie. Ihr habt beide dunkles Haar und dunkle Augen und damit hört die Ähnlichkeit auch schon auf. Als ich dich das erste Mal angesehen habe, habe ich an sie gedacht. Also sag mir, ist das ein Verbrechen? Was ist falsch daran, wenn man durch jemanden an eine Person erinnert wird, die man mag oder bewundert? Eigentlich ist es ein Kompliment, Barrie.«

»Habe ich gesagt, es sei ein Verbrechen?« fragte sie versöhnlich. »Es scheint mir so zu sein, daß sehr viele Menschen nicht die Person, die sie tatsächlich vor sich haben, sehen wollen, sondern eine andere. Man will damit vermeiden, sich mit der Person, die wirklich vor einem steht, beschäftigen zu müssen. Dan, als wir uns zum erstenmal getroffen haben, da hast du nicht mich gesehen, sondern sie, deine Kunstlehrerin.«

»Ich habe die Ähnlichkeit bemerkt, Barrie, aber ich habe dich gesehen und nicht sie«, antwortete er leicht verärgert und verschränkte seine Arme vor der Brust. Sie widersprach. »Nein, als du mich zum erstenmal gesehen hast, hast du nicht mich gesehen. Du konntest es gar nicht, denn in deinen Armen lag eine weinende Blondine!«

»Du willst also auch etwas über sie erfahren. Julie und ich haben vor sieben Jahren geheiratet. Wir sind drei Jahre lang miteinander verheiratet gewesen. In den letzten vier Jahren hat sie zwei weitere Ehen und Scheidungen hinter sich gebracht. Sie ist ein paar Tage vor unserer Abreise nach New York gekommen, und wir haben einige Zeit miteinander verbracht. Sie hat vielleicht geglaubt, sie würde mich immer noch lieben, und dies wäre vielleicht der Grund dafür, daß ihre Ehen in die Brüche gegangen sind. Aber ich bin nicht der Grund dafür, daß sie eine ganze Schublade voller Heiratsurkunden und Gerichtsurteile hat. Sie ist wie du, Barrie, sie kann sich nicht dafür entscheiden, dem Wort Liebe einen Sinn zu verleihen. Sie verwechselt Liebe mit Leidenschaft.«

Sie schaute ihn ungläubig an. »Sie ist deine Frau gewesen?« flüsterte sie und fühlte wie ihre Knie weich wurden.

»Das ist lange her. Der Abschied war deswegen so tränenreich, weil sie erkannte, daß es ein wirklicher Abschied war. Ich bin nicht der Richtige für sie. Ich bin es nie gewesen. Sie nahm am gleichen Tag eine spätere Maschine nach Kalifornien. Wir sind jeweils im Leben des anderen die große Leidenschaft gewesen, aber nicht die große Liebe. Aber das bedeutet nicht, daß ich sie nicht liebe, oder daß ich sie nie geliebt habe. Ich habe es getan, und ich tue es heute noch, aber es ist nicht die Art von Liebe, die eine Ehe zusammenhält. Es ist eine Liebe, die von der Erinnerung lebt. Manchmal widerfährt einem dies. Wenn eine Liebe, die du mit jemandem geteilt hast, zu Asche verbrannt ist, und du feststellst, daß der Wind sogar noch diese Asche verweht hat, dann beglückt dich die Erinnerung an das Feuer gerade besonders.« Sein leichter Ärger war verflogen und er schaute sie zärtlich an, ohne die geringste Spur von Schmerz oder Reue. Er schlug mehrmals mit der flachen Hand auf das Bett. »Warum kommst du nicht her zu mir und setzt dich? Du stehst nun schon eine ganze Weile.« Er schaute ihr fest in die Augen und spielte mit dem Laken. »Ich werde dich nicht anrühren«, fügte er endlich hinzu.

»Ich kann mich auf den Stuhl setzen«, bemerkte sie unentschlossen und ging auf den Stuhl zu.

»Das brauchst du nicht. Ich möchte, daß du dich hierher neben mich setzt. Ich werde dir keine persönlichen Fragen stellen.« Er grinste plötzlich. »Keine Frage, wie ›wo ist dein BH‹ oder dergleichen.«

Sie zuckte leicht zusammen und blickte auf ihr Sweatshirt. Als sie die Umrisse ihrer steifen Brustwarzen bemerkte, die sich schamlos durch die weiche Baumwolle hindurch abzeichneten, nahm sie eine leicht gekrümmte Haltung ein. Sie zog den Kopf ein und sagte in einem überheblichen Ton: »Es ist kalt hier drinnen.« Sie schüttelte ihr dichtes, kastanienbraunes Haar. »Also rechne es dir nicht als Verdienst an.«

Er lachte und seine glänzenden, blauen Augen funkelten

sie an. »Wenn du dich auf den Stuhl setzt, läßt du mir keine andere Wahl.«

Sie ließ sich steif auf dem Bettrand nieder, während er sie grinsend beobachtete. Sie strich sich die Haare aus der Stirn und sagte: »Ich kann nur noch ein paar Minuten bleiben. Ich muß Hamps Koffer packen. Er braucht seinen Schlafanzug und seinen Morgenmantel...« Ihre Stimme wurde tonlos.

Er sah sie durchdringend an, und sein Grinsen erlosch. »Es hat zehn Minuten gedauert.«

Sie starrte ihn verwundert an. »Was? Was willst du damit sagen?«

»Ich will damit sagen, daß es zehn Minuten gedauert hat, bis du Hamp zu uns in dieses Bett gebracht hast. Du besserst dich.«

»Wir sind nicht in diesem Bett!« rief sie. »Du bist im Bett. Ich sitze nur darauf. Das macht einen großen Unterschied, falls dir das entgangen sein sollte.«

Er wälzte sich auf die Seite, stützte sich auf seinen Ellbogen und schaute sie fest und unbewegt an. Obwohl er sie nicht berührte, konnte sie seine Hand förmlich auf ihrer Haut fühlen. Sie wollte aufstehen. Seine Nähe und ihre eigene Einfältigkeit, die darin bestanden hatte, sich neben ihn auf das Bett zu setzen, verursachten ihr fast Schwindel im Kopf.

Er faßte sie am Arm und hielt sie auf dem Bett fest. »Wohin willst du gehen?«

Sie starrte ihn verwundert, mit aufgerissenen Augen, an. »Wohin werde ich wohl gehen, was meinst du? In mein Zimmer. Ich habe heute lange genug die Rolle der gütigen Krankenschwester gespielt!«

Er streichelte ihre Finger. »Bleib noch ein wenig hier. Ich werde dich nicht anfassen.«

»Und was ist das, was du gerade machst?« Sie lachte leise.

Seine Lippen liebkosten ihren Handrücken. »Hände und Finger zählen nicht«, antwortete er mit unschuldiger Miene.

»Nun, da es todsicher nicht soweit kommen wird, daß wir uns an Stellen berühren, die zählen, kannst du auch meine Hand loslassen.« Sie betrachtete seine kräftige Brust auf der einige Büschel farbloser, flachgedrückter Haare zu erkennen waren. Sie lehnte sich zurück, um ihn besser mustern zu können. »Rasierst du dir die Haare von der Brust?« fragte sie unvermittelt.

Sein Mund zuckte, und er verdrehte kurz seine Augen. »Natürlich nicht«, antwortete er eingeschnappt.

»Warum hast du dann keine Haare auf der Brust? Schau, du hast nur so wenige. Ich kann sie ja zählen.« Sie streckte die Hand aus und machte sich ans Zählen. »Eins... zwei... drei... hier sind es zwei auf einmal, das macht vier... fünf.«

Er preßte ihre Hand an seine Brust. »Also, ich bin doch kein Affe!« Als er ihr in die Augen schaute, war sein Blick besänftigend und erregend zugleich. »Und für das Protokoll möchte ich festhalten, daß du dich nicht an die Spielregeln gehalten hast, mein Liebling. Die Brust ist eine Stelle, die zählt!« Sein voller, sinnlicher Mund verzog sich zu einem Lachen, und er nahm sie fest in die Arme.

Plötzlich, als sie ihre Empfindungen spürte, verschlug es ihr den Atem. Es war ohne Zweifel ein schwerer Fehler gewesen, sich auf sein Bett zu setzen. Ihr eigener Herzschlag dröhnte ihr lauter und lauter in ihren Ohren, während seine Umarmungen fester wurden. ›Reagiere einfach nicht darauf‹, befahl sie sich selbst. ›Tu so, als ob er dich nicht einmal berühren würde.‹ Der Geruch von Salbe und Aftershave, den er verströmte, machte sie trunken und benommen. Die Spannung in ihrem Inneren wuchs. Sie schaute in seine Augen und sah die tanzenden, goldenen Feuer in den blauen Seen. »Oh«, entfuhr ihr beim Ausatmen.

Er schob langsam seine Hand unter ihr Sweatshirt und fuhr allmählich höher. Seine heiße Hand ruhte auf ihrem Rücken. »Deine Haut fühlt sich wie Satin an«, flüsterte er. »Warmer... Satin.«

Sie wandte traurig den Blick ab und seufzte. »Ich sollte wirklich nicht hier sein.«

Er legte seine Fingerspitzen zärtlich auf ihre Lippen. »Dann tu so, als ob du nicht hier wärst.« Sein Lächeln hatte fast etwas Boshaftes an sich. »Tu so, als ob du irgendwo wärst, wo du gerne sein möchtest. Denn schließlich bist du da, wo deine Gedanken und deine Gefühle sind. Laß mich nur mitkommen, Barrie. Nur wir beide... allein... irgendwo.« Seine sinnlichen Lippen näherten sich ihrem Mund, während seine Worte verklangen. Dann küßte er sie zärtlich, ein Kuß, der ihr erregende Schauer über den Rücken jagte. In diesem Augenblick fühlte sie sich ihm sehr nahe, und sie erwiderte seinen Kuß. Plötzlich war der Kuß nicht mehr zärtlich, sondern brennend heiß, berauschend, erregend und zwingend. Ihre Münder öffneten sich, und sie konnte seine tastende Zunge fühlen, die ihren ganzen Mund in Brand setzte. Sie rang nach Luft und murmelte: »Dan...«

Seine Lippen berührten sie an ihrem Hals und an ihren Schultern. Seine Finger ergriffen ihr Sweatshirt, und sie fühlte, wie es hochgeschoben wurde. Er zog es ihr langsam über den Kopf und warf es neben das Bett. Er lehnte sich zurück und schaute sie an, während sie am ganzen Körper zitterte.

Sie blickte ihm tief in die Augen und fühlte, daß seine Hände zitterten, während seine Finger ihren Körper, ihren Rükken streichelten und liebkosten. Dann legte er seine Hände sanft auf ihre vollen, runden Brüste und rieb mit seinem Daumen ihre Brustwarzen. Er drückte sie vorsichtig auf das Kissen hinunter und beugte sich über sie. Seine Lippen fuhren schnell über ihre Wangen, ihr Kinn, ihren Hals, ihre Kehle, ihre Schultern und berührten dann brennend heiß ihre Brüste, wo sie verweilten, bis das Feuer ihren ganzen Körper erfaßt hatte.

Er legte sich neben sie, und sie konnte ihn hart und fordernd durch den Stoff ihrer Jeans hindurch fühlen, als er sich halb auf sie legte. Sie fühlte, wie sich seine Finger am Bund ihrer Jeans zu schaffen machten und wußte, daß der Augenblick gekommen war, in dem sie wieder zu Bewußtsein kommen mußte. Sie versuchte sich zu beruhigen, legte ihre Hand auf die seine und hinderte ihn daran, den Hosenknopf aufzumachen. »Nein, Dan«, protestierte sie flüsternd.

Er zog die Hand zurück, berührte ihre Wange und fuhr mit

den Fingerspitzen die kurze Linie zwischen ihren Augen und dem Mund entlang. Dann preßte er wieder seinen Mund auf ihre Lippen. Sie konnte fühlen, wie rasch das Herz in seiner Brust schlug. Ihre beiden Herzen schlugen im gleichen, unglaublich schnellen Takt. Ihr Wille, ihn aufzuhalten, wurde immer schwächer, bis er beinahe vollkommen zusammenbrach. Nun kämpfte sie darum, ihren Willen aufrecht zu erhalten, der von den Wellen der Lust, die rasch zu einer Flutwelle anwuchsen, hinweggerissen zu werden drohte. Dann sah sie plötzlich Hamp vor sich. Sie konnte ihn vor sich sehen, wie er sie mit enttäuschtem Gesicht anstarrte. Sie löste ihren Mund von seinen Lippen und stieß laut hervor:

»Nein, Dan.«

Er zog sich sofort zurück und betrachtete sie mit glühenden Wangen. In seinen Augen lag unverhohlene Überraschung.

Sie entschlüpfte seinen Armen, seiner Umarmung, und glitt vom Bett. Ohne Zögern hob sie das Sweatshirt vom Boden auf und schlüpfte wieder hinein. Sie zog es sich an der Hüfte zurecht und trat ein paar Schritte vom Bett zurück.

Er setzte sich mit offenem Mund auf. Endlich sagte er: »Willst du wirklich gehen?«

»Ja«, antwortete sie, ohne ihn anzusehen und darum bemüht, ihr immer noch hämmerndes Herz zu beruhigen. »Ich will es wirklich. Ich muß es.« Und mit diesen Worten eilte sie quer durch das Zimmer zur Tür hinaus, ohne sich nach ihm umzusehen. Während sie über den Hof stürmte, schluckte sie das aufsteigende Bedürfnis, zu Weinen, hinunter. Ihr wurde klar, daß sie selbst ihr eigener Feind war, nicht Dan. Sie erschauerte. Sie schüttelte total verwirrt den Kopf. Eine einzige Minute hätte noch gefehlt... Als sie in ihr Zimmer stürzte, konnte sie noch seine brennende Nähe fühlen. Sie fuhr sich mit ihren Fingern durchs Haar und bemerkte, daß es naß war. In ihren dunklen Augen schwammen Tränen. Wie konnte ein Mensch gegen sich selbst kämpfen? Wie besiegt man sich selbst und wie soll man erfahren, ob man letztendlich gesiegt oder verloren hat? Es wäre nur allzu leicht, Hamp zu täuschen. Er lag im Krankenhaus. Er würde nie davon erfahren.

Aber wie sollte sie sich selbst täuschen? Ihre starken Gefühle hatten sie völlig unvorbereitet überfallen. Sie hatte nicht gewußt, daß sie eine solche Sehnsucht nach der Berührung eines anderen Menschen verspüren konnte. Sie begehrte Dan Meyers so sehr, daß sie tatsächlich Schmerz vor Verlangen fühlte. Sogar dann, wenn er nicht bei ihr war, war die Sehnsucht da.

Die Tür ging auf, und sie drehte sich erschrocken um. Dan stand in der Tür. Er trug Pyjamahosen. Sein Gesichtsausdruck war wild und seine Kinnmuskulatur angespannt.

»Ich möchte eine Erklärung haben, Barrie«, sagte er und lehnte sich gegen den Türrahmen. »Du kannst nicht so einfach ohne Erklärung davonlaufen.«

Er verschränkte seine Arme vor der Brust und blieb bewegungslos stehen.

»Was machst du da?« rief sie. »Du sollst doch zwei Tage lang nicht aufstehen.«

Der Zorn wich aus seinem Gesicht, und einen Augenblick lang verrieten seine Züge keinerlei Regung. »Ich bitte dich. Ich sage das nicht nur so, weil es passend ist, es in einem solchen Moment zu sagen. Ich sage es, weil es wahr ist. Ich liebe dich. Weißt du eigentlich, was das bedeutet?« Er schaute sie an und sein Gesicht wurde weich. »Du machst dir Sorgen um den gerissenen Muskel in meinem Bein, und ich mache mir Sorgen, um den in meiner Brust. Du spielst ein grausames Spiel mit meinem Herzen, weißt du das? Macht dir das überhaupt etwas aus?«

Sie seufzte verbittert und bestürzt. »Ich scheine mit jedem Herzen ein grausames Spiel zu treiben, Dan, aber zähle dabei meines bitte mit. Und ja, Dan, es macht mir etwas aus.« Sie schüttelte langsam den Kopf. »Es tut mir leid. Ich weiß nicht, was ich sonst sagen soll, außer es tut mir leid.«

»Das ist, verdammt noch mal, nicht genug«, sagte er. Ebenso schnell wie der Zorn erloschen war, breitete er sich wieder auf seinem Gesicht aus. Er drehte sich unvermittelt um und schloß die Tür hinter sich.

Sie ging zu Bett und fühlte sich durch und durch elend. Es war ihr größter Wunsch, sich einmal mit Dan Meyers zu lieben. Heute wäre es beinahe soweit gekommen, und es würde eines Tages passieren, wenn sie nicht vorher ihre verletzten Gefühle wieder in den Griff bekam. Sie konnte ihre Gefühle für ihn nicht unbegrenzt lange unterdrücken. Ihr Verlangen war kurz davor, sie zu überwältigen, und bald würde es sie überwältigen, wenn es ihr bis dahin nicht gelänge, einen vernünftigen Abstand zu ihrer ganzen Situation zu gewinnen. Wie wurden andere Frauen mit einer solchen Situation fertig? Hatte sie die ganze Sache nicht unnötig aufgebauscht? Es war doch nichts Außergewöhnliches, es passierte doch oft, daß eine Frau sich zu zwei Männern gefühlsmäßig hingezogen fühlte. Das war ihre Misere, ihre tatsächliche und schmerzliche Misere. Das Hindernis, vor dem sie nun stand, bestand darin, daß sie nicht fähig gewesen war, sich endgültig von Hamp zu trennen oder Dan unbefangen entgegenzutreten. Sie war hin- und hergerissen zwischen einem Abschied und einer Begrüßung. Während diese Vorstellung sie bedrängte, schlief sie erschöpft ein.

13

Der Umzug ins Hotel fand am Montag bei strömendem Regen statt. Als sie mit dem Packen schließlich fertig war, trat Barrie zum letztenmal auf die Terrasse hinaus und ließ den Blick über die weißen Felsen, die der Regen grau gefärbt hatte, den herrlichen Sand- und Kiesstrand und über das Meer, das im Regen viel dunkler wirkte, schweifen. Insgeheim hatte sie noch immer gehofft, daß Bills Freund Nick seine geschäftliche Besprechung in der Villa absagen würde. Aber nichts dergleichen war geschehen. Dennoch war es eine wunderbare Zeit gewesen.

Hamps Mutter kam am Mittwoch in Griechenland an. Spät am Abend kam sie noch ins Hotel, um seine Sachen abzuholen und sie in das kleine Hotel in Pyrgos mitzunehmen, wo sie abgestiegen war. Sie traf Barrie in der Hotelhalle an, wo sie gerade einen Cocktail mit Dan trank. Barrie bemerkte Marilyn Rich erst, als sie schon fast an ihrem Tisch stand. Sie blickte erschrocken auf.

»Hallo, Barrie.« Marilyn sprach leise. Sie war eine zierliche, gutgekleidete Frau um die Fünfzig. Sie hatte die gleichen Augen – und die gleiche Haarfarbe wie Hamp. Auf ihrem kleinen Mund lag meistens ein freundliches Lächeln. Diesmal bemerkte Barrie schnell, daß sie nicht lächelte.

»Hallo, Marilyn«, antwortete Barrie ruhig, aber mit einer Spur von Nervosität. »Wie geht es dir?«

Marilyn lächelte flüchtig. »Jetzt nachdem ich Hamp gesehen habe, gut. Er sieht wirklich viel besser aus, als ich zu hoffen gewagt habe.« Sie blickte zu Dan, der, seinen Drink in der Hand, unbeweglich dasaß.

»Das ist Dan Meyers, Marilyn. Dan, das ist Hamps Mutter, Marilyn Rich.«

»Hallo Mrs. Rich, nett sie kennenzulernen«, antwortete Dan höflich. Er stellte das Glas auf den Tisch zurück und stand auf. »Ich glaube, Sie beide möchten jetzt gern allein sein.« Als Marilyn sich setzte, schob er ihr den Stuhl hin. Er lächelte zuerst sie und dann Barrie an. Ohne ein weiteres Wort verließ er die Halle.

Marilyns Augen folgten ihm bis zur Tür, dann wandte sie sich an Barrie und sagte kühl: »Ich glaube fast, daß er das Modell ist«, stellte sie sachlich fest.

Barrie nickte. »Ja. Möchtest du einen Drink?« fragte sie.

Marilyns Blick wurde kalt. »Nein Barrie, ich trinke immer noch nicht. Aber wenn ich hier eine Tasse Tee bekommen könnte. Ich würde...«

Bevor Marilyn den Satz beenden konnte, rief Barrie den Kellner herbei und bestellte den Tee. Sie lächelte freundlich. »Nun, du bist also mit Hamps Zustand zufrieden. Er hat sich bemerkenwert gut erholt.«

»Ja, ich bin mit Hampton zufrieden, Barrie. Ich bin seine Mutter. Wenn du mal selbst Kinder hast, wirst du das besser verstehen. Aber selbst dann, wenn man mit seinen Kindern zufrieden ist, können sie einem doch große Enttäuschungen bereiten.«

In Barries Kopf kreiste nur der eine Gedanke. »Was hast du getan, Hamp? Was hast du ihr erzählt?« Offensichtlich war Marilyn Richs Stimmung nicht gerade die Beste. Vielleicht war der Grund die Sorge um ihren Sohn, oder der lange anstrengende Flug. Was auch immer die Ursache für den verärgerten Ausdruck auf ihrem Gesicht gewesen war, er saß dort sehr fest. Barrie verkniff sich die impulsive Antwort, die ihr auf der Zunge lag und sah Hamps Mutter erst eine Weile lang an, bevor sie ruhig und beherrscht bemerkte: »Hast du einen schlechten Flug gehabt, Marilyn?«

»Einen langen Flug, meine Liebe, aber keinen schlechten. Aber ich will mich nicht über den Flug unterhalten. Ich will über dich und Hampton sprechen. Und nicht deswegen, weil ich eine neugierige Mutter bin, Barrie, sondern weil ich mir Sorgen mache.«

Barrie schloß die Augen und hielt sie einige Sekunden lang geschlossen. »Was?« fragte sie und schaute Marilyn direkt in die Augen, woraufhin sie antwortete:

»Barrie, als Hamp dich an Weihnachten, nachdem ihr euch bei diesem Auftrag in Niagara Falls kennengelernt hattet, in unser Haus gebracht hat, glaubte ich zunächst, daß ihr beide vollkommen glücklich miteinander wäret und gut zueinander passen würdet. Ich weiß noch, wie Hamp dich immer ansah, seine Augen glänzten heller als unser Weihnachtsbaum. Und ich weiß noch, wie du ihn immer ansahst. Deine Augen leuchteten nicht so wie seine. Nie Barrie.«

Diese Unterhaltung war alles andere als angenehm. Barrie fühlte wie ihre Beklommenheit zunahm. »Marilyn, Hamp und ich sind anfänglich sehr glücklich gewesen.«

Marilyn schaute ihre Tasse an und richtete dann ihren Blick wieder auf Barrie. »Ich habe nicht gesagt, daß ihr nicht glücklich gewesen seid. Man kann mit einem Menschen glücklich sein und ihn trotzdem nicht lieben, Barrie. Ich sage dir, du liebst ihn nicht und du hast ihn auch nie geliebt, jedenfalls nicht so, wie er dich geliebt hat. Jetzt ist er physisch krank und psychisch ziemlich durcheinander, und ich will, daß er wieder gesund wird. Er ist mein einziges Kind, auch wenn er nun schon zweiunddreißig ist. Vielleicht haben Raymond und ich alle Fehler begangen, die Eltern bei der Erziehung eines Einzelkindes machen können. Ich weiß, daß er verzogen und überbehütet ist, aber dennoch ist er ein freundlicher, höflicher junger Mann. Und mein Sohn, auf den ich stolz bin.« Marilyn hielt inne, beugte sich ein wenig vor und senkte ihre Stimme. »Und ich will, daß du ihn entweder liebst oder ihn in Ruhe läßt!«

Eine leichte Röte überzog Barries Gesicht, und sie beugte sich ebenfalls vor. »Dieses Ultimatum ärgert mich gewaltig, Marilyn.« Sie erwiderte fest den Blick von Marilyns grünen Augen. »Nichts ist wirklich so einfach, wie man es sich vorstellt, und keine Lösung ist so einfach wie sie klingt.« Sie machte eine Pause, um sich zu beruhigen. Sie wollte nichts sagen, was sie später bereuen würde. Sie richtete sich auf und sagte um einiges beherrschter: »Ich verstehe deine Besorgnis gut, aber glaubst du nicht auch, daß wir wirklich alt genug sind, um selbst über unser eigenes Leben zu bestimmen.«

Marilyn strich sich eine Locke aus der Stirn. Mit einem Anflug von Lächeln seufzte sie. »Ich bin mir nicht ganz sicher, ob du meine Besorgnis auch wirklich verstehst. Schau, während der vergangenen Monate haben wir beide, Raymond und ich, dich sehr lieb gewonnen. Vielleicht begreifen wir die Art von Beziehung, die ihr, du und Hamp, gewählt habt, nicht, aber ich weiß, daß Menschen, die sich lieben und zusammenleben wollen, meistens heiraten – und das ist immer so, sogar heutzutage. Ihr beide werdet bald merken, wie schnell die Zeit vergeht. Ich bin fünfzig, und es kommt mir so vor, als wäre ich noch gestern viel jünger als du gewesen. Es ist nicht meine Absicht dich zu verstören oder zu ärgern, dafür liegt mir die Sache zu sehr am Herzen. Ich sorge mich nicht nur um Hamptons Glück, sondern auch um deines. Wir sind in diesen vergangenen Monaten immer viel zu ehrlich zueinander gewesen, um uns jetzt anzulügen.« Sie schaute Barrie wieder fest an. »Als ich diesen dunklen Raum betrat und dich mit diesem jungen Mann am Tisch sitzen sah…« Plötzlich zögerte sie und schloß dann: »Du hast so wunderschöne Augen, Barrie, aber sie verraten dich. Das haben sie schon immer getan.«

»Wa – was willst du damit sagen?« fragte Barrie, die ihr Erstaunen nicht verbergen konnte.

Marilyn lächelte traurig. »Die Augen einer Frau sind fast immer wie Spiegel… ein schwacher Punkt unseres Geschlechts. Männer passen besser auf ihre Augen auf, sie vermögen ihre Gefühle besser zu verbergen. Ich habe es immer gefährlich gefunden, die Augen einer Person genau zu betrachten, Barrie. Scheinbar wird dann alles oder überhaupt nichts deutlich. Bei dir alles. Bei dir erkenne ich den Aufruhr deiner Gefühle viel klarer als bei Hamp. Seine Erregung ist verborgen und deine spiegelt sich wider.«

Nachdem Marilyn gegangen war, um wieder ins Krankenhaus zurückzufahren, blieb Barrie noch lange alleine in der Hotelhalle sitzen. Man hatte ihr mitgeteilt, daß sich Hamps Zustand soweit gebessert hatte, daß er am Sonntag mit seiner Mutter in die Vereinigten Staaten zurückfliegen konnte. Die Frage, was Marilyn Rich wohl bemerkt hatte, als sie die Halle betreten hatte, beschäftigte sie. Diese Frage quälte sie und brachte sie aus der Fassung. Offenbar hatte Marilyn alles wahrgenommen: ihre Liebe, ihre Leidenschaft und ihr Verlangen nach Dan. Sie war ganz in ihre Gedanken versunken, als Dan wieder die Halle betrat.

Er kam zu ihr und schaute auf sie herab. »Wie ist es gelaufen?« fragte er ruhig.

»Ich weiß es nicht.«

Er ließ sich in einen Sessel fallen. »Sie ist eine sehr attraktive Frau. Rich muß sein Aussehen von ihr haben.«

Barrie nickte zustimmend. »Ja. Sein Vater sieht auch gut aus.«

Dan lächelte. »Die typische amerikanische Familie, richtig?«

Seine Hand lag auf ihrem Arm. Durch das weiche Material des Ärmels spürte sie ihre Wärme. Dann beugte er sich zu ihr vor und berührte ihre Wange mit den Lippen. »Typisch amerikanische Familien überleben immer, Liebling. Das ist der Grund, warum sie typisch amerikanisch sind.«

Sie starrte ihn durchdringend an, dann schloß sie ihre Augen. Als sie sie wieder aufschlug, wirkte ihr Gesichtsausdruck entspannter. »Wir haben heute versucht, einen Titel zu finden«, sagte sie und wechselte das Thema.

»Habt ihr eine Entscheidung getroffen?« fragte er interessiert.

Sie lachte leise. »Nein. Bill will, daß das Wort ›Gott‹ irgendwo im Titel vorkommt und Horace will, daß der Film einfach ›Die Olympiade der Antike‹ heißt.«

Dan lachte. »Das ist leicht zu lösen. Gebt ihm den Titel ›Die Götter und die Olympiade der Antike‹. Das sollte doch eigentlich beiden gefallen.«

Lächelnd beobachtete sie ihn, wie er lachte. Der Schmerz tief in ihr schien wegzuschmelzen.

Der Donnerstag verlief zunächst ohne besondere Ereignisse. Alles war zur Routine geworden. Es war die dritte Drehwoche, und jeder wußte nun, was er zu tun hatte. Und dann am späten Vormittag, während der Aufnahmen des Stadionlaufes, des Laufwettbewerbes, der über die Länge eines Stadions ging, löste sich Dans Lendentuch und fiel auf halber Strecke zu Boden. Das war ein Ereignis, das sie nie vergessen würde. Sie stand neben Bill James und schlug die Hand vor den offenen Mund, als sie sah, wie Dan noch einige Meter weiterlief, bevor er bemerkte, daß das, was, da im Wind davonflog, nicht die Vögel über ihm waren. Er blieb plötzlich stehen und schaute sich nach dem abhandengekommenen Kleidungsstück um. Dann drehte er sich lachend um und ging zurück. Er bückte sich, um den weichen, ledernen Schurz, der im Staub lag, aufzuheben. Als er ihn in der Hand hielt, grinste er breit und schwenkte ihn wie ein Siegeszeichen in Bills Richtung. Als er sie neben Bill stehen sah, verzog sich sein Gesicht zu einem unbeschreiblichen Ausdruck. Sein Grinsen verschwand. Sein starker, muskulöser Körper zuckte sichtbar zusammen. Er ließ sich auf die Knie fallen und wandte sich ab, während er sich hastig wieder bekleidete. Sie biß auf ihre Unterlippe, um nicht loszulachen, aber vergeblich. Den ganzen restlichen Tag über mußte sie jedesmal, wenn ihr dieses komische Ereignis in den Sinn kam, jedesmal, wenn sie an seine Reaktion dachte, lachen. Sie würde niemals auch nur die kleinste Einzelheit seines Auftritts vergessen. Sie würde sich zeitlebens daran erinnern, wie er mit wehendem Haar und eingeölter Haut, die in der Sonne geglänzt hatte, als erster vor den Statisten durch das Feld gelaufen war. Und dann, als er nackt dagestanden war, war ihr erster Gedanke gewesen. »Ja, du bist ja wunderbar.« Sein Anblick ließ sie vor Erregung schwach werden.

Sie schüttelte den Kopf und starrte auf die Papiere, die vor ihr auf ihrem Schreibtisch ausgebreitet lagen. Am späten Nachmittag hatte es zu regnen begonnen, und man hatte die Aufnahmen unterbrochen, bis sich das Wetter besserte.

Sie schaute sich nicht um, als sie hörte, wie sich die Tür des Wohnwagens öffnete. Sie dachte, es wäre Logan, der vor dem Regen in den Wohnwagen flüchtete. Sie hörte, wie er geräuschvoll hereinkam und dachte sich nichts dabei, bis sich zwei starke Arme um sie legten und ein Körper sich über sie beugte. Ein Gefühl der Nähe und Geborgenheit überkam sie. Sie blickte zu Dan auf und lächelte. »Eine gute Vorstellung«, flüsterte sie und lachte.

Sie vernahm seine schmeichelnden Worte. »Ich liebe dich.« Er küßte sie auf den Hals. »Ich liebe dich nackt, das bedeutet, daß ich nackt bin und nicht du.«

»Dan«, ermahnte sie ihn. Sie fühlte die Wärme seiner Arme, die sie umschlangen. Sein Körper, der sich gegen ihre Schultern preßte, war heiß. Er stand über sie gebeugt. Sie schwiegen beide lange. Beide schauten durch das Fenster in den Regen hinaus.

»Am Sonntag«, sein Atem kitzelte sie am Ohr, »habe ich eine Überraschung für uns.«

»Was?« fragte sie und löste sich aus seinen Armen.

»Ich werde es dir nicht verraten, aber ich gebe dir einen Tip. Wenn es dann noch regnet, können wir nicht fahren.«

Sie fragte nicht weiter nach, da sie wußte, daß sie sowieso nicht fahren konnte. Hamp reiste am Sonntag in die Vereinigten Staaten ab, und man würde von ihr erwarten, daß sie ihn zum Flughafen brachte.

»Hast du keine Lust?« fragte er plötzlich und küßte sie aufs Haar.

»Wohin auch immer, ich kann nicht fahren. Wie du weißt, fliegt Hamp am Sonntag nach Hause.«

»Er fliegt schon am Vormittag. Ich spreche vom Sonntagnachmittag, Barrie. Barrie, wir sind seit nunmehr über drei Wochen hier in Griechenland und alles, was wir davon gesehen haben ist Athen, auf das wir nur einen kurzen Blick geworfen haben, der Drehort und der Strand bei der Villa. Das wird sich von heute an ändern. Laß uns beide heute allein zu Abend essen, nur wir beide. Weißt du, daß wir noch nie allein, zu zweit, an einem Tisch gesessen haben, außer damals in der Hotelhalle, und da wurden wir von Richs Mutter überrascht? Ich bin mir sicher, daß sie auf deinem Gesicht das gleiche gelesen hat wie ich. Du sahst aus wie ein Kind, das man beim Spielen mit Streichhölzern ertappt hat.«

»Ich werde heute abend im Krankenhaus sein«, sagte sie ruhig und ging nicht auf seine Bemerkung ein. Sie war sich sicher, daß er sich in ihrem Gesichtsausdruck getäuscht hatte. »Du weißt das doch, Dan. Warum sagst du das?«

»Weil du nicht die ganze Nacht dort bleiben wirst. Du bist immer vor zehn Uhr zurückgekommen, jedenfalls seitdem seine Mutter hier ist. Wir werden spät essen, nur wir beide«, fuhr er geduldig fort.

Sie wechselte das Thema. »Ich muß mich um ein paar Wettkämpfe kümmern, die für morgen vorgesehen sind. Vielleicht müssen wir umdisponieren, wenn die Aschenbahn schlammig ist.«

»Ich werde das für dich machen«, bot Dan ihr an. Er zog sie vom Stuhl hoch und umarmte sie fest. Er drehte sie langsam herum, bis sie ihm ins Gesicht blickte.

»Laß mich«, flüsterte sie und befreite sich mit gesenktem Blick aus seiner Umarmung.

Am Abend fuhr sie zum Krankenhaus nach Pyrgos. Der Regen hatte aufgehört, und der Mond schien schwach durch die restlichen Wolken. Sie betrat zaghaft Hamps Zimmer und atmete erleichtert auf, als sie sah, daß er allein war: »Hallo«, sagte sie erleichtert.

»Warum kommst du so spät, Barrie? Ich habe dich heute früh erwartet.«

»Ich kann nicht immer morgens kommen, Hamp. Wie ich dir erzählt habe, mußten wir die Villa verlassen und die Fahrt vom Hotel bis hierher dauert viel länger.«

Sie trat an sein Bett und küßte ihn flüchtig auf die Lippen.

Er setzte sich auf und sah sie, den Kopf leicht zur Seite geneigt, seltsam an. »Wie ist das neue Hotel?«

»Oh, es ist schön. Nicht groß, aber schön eingerichtet. Es hat zwei Restaurants und eine Bar. Die Zimmer sind groß. Ich glaube ich habe es dir schon am Montag beschrieben.«

»Und wenn ich mich recht erinnere, bist du meiner Frage ausgewichen, ob Meyers neben dir wohnt, oder nicht?« fiel er ihr ins Wort, bevor sie weitersprechen konnte.

»Laß uns nicht wieder damit anfangen, Hamp. Bitte.« Sie seufzte und warf erschreckt den Kopf in den Nacken.

»Ich will nur wissen, ob dein Zimmer neben seinem liegt. Warum weichst du einer so einfachen Frage aus? Die Antwort lautet entweder ja oder nein«, widersprach er leise.

»Hamp, es ist unwichtig, wo Dans Zimmer liegt. Was du wissen willst, ob wir zusammen in einem Zimmer wohnen. Und die Antwort lautet nein.« Sie zog zornig die Brauen hoch. »Ich will, daß du aufhörst mich über Dan auszufragen. Ich sehe ihn jetzt auch nicht öfter, als damals, als du aktiv bei der Produktion mitgearbeitet hast. Jetzt hör auf damit!« Sie biß sich auf die Lippe. Sie mußte das Thema wechseln, bevor ihr Zorn auf Hamp größer wurde. Oder auf sich selbst. Sie war sich nicht sicher, gegen wen sich ihr Zorn richten sollte. Vielleicht konnte Hamp ihren innerlichen Kampf, der durch Dan ausgelöst worden war und nun in ihr tobte, wahrnehmen. Sie versuchte, ihre Gelassenheit wiederzugewinnen, während sie ihn betrachtete. Sie führte die Fingerspitzen an den Mund und musterte ihn genau. Er war immer noch blaß im Gesicht, aber ein wenig Farbe war schon auf seine Wangen zurückgekehrt und unter dem festen Blick seiner grünblauen Augen zog sie ihren Kopf ein. Sein Haar war glatt wie Maisgrannen und über seiner Stirn strähnig und wirr. Sie bemerkte, daß sie ihn nicht länger ansehen konnte, ohne daß ein ihr bis dahin unbekanntes Gefühl in ihrer Brust aufstieg. Sie wandte sich ab und ging zum Fenster.

Dann sagte er etwas, auf das sie überhaupt nicht vorbereitet war. »Ich will ein Versprechen von dir, Barrie«, meinte er sehr sanft und leise.

Leicht lächelnd wandte sie ihren Blick dem Bett zu, wobei sie es vermied, ihm ins Gesicht zu sehen. »Was für ein Versprechen?«

»Ich will, daß du mir versprichst treu zu sein«, sagte er ernst. »Wenn ich am Sonntag abreise, will ich dieses Versprechen mitnehmen.«

Jetzt blickte sie ihm ins Gesicht. Sie starrte ihn verwirrt an und versuchte das, was er gesagt hatte, zu verarbeiten. Heftiger Ärger stieg tief aus ihrem Inneren in ihr auf. Sie brachte kein Wort heraus. Sie starrte ihn nur an.

»Kannst du es tun?«, bohrte er weiter. »Oder ist es für dieses Versprechen schon zu spät?«

Sie wand sich vor Verlegenheit, in die sich Wut mischte. Dennoch bemühte sie sich, beherrscht zu bleiben. Nach einem Moment antwortete sie leise: »Ich werde dich nicht anlügen, Hamp. Und ich werde kein Versprechen abgeben. Ich weiß nicht, ob ich dieses Versprechen halten könnte.« Sie schluckte einen unerträglichen Kloß hinunter. »Ich fühle mich zu Dan hingezogen, schrecklich hingezogen, aber zwischen uns ist nichts vorgefallen. Nichts, wirklich!« Sie hatte diese Worte eigentlich gar nicht sagen wollen, aber sie hatte sich nicht davon abhalten können. Sie lächelte ihn traurig an. »Ich wollte, ich könnte dir sagen, daß ich nichts für ihn empfinde. Siehst du das nicht, Hamp? Ich will nichts für ihn empfinden, aber ich tue es. Ich tue es!«

Alle Farbe wich aus seinem Gesicht, und wenn gar kein Blut mehr in seinem Körper gewesen wäre, so hätte er nicht weißer aussehen können. »Und was ist mit uns? Was ist mit dir und mir, Barrie?« Er schaute sie mit trüben Augen sehnsüchtig an und schüttelte den Kopf. »Ich weiß, daß es nicht Meyers Schuld ist. Verdammt, er verhält sich nur so, wie es jeder Mann tun würde, aber laß es nicht zu, daß er uns alles wegnimmt, was wir haben, Barrie. Ich brauche dich zum Leben. Ich liebe dich. Ich kann den Gedanken nicht ertragen, allein in unsere Wohnung zurückzukehren und zu wissen, daß du nie wieder zurückkommen wirst. Geh nicht weg, und laß mich nicht mit diesem Gedanken allein. Ich werde alles tun, um dich zu behalten. Alles! Ich werde alles tun. Sag mir nur was, und ich werde es tun.«

Während sie ihm zuhörte, fühlte sie, wie ihre Rührung immer stärker wurde. Das war in der Tat ein seltsames Gefühl. Sie schaute Hampton Rich an und wußte, daß sie dabei war, ihm das Herz zu brechen. Und gleichzeitig mit dem seinen brach sie ihres. Sie fühlte sich hilflos und unbeholfen. Sie wußte weder was sie sagen, noch was sie tun sollte.

Sie trat neben sein Bett. Er stand auf und streckte die Arme nach ihr aus. Ihr verschlug es beinahe den Atem, als sie auf ihn zutrat und die Arme um seinen Hals legte. Er kam ihr schwerfälligen Schrittes ein wenig entgegen und nahm sie in seine Arme. Einen Augenblick lang fühlte sie sich geborgen und beschützt. In der darauffolgenden Stille sprachen sie nicht und bewegten sich nicht. Er hielt sie zärtlich, liebevoll in seinen Armen, und sie drückte ihr Gesicht mit geschlossenen Augen gegen seine Schulter.

Dann nahm er ihr Gesicht in seine zitternden Hände, und zwang sie, ihn anzusehen. Ihr Herz schlug heftig, als sich ihre Blicke trafen. Er bedeckte ihren Mund mit zarten, kleinen

Küssen. Seine Hand streichelte ihr Haar. Als seine Lippen sich fest auf ihren Mund preßten, glitten ihre Finger über seinen Nacken hoch zu seinem Hinterkopf und durch sein wirres Haar. Sie fühlte, wie ein Schauer durch seinen Körper lief, während seine Hände versuchten, sie näher an sich heranzuziehen. Sie erzitterte, als sich seine Finger in das weiche Fleisch ihrer Hüften gruben und er sich an sie schmiegte. Sie riß ihren Mund von seinen Lippen los, schnappte nach Luft und versuchte, einen klaren Gedanken zu fassen. Aber ihr Verstand hatte sich verflüchtigt und Hamp bedrängte sie. Sie konnte ihn deutlich durch den Stoff ihres Rocks fühlen.

»Hamp«, stieß sie hervor, »deine Nähte, deine Wunde!«

»Das ist mir egal«, stöhnte er atemlos. »Das ist mir egal.« Seine gedämpften Worte strichen wie ein heißer Lufthauch über ihren Hals. Sie sträubte sich immer noch gegen sein Verlangen und gegen ihr eigenes. »Die Schwestern... deine Mutter... Hamp.«

Er wich ein wenig zurück. »Sei bitte still, Barrie. Laß sie hereinkommen, laß sie alle hereinkommen. Es macht mir nichts aus. Nur du bedeutest mir etwas, Barrie. Nur Du!«

Ihr Kopf dröhnte, und verrückte Gedanken stiegen in ihr auf. Das war nicht Hamp, den sie während all dieser Monate gekannt hatte. Sie war erstaunt. Hamp, der sich immer beherrscht hatte, der seinen Begierden nie ganz nachgegeben hatte, überließ sich in einem Krankenzimmer einem spontanen Ausbruch von Leidenschaft. Wo hatte dieser Hamp in den letzten achtzehn Monaten gesteckt? Dann versagte ihr Verstand, überlastet durch lauter unbeantwortete Fragen, gänzlich den Dienst. Während sie so in seinen Armen lag, wußte sie, daß sie noch nie in ihrem Leben so unlogisch gehandelt hatte, und wieder überflutete sie eine Welle unterschiedlicher Gefühle. Sie wünschte sich mit einem Mal, dieser Augenblick hätte sich bereits vor langer Zeit abgespielt, sie wünschte sich, er wäre schon immer so freizügig wie jetzt mit seinen Gefühlen umgegangen.

Er schob sie einen Schritt zurück und ließ sich auf das Bett niedersinken. Sie tat das gleiche. Als sie beide nebeneinander auf dem Bett saßen, entschlüpfte ihm ein Seufzer. Seine Arme hielten ihre Taille umfaßt, und sie umschlang immer noch seinen Hals. Mit einemmal waren seine Hände überall gleichzeitig. Als er sich zu ihr neigte, spürte sie seine Liebkosungen auf ihren Brüsten, auf ihrem Rücken und auf ihren Beinen. Die Wirkung, die seine liebkosenden Hände, die die Innenseite ihrer Schenkel streichelten, auf sie beide hatte, quälte sie. Ihre Qual wurde durch das Geräusch von klappernden Absätzen auf dem Korridor nur noch größer.

Sie sprang vom Bett auf, strich ihren Rock glatt, warf das Laken über ihn und rannte zum Sessel, während die Schritte immer lauter wurden. Ein kurzes Klopfen und Marilyn Rich betrat den Raum. Lächelnd sah sie zuerst Hamp, dann Barrie an. Ihr Lächeln verlosch.

»Hallo, Marilyn.« Barrie grüßte als erste, vermied es aber, Marilyns Blick zu erwidern.

»Hallo, Barrie«, sagte sie ernst und wandte sich dann ihrem Sohn zu. Sie schaute Hamp scharf an, sagte aber nichts. Sie wandte sich wieder an Barrie. »Ist heute in Olympia alles gut gegangen?« fragte sie und machte wieder ein freundliches Gesicht.

»Ja, bis es anfing zu regnen«, antwortete Barrie automatisch, ohne Marilyn Rich aus den Augen zu lassen. Sie wagte es nicht, Hamp anzusehen, noch nicht sofort jedenfalls. Sie wollte sich so lässig wie nur möglich geben, obwohl sie ein tiefes Gefühl der Enttäuschung empfand. Warum hatte ihr das passieren müssen? Warum hatte sie es zugelassen, daß ihr das passiert war? Warum hatte sie Hamp gestattet, sich ihr in dieser Weise zu nähern? Warum? Sie trommelte ungeduldig mit den Fingern auf die Armlehne des Sessels.

Sie dehnte den Besuch bei Hamp und seiner Mutter viel länger aus, als sie beabsichtigt hatte. Einen Großteil der Zeit saß sie schweigend da und hörte den beiden zu, aber sie verstand nicht, den Sinn ihrer Worte. Sie kannte die Leute nicht, über die sie sprachen: Tanten, Onkel, Kusinen, Nachbarn. Und doch war es leichter dazusitzen und Aufmerksamkeit vorzutäuschen, als zum Hotel zurückzukehren – und zu

Dan. Sie fühlte sich wegen der wilden Gedanken, die ihr durch den Kopf gingen, fast wie ein Verbrecher. Es gab keinen Zweifel, sie war überrascht wie niemals zuvor. Sie fühlte sich beschämt, sie konnte das, was beinahe geschehen wäre, nicht verstehen. Ihre Selbstachtung war angeschlagen. Sie hatte versucht, Hamp zu lieben, und sie hatte versagt. Sie konnte es kaum fassen, daß sie so nahe daran gewesen war, mit einem Mann zu schlafen, den sie nicht mehr liebte. Sie konnte nicht beide begehren oder beide lieben oder auf so merkwürdige Art weiterhin zwischen beiden hin und her schwanken. Das war offenbar ihr Dilemma, und sie mußte dafür eine Lösung finden – bald. Sie fragte sich, ob wohl ein Psychoanalytiker dazu imstande wäre, diese Gefühle, die sie so verwirrten, zu verstehen. So konnte es nicht weitergehen. Sie mußte dem ein Ende bereiten.

Und dann erschien, wie von Gott gesandt, Logan im Krankenhaus, um Hamp und Marilyn Rich einen Besuch abzustatten. Nach einer Stunde Gelächter und Scherzen, als er wieder aufbrechen wollte, fragte er: »Barrie, möchtest du mit mir zurückfahren?«

»Ich habe selbst einen Wagen hier, ansonsten täte ich es gerne.«

Er schob ihre Ausrede beiseite. »Oh, kein Problem. Ich werde morgen jemanden herschicken, der ihn abholt. Übrigens, ich werde Hamp und Mrs. Rich am Sonntag zum Flugplatz bringen. Wenn du willst, können wir alle zusammen hinfahren.«

Bevor Barrie ablehnen konnte, mischte sich Hamp ein: »Ich glaube, es ist ein guter Vorschlag von Logan, mit ihm zurückzufahren, Barrie. Ich weiß nicht, wie sicher die Straßen nach Olympia um diese Zeit in der Nacht sind.«

»In Ordnung«, stimmte Barrie ohne weitere Widerrede zu.

Während Logan noch eine Frage von Hamp zu einem Layout beantwortete, begleitete Marilyn sie auf den Gang hinaus. »Barrie«, fragte Marilyn sanft, »hast du ein wenig über unser Gespräch im Hotel nachgedacht?«

Barrie wurde bleich und drehte sich um. »Ja.«

Marilyn drückte ihren Arm. Dann drehte sie sich um und ging in das Krankenzimmer zurück.

Während der ersten Minute der Fahrt saß Logan nachdenklich und schweigsam da, dann wandte er ihr unvermittelt den Kopf zu und fragte: »Möchtest du am Sonntag mit Hamp nach Hause fliegen?«

Die Frage schockierte sie dermaßen, daß sie ihn sprachlos, mit weit aufgerissenen Augen anstarrte. »Was?« brachte sie schließlich heraus.

»Komm, wir wissen beide, daß du den Rest deiner Arbeit genausogut zu Hause wie hier erledigen kannst. Ich will wissen, ob du mit Hampton nach Hause fliegen möchtest?«

»Ich verstehe nicht, warum du mich das fragst, Logan. Willst du, daß ich mit Hamp nach Hause fahre? Ist das der Grund?«

»Du verstehst es nicht, weil du es nicht verstehen willst!« sagte er ziemlich barsch.

Sie fing an, zornig zu werden, zwang sich jedoch zu einem schiefen Lächeln. »Nun, was soll ich denn verstehen, Logan? Wenn du willst, daß ich am Sonntag abreisen soll, dann sag es! Ich weiß nicht, was dich veranlaßt hat, mir so etwas vorzuschlagen, aber ich erfülle dir deinen Wunsch sehr gern, wenn du mir sagst, warum.« Sie blickte herausfordernd in sein faltiges, im Dunkeln schwer erkennbares Gesicht und beobachtete ihn, wie er tief Luft holte.

»Ich kenne dich jetzt schon ziemlich lange, oder?«

»Ja«, stimmte sie bereitwillig zu.

»Ich kenne auch Hamp jetzt schon seit einigen Jahren.«

»Also?« Zum Teufel noch mal, worauf wollte er hinaus? Sie fing an, die Geduld zu verlieren.

»Also, ich dachte, ich täte euch einen Gefallen, wenn ich euch zusammen nach Hause fahren ließe. Jedem von euch beiden.«

Sie dachte einen Moment lang über das Gesagte nach. Einen langen Moment. Sie begann zu ahnen, was dahintersteckte. Ihr Mund bildete ein ›O‹ und dann einen dünnen Strich. Endlich begann sie zu verstehen: Logan, der Kuppler.

Wie seltsam, daß sich jemand aus dem Team einmischte und seine Meinung dazu äußerte. Plötzlich fragte sie sich, ob Hamp dahinter steckte.

Er mußte ihre Gedanken erraten haben, denn er sagte: »Vergiß einfach, daß ich es erwähnt habe, Barrie.«

Sie kicherte verbittert. »Sicher Logan, ich betrachte es als vergessen. Aber sie würde es nicht vergessen, und ebensowenig würde sie die Enttäuschung, die sie deswegen verspürt hatte, vergessen.

Das Abendessen bei Kerzenlicht im Restaurant des Hotels, verbesserte ihre Stimmung nicht wesentlich, obwohl Dan gut aussah in seiner weißen Jacke, seinen schwarzen Hosen, den polierten Schuhen und dem weißen Seidenhemd, das am Hals offen stand. Sie hatte sich mit besonderer Sorgfalt gekleidet. Sie trug ein dekolletiertes, eng anliegendes Kleid und modische, hochhackige Schuhe, die zu ihrer eleganten Handtasche paßten. Sie hatte sich die Haare gewaschen, neu frisiert und das Gesicht geschminkt. Sie hatte Wimperntusche und einen dunklen Lippenstift aufgetragen und sich mit Eau de Cologne besprüht. Aber all der Aufwand, den sie betrieben hatte, um sich zurechtzumachen, konnte nicht das seltsame Gespräch mit Logan aus ihren Gedanken verdrängen.

Dan schaute sie, über die Flammen der Kerzen hinweg, fragend an. Eine griechische Folkloregruppe musizierte und tanzte gerade, deshalb sagte er nichts, sondern sah sie nur unverwandt an. Auf dem Tisch standen neben kleinen Appetithappen noch zwei Gläser Ouzo, den Dan, trotz des süßen Nachgeschmacks, gerne trank. Barrie saß da, ohne zu essen oder zu trinken, und schaute sich nur das Unterhaltungsprogramm an. Ihr Gesichtsausdruck war ruhig, ernst und geistesabwesend. Einen Augenblick später klatschte sie Beifall und wandte den Kopf um. Ihre Blicke trafen sich. Sie schlug schnell die Augen nieder und hob ihr Glas. Sie nippte und hielt dabei den Blick gesenkt.

»Ich möchte wetten«, sagte Dan ruhig, »daß du als Kind wie eine unschuldige Porzellanpuppe ausgesehen hast.«

»Nicht ganz.« Sie schenkte ihm ein verführerisches Lächeln, zum erstenmal an diesem Abend. »Eher wie eine Vogelscheuche. Ich bestand nur aus zwei Armen, zwei Beinen und zwei Augen.«

Sein Gesicht glänzte im Kerzenschein und ein leichtes Lächeln umspielte seine Lippen. »Ich möchte wetten, daß es in deinem Leben keinen Tag gegeben hat, an dem du unattraktiv ausgesehen hast.«

»Ich trug eine Zahnspange.«

Er lachte. »Hast du einmal einen Jungen geküßt, als du sie getragen hast?«

Sie kniff die Augen zusammen und dachte nach. »Nein, und falls doch, erinnere ich mich heute nicht mehr daran. Ich glaube, ich war viel zu schüchtern. Die meisten Jungen, mit denen ich ausgegangen bin, haben auch eine getragen, und ich nehme an, daß all die alten Witze über Zahnspangen, die sich ineinander verhaken, mich vom Küssen abgehalten haben.« Sie sah ihn lächelnd an. »Und du?«

»Was? Zahnspangen getragen? Nein«, sagte er mit leisem Lachen.

»Ein Mädchen geküßt, das welche trug?«

Er zögerte nachdenklich. »Ja, ich glaube, ja. Ich glaube, ich habe jedes Mädchen an meiner Schule irgendwann einmal geküßt! Zahnklammern, Brillen, ausgestopfte Büstenhalter und dergleichen mehr.«

»Bis auf die, die zählte. Die hast du doch nie geküßt, oder?«

»Nein, Liebling, sie habe ich nie geküßt. Aber das ist eine gute Lektion für mich gewesen, Barrie. Ich habe begriffen, daß ich nicht immer jede Frau, die ich will, bekommen kann.

Sie lächelte wehmütig und nippte noch einmal an ihrem Ouzo.

»Bedrückt dich etwas, Barrie?« fragte er plötzlich.

Sie stützte ihren Ellbogen auf die Armlehne des Sessels und legte drei Finger an ihre Stirn. »Ja«, wisperte sie. »Ja, etwas bedrückt mich entsetzlich.«

»Würdest du gerne darüber sprechen?« fragte er vorsichtig weiter.

Sie betrachtete ihre Handfläche, während sie sich mit den Fingern über die Stirn fuhr. »Ich weiß nicht wie, Dan«, antwortete sie schließlich.

»Es gibt zwei Möglichkeiten, Taten oder Worte.« Seine Augen waren traurig, aber er strahlte sie an. »Also, warum verwenden wir, da wir nun schon einmal über dieses Thema sprechen, nicht einfach Worte, Barrie? Was ist los?«

Sie ließ ihre Hand sinken und schaute ihn über ihr Glas hinweg an. »Logan hat heute versucht, mich dazu zu veranlassen, zusammen mit Hamp am Sonntag nach Hause zu fahren.«

Sein Mund öffnete sich kurz. »Hat er was unternommen?« erwiderte er ungläubig.

»Er fragte mich, ob ich am Sonntag zusammen mit Hamp nach Hause fliegen wolle?«

Er fuchtelte mit beiden Händen. »Was ist mit deinen Nachforschungen, deinem Artikel? Sollst du den einfach unvollendet lassen?« Er lief vor Wut rot an.

»Er ist fast fertig, und Logan weiß das auch. Noch einige Stunden Arbeit, und er ist abgeschlossen. Und Bill braucht mich nun nicht mehr so dringend, deshalb hat Logan gemeint, daß ich mit Hamp abreisen könne.«

Dan erbleichte. »Was willst du nun tun?« flüsterte er beunruhigt. »Reist du ab, Barrie?«

Sie gestikulierte nervös mit beiden Händen. »Ich – ich weiß es nicht. Ich glaube, ich sollte es in Erwägung ziehen!«

»Verdammt, nein!« sagte er laut, mit funkelnden Augen. »Woher nehmen diese Leute das Recht, sich in dein Leben einzumischen? Es ist dein Leben, Barrie. Wenn du gehen willst, verdammt noch mal, dann geh. Aber du wirst nicht am Sonntag in dieses Flugzeug steigen und mit Hamp davonfliegen, und zwar deswegen, weil Hamp, Logan oder sonst irgend jemand will, daß du abreist!« Seine glühenden Augen fixierten sie. »Willst du mit Hamp nach Hause fahren?«

Sie sah ihn verstört an, seine eindringliche Frage hatte sie getroffen. »Das mag dir wie eine einfache Frage erscheinen, Dan, aber ich versichere dir, das ist keine einfache Frage. Es ist eine sehr schwierige Frage, und ich kann sie nicht beantworten.«

»Nun, es ist an der Zeit, daß du nach einigen Antworten suchst, Barrie. Hör mir zu, bitte. Ich bin auch schon einmal da gestanden, wo du jetzt stehst. Ich habe den Schmerz verspürt, den du jetzt verspürst. Ich habe eine Ehe und eine Scheidung durchgemacht und das tut weh. Barrie, Frauen sind nicht die einzigen auf dieser Welt, die Schmerz ertragen müssen. Weißt du, wie das ist, wenn man jemandem gegenübersteht, den man einmal geliebt hat und dem man nun sagen muß: ›Es tut mir leid, aber ich liebe dich nicht mehr?‹ Aber man muß es sagen, denn es ist die Wahrheit. Und man muß sich der Wahrheit stellen, sogar, wenn sie so schmerzhaft ist, daß man glaubt, man überlebt es nicht. Es ist unfair und grausam, sie nicht zu sagen. Und ich weiß, daß du kein grausamer Mensch bist.«

»Du hast dich scheiden lassen, Dan?« fragte sie und blickte ihn überrascht an.

Er nickte langsam. »Ja, ich liebte sie sehr, Barrie. Sie war schön, warmherzig und liebevoll, und in den ersten Monaten unserer Ehe waren wir glücklich und ekstatisch, aber dann traten kleine Veränderungen ein. Es waren keine wirklich großen Schlüsselerlebnisse, sondern kleine Ereignisse. Ich will hier vorausschicken, daß ich dir nichts erzähle, was Julie dir nicht auch erzählen würde. Sie verlor ihre Individualität. Es war, als ob sie nicht mehr für sich selbst denken könnte. Es war mir nicht bewußt, wie sehr sie von mir abhängig war, bis ich eines Tages von einem Auftrag an der Küste, der eine Woche gedauert hatte, zurückkam und keine Lebensmittel in der Wohnung vorfand. Sie hatte so etwas Einfaches, wie zum Lebensmittelhändler hinuntergehen, einfach nicht getan. Zuerst war ich sehr wütend auf sie. Dann erkannte ich, daß es zum Teil meine Schuld war. Ich hatte zugelassen, daß es soweit gekommen war. Du weißt, was siamesische Zwillinge sind. Nun, Julie und ich, wir führten eine siamesische Ehe. Wir gingen zum Eheberater. O Gott, wir verbrachten Stunden über Stunden damit zu versuchen, unsere Probleme zu lösen, aber es war zu spät und das Unheil war bereits geschehen. Wir liebten uns nicht mehr, unsere Liebe hatte sich in nichts aufgelöst. Vielleicht gelingt es manchen, dieses Gefühl wieder zurückzugewinnen, aber ich konnte es nicht. Wo einst Liebe gewesen war, war nunmehr Leere, und die konnte ich nicht ausfüllen. Wir können einfach nicht durch das Leben gehen und nur die einfachen Fragen beantworten, wir müssen auch auf die schwierigen Fragen eine Antwort finden. Nun, willst du am Sonntag nach Hause fahren?« Er legte seine Hand auf die ihrige.

Sie holte tief Luft. »Nein. Ich will nicht am Sonntag nach Hause fahren. Ich glaube nicht, daß ich jemals wieder nach Hause zurück will.«

Er lächelte beinahe und sagte: »Ich bin mir sicher, daß du nach Hause zurückkehren willst, wenn die Zeit dafür reif ist.«

Ihre Augen weiteten sich, und sie umfaßte fest seine Hand. »Dan, warum richten wir in unserem Leben nur ein solches Chaos an? Ich habe immer das getan, was ich für das Beste hielt, aber alles, was mir einmal lieb und teuer gewesen ist, scheint nun plötzlich wertlos und lästig zu werden. Ich wünsche mir nicht viele materielle Güter im Leben, aber ich will glücklich sein.«

Er lächelte und drückte ihre Hand. »Barrie, du glaubst, daß du nicht viel verlangst, aber Liebling, das Glück ist wahrscheinlich das Wertvollste im Leben.«

»Nun, das will ich haben – Glück.«

Seine Augen leuchteten auf, als er sagte: »Ich habe für den Sonntagnachmittag ein Boot gemietet. Ich möchte, daß du mit mir kommst, Barrie. Wir werden zu einem Strand, nördlich von Pyrgos segeln und schwimmen und picknicken. Laß uns an unseren nächsten freien Tagen versuchen, ein wenig von diesem schönen Land zu sehen. Laß uns ein paar von den kleinen Dörfern besuchen und die Einheimischen kennenlernen.« Er hörte auf zu sprechen und wiegte leicht seinen Kopf im Takt der Melodie, die von den Musikern auf der Bühne gespielt wurde. »Und warum soll uns auf unserer Suche nach dem Glück ein so hübsches Lied, wie dieses nicht behilflich sein können?« Er faßte sie am Arm, und während sie langsam aufstand, sah sie ihn mit warmen und lebendigen Augen an.

Auf der Tanzfläche nahm er sie in die Arme. Ihre Körper berührten sich, und sie wiegten sich im langsamen Rhythmus der Musik. Sie spürte die verführerische Ausstrahlung seines Körpers, und als er sie an sich zog, preßte sie sich an ihn. Sie legte ihre Arme um seinen Hals, und als sie zu ihm aufblickte streiften seine Lippen zärtlich ihr Kinn. »Es sollte gesetzlich verboten sein, daß jemand so schön ist«, flüsterte er lächelnd.

In diesem Augenblick erinnerte sie sich daran, wie nahe sie Hamp vor nur wenigen Stunden noch gewesen war, und sie wich plötzlich von ihm zurück. »Dan, ich möchte wirklich lieber aufhören zu tanzen.«

Er sah sie merkwürdig an, aber er stellte keine weitere forschende Frage, während er sie an den Tisch zurück begleitete. Sie setzte sich, und ihr Blick schweifte eine Sekunde lang unruhig durch den Saal. Dann führte sie ihr Glas an die Lippen und leerte es in einem schnellen, allzu schnellen Zug. Sie mußte den letzten Schluck eine gute Minute lang im Mund behalten, bevor sie ihn schlucken konnte.

Er ergriff wieder ihre Hand, aber diesmal zog sie sie zurück und verschränkte ihre Hände im Schoß. Verwirrt verfiel er in brütendes Schweigen und beobachtete sie.

Nach einer Weile fragte er ernst: »Leben deine Eltern noch, Barrie?«

Sie nickte. Ihre Augen füllten sich sogleich mit Tränen. »Sie lassen sich gerade scheiden«, eröffnete sie ihm, selbst überrascht darüber, es so spontan gesagt zu haben.

»Warum?« Sein Blick wanderte über ihr Gesicht.

»Sie haben festgestellt, daß sie sich nicht mehr lieben. Zumindest nicht mehr richtig!«

»Gibt es einen anderen, einen anderen Mann, eine andere Frau?«

»Ja, eine andere Frau. Mein Vater will eine jüngere Frau mit kleinen Kindern heiraten, sobald die Scheidung durch ist.

Es müßte jetzt eigentlich täglich soweit sein, oder vielleicht ist es auch schon geschehen.«

»Irgend etwas sagt mir, daß das der Kern deines Problems ist. Die Krise, in der deine Eltern stecken plus deine eigene.« Sie starrte ihn an und gab aber keine Antwort.

Am Sonntagmorgen fuhr Barrie um sieben Uhr ins Krankenhaus, um Hamp zum letztenmal vor seiner Heimreise zu besuchen. Er saß in dem Sessel und trug saubere, frisch gebügelte Hosen und ein kariertes Hemd, das am Kragen offenstand. Marilyn Rich lief geschäftig im Zimmer hin und her und schaute nach, ob sie etwas vergessen hatten. Als er Barrie erblickte, sagte Hamp: »Mutter, würdest du uns bitte für eine Minute allein lassen?«

Marilyn Rich betrachtete beide mit einem sehr besorgten Blick und verließ schweigend das Zimmer.

Hamp schaute sie an. Sie wirkte sauber und frisch in ihrem hellblauen Kleid und den flache Slippern. Er lächelte sie an und sagte: »Ich habe nachgedacht, Barrie. Zwei Wochen sind keine allzu lange Zeit. Und vielleicht brauchst du diese Zeit. Deshalb will ich dir keine Schuldgefühle verursachen, weil du ohne mich hierbleibst.«

Sie äußerte flüsternd ihre Vermutung. »Du wußtest, daß Logan mir anbieten würde mit dir zurückzufliegen, oder nicht?«

Er nickte und murmelte: »Ja, ich habe es gewußt. Race hat es mir gegenüber erwähnt, als er die Nacht über hierblieb, aber ich habe nicht geglaubt, daß du mitkommen würdest.« Er stand langsam und schwerfällig auf: »Ich will nicht, daß du hierbleibst. Ich will nicht, daß du hier bist, wenn Logan kommt, um uns zum Flughafen zu fahren.«

»Du willst nicht, daß ich dich zum Flughafen begleite?«

Er schüttelte kurz und traurig den Kopf. »Nein. Laß uns hier, allein, Abschied nehmen. Selbst, wenn es nur für zwei Wochen ist, will ich mich allein, ohne die anderen, von dir verabschieden.« Plötzlich begann seine Stimme zu zittern: »Ich –« Er schluckte. »Ich will dich mit niemandem teilen,

Barrie. Ich schätze, ich bin in dieser Hinsicht sehr selbstsüchtig.«

»Hamp…«, begann sie. »Ich muß mit dir über Dan sprechen.«

Er hob abwehrend die Hand. »Nein.« Er schaute sie an und schüttelte den Kopf. Seine Stimme klang jetzt wieder fest. »Sag jetzt nichts, Barrie. Warte damit bis du nach Hause kommst.« Er sah sie flehentlich an. »Du wirst doch nach Hause kommen, oder? Wir werden dann über alles sprechen. Über alles, sogar über Meyers.«

Sie schüttelte hilflos den Kopf. »Hamp, ich weiß es nicht«, brachte sie schließlich mit verloren klingender, aber ruhiger Stimme hervor. »Wir sollten jetzt darüber sprechen.«

Alle Farbe wich aus seinem Gesicht. Er nahm ihre Worte scheinbar nicht zur Kenntnis. »Ich werde nur für einige Tage nach South Carolina fahren, und danach werde ich wieder daheim, in unserer Wohnung, sein. All dies hat bis dahin Zeit. Ich kann jetzt keinen Abschied ertragen, Barrie. Nicht hier und nicht jetzt. Ich fühle mich wieder kräftiger, aber ich bin noch nicht so stark.«

Sie nickte. »In Ordnung.« Sie erstickte beinahe. »Wenn du es so haben willst.«

Er streckte die Arme nach ihr aus. Eine Schwäche überkam sie, und sie sank an seine Brust. O Gott, wie sehr sie litt. Er schloß sie fest in seine Arme und hielt sie so lange, lange fest. Dann fragte er: »Einen Kuß?« Er schaute ihr tief in die Augen und drückte seine warmen Lippen auf ihren Mund. Er wich zurück und lächelte sie traurig an. »Bis in zwei Wochen.«

Sie konnte ihn durch den Tränenschleier hindurch nicht mehr erkennen. Sie stürzte zur Tür hinaus auf den Korridor, wo ihr Marilyn Rich, tadellos gekleidet, entgegentrat. »Barrie, es ist so am besten. Ein Abschied ist immer schmerzlich. Immer.«

»Aber verstehst du denn nicht, Marilyn. Er wollte nicht, daß ich mich verabschiede.« Tränen verschleierten ihre dunklen Augen. Sie schüttelte kurz den Kopf. »Also war es keiner im eigentlichen Sinne, glaube ich.«

Auch Marilyns Augen wurden feucht, und sie schluckte. »Raymond und ich, wir haben keinen Dummkopf großgezogen, meine Liebe. Hampton weiß, daß es zwischen euch beiden aus ist. Er kann sich nur noch nicht dazu durchringen, es laut und deutlich auszusprechen, aber das kommt noch.« Sie hielt ihren Blick fest auf Barries Gesicht geheftet. »Alles was er braucht, ist ein wenig mehr Zeit.« Sie umarmte Barrie. »Nun, paß auf dich auf, und mach dir keine Sorgen mehr um ihn. Er kommt schon zurecht. Ich weiß es.«

»Ich hoffe es«, würgte Barrie hervor. Sie drehte sich schnell um und lief aus dem Krankenhaus. Sie begegnete Logan, der vom Parkplatz kam, aber sie wandte den Kopf ab und tat so, als ob sie ihn nicht sehen würde.

Eines stand fest: in den kommenden Stunden, den kommenden Tagen und den kommenden Wochen mußte sie sich selbst ins Gesicht schauen. Und in zwei Wochen würde sie wieder Hamp unter die Augen treten müssen. Sie betete darum, daß Marilyn ihn richtig einschätzte.

14

Barrie konnte es nicht fassen, wie blau das Wasser war. Über den Bootsrand des sanft dahingleitenden Segelbootes streckte sie ihre Hand aus, tauchte sie in das Wasser und ließ es zwischen ihren Fingern hindurchgleiten. Aber das Blau des Wassers war nicht so intensiv, wie das des Himmels, der sich über ihnen wölbte. Sie blickte zum Ufer hinüber und sah große Schwärme von anmutigen Möwen, die ins Wasser herabschossen und dann behäbig wegflogen.

Dan, der das Ruder mit einer Hand hielt, drehte den Bug des Schiffes nach Luv, und sie glitten über das Wasser. Man konnte die weiß schimmernden Strände deutlich erkennen. Sie richtete ihren Blick auf die flatternden Segel. Die steife Brise wehte ihr die Haare aus dem Gesicht.

Dan, der weiße Shorts und eine passende Windjacke trug, die vorne offen war, saß einsilbig da und war mit seinen eigenen Gedanken beschäftigt. Seitdem sie kurz nach Mittag das Hotel verlassen hatten, hatte er kaum ein Wort gesprochen.

Barrie sah ihn an und beobachtete, wie ihm der Wind rücksichtslos durch sein Haar fuhr, bis seine Locken völlig durcheinander und verfilzt waren. Sein Blick war auf die Segel, den Himmel geheftet. Worauf genau, konnte Barrie nicht erkennen. Ihr war nur klar, daß er nicht sie anschaute. Sie beobachtete wie der glatte Baumwollstoff an seinen Schultern ständig neue Falten warf, während er das Segelboot manövrierte. Plötzlich durchfuhr sie ein Gedanke: Daniel De Wayne Meyers, wie in aller Welt hast du in Tucson, Arizona segeln lernen können? Das war ungefähr so, als ob man in Albuquerque, New Mexiko, Surfen lernen könnte.

Sie schloß die Augen und legte lächelnd den Kopf in den Nacken. Sie lauschte auf den Wind und das strudelnde Kielwasser. Sie fühlte sich seltsam friedlich und wünschte sich immer weiter und weiter segeln zu können, bis zum Horizont.

Schließlich überschrie Dan das sanfte Tosen des Windes. »Siehst du die Insel da drüben?« Er zeigte nach links auf eine kleine, einsame Insel, die jetzt sichtbar wurde. Das Segelboot war von ihr etwa ebenso weit entfernt, wie vom Festland, das zu ihrer Rechten lag. »Ich glaube, das ist die, von der man mir erzählt hat. Sie soll großartige Strände haben, und man soll dort hervorragend schwimmen können. Er grinste sie über die Schulter an. »Und sie soll auch einsam sein.«

»Wenn sie all das bietet«, rief sie zurück und lächelte, »warum ist sie dann einsam?«

»Es ist zu weit zum Schwimmen, vom Festland aus«, antwortete er mit lauter Stimme. »Und sie ist zu klein. Die großen Jachten lassen sie links liegen.«

Sie richtete sich auf und beobachtete wie die Insel größer wurde, als das Segelboot näher kam. Hinter den weißen, sandigen Stränden lagen kleine, wellige Hügel, die von niedrigem, grünen Gebüsch überwuchert waren. Es gab auch einige große Felsen, die die brennende Sonne schneeweiß gebleicht hatte. Dahinter, auf dem Hügel, konnte man an verschiedenen Stellen leuchtende, wildwachsende Blumen erkennen. »Es ist wirklich schön hier«, sagte sie, als der Kiel des Boots nur einige Meter vom Strand entfernt den Grund berührte.

Dan sprang über Bord und zog es an den Strand. Dann watete er auf ihre Seite hinüber und blickte, mit den Füßen im kristallklaren Wasser stehend, zu ihr hinauf. »Insel der Glückseligkeit«, sagte er. »Möchtest du aussteigen?«

»Hmmm«, murmelte sie und blickte in seine blauen Augen. »Ich weiß nicht. Was sagt der Reiseführer über die Insel der Glückseligkeit?«

Er grinste. »Reiseführer sind hier gesetzlich verboten. Jeder, der hierher kommt wird als Freigeist betrachtet.«

Sie nickte ein- oder zweimal. »Das klingt in meinen Ohren akzeptabel. »Ich glaube, ich steige aus.« Sie stand auf. Während sie über den Bootsrand kletterte, hielt sie sich daran fest, um nicht das Gleichgewicht zu verlieren.

Er trug sie auf den Armen zum Strand, wobei er sie fest an sich drückte. Sie fühlte seine Kraft, seine beruhigende Nähe. Er grinste teuflisch und flüsterte ihr ins Ohr: »Habe ich dir schon gesagt, wie sehr du mich an eine Sch...?«

»Das wirst du mir büßen, du großes Kind!« unterbrach sie ihn, scherzhaft protestierend. »Für diese Worte mußt du leiden!« Sie entwand sich seinen Armen und stellte sich breitbeinig vor ihn hin. »Es wird wohl am besten für dich sein, wenn du versuchst mit den Fischen Freundschaft zu schließen, denn du hast gerade soeben den einzigen Freund verloren, den du auf dieser Insel besessen hast.«

Er grinste sie frech und herausfordernd an. »Oh. Nun, wenn du nicht nach meiner Pfeife tanzt, dann segle ich eben zur Villa hinüber und hole Sephira.«

Mit weit aufgerissenen Augen stürzte sie sich auf ihn und rief lachend: »O ja, tu das nur?« Sie warf sich mit aller Kraft gegen seine Brust und brachte ihn aus dem Gleichgewicht. Er fiel in den Sand, und sie warf sich auf ihn. Atemlos nach Luft ringend, stieß sie hervor: »Aber wenn sie mitkommt, wird sie nicht nach deiner Pfeife tanzen, denn du wirst überhaupt nicht mehr imstande sein, zu pfeifen!«

Für einen Augenblick lagen sie eng umschlungen im Sand. Plötzlich war es kein Spiel mehr. Trotz der Glut der Sonne spürte sie, wie ein Kälteschauer sie von Kopf bis Fuß durchfuhr. Sie lagen da und hielten einander fest. Keine Macht der Welt konnte sie jetzt wieder auseinanderreißen. Alle Qual fiel von ihnen ab und wurde mit der Ebbe von der kleinen Insel in das Meer hinausgetragen. Noch nie war ihre Begierde so stark gewesen. Seine Umarmung wurde fester, und sein Bein strich über das ihre. Ihre Finger spielten mit seinem wirren Haar. Ihre Lippen fanden sich: weiche, feuchte, samtige Lippen. Sie schnappte nach Luft. Ihre lachenden Augen funkelten nun vor brennender Begierde. Seine leuchtenden, blauen Augen blickten tief in ihre Augen. »Ich liebe dich so sehr, Barrie. So sehr.«

Sie brachte kein Wort hervor, aber ihre Finger verkrampften sich in seinem Haar, und ihr Mund suchte den seinen, um ihn zu berühren und zu küssen. Dieses Verlangen beherrschte ihren Verstand so sehr, daß sie keine Worte mehr fand. Sie konnte nicht mehr denken. Tausend aufkeimende Gedanken wurden von einer Welle tausend neuer Sehnsüchte hinweggerissen.

Verzehrender Wahnsinn ergriff sie, und ihre Lippen preßten sich aufeinander. Ihre hektisch suchenden, tastenden Zungen stießen aufeinander. Ihr Atem ging schneller, und seine Lippen bedeckten ihr Gesicht, ihre Augen, ihre Wangen, ihr Kinn und ihren Hals mit Küssen, heißen feuchten Küssen. Seine Hände streichelten ihren Körper. Dann war sie, wie durch Zauberei, nackt, ebenso wie er. Sie fragte: »Bist du ein Zauberer, Dan?« Sie erinnerte sich nicht mehr daran, wann die Kleidung verschwunden war. Sie hatte ihr Verschwinden erst bemerkt, als sie bereits weg gewesen war, als sie gefühlt hatte, wie er seinen nackten Körper gegen den ihren gepreßt hatte.

Sie zitterte vor Erwartung, doch in diesem Moment spaltete sich ihre Begierde. Einerseits wollte sie ihn sofort in diesem

Augenblick haben, andererseits wollte sie krampfhaft den Moment der Besitzergreifung so lange wie möglich hinauszögern, da sie wußte, daß sie diesen Augenblick nur einmal erleben konnte. Er liebkoste ihre Brüste, zuerst mit den Händen, dann mit dem Mund und der Zunge. Sie fühlte wie ihre Brustwarzen unter dieser sinnlichen Berührung hart wurden. Seine Finger zogen eine feurige Spur entlang ihres Bekkens. Sie glitten über ihre Haut. Wellen der Erregung durchfluteten sie. Sie faßte ihn an. Sie streichelte ihn zuerst leicht, dann immer leidenschaftlicher. Ein Stöhnen drang aus seiner Kehle, als er sie berührte.

In diesem Moment flog eine kreischende Möwe mit weit ausgespannten Flügeln über sie hinweg. Sie schlug die Augen auf. Der Anblick dieses Vogels erinnerte sie an ein Flugzeug. Sie mußte plötzlich an die Boeing 747 denken, die Hamp nach Hause, nach New York, brachte. Tränen traten ihr in die Augen, und sie atmete tief ein, aber sie konnte den Schrei nicht unterdrücken, der sich ihrer Kehle entrang und mit dem Gekreisch der Möwe vermischte.

Er riß sich von ihr los und starrte sie, wie vom Blitz getroffen, an. Er schüttelte verwirrt den Kopf. »Barrie?«

Sie blickte zu ihm auf, aber sie konnte sein Gesicht durch den Tränenschleier hindurch nicht klar erkennen. Sie schlug die Hand vor den Mund.

»Barrie?« fragte er nochmals, viel leiser. Seine Augen blickten schmerzerfüllt.

»Es tut mir leid, Dan«, würgte sie endlich hervor. Sie stand taumelnd auf und lief weg. Sie blieb nicht einmal stehen, um ihre Kleidung aufzuheben. Sie ließ ihre Shorts und ihr Bikinioberteil zerknüllt im Sand zurück.

Er sprang auf und rannte, ebenfalls seine Nacktheit vollkommen vergessend, hinter ihr her. Er packte sie am Arm. »Was machst du da?« In seinem Gesicht spiegelte sich Ungläubigkeit wider.

Sie war unfähig ein Wort zu sagen. Sie schüttelte nur heftig den Kopf.

Er nahm ihr Gesicht in seine Hände und hielt sie fest. »Sag

mir was los ist, Barrie. Sag es mir.« Er schaute ihr bittend in die Augen. »So etwas geschieht nicht ohne einen trifftigen Grund, nicht in einem solchen Moment. Ich will den Grund dafür erfahren.« Er faßte sie bei den Händen. »Sag ihn mir.« Plötzlich erhellte sich sein Gesicht, da er begriff, was geschehen war. »Du hast an Hamp gedacht, nicht wahr?«

Sie gab ihm keine Antwort.

Er nickte. »Das ist es. Du mußt es nicht zugeben, ich kann es sehen.« Plötzlich wurde er zornig, und seine Stimme klang sehr vorwurfsvoll. »Ich habe dich angefaßt, und du hast an ihn gedacht. Das ist großartig, Barrie. Einfach großartig.« Er ließ sie los. Er spuckte verbittert aus. »Ich glaube, es ist an der Zeit, daß wir uns einmal über Hamp unterhalten. Es spielt keine Rolle, ob wir es wollen oder nicht wollen, es ist jetzt eine unumgängliche Notwendigkeit geworden. Warum hast du an ihn gedacht?« Seine Stimme klang etwas weniger scharf.

Sie schluckte den schmerzhaften Kloß in ihrer Kehle hinunter. »Ich nehme an, weil ich mich ihm gegenüber so schuldig fühle und ihn so tief verletzt habe. Dan, ich fühle mich, als ob ich selbst auch eine offene Wunde hätte.«

»Du hast recht«, gab er mit fester Stimme zurück und bohrte mit dem Fuß in den Sand. »Du hast eine offene Wunde und wie alle Wunden dieser Art, muß sie von innen heraus zuheilen. Hat dir nie jemand gesagt, daß es besser sei, gleich einen kleinen Schmerz zu ertragen, als später einen großen Schmerz? O Gott, hast du denn nichts aus der Trennung deiner Eltern gelernt? Schau doch sie an!«

»Dan, ich möchte jetzt nicht über meine Eltern sprechen. Bitte.«

»Zur Hölle, doch«, fuhr er fort, ohne sie zu beachten. »Wir werden uns jetzt über deine Eltern unterhalten. Ich erkenne nun, was sie dir angetan haben, Barrie. Ich kann es so deutlich sehen wie deine Nase. Du hast den Glauben an eine dauerhafte Liebe verloren, oder?«

Ihre Augen füllten sich wieder mit Tränen.

»Antworte mir! Du kannst nicht daran glauben, oder?«

Die Worte schienen ihr im Hals stecken zu bleiben. »Dan... bitte.«

»Sag nicht ›Dan bitte‹ zu mir, Barrie Cook. Ich liebe dich. Ich weiß, daß du mich insgeheim liebst, hinter all diesen Barrikaden, die du um deine Liebe herum errichtet hast, irgendwo dahinter. Du liebst mich und bist glücklich, wenn wir zusammen sind, außer dann, wenn du dich selbst durch deine Gedanken an Hamp bestrafst, weil du feststellst, daß du dich glücklich fühlst. Du redest dir immer ein, daß es eine tiefergehende und dauerhafte Liebe überhaupt nicht gibt.« Er neigte den Kopf. »Nun, es gibt sie. Du glaubst, daß jedermann automatisch genauso sein muß, nur weil die Welt so verdammt verkehrt ist. Ich will dich heiraten. Ich will, daß wir uns ein gemeinsames Heim schaffen, Barrie. Ich will, daß wir zusammen unsere Kinder großziehen, Barrie. Wenn zwei Menschen einander lieben, können sie es schaffen. Ich will nicht, daß du etwas, was du willst oder brauchst, aufgibst. Du hast eine erfolgversprechende Karriere vor dir, arbeite weiter daran, solange es dich glücklich macht. Du kannst beides haben. Aber zu wirst gar nichts bekommen, wenn du nicht endlich damit anfängst, auf dein Herz zu hören.«

»Dan«, flüsterte sie, »verstehst du denn nicht? Es ist nicht so einfach.« Sie schluckte, atmete hörbar aus und gestand: »Hamp und ich, wir hätten uns im Krankenhaus beinahe geliebt. Ich weiß nicht, wie es dazu gekommen ist. Ich weiß nur, daß es so gewesen ist.«

»Beinahe.« Er kratzte sich am Kopf und blickte zu Boden. Dann blickte er ihr wieder tief in die Augen. Schließlich flüsterte er heiser: »Was ist geschehen? Was hat dich zurückgehalten?«

Sie zuckte leicht und beklommen die Schultern. »Ich habe Schritte gehört. Es hat sich dann herausgestellt, daß es seine Mutter gewesen ist.«

»Ich glaube, wir haben alle Glück gehabt«, sagte er und seufzte erleichtert auf. »Es hätte ihn wahrscheinlich umgebracht. Ich glaube nicht, daß man sich lieben sollte, wenn das Innere nur noch knapp zusammengehalten wird.«

»Ist das alles, was du dazu zu sagen hast?« Sie riß überrascht die Augen auf.

»Zur Hölle, nein, Liebling. Ich habe gerade erst angefangen zu reden.« Ein leichtes Lächeln spielte um seine Lippen. »Aber zuerst, küß mich!« Er strich ihr mit den Fingerspitzen, leicht über die Wange.

Sie beugte sich vor und küßte ihn.

Er löste sich von ihr und flüsterte: »Ich weiß und verstehe sehr gut was Rich für dich empfindet. Der Bursche liebt dich, und ich weiß, daß er dich liebt. Und ich weiß, daß er darum gekämpft hat, dich zu halten, und genau dasselbe tue ich auch. Es klingt hübsch, Barrie, wenn jemand sagt, ich liebe dich, aber dieses Lied hat auch eine zweite Strophe. Es ist ein Lied, das von zwei Menschen gesungen werden muß und nicht nur von einem allein – und wenn einem beinahe das Herz dabei gebrochen wird! Vergiß nicht wie belastbar dieses kleine Organ ist. Es schlägt immer weiter.«

Sie wandte ihm den Rücken zu und schaute zum Himmel empor.

Er trat hinter sie und legte seine Hände auf ihre Schultern. »Dan, wenn man dir zuhört, klingt alles so einfach«, flüsterte sie. »Aber tief in meinem Inneren weiß ich, daß nichts so einfach ist. Es ist alles unglaublich kompliziert. Ich weiß nicht, ob ich von Hamp Abschied nehmen kann, wenn es soweit ist.« Sie hielt inne, blieb aber ruhig. »Oder wie tief es ihn verletzen wird. Hamp hat nicht dein Selbstvertrauen, deine Selbstsicherheit. In deinem Leben wird es immer wieder ein neues Mädchen, eine neue Liebe geben. Hingegen glaube ich, daß sein Leben eine lange, lange Zeit leer bleiben wird. Du weißt, daß das Herz weiterschlägt und sich von selbst heilt, aber ich weiß nicht, ob er das weiß. Ihr beide seid so verschieden, Dan.«

»Natürlich sind wir verschieden«, flüsterte er. Er umfaßte ihre Taille und drückte sie fester an sich. »Hamp gehört zu den Männern, die von Frauen bemuttert und umsorgt werden. Ich bin nicht so. Niemand will mich wie ein Baby behandeln. Und das ist völlig in Ordnung, Barrie, denn es ist ja schon lange her, daß ich einmal ein Baby war und die Art Liebe erfuhr, die einem Baby entgegengebracht wird. Jetzt bin ich ein Mann, und wenn du mich liebst, dann liebe mich wie einen Mann. Unsere Kinderliebe ist für unsere Kinder gedacht.« Er küßte sie auf den Nacken, und sie spürte seinen Atem auf ihrer Haut. »Nur das Kuscheln heben wir uns für uns selbst auf, für kalte Winternächte.« Sie neigte den Kopf, und er küßte sie nochmals auf den Nacken. »Hör auf, dir um Hamps Leben Sorgen zu machen. Hunderte von Frauen warten darauf, sich auf ihn zu stürzen und ihn mit Liebe überhäufen zu können. Aber du gehörst nicht zu ihnen. Du hast nie dazugehört. Eigentlich bist du eine selbständige Frau, die sich auf eine Liebe, die Abhängigkeiten erzeugt, eingelassen hat, und eigentlich bist du fehl am Platz gewesen. Wenn du dich nun ganz langsam umdrehst, wirst du herausfinden, wo dein Platz ist.«

Einen Augenblick lang taumelte sie in seinen Armen, dann schloß sie die Augen und drehte sich um. Sie schlug langsam die Augen auf und sah ihn durchdringend an. Sie blickte in sein gut geschnittenes Gesicht. Sie konnte den Blick nicht abwenden. Gehörte er wirklich ihr? Konnte sie ihn wirklich anfassen, ihn lieben? Gab es ihn denn überhaupt wirklich? Sie atmete tief ein und sagte: »Du bedeutest mir sehr viel, Dan.«

Er lächelte schelmisch: »Bedeuten. Ich bedeute dir etwas?«

Sie schaute ihn fest an. »Willst du denn nicht, daß du mir etwas bedeutest?«

»Verdammt, Barrie, etwas bedeuten kann ich dir auch noch, wenn ich dreiundachtzig bin. Jetzt will ich, daß du mich liebst. Jetzt, solange du es kannst!« Er legte die Arme um sie, und sie spürte den festen Griff seiner Hände an ihren nackten Hüften. Dann ließ er sie los und wischte ihr die Sandkörner vom Rücken. Er wich zögernd ein paar Schritte zurück und betrachtete sie liebevoll. »Was hältst du davon, wenn wir schwimmen gehen? Ich sehe gerade, daß wir beide ganz sandig sind. Seltsam, daß ich es gerade jetzt bemerke. Nach dem Schwimmen breiten wir die Decke aus, holen den Picknickkorb hervor — und amüsieren uns«, schloß er dramatisch, mit einem breiten Lächeln.

Sie wandte sich ab und ging anmutig auf das Boot zu.

»Wo gehst du hin?« rief er ihr nach.

Sie drehte sich, wie von der Tarantel gstochen, um. »Glaubst du nicht, daß wir unsere Badesachen anziehen sollten? Ich meine, diese Insel ist doch für jedermann zugänglich, oder? Was ist, wenn irgend jemand beschließt auch hierher zu segeln?«

Er holte tief Luft. »Außer uns kommt keiner hierher. Und falls doch, dann geht er bestimmt nicht hier an Land, wo wir sind. Vertrau mir.«

Sie blickte zuerst ihn an, dann das Meer und dann wieder ihn. »Ich vertraue dir, Dan«, sagte sie zärtlich. »Ja, wirklich.«

»Das kannst du auch.« Er ging auf sie zu. Seine Muskeln spielten unter seiner Haut, die im Sonnenlicht glänzte. »Es bedeutet mir sehr viel, diese Worte aus deinem Mund zu vernehmen, denn ich habe das Gefühl, daß du in letzter Zeit niemandem mehr vertraut hast.« Er neigte den Kopf und küßte sie zart auf die Lippen. »Jetzt komm, laß uns ins Wasser gehen.«

Sie blieben beinahe eine Stunde lang in dem kühlen, blauen Wasser. Sie schwammen, spielten, umschwammen einander, berührten sich und gingen wieder auseinander. Er legte die Arme um ihre Taille und zog sie mit sich. Sie glitten und trieben zusammen dahin. Sie fühlte sich, als ob sie mit ihm auf einer Wolke über die Wellen schwebte. Dann standen sie einander im Wasser gegenüber, das ihnen bis zur Hüfte reichte. Ihre Hände ruhten auf seinen starken Schultern und er hielt ihre Taille umschlungen. Sie standen bewegungslos, während sie das Wasser sanft umspielte. Sie fragte sich, ob das Paradies schöner als dieser Ort sein könne, und ob es herrlichere Augenblicke gebe, als diesen. Plötzlich stellte sie fest, daß sie, wenn sie in diesem Moment sterben würde, merken würde, daß sie schon im Paradies gewesen war.

Sie musterte ihn wie er so im Wasser stand. Sie betrachtete seinen nackten Körper und bewunderte ihn. Wie vollkommen hatte die Natur ihn geschaffen, wie schön und wohlgeformt war er! »Weißt du, Dan«, flüsterte sie, unfähig den Blick von ihm abzuwenden, »wenn du früher, in der Zeit, die wir darstellen wollen, gelebt hättest, dann hätte sicherlich irgendein Bildhauer dein Standbild geschaffen.«

Er lächelte sie an, seine Augen leuchteten immer noch. »Wer weiß, mein Liebling, vielleicht habe ich damals gelebt, ebenso wie du. Wer weiß. Aber ich kann dir versichern, daß ich froh darüber bin, daß ich jetzt hier bin, und daß du jetzt hier bist. Ich werde mir nie einreden können, daß das Schicksal bei unserer Zusammenführung keine große Rolle spielte.«

»Warum sagst du das?«

»Ich habe dir doch erzählt, daß es in meinen Augen oberflächlich ist, sein Geld mit seinem Äußeren verdienen zu wollen. Nun, ich hatte beschlossen einzupacken und der Welt, der des schönen Scheins, Adieu zu sagen. Ich wollte seßhaft werden und nach Tucson in das Geschäft meiner Eltern zurückkehren. Ich wollte sozusagen von meiner Ausbildung profitieren und – du kannst darüber denken, was du willst – dann kam dieses Angebot. Eine leise Stimme in mir sagte immer wieder: ›Nimm es an..., nimm es an..., lehne es nicht ab.‹ Also beschloß ich, nach kurzem Zögern, auf meine innere Stimme zu hören, und heute bin ich froh darüber. Ich habe das Gefühl, daß ich Fortuna direkt in die offenen Arme gelaufen bin.« Mit hellen, glänzenden Augen flüsterte er: »Ich habe letzte Woche in einer ganzen Anzahl von Szenen mitgespielt, aber diese Szene mit ihren Kulissen ist nur für uns geschaffen worden, Barrie. Sie gehört uns, dir und mir.«

Sie lachte leise und berührte mit den Fingerspitzen leicht seine Wange. »Ich bin lange bevor ich dich zum erstenmal am John F. Kennedy Airport gesehen habe, auf dich aufmerksam geworden, Dan. Ich hatte deine Fotos in einer Mappe in unserer Wohnung gesehen. Als ich dich kennenlernte, war ich überrascht, weil ich feststellte, daß du blaue Augen hast. Auf deinen Bildern sahen deine Augen aus, als wären sie braun.«

»Ich habe braune Kontaktlinsen. Wenn ich also braune Augen haben will, setze ich sie einfach ein. Wir können auf so vielfältige Weise unser Äußeres verändern, Barrie, aber nicht unser Inneres. Was dort ist, ist dort.« Er schlang die Arme um sie und zog sie ganz nah zu sich heran. »Ich brauche dich, Barrie. Ich brauche dich und ich will dich in meinen Armen spüren. Ich liebe dich.«

Die Hitze ihrer Körper schien sich in dem blauen Wasser zu verlieren und das Meer überall für Liebende warm und behaglich zu machen. Er hob sie hoch. Das Meerwasser tropfte an ihnen herunter auf den warmen Sand. Er trug sie an den Strand, wo er sie neben dem Boot absetzte und die Decke im Schatten der Segel ausbreitete. Als sie sich darauf ausstreckten, ragten ihre Zehen über den Saum der Decke hinaus und wurden von der schäumenden Brandung umspült.

Ihre Gefühle für ihn waren so überwältigend, daß sie ihr zu einem anderen Zeitpunkt Angst eingejagt hätten. Aber zu einem anderen Zeitpunkt, nicht jetzt. Denn so etwas wie Zeit, gab es nicht mehr. Sie hatte aufgehört zu existieren. Es gab nur eine Insel und zwei Menschen und all das war fern von jeder Zeit.

Ihre Lippen trafen sich erneut und die Leidenschaft begann eine Burg am Meer zu errichten, eine Burg aus Empfindungen, aus Gefühlen, die so hoch aufragte, daß sie die Erde klein und das Meer unbedeutend erscheinen ließ. Eine Burg, die noch mächtiger wurde, als sie sich küßten, sich anspannten, sich suchten, sich berührten und einander liebten. Dann umschlangen sie sich, spürten sich und lösten eine Flutwelle aus. Sie bemerkten die anströmende Flut erst als ihr Kamm über sie hinwegspülte, die Burg zerstörte und sie wieder mit dem Sand eins wurden, so wie sie miteinander eins wurden. Er hielt sie in den Armen und rief sie bei ihrem Namen. Das feuchte Haar aus ihrer Stirn streichend, bedeckte er ihr Gesicht mit Küssen.

Sie schlug langsam die Augen auf und fuhr sich mit der Zungenspitze über die trockenen Lippen. Sie lächelte atemlos und schaute ihn durch einen Sonnennebel, einen Schleier der

Leidenschaft, an. »Ich liebe dich, Daniel De Wayne Meyers«, flüsterte sie leise und undeutlich.

Immer noch nach Atem ringend, grinste er jungenhaft und fuhr sich mit seiner Zungenspitze über die Oberlippe. »War es so schwer auszusprechen?«

»Ja«, gab sie zu.

»Nun, sag es noch einmal, vielleicht fällt es dir diesmal leichter.« Er küßte sie leicht und zärtlich.

»Ich liebe dich... ich liebe dich.« Sie lachte leise und strich mit den Fingerspitzen über sein Gesicht.

Er umarmte sie wieder und küßte sie heftig. In diesem Augenblick wurde der Grundstein für die nächste Sandburg gelegt.

Sie verbrachten den Rest des Nachmittags damit, immer neue Burgen zu errichten und sie wieder niederzureißen. Als die Dämmerung hereinbrach, und der blaue Himmel im Westen hellrot leuchtete, saßen sie am Wasser, tranken griechischen Wein und beobachteten wie die Sonne in dem friedlichen, blauen Meer versank.

»Irgendwann einmal werden wir wieder hierherkommen, Barrie«, flüsterte er, während er sie fest in seinen Armen hielt.

»Ja, das werden wir«, bestätigte sie. Sie war so überwältigt von ihren Gefühlen, daß sie kaum sprechen konnte.

»Ich weiß nicht, ob ich dich noch mehr lieben werde, wenn wir wieder hierher zurückkommen.« Er lachte kurz verlegen auf. »Ich weiß nicht, ob ein Mensch das überhaupt kann, aber ich weiß, daß ich dich nie weniger lieben werde, als jetzt, in diesem Moment.«

»Ich hoffe es, Dan. Ich verlasse mich darauf.« Sie lächelte.

»Das kannst du, Barrie. Das kannst du.« Er küßte sie.

Am nächsten Morgen stand sie während der Aufnahmen im Schatten eines Olivenbaumes und beobachtete ihn, wie er den Langstreckenlauf, der ein Teil der Wettkämpfe des vierten Tages war, hinter sich brachte. »Er gehört mir«, dachte sie. Sie beobachtete ihn, wie er mit langen, großen Schritten dahineilte. Seine eingeölte Haut glänzte im hellen Sonnenlicht. Und obwohl eine beträchtliche Anzahl von Statisten, Zuschauern, Film- und Kameraleuten ebenfalls um sie herumstanden, hatte sie nur Augen für ihn. Sie befand sich an einem der bezauberndsten Orte der Welt. Ihr Blick schweifte über zweitausend Jahre alte Ruinen, sie sah, wie dieser Ort wieder zum Leben erwachte, und sie fühlte sich selbst wieder lebendig. Lebendig. Sprühend lebendig. Ihr Fleisch war lebendig. Ihr Geist war lebendig.

Sie hatte sich geschworen, nur nett zu ihm zu sein, wenn er am späten Nachmittag schwitzend und erschöpft von der körperlichen Anstrengung, ihren Wohnwagen betreten würde. Aber sobald er eingetreten war, sperrte sie die Tür ab und warf sich in seine offenen Arme. Je öfter er sie umarmte, desto stärker wurde ihr Verlangen nach seiner Umarmung. Je länger sie seine Nähe spürte, desto stärker fühlte sie sich zu ihm hingezogen. Sie schlossen sich im hinteren Raum des Wohnwagens ein und liebten sich, als ob es zum ersten Male wäre.

Danach saßen sie auf dem schmalen Bett, lachten leise und scherzten miteinander. »Glaubst du, daß es möglich wäre, dieses Bett ins Stadion zu stellen? Irgendwie hat es magische Kräfte. Schau mich an, ich fühle mich wieder völlig frisch!«

»Das werden wir nächste Woche machen, wenn das Siegesmahl gefilmt wird. Dann können wir der Welt zeigen, was siegreiche Athleten, außer dem Kranz aus Olivenzweigen, bekommen.«

»Ja! Was für eine großartige Idee. Ich werde mit unserem cholerischen Regisseur darüber sprechen.«

»Das würdest du nicht wagen.« Sie lachte laut auf.

»Nein«, sagte er und seine Augen schienen zu tanzen. »Das würde ich nicht wagen. Er legte die Arme um sie und liebkoste ihren Hals. »Warum, glaubst du, erscheint mir dieser Wohnwagen schöner als all diese prächtigen Kulissen dort draußen?«

Sie flüsterte lachend. »Ich weiß es nicht. Ich kann nur vermuten, daß du dich mehr für das Recherchieren als für die Filmerei interessierst.« Sie lachte wieder, küßte ihn auf den Hals und berührte neckisch sein Ohr mit ihrer Zunge. »Du hättest Wissenschaftler werden sollen.«

15

Am folgenden Samstagnachmittag saßen Barrie und Dan in einem kleinen griechischen Restaurant. Es befand sich in dem Seebadeort Eratini nahe der geschichtsträchtigen Stadt Delphi, und man servierte ihnen das Essen draußen. Sie tranken Wein und sprachen darüber, was sie erlebt hatten, seit sie Olympia vor Tagesanbruch verlassen hatten, um diese kurze Wochenendreise zu unternehmen. Den größten Teil der Zeit hatten sie auf der Fahrt von Olympia über Patras nach Rion in einem winzigen Kleinwagen verbracht. Sie hatten mit der Fähre nach Antririon übergesetzt und waren von dort aus direkt hierher zu dem Lokal gefahren, wo sie nun an einem Tisch saßen. Sie hatten in einem Strandhotel nahe Delphi ein Zimmer vorbestellt und Barrie, die sich den Schweiß aus dem Gesicht wischte, freute sich schon darauf, dort endlich anzukommen.

»Ich wünschte, wir hätten die Zeit, um zum Olymp zu fahren«, bemerkte Dan. »Ich hasse den Gedanken, Griechenland zu verlassen, ohne Zeus meine Aufwartung gemacht zu haben.«

Barrie nickte zustimmend. »Weißt du, ich finde es etwas seltsam, daß Olympia so weit vom Olymp entfernt liegt. Man sollte doch annehmen, daß man die Spiele, da sie doch zu Ehren von Zeus veranstaltet wurden, zumindest näher bei dem, ihm geweihten Berg abhalten hätte sollen.«

Dan kicherte leise. »Wahrscheinlich wollten die gewöhnlichen Sterblichen dem Gott so eins auswischen. Wenn er bei den Spielen zuschauen wollte, mußte er eine Reise unternehmen oder auf dem Rücken seines leichtfüßigen Sohnes reiten.

Wir haben alle möglichen Statuen gesehen, nur keine, die zeigt, wie Zeus auf Apollos Rücken reitet.«

Barrie stimmte in sein Lachen ein, aber plötzlich verstummte sie. Apollo. So hatte Hamp Dan genannt, als er zum erstenmal die Mappe mit den Bildern erwähnt hatte. Sie preßte zwei Finger auf ihre Lippen. O Gott, nur noch eine Woche. Nur noch eine Woche, und sie würde wieder in New York sein. Nur noch eine Woche, bis sie Hampton Rich gegenübertreten und ihm Adieu sagen würde.

»Fehlt dir etwas, Liebling?« fragte Dan und sah sie über den Rand seines Glases hinweg forschend an. »Woran denkst du?«

Sie schüttelte fast unmerklich den Kopf und lächelte schwach. »Nein.« Sie seufzte. »Ich habe gerade darüber nachgedacht wie schnell die Zeit vergeht... vergeht... vergangen ist. Ich glaube, ich werde Griechenland und all diese Ruinen vermissen.«

Er warf ihr einen vertraulichen Blick zu. »Nörgle nicht über die Ruinen, Liebling. Auf diesen Ruinen haben wir eine Liebe aufgebaut.«

Sie lächelte und blickte auf den gepflasterten Gehsteig, während der Gedanke in ihr aufstieg, daß auf diesen Ruinen eine andere Liebe gestorben war. Oder etwa nicht? War sie vielleicht schon viel früher gestorben, vor Monaten? Sie hatte Hamp auf dieser Reise nicht um sich haben wollen, nicht wirklich.

Als er dann mitgekommen war, hatte sie auf getrennten Zimmern und Zeit für sich selbst bestanden. Es war nicht ihre Absicht gewesen, sich in Dan zu verlieben. Aber es war geschehen, und nun liebte sie ihn von ganzem Herzen. Sie würde ihn im Laufe der kommenden Monate heiraten, und sie würden sich ein glückliches Leben aufbauen. Aber obwohl sie all dies wußte, bedeutete es für sie keine Erleichterung, wenn sie an die bevorstehenden Ereignisse dachte. Es vergrößerte sogar die Komplikationen noch. Sie hätte Hamp bereits vor ein paar Monaten verlassen können. Damals wäre es eine ›saubere‹ Trennung gewesen, ohne daß ein anderer darin verwickelt gewesen wäre. Jetzt würde er immer glauben, sie hätte ihn wegen eines anderen Mannes verlassen, obwohl sie ihn in Wirklichkeit schon vorher, bevor sie Dan kennengelernt hatte, verlassen hatte. Aber Hamp würde ihr das nie glauben.

Dan musterte sie nachdenklich, aber er sagte kein Wort. Er beobachtete sie nur. Nach einer Weile legte er seine Hand auf ihren Arm. »Wollen wir uns auf den Weg machen?«

Sie nahm einen letzten Schluck aus ihrem Glas und stand auf. Er umfaßte ihre Taille und sie gingen zum Auto zurück. Sie fuhren ungefähr eine Stunde lang eine Kette sanft gerundeter Hügel entlang. Dahinter, in der Ferne, ragten dunkle Berge in die Höhe. Keiner von beiden sagte ein Wort. Die reizvolle Landschaft, die sie umgab, entzückte sie. Dichte Wälder und wildwachsende, leuchtende, bunte Blumen säumten ihren Weg. Die Luft roch nach der unverdorbenen Frische der Natur. Barrie holte tief Atem und wandte den Kopf, um Dan zärtlich zu betrachten. Ihr Blick glitt über seine glatten, sonnengebräunten Arme, seine angewinkelten Ellbogen, seine leicht angespannten Unterarme und seine starken Hände, die das Lenkrad hielten. Sogar seine Arme waren erregend und anziehend, es ging fast so etwas, wie ein betörender Zauber, von ihnen aus.

Er lächelte sie an. »Woran denkst du?« fragte er sanft.

Sie grinste unbekümmert. »Ich habe gerade gedacht, daß du schöne Arme hast.«

»Das bedeutet, daß du schon Fortschritte gemacht hast, seit ich das letzte Mal nach deinen Gedanken gefragt habe.«

»Dan«, hauchte sie leise.

Er zwinkerte ihr zu. »Mach dir deswegen keine Sorgen, Barrie. Sei einfach froh darüber, daß du endlich einen Liebhaber gefunden hast, der deine Gedanken lesen kann.«

»Und, hast du sie denn lesen können?« forschte sie leise nach.

Er seufzte auf, neigte den Kopf zur Seite und schaute sie an. »Ich fürchte, ja. Swami Dan will dir heute ausnahmsweise mitteilen, was er auf mystische Weise erfahren hat. Es ist folgendes passiert. In diesem Straßencafé habe ich ganz beiläufig über unseren guten alten Freund Zeus gesprochen und auch zufälligerweise seinen Sohn Apollo erwähnt. In deinem Kopf hat es dann ›Klick‹ gemacht. Apollo… Hamp hatte mich Apollo genannt. Stimmt es bis jetzt?«

»Du verblüffst mich, Swami, weißt du das?« platzte sie heraus. »Du hast wirklich meine Gedanken erraten.«

»Ich werde dir das Geheimnis verraten, Liebling. Hamp hat mich oft, selbst wenn ich dabei war, Apollo genannt. Eigentlich immer. Deshalb war es keine schwere Aufgabe im Gedankenlesen. Aber ich werde nicht krampfhaft gewisse Worte vermeiden, bloß um zu vermeiden, daß du an Hamp denkst. Wenn Erinnerungen in dir aufsteigen, dann setze dich mit ihnen direkt auseinander.«

»Ich mache mir Sorgen, Dan. Ich mache mir wirklich Sorgen. Was erwartet mich, wenn ich am nächsten Wochenende nach Hause komme?«

»Das kann ich dir sagen. Wenn du feige wärst, würdest du ihm ein Telegramm oder einen Brief schicken. Aber ich bin froh darüber, daß du das nicht tust. Es beunruhigt mich, daran zu denken, daß du zu ihm in diese Wohnung gehst, denn ich weiß, daß dann die Erinnerungen an all die glücklicheren Zeiten, die ihr gemeinsam erlebt habt, dich bedrängen werden. Aber ich weiß, daß du, wenn du mich liebst – und ich spüre, daß du mich liebst – auch wieder herauskommen wirst.«

»Bist du dir dessen ganz sicher?« fragte sie mit gedämpfter Stimme.

Er hob die Augenbrauen. »Ja«, flüsterte er so leise, daß man es durch den Lärm des Motors hindurch kaum noch hören konnte. »Das bin ich.« Er ergriff ihre Hand und drückte sie.

»Dan«, sagte sie, »gestern abend habe ich eine Freundin von mir angerufen und sie gebeten, etwas auf ihn aufzupassen. Ich kann es nicht verhindern, aber ich mache mir Sorgen um ihn.«

Dan zog die Augenbrauen hoch. »Und hat sie gesagt, sie werde es tun?«

»Ja.« Barries Stimme war fast nur noch ein Flüstern. »Ich werde sie heute irgendwann einmal anrufen, um zu erfahren, wie es ihm geht.«

Seine Antwort bestand nur aus einem kurzen Kopfnicken.

Der Klang von Georgias Stimme brachte Barrie zum Lächeln. Indessen berichtete sie von ihrem Besuch bei Hamp. »Ich erzählte ihm, ich sei auf dem Weg zum Park, um zu joggen. Er konnte es kaum fassen, wie sehr ich abgenommen habe, Barrie. Dir wird es genauso ergehen.«

»Wie hat er ausgesehen?« fragte Barrie mit leichter Besorgnis.

Georgia lachte. »Er sah gut aus. Er hat immer schon gut ausgesehen, Barrie. Ich glaube, er hat einige Pfund verloren, aber das ist nicht weiter schlimm. Er ist schließlich nicht zum Skelett abgemagert oder sonst irgendwie krank.«

Barrie riß sich zusammen und fragte: »Wie ist seine Stimmung?«

Georgia zögerte. »Ich weiß nicht, was für eine Aussage du von mir erwartest, Barrie. Ich bin kein Psychoanalytiker, aber man muß auch keiner sein, um zu erkennen, daß sein Herz gebrochen ist. Ich meine, er wirkt verletzt, sichtlich verletzt. Es ist mir nie klar gewesen, wie unreif er im Grunde noch ist, erst gestern abend, ging mir ein Licht auf, als er sagte: ›Ich habe alles in Griechenland verloren.‹ Und dann hat er mit dem Satz geschlossen: ›Ich kann Griechenland nicht mehr ausstehen.‹ Ich verspürte das Bedürfnis, ihm eins auf die Birne zu geben. Wahrscheinlich hätte ich es tun sollen, aber dann hat er so nett gelächelt, und dieses Lachgrübchen in seiner Wange hat mich davon abgehalten, ihn zu schlagen. Ich glaube, es dauert noch eine Weile und dann wird er feststellen, daß er in Griechenland überhaupt nichts verloren hat. Er hat alles schon vor langer Zeit hier in New York City verloren. An dem Tag, an dem ihm das bewußt wird, wird er meiner Meinung nach erwachsen sein. In ihm steckt ein Mann, der nur darauf wartet, hervorzubrechen, und ich glaube, nun ist es soweit.

»Ich hoffe es«, flüsterte Barrie.

Eine beklommene Pause trat ein, dann sagte Georgia: »Er weiß, daß du mit Dan einen Ausflug machst.«

»Wieso?« Barrie konnte das aufsteigende Schuldgefühl und die Unruhe, die sie befiel, nicht verbergen.

»Er hat im Hotel angerufen, um mit dir zu sprechen, und du bist nicht dort gewesen. Schließlich hat er mit Logan gesprochen und von ihm erfahren, wo du bist. Logan hat es nicht sagen wollen, aber Hamp hat ihn unter Druck gesetzt. So ist es also. Er weiß es.«

Barrie blickte zu Boden. »Ist er sehr aufgebracht?«

»Hmm, ja sehr.« Georgia holte tief Luft.« Aufgebracht Barrie, nicht überrascht.«

Barrie seufzte bestürzt auf. »O Georgia, ich habe mich so bemüht, ihn nicht zu verletzen. Wirklich! Und ich weiß, er wird es mir nicht glauben, aber es war für mich ebenso schmerzlich wie für ihn.«

»Ich glaube es dir«, erwiderte Georgia mit fester Stimme. »Ich weiß, daß es stimmt. Ich habe es seit langem kommen sehen. Aber Barrie, ich habe es nicht verstanden. Jetzt verstehe ich es. Sein ganzes Leben lang hat man ihn immer verschont, jeden Schmerz von ihm ferngehalten. Im Grunde ist er jedoch ein ganz normaler Mensch. Laß ihn erst einmal da herauskommen und – wie wir alle – einige Schicksalsschläge einstecken. Es wird ihn nicht umbringen. In Wahrheit wird es verdammt heilsam für ihn sein. Wenn ihm so etwas bereits ein- oder zweimal in seiner Jugend widerfahren wäre, dann müßte er nicht jetzt, mit zweiunddreißig Jahren, erwachsen werden. Zum erstenmal in seinem Leben hat man ihn zurückgewiesen. Nun laß uns einmal abwarten und sehen, wie er damit selbst, ohne fremde Hilfe, fertig wird. Ich werde unnachgiebig sein und ihn nicht verhätscheln. Wenn er meine Freundschaft will, muß er sie sich redlich verdienen, indem er sich wie ein Mann benimmt. Und du, du hast im letzten vergangenen Jahr ein völlig verkehrtes Leben geführt. Es war deine eigene Schuld, und ich rate dir, dein Leben anders zu gestalten. Ich weiß nicht, wie rücksichtsvoll der Mann ist, mit dem du gerade unterwegs bist, aber eines weiß ich verdammt sicher: wenn du Hamp immer und überallhin mit dir herumschleppst, wirst du wieder auf die falsche Bahn geraten.«

Barrie schluckte und sagte leise: »Ich verstehe, was du meinst, Georgia.«

Georgia lachte. »Ich hoffe doch sehr, daß man mein Sachverständigengutachten verstehst. Nun, ich überlasse dir Griechenland, und du überläßt mir Hampton Rich. Ich habe ihn dazu überredet, mich heute zum Abendessen einzuladen, und ich schwöre dir, daß es ihm gefallen wird, und wenn es uns beide umbringt. In Ordnung?«

»Du bist eine echte Freundin, Georgia.«

»Ich weiß. Wir sind seltene Vögel, aber erinnere dich daran, daß diese Vögel fliegen können. Also mach dir eine schöne Zeit und hab' viel Spaß. Ich sehe dich dann also in zwei Wochen wieder.«

Dan und Barrie besichtigten die antike Stadt Delphi, die auf den Hängen des Parnaß, hoch über dem Golf von Korinth, liegt. Sie bemühten sich, so viele der berühmten Sehenswürdigkeiten, wie ihnen nur möglich war, in den wenigen Stunden, die bis zum Sonnenuntergang blieben, zu besichtigen. Sie hatten das Theater mit seinem Museum und den Apollotempel besucht, und standen nun auf den steinernen Stufen bei den Kastalischen Quellen, in denen sich die Gläubigen in der Antike gewaschen hatten, bevor sie den Tempel betreten hatten. Barrie musterte bewundernd die Nischen in der Felswand, die sich gegenüber von den Quellen erhob und wo, vor Tausenden von Jahren, die Opfergaben niedergelegt worden waren. Sie schaute zu Dan, der seitlich hinter ihr stand, und strich mit den Fingerspitzen über das Moos, das auf dem Felsen neben den Stufen wuchs. »Hast du je etwas so Schönes gesehen?«

Er schob ihr Haar hinter ihrem linken Ohr zurück und küßte sie auf die freigelegte Stelle. »Ja, das habe ich, und ich sehe es immer noch. Ich habe es gerade jetzt im Moment vor

Augen«, flüsterte er. Er legte ihr den Arm um die Taille und drückte sie an sich.

Sie legte die Hände auf seine gebräunten Arme und schmiegte sich fest an ihn. »Was hat dir am besten gefallen, Dan?« fragte sie flüsternd.

»Oh«, er zögerte, »ich denke, daß du mir am besten gefällst.«

Sie kniff ihn leicht in den Arm. »Du weißt, daß ich das nicht meine. Von allem, was wir heute gesehen haben.«

»Hmm, laß mich nachdenken.« Er küßte sie auf den Nakken und preßte sie noch fester an sich. »Ich glaube jetzt, wo du dich nicht mehr an diesem Wettbewerb beteiligst, muß ich zugeben, daß mir die Statue des ›Wagenlenkers‹ im Museum sehr gut gefallen hat. Er hat so schön ›macho‹ ausgesehen, findest du nicht? Und das, obwohl er ein bodenlanges Gewand trägt, nur einen Arm und das Gesicht eines Lammes hat. Ich glaube *Ben Hur* hat mein Bild von Wagenlenkern negativ beeinflußt«, scherzte er ausgelassen. Er küßte sie abermals. Seine Lippen lösten sich nur zögernd wieder von ihrem Hals.

»O Dan«, sie kicherte, »du hättest lieber auf die kunstvolle Ausführung achten und dich von ihr beeindruckt zeigen sollen. Ich denke dabei an die Art, wie seine Augen eingesetzt, seine Wimpern angebracht worden waren.«

»Es hat mich beeindruckt.« Er blies ihr sanft ins Ohr. »Und ich bin auch beeindruckt, mit welcher Kunstfertigkeit man dich hergestellt hat. Ich denke dabei an die Art, wie deine Augen eingesetzt worden sind und deine langen, schwarzen Wimpern. Ich liebe dich fast so sehr wie den Wagenlenker. Ehrlich«, neckte er sie.

»Es ist deine Schuld, wenn man uns vom Parnaß verweist, bist du dir dessen bewußt?«

»O Gott, das hoffe ich«, flüsterte er ihr ins Ohr. Sein Kinn ruhte auf ihrer Schulter. Dann richtete er sich auf und seine Umarmung wurde noch fester.

Sie schwankte in seinen Armen, als sie seinen Körper durch den weichen Stoff ihres Kleides fühlte. »Darling«, murmelte sie, »du bist fast schon unanständig, weißt du das?«

»Beinahe? Ich bin unanständig und nicht nur fast. Warum, denkst du, sind wir hier ganz allein? Hast du dich nicht schon gefragt, wo die Gruppe kleiner, alter Damen geblieben ist, die hinter uns gewesen ist?«

Sie lachte laut auf. »Dan«, flüsterte sie und errötete unwillkürlich.

»Du mußt mir mindestens ebenso viel Zeit schenken wie den Ruinen«, sagte er leise und drückte sein Gesicht in ihr Haar. »Wenn wir das nächste Mal hierherkommen, werde ich vielleicht die Sehenswürdigkeiten eher zu schätzen wissen, aber jetzt, diesmal kann ich kaum den Blick von dir losreißen, Barrie.«

Sie fühlte, wie ihr Verlangen wuchs und erzitterte innerlich. »Möchtest du ins Hotel zurück?« fragte sie plötzlich leise und drehte sich zu ihm um. Sie nahm sein Gesicht zwischen ihre Hände und küßte ihn zärtlich. »Du mußt nicht antworten, komm, laß uns gehen.«

Die Fahrt den Berg hinunter, machte sie fast verrückt, denn beide verspürten nichts als Verlangen. Sie taten das, wonach ihnen zumute war, berührten sich und ließen die Hände über den Körper des anderen wandern. Als sie den Parkplatz erreicht hatten, eilten sie beinahe laufend auf ihr Zimmer. Sie waren kaum drinnen, da lehnte sich Dan schon gegen die Tür, umarmte sie und küßte sie heiß und fordernd.

Ihre Atemzüge waren so schnell und flach, daß sie kaum zu atmen schien. Sie zogen sich schnell aus, und er packte sie fest und warf sie auf das Bett. Sofort bedrängte sein heißer, brennender Mund ihre Lippen. Sie legte die Arme um seinen Hals und preßte sich ebenso fest an ihn, wie er sie umarmte. In diesem Moment hörten sie abrupt mit den Zärtlichkeiten auf. Es gab nur noch Leidenschaft und Härte, Begierde und Verlangen. Unerträgliches Verlangen. Und dann, gleichsam als ob es ihnen eine innere Uhr gleichzeitig befohlen hätte, wurden sie langsamer und hielten inne. Sie nahmen sich die Zeit, sich einander lächelnd anzuschauen und miteinander zu sprechen. »Ich liebe dich so sehr, Barrie«, murmelte Dan und löste dabei kaum seinen Mund von ihren Lippen.

»Und ich liebe dich«, erwiderte sie, gefangen in einem Strudel der Erregung.

Dann gaben sie sich beide ihrer überwältigenden, gegenseitigen Begierde vollends hin. Draußen vor dem Hotel, in den bunten, duftenden Gärten, spazierten überall Menschen herum und erfreuten sich an der Schönheit der Natur, die sie hier umgab, während sich die beiden aneinander erfreuten.

16

Vier Tage später, am darauffolgenden Mittwoch, erhielt Barrie einen Anruf aus New York. Von Hamp. Sie war früh von den Aufnahmen der Abschlußfeierlichkeiten der ›antiken Spiele‹ zurückgekehrt. Es war fast vorbei. Sie hatte zugesehen, wie der Kranz aus Olivenzweigen auf Dans Kopf gesetzt worden war, und die Wiederauferstehung der Olympiade vergangener Zeiten war zu Ende gewesen. Es war eine ergreifende Szene gewesen, und ihr waren Tränen in die Augen gestiegen.

An den nächsten beiden Tagen sollte alles aufgeräumt und zusammengepackt werden. Überdies sollten noch etwaige Unstimmigkeiten beseitigt werden. Dann würde man Olympia so, wie man es vorgefunden hatte, zurücklassen, unberührt und unversehrt von moderner Technik. Die anreisenden Touristen würden wieder die ruhige, ernste Schönheit dieses Ortes und seiner Ruinen bewundern können.

Als das Telefon klingelte, erwartete sie eigentlich, daß Dan am Apparat wäre, um ihr mitzuteilen, daß er wieder im Hotel sei. Sie war überrascht, als sie ›Barrie‹ hörte und feststellte, daß es Hamp war.

»Hallo, Hamp«, sagte sie und schluckte mit dem Kloß in ihrer Kehle unzählige, verschiedene Empfindungen hinunter.

»Wie geht es mit dem Projekt voran?« fragte er interessiert.

»Gut. Heute sind die Abschlußfeierlichkeiten aufgenommen worden. Es wird ein schöner Artikel und ein schöner Dokumentarfilm werden.«

»Ich habe heute mit Horace gesprochen. Alle größeren Fernsehgesellschaften und auch das Kabelfernsehen sind jetzt daran interessiert. Es sieht so aus, als würde es trotz allem einen Gewinn abwerfen.«

»Ich hoffe es. Es steckt eine Menge Arbeit darin.«

»Ist Logan mit dem Layout für das Magazin fertig?«

»Ja. Er ist mit dem Ergebnis unserer Arbeit sehr zufrieden.«

»Und wie geht es deiner Arbeit?«

»Ich komme gut voran. Es ist alles fertig bis auf die Überschriften. Wir werden die Besprechung in der nächsten Woche abwarten, um zu entscheiden, welche Bilder wohin kommen.«

»Deshalb rufe ich an, Barrie, ich wollte dir mitteilen, daß ich an der Besprechung in der nächsten Woche nicht teilnehmen werde.«

Ihr blieb der Mund offen stehen. »Oh? Warum? Wo wirst du denn sein, Hamp?«

»Ich arbeite nicht mehr für das Magazin. Ich habe nur dort gearbeitet, um in deiner Nähe zu sein.«

Sie war sprachlos.

Er fuhr fort. »Ich mache mich jetzt zusammen mit Jerry Leaman selbständig. Du kannst dich doch an ihn erinnern?«

»Ja. Er hat manchmal freiberuflich für das Magazin gearbeitet. Er ist ein sehr begabter Fotograf. Aber das bist du ja auch. Man kann wohl annehmen, daß ihr beide ganz gut zurechtkommen werdet.« Der Kloß in ihrem Hals wurde größer.

»Ich habe mir gedacht, daß es so einfacher sein würde, für uns beide. Habe ich nicht recht?«

Sie nickte und würgte schließlich hervor: »Ja. Ich – ich glaube, du hast recht.«

»Horace sagte, wir seien alle am Gewinn, der sich aus dem Verkauf des Films ergibt, beteiligt. Das gibt mir ein zusätzliches Polster für schwere Zeiten, falls welche auf mich zukommen.«

»Ja. Horace hat es mir erzählt.«

»Willst du die Wohnung haben, Barrie?«

Sie schüttelte den Kopf und sagte leise: »Nein, behalt du sie.«

Nach einer langen Pause schluckte er und sagte: »Ich glaube nicht, daß ich das tun werde. Wenn du sie nicht nehmen willst, werde ich einfach den Mietvertrag kündigen. Ich glaube nicht, daß ich hier jemals wieder glücklich werden würde.«

Sie sagte kein Wort. Sie konnte es nicht.

»Wenn du willst, packe ich deine Sachen zusammen, oder ich lasse Georgia kommen, damit sie es tut. Ich glaube nicht, daß ihr das etwas ausmachen würde.«

»Das wäre nett von ihr.«

»Du hast in ihr eine gute Freundin gefunden, Barrie. Es ist seltsam, aber es kommt mir so vor, als ob sie auch mit mir befreundet wäre. Ist das nicht komisch? Nichts stört mich mehr an ihr. Sie hat mich sogar vor kurzem ein- oder zweimal zum Lachen gebracht und dabei hatte ich gedacht, daß ich nie mehr lachen könnte.«

Sie konnte seinen Schmerz nachempfinden und fragte sich, ob er wohl den ihren bemerkte.

»Dir ist doch sicher aufgefallen, Barrie, daß ich dich nicht gefragt habe, ob du nach Hause kommst?«

»Ich habe es bemerkt, Hamp. Ich danke dir dafür.«

»Aber ich werde nicht auflegen, ohne dir zumindest zu sagen, daß ich wirklich zu Gott gebetet habe, daß du es tust. Du weißt, daß ich dich liebe, Barrie. Ein Teil von mir wird dich immer lieben, deshalb werde ich jetzt nicht sagen, daß wir fertig miteinander sind oder daß es vorbei ist. Das ist es nur, wenn ein Mensch stirbt. Ich werde an dich denken, und ich werde hoffen, daß du glücklich bist. Ich werde mir immer das Gefühl bewahren, daß wir Freunde sind. Also laß uns einander versprechen, daß wir uns nicht so verhalten werden, als ob es uns nicht mehr gäbe, als ob wir tot wären. Laß uns in Verbindung bleiben.«

»Das möchte ich auch, Hamp, sehr gerne sogar. Ich wünsche mir dasselbe für dich, weißt du«, flüsterte sie langsam. Tränen rollten ihr über die Wangen und fielen auf ihre grüne Bluse, wo sie kleine Flecken auf dem weichen Baumwollstoff hinterließen.

»Ich weiß, daß du das tust. Ich glaube, irgendwann einmal werde ich wieder glücklich sein. Wie geht es Meyers?«

Diese Frage schockierte sie so, daß sie augenblicklich aufhörte zu weinen. »Es geht ihm gut. Es geht ihm gut, wirklich.«

»Er ist deine blaue Socke, oder?«

»Diese Georgia«, flüsterte sie.

»Er ist sie, oder nicht?«

»Ja, das ist er.«

Er ließ ein gequältes, kurzes Lachen hören. »Ich verstehe nicht viel von Liebe, Barrie, aber ich weiß verdammt viel über Socken. Diese Georgia ist verrückt, aber manchmal hat sie völlig recht.«

»Ich glaube, das stimmt.«

Er räusperte sich noch einmal verlegen und beherrschte sich schließlich soweit, daß er sagen konnte: »Ich glaube, die Telefonverbindung ist jetzt schlechter geworden, also wird es wohl besser sein, wenn ich jetzt aufhöre. Ich denke, das ist einfacher für uns beide.«

»Ja.« Beherrschung... Beherrschung befahl sie sich immer wieder. Es war der schwerste Befehl, den sie sich je selbst erteilt hatte.

»Paß gut auf dich auf.«

»Das werde ich. Und du auch.«

»Adieu, Barrie.« Er hielt inne. »Ich liebe dich«, brach es aus ihm hervor.

»Leb wohl, Hamp«, flüsterte sie.

Als sie das Klicken über Tausende von Meilen hinweg vernahm, wußte sie, daß sie ihn verlassen hatte. Einen kurzen Augenblick lang verspürte sie ein Gefühl der Leere. Sie wußte, daß nur das Zusammensein mit Dan diese Leere wieder auffüllen konnte.

Immer noch den Hörer in der Hand haltend, ließ sie sich auf dem Bett nieder und versuchte, sich angestrengt an Dans Worte zu erinnern, an seine Bemerkung über eine verloschene Liebe, deren Asche verflogen war – seine Worte über die Erinnerung an das Feuer. Bei Hamp ging es ihr genau umgekehrt. Sie hatte ihn am Schluß, als ihre Liebe nur noch Asche gewesen war, mehr geliebt als damals zu Beginn ihrer Beziehung, als diese Liebe noch ein loderndes Feuer gewesen war. Als sie schließlich den Hörer auflegte, umspielte ein wehmütiges Lächeln ihre Lippen.

Als sie beim Abendessen draußen auf der Terrasse des Victory-Saales des New Olympia Hotels saßen, zeigte Dans Gesicht plötzlich Spuren von Besorgnis. Sie nippte an ihrem Cocktail und starrte, um seinem Blick auszuweichen, in den Garten und auf den Springbrunnen hinaus. Goldene Scheinwerferstrahlen, die das fahle Licht erhellten, beleuchteten die Blumen und das Wasser, das anmutig über die Steine fiel.

»Sind die Häppchen nicht gut?« fragte er nach einer Weile.

»Doch. Sie sind sehr gut.«

»Das müssen sie sein. Ich sehe, daß du keines ißt, und das ist eine sichere Methode, um festzustellen, ob etwas sehr gut ist – niemand ißt es«, sagte er unbefangen lächelnd.

Eine leichte Brise kam auf, und sie strich sich eine Haarsträhne zurück, die ihr ein Windstoß ins Gesicht geweht hatte. »Dan. Hamp hat mich am Nachmittag angerufen.«

»Wirklich?« Das Lächeln erlosch und er blickte wieder besorgt. »Arbeitet er schon wieder?«

»Er ist nicht mehr beim Magazin.«

Nach einer langen Pause fragte Dan: »Willst du darüber sprechen, Barrie? Ich sehe, daß du aufgeregt bist.«

Er legte zärtlich seine Hand auf ihren Unterarm. »Es ist sicherlich um eure Trennung gegangen.«

Sie seufzte. »Ja, und es ist eine Qual gewesen.«

»Ich sehe, daß du geweint hast.«

»Ja«, gab sie kaum hörbar flüsternd zu. »Er ist schrecklich verletzt gewesen. Er hat es nicht direkt gesagt, aber das ist gar nicht nötig gewesen. Ich habe es gespürt. Er hat versucht es zu verbergen, aber er hat beim Magazin gekündigt und die Wohnung aufgegeben.«

Er drückte ihren Arm. »Barrie.«

»Es geht mir gut, Dan, ehrlich. Ich hasse es nur, jemandem weh zu tun. Das macht mich traurig.«

»Erzähl mir davon, Barrie. Sprich mit mir darüber. Sprich. Das wird dich erleichtern.«

Sie schaute ihm tief in die Augen und zwang sich zu lächeln, dann berichtete sie ihm mit leiser Stimme über ihr Gespräch mit Hamp. »Ich werde sehr froh sein, wenn das ganze Schuldgefühl verschwunden ist«, schloß sie.

Er saß da und hörte ihr geduldig zu. Er musterte sie ruhig.

Als sie ihre Erzählung beendet hatte, fragte er: »Hast du Aggressionen gegen mich, Barrie?« Sie bemerkte, daß seine blauen Augen gequält blickten.

»Nein, Dan, ich habe keine Aggressionen gegen dich. Ich habe nie welche gehabt und ich werde auch nie welche haben.«

»Nun Liebling, dann laß uns glücklich sein. Ich weiß, daß sich das so anhört, als ob man es leicht dahersagen und schwer tun könnte, aber das stimmt nicht. Ich glaube, Hamp war bereit dem Schmerz ein Ende zu setzen, andernfalls hätte er nicht angerufen oder seine Stellung gekündigt und die Wohnung aufgegeben. Er will sich sein Leben wieder aufbauen und einen neuen Weg einschlagen. Das solltest du auch tun. Ich meine, daß ihr beide durch eure Beziehung an Lebenserfahrung gewonnen habt und nun besser dasteht als zuvor. Offensichtlich wird in einer solchen Situation, wie wir drei sie erlebt haben, immer einer verletzt.« Er zog nachdenklich die Augenbrauen hoch. »Aber eigentlich stimmt das nicht, denn alle drei werden verletzt. Hamp ist verletzt, weil du ihn verlassen hast, du bist verletzt, weil du ihn verletzt hast, und, mein Liebling, ich bin verletzt, weil ich deinen Schmerz mitansehen muß. Aber in ein paar Wochen geht es uns allen wieder gut – und wir werden glücklich sein.« Plötzlich lächelte er und zwinkerte ihr zu, wobei er mit der Zunge seine Backe ausbeulte. »Und laß dabei nicht deine Freundin Georgia außer acht.«

Sie grinste. »Dan, willst du damit sagen, daß Hamp und Georgia...«

Er hob abwehrend die Hand, wobei er leise lachte. »Nein, ziehe keine voreiligen Schlüsse. Ich sage nur, daß du sie nicht außer acht lassen sollst, weil sie ganz bestimmt auch eine gewisse Beachtung verdient.«

Sie schüttelte den Kopf, und ihr Grinsen wurde breiter. Sie konnte sich genau vorstellen, wie Georgia in ihrer makellos weißen Wohnung saß, sich mit Hamps Genen befaßte und als Ergebnis ihrer Berechnungen ein kleines Kind herauskam, das rotes, struppiges Haar und eine Lücke zwischen den Zähnen hatte... und blaugrüne Augen.

Wie lange war es nun schon her, seit sie zum letztenmal völlig zufrieden mit ihrem Leben im Bett gelegen war. Wann war es gewesen, als noch alles in Ordnung gewesen und ihren Vorstellungen gemäß verlaufen war? Morgen war Sonntag. Dan und sie würden in die Vereinigten Staaten zurückfliegen und ein neuer Lebensabschnitt würde beginnen. Sie blickte durch das Fenster des Hotelzimmers zum Himmel hinauf, der von einer Milliarde funkelnder Sterne erhellt wurde. Sie freute sich darauf, nach Hause zurückzukehren und dennoch war sie traurig darüber, diese wunderbare Umgebung verlassen zu müssen, wo das Gefühl einer neuen Liebe und die wieder zu Leben erweckte Antike, sie in eine so verzauberte Stimmung versetzt hatten. Sie fühlte sich diesem Land verbunden, diesem Land mit seinen welligen Hügeln und hohen Bergen, seinem blaugrünen Meer und ebenso blauem Himmel, mit seinen verfallenen Ruinen und modernen Städten. Und sie hegte große Sympathie für seine alten Götter, Zeus, Athene und vor allem Apollo.

Ihr eigener Apollo, der neben ihr lag, bewegte sich im Schlaf, und sie blickte zu ihm hinüber. Wenn er mit ihr käme und bei ihr bliebe, dann könnte sie dieser Erinnerungen jederzeit wieder heraufbeschwören, durch einen einzigen Blick. Und er würde bis zum Tod bei ihr bleiben, vorher würde sie nichts trennen können, soviel war sicher. Sie kroch unter die Decke, streckte sich aus und streichelte seine Waden mit ihren Zehen. Als er sich bewegte, schmiegte sie sich enger an ihn. Ihr Herz klopfte wie wild. Sie strich mit ihren Fingern liebevoll über seinen Bauch und seine Rippen.

Obwohl er die Augen geschlossen hielt, sah sie wie ein Lächeln über sein Gesicht huschte. Dann packte er sie und zog sie an sich. Er flüsterte ihr ins Ohr: »Ist es schon Tag?«

Sie kicherte vergnügt. »Wenn du dich gerade im Zimmer 402 des New Olympia Hotels in Olympia, Griechenland, befindest, dann ja.«

Er blickte zu dem dunklen Himmel hinauf. »Nun, hallo, neuer Tag«, flüsterte er lachend und küßte sie.

Fünf Monate später, im Oktober, verbrachte Barrie mit ihrer Mutter und ihrer Tante einen Nachmittag in New York. Sie sahen sich die Sehenswürdigkeiten der Stadt an. Die ältere der beiden Besucherinnen war zum erstenmal in dieser Stadt, und Barrie übernahm geschickt die Rolle des Fremdenführers. Sie war so glücklich und guter Dinge, daß die beiden Touristinnen kaum mit ihr Schritt halten konnten. Ihre Mutter und ihre Tante waren angereist, um bei ihrer Hochzeit dabei zu sein, die in zwei Tagen, am Samstag, stattfinden sollte.

Die Wettervorhersage für die nächsten fünf Tage war gut. Sie galt für jenen Nachmittag und angeblich auch für die vier folgenden Tage: heiterer, klarer Himmel, kühle Nächte, und frische, sonnige Tage. Als sie durch den Central Park gingen, erblickte Maryanne Cook einige Bänke und faßte Barrie schnell am Arm. »Liebes, wenn es dir nichts ausmacht, dann werden wir beide, Katie und ich, uns eine Weile hinsetzen. Diese leeren Bänke wirken auf mich so einladend.«

»In Ordnung, Mutter. Möchtet ihr beide einen Hot dog? Ich laufe gerne los und hole euch einen.«

»Eine gute Idee. Wir warten hier auf dich.« Ihre Mutter winkte ihr zu und fügte hinzu: »Und Liebes, laß dir Zeit.«

Barrie beobachtete noch, wie die beiden Frauen sich hinsetzten, dann drehte sie sich lächelnd um, und machte sich beschwingt auf den Weg zum Hot-dog-Stand. Sie sann darüber nach, wie schön der Park im Herbst mit seinen bunten Bäumen doch war. Während sie sich ein glückliches Leben an der Seite von Daniel De Wayne Meyers ausmalte, summte sie leise vor sich hin. Ihn kennengelernt zu haben, war das wichtigste Ereignis ihres ganzen Lebens gewesen, und wenn ihre Gefühle füreinander weiterhin so blieben, dann sollte ihr das genügen, mehr verlangte sie nicht von ihrem Leben. Ihr wurde plötzlich bewußt, daß sie aufgehört hatte, über den Sinn des Wortes Liebe nachzugrübeln. Sie hatte nun einen Sinn gefunden. Wenn sie in den Spiegel der Liebe schaute, so erblickte sie dort nur Dan.

Plötzlich bemerkte sie, daß man zu ihrer Linken Fotoaufnahmen machte. Mehrere Fotomodelle in modischen, weiten Umhängen, Jacken und Mänteln postierten vor dem natürlichen Hintergrund des Parks für einen einzelnen Fotografen, der auf sie einredete und dabei gestikulierte. Barrie blieb stehen und sah zu. Es war Hamp.

Als ob er ihren Blick gespürt hätte, wandte er plötzlich den Kopf. Er rührte sich nicht. Er sah sie nur an, und die Überraschung stand ihm deutlich ins Gesicht geschrieben. Er sagte etwas zu den Modellen und kam auf sie zu. Das leichte Lächeln, das auf seinen Lippen lag, wurde immer deutlicher. Als er bei ihr angelangt war, lachte er. »Barrie, ich habe geglaubt, die Erde hätte dich verschlungen.« Er faßte sie fest bei den Schultern. »Du siehst wirklich großartig aus.«

Sie lachte glücklich. »Du auch.«

»Was machst du hier im Park?«

»Mutter und Tante Katie sitzen dort drüben auf einer Bank und warten auf mich. Wir sind auf dem Weg zum Lincoln Center, wo wir uns mit Dan treffen wollen. Dann fahren wir zum La Guardia Airport, um seine Mutter abzuholen, die mit dem Nachmittagsflugzeug aus Tucson ankommt.«

»Oh, oh, die Familien versammeln sich. Ich vermute, das hat etwas zu bedeuten.«

»Ja Hamp. Dan und ich werden am Samstagmorgen heiraten.«

Er schaute sie verblüfft an. »Heiraten? Samstag? Ich habe gestern mit Georgia zu Abend gegessen und sie hat kein Wort davon gesagt. Weiß sie es schon?«

Barrie nickte. »Ja, sie weiß es.«

Er war erstaunt. »Das sieht ihr eigentlich gar nicht ähnlich, daß sie vor mir Geheimnisse hat.« Er kratzte sich am Kopf. »Ich frage mich, warum.«

»Hamp.« Barrie lächelte und starrte da, wo sein Hemd offen stand, auf seine Brust. »Vielleicht solltest du dieses Medaillon ablegen.«

»Was! Zeus ablegen!« Er lachte und faßte an den silbernen Anhänger. Dann erstarb sein Lachen. »Ja, vielleicht sollte ich das tun. Seitdem du es mir damals um den Hals gelegt hast, habe ich es niemals abgenommen, außer während der Operation und selbst damals hat es mir die Schwester danach im Krankenzimmer, wo die Frischoperierten liegen, gleich wieder umgelegt. Ich werde mich nackt fühlen, wenn ich es nicht mehr trage.« Ein trauriges Lächeln umspielte seine zuckenden Lippen. »Aber, vielleicht nehme ich es ab.«

Sie beugte sich vor und küßte ihn auf die Wange. »Es war schön dich wiedergesehen zu haben, Hamp. Paß auf dich auf.«

Er umarmte sie und ließ sie dann schnell wieder los. »Ich hoffe, ihr seid glücklich, du und Apollo.« Er wich einen Schritt zurück und zog heftig nickend die Brauen hoch. »Das tue ich wirklich.«

Sie nickte und sah zu, wie er sich wieder zu den jungen Mädchen gesellte, die unweit von ihnen stehengeblieben waren und sie beide beobachtet hatten. Sie schaute ihnen noch einen Augenblick lang bei der Arbeit zu, dann machte sie sich wieder leise vor sich hinsummend auf den Weg zum Hotdog-Stand.

In der Hochzeitsnacht schien ihre gemeinsame Wohnung in der Stadt der hellen Lichter aus irgendeinem unerklärten Grund der winzigen Insel zu gleichen, die sie einst vor der Küste Griechenlands entdeckt und erkundet hatten. Lichterloh brennende Feuer, ein kurzes, atemloses, schwelendes Innehalten und wieder brach ein neuerlicher Sturm der Leidenschaft aus und ließ die Feuer auflodern. Hände tasteten und glitten, streichelnd, liebkosend, langsam über erschauernde Körper. Leises Gemurmel erfüllte den Raum. Als sie, kurz bevor die Morgendämmerung anbrach und den ersten Tag ihrer Ehe erhellte, endlich einschlief, war ihr letzter Gedanke, daß keine Liebe mächtiger sein konnte, als die, der sie teilhaftig geworden waren. Es konnte kein größeres Glück geben! Sie legte ihren Kopf an seine Schulter und schmiegte sich eng an ihn. Während diese Gedanken fröhlich ihr entgleitendes Bewußtsein umspielten, fiel sie an seiner Seite in friedlichen Schlaf.

HEYNE BÜCHER

DER GROSSE LIEBESROMAN

Romane voll Abenteuer und Leidenschaft, aus Historie und Gegenwart.

28/57 - DM 6,80

28/58 - DM 6,80

28/59 - DM 6,80

28/60 - DM 6,80

28/61 - DM 6,80

28/62 - DM 6,80

28/63 - DM 7,80

28/64 - DM 6,80